读客

读客悬疑文库

认准读客读悬疑，本本都是大师级。

间谍先生

豺狼的日子

［英］弗·福赛斯 著

姜焜 译

上海文艺出版社

THE DAY OF THE JACKAL

Frederick Forsyth

目录

第一部

密谋

1

巴黎，一九六三年三月十一日，早上六点四十分。天很冷，特别是当一个人即将被行刑队枪决之时，更显得寒气逼人。

在福尔·迪夫里堡的庭院中，一根行刑柱插在冰冷的砾石地里。法国空军中校让-马里耶·巴斯蒂安-蒂里站在柱子前，双手被绑在柱子后面。他凝视着二十米开外面对着他的那队士兵，眼中的疑惑慢慢消退。

黑布蒙上了他的眼睛，截断了这最后时刻的阳光。他用一只脚蹭了蹭脚下的砾石，略微舒缓了一下紧张的情绪。士兵们将子弹推入枪膛，拉上枪栓。在二十支来复枪拉开枪栓的咔嗒声中，牧师的祷文显得十分虚弱无力。

院墙外，一辆贝利埃特大卡车正鸣着喇叭，想要穿过前面交叉路上一堆驶向市中心的小型车辆。喇叭声刚好盖住了行刑队长官的“瞄准”口令。枪声响起，这座正在苏醒的城市却连一点涟漪都没被激起，只是有一群鸽子短暂地飞向了空中。喇叭声慢慢消散了，那致命一枪的声音也渐渐消弭在院墙外逐渐喧腾的交通噪声里。

这个军官是“秘密军组织”杀手组的负责人，他一直在寻找机会刺杀法国总统。他的死亡原本被认为是一种终结——随着他的死亡，谋刺总统的活动也应该就此结束了。然而，命运就是喜欢嘲弄人，实际上，它却恰恰标志了一个新的开始。要解释这一点，必须首先回头看看，为什么在这个三月的早晨，在巴黎城外军事监狱的院子里，吊起了一具被打成筛子的尸体。

在一年中最热的日子里，即使已经是晚上七点，气温仍然有二十三度。整个城市都热得冒汗，巴黎人把抱怨个没完的老婆和哇哇叫的孩子塞进车里，去乡间度周末了。

太阳终于沉落到巴黎宫墙的后面，长长的影子穿过院落，带来了令人舒适的凉爽。此时，有那么几个人正等在巴黎城外。这一天是一九六二年八月二十二日，他们决定，有一个人必须死，他就是法国总统夏尔·戴高乐将军。

市民们正准备逃离炎热，去海滩和河边消暑纳凉；而在巴黎富丽堂皇的爱丽舍宫里，内阁会议却仍在进行中。十六辆黑色雪铁龙DS型豪华轿车正停在背阴处。它们首尾相连，形成一个圆圈，占据了茶色砾石铺就的前庭四分之三的空地，靠西侧的墙边是阴影最先盖住的地方。司机们躲在阴影的最深处，相互开着无伤大雅的玩笑，等待主人的到来。

今天的内阁会议比平时长，所以抱怨也比往常要多些。直到七点三十分，一个身披链饰、挂满勋章的礼宾官才出现在六级台阶顶端的平板玻璃宫门后面，朝卫兵招手。司机们把手里抽了一半的高卢牌香烟扔在地上，踩进砾石地里。大门两边的安全人员和岗亭里的士兵站得笔直。巨大的铁栅栏门开了。

第一批部长出现在玻璃门后的时候，司机们已经发动了汽车。礼宾官拉开门，内阁成员纷纷走下台阶，互相道着周末好好休息的祝福。汽车按照先后顺序排在台阶下，礼宾官弯腰拉开车的后门，部长们钻进各自的汽车，经过向他们敬礼的共和国卫队士兵，驶出大门，驶向新区的奥雷诺街。

不到十分钟，他们都走了。两辆加长的黑色雪铁龙DS19型轿车还在院子里，慢慢驶向台阶。第一辆车插着标志着法兰西共和国总统的三角旗，开车的是弗朗西斯·马罗克斯，他是一名警察，来自沙托里国家宪警总队培训总部。他生性沉默冷静，从不参与司机之间的玩笑；他开车既快又安全，一直是戴高乐的私人司机。除了马罗克斯，车里没有其他人。紧随其后的第二辆DS19也由一名来自沙托里的宪警驾驶。

七点四十五分，又有一批人出现在玻璃门后面，砾石地上的警卫再一次立正站直。夏尔·戴高乐身着惯常的深灰色双排扣套装，系着黑色领带，出现在玻璃门后。按照老式的礼节，他为伊冯娜·戴高乐夫人拉开门，让她先出去，然后挽着她的手，领着她走下台阶，走向等候着的雪铁龙。他们在车边分开，总统夫人钻进前面那辆车的后座左边，总统从右边上车，坐在她的身旁。

他们的女婿阿兰·德布瓦西厄上校，时任法国陆军装甲和机动部队的总参谋长，检查确认了车的两个后门都锁好后，坐在了前排马罗克斯的旁边。

其他两名陪同总统夫妇走下台阶的官员坐进第二辆车。身材魁梧的亨利·德茹代尔是今天的当值保镖，他是卡比尔人[1]，来自阿尔及利亚。他坐到前排司机的边上，松了松腰际的大左轮枪，重重地靠在了椅背上。从这一刻起，他的眼睛就开始不停地转动。他不是在看前面的那辆汽车，而是在汽车快速行驶中注视着两旁人行道上

1 指阿尔及利亚的柏柏尔人，一个以务农为主的穆斯林族群。（如无特别说明，本书中注释均为译注。）

和汽车转弯时街上的一切动态。第二个人向留下来的当值警卫说了句话，然后钻入车的后排。他就是让·迪克雷，总统的警卫队长。

西侧墙的旁边，有两个戴白色头盔的摩托车手。他们发动引擎，缓缓驶出阴影，朝大门驶去。他们彼此相距十英尺，并排在出口处停下来向后望。马罗克斯将第一辆车驶离台阶，转向大门，开至摩托车警卫的后面，第二辆车也紧随其后。这时是晚上七点五十分。

大铁栅栏门再次打开，这支微型车队经过站得笔直的卫兵，驶入奥雷诺大街，行至大街尽头后，便进入了马里尼街。栗子树下有个年轻人，戴着白色的摩托车专用头盔，站在一辆小型摩托车旁。一看到车队经过，他便从路边骑出，与小车队拉开一段距离后尾随前进。八月的周末，路上的交通一切如常，总统出行也没有事先通知。只有前导摩托车的警笛声向执勤交警通报着车队的到来。交警们疯狂地吹着哨子，挥着手，及时拦住其他车辆，让车队通过。

车队在林荫道上加快了速度，飞速冲进了克莱蒙梭广场的阳光中。车队笔直地穿过广场，向亚历山大三世桥开去。那辆小型摩托车车手一直跟在官方车队的后面，没遇到任何麻烦。过了桥，马罗克斯跟着领骑的摩托车驶入加列尼将军大道，然后是宽阔的荣军院大道。跟踪的摩托车车手现在知道他要的答案了。他在荣军院大道和德瓦雷纳大街的十字路口处放松了尖叫着的油门，驶向街角的一个咖啡馆。他走进咖啡馆，从口袋里拿出一枚硬币，大步走向咖啡馆后面的电话机，打了一通本地电话。

中校让-马里耶·巴斯蒂安-蒂里等在默东郊区的一个咖啡馆里。他三十五岁，已婚，有三个孩子，在空军部工作。他有着正常的职业和家庭生活，但内心却对夏尔·戴高乐充满深深地仇恨。他认为戴高乐把阿尔及利亚交给阿尔及利亚人是对法国的背叛，是对那些让他在一九五八年重新上台的人民的背叛。

失去阿尔及利亚并没有让巴斯蒂安-蒂里个人损失什么。他这样做并不是出于个人的考虑。在他看来，他是一个爱国者。他坚信，一定要杀死这个他认为背叛了法国的人，以此来表达他对祖国的忠诚和热爱。那个时候，成千上万的人有着和他一样的想法，但很少有人和他一样成为疯狂的“秘密军组织”的成员。这个组织发誓要杀死戴高乐并推翻他的政府。巴斯蒂安-蒂里就是这样一个人。

电话来的时候，他正呷着一杯啤酒。酒吧侍者把电话递给他后，就去酒吧的另一头调电视去了。巴斯蒂安-蒂里听了一会儿，小声地对着话筒说：“很好，谢谢你。”然后便挂断了电话。酒钱已付，他慢步踱出酒吧，来到人行道上，拿出夹在腋下的一卷报纸，小心地打开两次。

街对面的一个年轻女子放下一楼房间窗户上的蕾丝窗帘，转过身对着屋里来回走动的十二个男人说：“是第二条路。”五个年轻人立刻停止绞动自己的手指，跳了起来。他们都不是老练的刺客。

另外七个人年纪要大一些，相比之下没那么紧张。这群人的首脑是这次暗杀行动负责人巴斯蒂安-蒂里的副手——中校阿兰·布格勒内·迪拉·托库奈伊，一个右翼分子，出身于一个拥有土地的士绅家庭。他也三十五岁，已婚，有两个孩子。

屋子里最危险的人物是乔治·瓦坦，三十九岁，宽肩膀，方下巴，是一名“秘密军组织”的狂热分子，以前是一名阿尔及利亚的农业工程师。两年后他再出现的时候，已经是“秘密军组织”最危险的刺客之一了。他腿上受过伤，所以大家都叫他“瘸子”。

年轻女子宣布了消息之后，这十二个人从楼后鱼贯而出，来到房子侧面的路上，那里停放着六辆偷来或租来的汽车。这时是七点五十五分。

巴斯蒂安–蒂里花了好几天亲自研究这次暗杀的地点，测算射击的角度、汽车行驶时的速度和距离以及拦截车队时必要的火力强度。他选的地点是解放大街，这条马路很长，笔直地通向小克拉马尔区的主要交叉路。暗杀计划是这样的：第一组由狙击手和协作成员组成，计划在总统的专车到达交叉路两百码前开火。他们将躲在停靠在路边的雷诺小货车后面，这个位置的射击距离和角度极佳，命中率很高。

根据巴斯蒂安–蒂里的计算，当和货车并排的时候，头车会被一百五十发子弹射穿。总统专车停下来后，“秘密军组织”的第二组就从支路上冲出来，近距离扫射，干掉警卫的车辆。两组人一起再花上几秒钟就能处理掉总统等人，然后就冲向停在另一条支路上的三辆车撤离。

作为行动组的第十三个人，巴斯蒂安–蒂里亲自望风。八点零五分，组员均已各就各位。巴斯蒂安–蒂里则悠闲地拿着报纸，站在一百码外的埋伏地点——靠近巴黎方向的一个汽车站旁。第一突击小组的组长塞奇 · 贝尼耶届时会站在雷诺小货车边，看到挥动的报纸就会向四肢伸开趴在他脚边草丛里的狙击手下达命令。布格勒内 · 迪拉 · 托库奈伊会开车拦截警卫，“瘸子”瓦坦则举起冲锋枪扫射。

当小克拉马尔路边的枪机保险打开的时候，戴高乐的车队刚刚冲出拥堵的巴黎市中心，到达郊区宽阔的马路上，这时车队的速度差不多提到了每小时六十英里。

道路豁然开朗的时候，弗朗西斯 · 马罗克斯看了一眼手表，觉出身后那位老将军有些焦躁不耐，于是开得更快了些。两辆摩托前导车已落到车队后面。戴高乐一向不喜欢这种鸣锣开道的排场，他很乐于一有机会就让他们离开。车队就这样进入了小克拉马尔的勒克莱尔大街。这时是八点十七分。

此时，一英里外的巴斯蒂安-蒂里对他所犯的一个巨大错误毫不知情。个中原委直到几个月后他坐在死囚牢里，才从警察那里得知。在研究刺杀时间表的时候，他查过日历，得知八月二十二日的日落时间是晚上八点三十五分。表面上看起来，即使戴高乐的日程安排比通常的晚，刺杀计划的实施时间也依然充裕。而且实际上，戴高乐的行程的确比预定的时间要晚。但是，这位空军中校查看的日历是一九六一年的。一九六二年八月二十二日的日落时间是八点十分。就是这二十五分钟改变了法国历史。八点十八分，巴斯蒂安-蒂里发现车队飞驰进入解放大街，朝他开来，时速为每小时七十英里。他疯狂地挥动报纸。

一百码外，马路对面的贝尼耶生气地努力透过朦胧的夜色盯着汽车站边那个模糊的身影。“中校挥报纸了吗？”他自言自语道。话刚出口就看见总统专车的“鲨鱼鼻”车头闪过车站，进入视野。“开火！”他冲脚边的狙击手尖叫。枪手开火的时候，车队已经和他们并排了。他们以九十度角射击一个时速七十英里的移动目标。

由于刺客们的射击技术还不赖，车子还是中了十二枪。大多数子弹都从后方打中了雪铁龙，两个轮胎被击中。虽然是自补胎，但突然降低的胎压还是让高速行驶的车子东倒西歪，靠两个前轮滑行。这时，弗朗西斯·马罗克斯救了戴高乐的命。

当王牌狙击手，前外籍军团的瓦尔加射中轮胎的时候，其他的枪手正对着逐渐消失在夜色中的汽车后车窗倾泻弹夹里全部的子弹。有些子弹射穿了车身，有一颗击碎了后车窗，贴着总统鼻尖几英寸的地方飞了过去。前座的德布瓦西厄上校转过身，冲着他的岳父大喊一声：“趴下！”将军夫人立刻低下头，趴在丈夫的腿上。

将军则冷冷地说："啊，怎么又来了？"然后扭头向后车窗外看去。

马罗克斯控制着颤抖前进的车轮，缓缓进入滑行状态，同时轻柔地踩下油门。短暂失去动力的雪铁龙重又冲向与布瓦街的交叉口，"秘密军组织"的第二行动组正等在这条支路上。马罗克斯后面的警卫车辆紧跟着，毫发无损。

布格勒内·迪拉·托库奈伊等在布瓦街上，开着引擎。向他冲来的汽车速度留给他的选择很清楚：要么自杀式地拦截汽车，让猛冲过来的金属物体把他碾成碎片；要么松开离合器，半秒钟都别迟疑。他选择了后者。他掉头开出小路，驶上和总统车队并行的车道。和他并行的不是戴高乐的专车，而是神枪手保镖德茹代尔和迪克雷队长乘坐的车。

瓦坦从右车窗探出半个身子，向着前面的DS车后部用冲锋枪扫射。透过破碎的玻璃，他甚至可以看见戴高乐傲慢的身影。

"那些白痴为什么还不还击？"戴高乐生气地问。德茹代尔正试图射击十英尺外那辆车上的杀手，却被宪警司机挡住了视线。迪克雷冲司机大喊，让他跟上总统。眨眼间，"秘密军组织"的车被甩到了后面。两个前导摩托车手中的一个差点被从小路突然冲出的托库奈伊弄得跌下车来。两辆车稍事调整，都跟了上来。整个车队冲入环形路口，直穿过去，继续向郊外驶去。

那几个埋伏在伏击地点的"秘密军组织"的人来不及互相埋怨，便匆匆扔下行动中使用的三辆汽车，跳上预先准备好用来撤退的车子，消失在逐渐降临的夜幕中。

警卫队长杜克勒通过无线对讲电话，把刚才发生的情况通知了前面的机场。十分钟后，车队到达机场，戴高乐将军坚持直接开到直升机等候的停机坪。车一停，军官和官员一下围拢上来，拉开车门，把浑身颤抖的戴高乐夫人扶下车。戴高乐将军从另一边下来，抖了抖腿上的玻璃碎片，没有理会周围官员慌乱的慰问，绕过汽车，扶住妻子的胳膊。

“来，亲爱的，咱们回家。”他扶着夫人进入直升机，坐在她旁边。最后还对那些空军人员给出了他对“秘密军组织”的评价：“他们枪法太差。”然后便起飞度周末去了，同行的还有德茹代尔。

弗朗西斯·马罗克斯还坐在方向盘后，脸色灰白，心有余悸地动弹不得。右侧的两个轮胎被打掉了，车子是靠轮圈行驶的。迪克雷低声赞许了他几句，就去收拾残局了。

全世界的记者都在打听这桩刺杀行动。但苦于缺乏素材，他们只能靠自己的猜测来撰写报道。与此同时，法国警方则以国家安全局为首，在特情人员和宪兵总队的支持下，发起了法国历史上前所未有的侦察和搜捕行动。这次搜捕行动的规模仅次于后来追捕另一个刺客的行动。这个刺客的情况至今不明，档案里用的名字仍然是他的代号——“豺狼”。

九月三日，警方得到了第一个线索。和通常的情形一样，这次的线索也是在一次例行检查中获得的。在里昂市以南的小城瓦朗斯的郊区，从巴黎到马赛的主干道上，警方的路障拦住了一辆私人汽车。车上有四个人。当天，警察拦了数以百计的车，检查身份证件。这次，车上的其中一个人没有带，他说弄丢了。于是他和其他三个人被带到瓦朗斯进行例行讯问。

在瓦朗斯，警方发现其他三个人和第四个人没关系，只是答应让他搭便车。那三个人便被释放了。警察将第四个人的指纹发到巴黎，只是想看看他提供的身份是否属实。十二个小时后，信息反馈回来：那些指纹属于一个二十二岁的外籍军团逃兵，依军法被判有罪。他提供的名字倒是对的——皮埃尔-德尼·马加德。

马加德被带到里昂司法警察部的地区事务总部。在接待室等候审讯的时候，一个看守他的警察开玩笑地问他："嘿，你说小克拉马尔是怎么回事？"

马加德无奈地耸耸肩："好吧，你想知道什么？"

于是，马加德滔滔不绝地说了八个小时。警察都听得目瞪口呆，速记员的笔记用完了一本又一本。他最后说出了参与小克拉马尔行动的每一个人的名字，以及另外九个在谋划阶段承担次要任务或者准备装备的人。一共是二十二个人。追捕行动开始了。这下，警察知道该抓谁了。

最后只有一人逃脱，至今也没被捕获——乔治·瓦坦逃掉了，估计和大多数其他"秘密军组织"的首脑在一起，生活在西班牙，混迹于阿尔及利亚的移民中。

对巴斯蒂安-蒂里和布格勒内·迪拉·托库奈伊以及其他该阴谋的领导人的审讯和起诉的准备工作在十二月完成了。一九六三年一月对他们进行了审判。审判进行的过程中，"秘密军组织"对戴高乐政府进行了另一次全面进攻，法国特情人员也以牙还牙，全力反击。就这样，在愉快的巴黎生活方式背后，在所谓有文化、有教养外表的掩饰下，一场现代史上最激烈、最残酷的地下战争打响了。

法国安全局的全称是"国外情报及反间谍总局"，简称SDECE。它的职责包括国外的间谍工作及国内的反间谍工作，有时候二者互有重叠。第一分局是纯粹的情报工作，下设若干分处，以法文"情报"一词的首字母R命名，分别是：R1，情报分析处；R2，东欧处；R3，西欧处；R4，非洲处；R5，中东处；R6，远东处；R7，美国及西半球处。第二分局主管反间谍工作。第三、第四分局共同组成共产党部，他们在同一间办公室办公。第六分局主管财务，第七分局负责行政。

第五分局的名称只有一个词："行动"。这个办公室是这场反击"秘密军组织"战争的核心。行动分局总部位于巴黎的东北郊区，坐落在靠近利拉大门的莫尔捷街上一栋毫不起眼的楼房里。数以百计的高手从这里出发，投入到这场战争中。他们大多是科西嘉人，是现实生活中与小说里的"狠角色"最接近的一群人。他们的体格被训练到最佳状态后，就被送往沙托里训练营。在那里，他们与世隔绝，接受各种严酷的技能培训。他们在那里成为格斗专家，擅长使用小型武器或是徒手格斗，精通空手道、柔道，学习过无线电通讯、爆破、破坏、审讯、刑讯、绑架、纵火和暗杀。

他们有的只会说法语，有的则可以熟练使用好几种语言，在世界各国的首都都能行动自如。他们有权在执行任务时杀人，并且常常使用这种权利。

随着"秘密军组织"的活动日益猖獗残暴，国外情报及反间谍总局局长欧仁·吉布将军最后取消了对这些高手的限制，让他们放手去对付"秘密军组织"。他们当中一些人加入该组织，并且打入了它的最高层。这些人只提供情报，而由其他人负责行动。许多在法国或者其他地方执行任务的"秘密军组织"成员，由于这些卧底提供了消息，很快就被警方逮捕了。有些时候，警察要抓的人无法被诱入法国，他们就在国外被无情地干掉了。许多"秘密军组织"的人无端失踪，他们的亲属认定，他们一定是被行动分局的人杀死了。

对于"秘密军组织"的成员来说，教训是惨痛的。他们咬牙切齿地痛恨这批行动分局的人，称他们为"巴布斯[1]"或是"大胡

1 Barbouze，法语中指用假胡子等手段乔装的密探、卧底。

子”，甚至比痛恨警察还要痛恨这些卧底。在“秘密军组织”与阿尔及利亚的戴高乐当局争夺权力的最后日子里，“秘密军组织”活捉了七名“巴布斯”。后来，这些人的尸体被发现吊在阳台或是灯柱上，耳朵和鼻子都被割掉了。这场地下战争就以这样的方式进行着。至于谁，在哪个地窖里，在谁的手上死于酷刑，这一切，永远都无从知晓。

留在“秘密军组织”外部的“巴布斯”仍然听候安全局的调遣。他们有的在被安全局征召之前是黑社会的职业杀手，都保持着他们的老关系。他们不止一次请他们过去的黑道朋友为政府做点“脏”活儿。这些事让法国开始传言有关“影子警察”（非官方的警察）的说法。这些“影子警察”据推测是由戴高乐总统的得力干将雅克・福卡尔先生直接指挥的。事实上，并不存在“影子警察”。那些事都是由分局的高手，或是临时征召的黑社会头头们干的。

在巴黎和马赛的黑社会里，科西嘉人占绝对优势，在行动分局里也是这样。他们对这种仇杀也略知一二。在那七个“巴布斯”在阿尔及尔[1]被杀之后，一场针对“秘密军组织”的报复行动开始了。正如一九四四年，科西嘉人帮助盟军在法国南部登陆一样。作为回报，他们后来垄断了科特达祖尔[2]的大多数非法生意。后来，在二十世纪六十年代早期，科西嘉人为了法国政府，在这场仇杀中向“秘密军组织”开战。很多“秘密军组织”成员都是在阿尔及利亚出生的法国人，和科西嘉人血脉相近。从某种意义上说，这场战争几乎就是手足相残。

当对巴斯蒂安-蒂里和他的同伙的审判逐渐成为过去的时候，

---

1 阿尔及利亚首都。

2 科特达祖尔，靠近戛纳，是法国著名海滨休养地。

“秘密军组织”的战争也转入了地下。他们的领袖是安托万·阿尔古上校，曾参与幕后策划小克拉马尔那次刺杀计划。阿尔古毕业于法国一所著名的大学——工业大学，他思维敏捷，精力旺盛。在自由法国时期，他曾是戴高乐麾下的一名少尉，为解放法国与纳粹作战。后来，他在阿尔及尔指挥一个骑兵团。他个子不高，身材瘦削，是一名战绩辉煌的冷血战士。一九六二年，他成为“秘密军组织”海外行动的首脑。

精通心理战的他深知，这场反对戴高乐政权的战斗必须从各个层面进行，比如恐怖活动、外交和公共关系数管齐下。作为战争的一部分，他安排了“秘密军组织”的政治盟友，法国抵抗运动委员会领导人，前法国外交部长乔治·比多与整个西欧的报纸和电视等媒体的一系列见面会，用能“引发尊敬”的措辞向他们解释“秘密军组织”反对戴高乐政权的原因。

阿尔古现在正在运用他的高智商。这个智商曾经使他成为法国陆军最年轻的上校，而现在，则让他成为“秘密军组织”中最危险的人物。他为比多安排了一连串与主要电视台和报纸记者的见面。在这些见面会上，这个老道的政客可以为“秘密军组织”那些不那么冠冕堂皇的暗杀行动披上正义的外衣。

阿尔古的宣传活动被比多执行得非常成功。法国政府对它的震惊程度不亚于对那些恐怖活动以及遍布法国全国电影院和咖啡馆的塑料炸弹爆炸案。正在那个时候，二月十四日，另一起刺杀戴高乐的阴谋被发现了。戴高乐原定于次日在军事学院的战神广场发表讲话。刺杀计划是：戴高乐一进入大厅，躲在附近房子屋檐下的刺客就朝他背后开枪。

有三个人在这次事件后被捕：让·比雄、炮兵上尉罗贝尔·普安纳德和一名军事学院的英语教员波勒·鲁斯莱·德利菲雅克夫人。枪手按计划应该是乔治·瓦坦，但这个“瘸子”又一次逃脱了。在普安纳德的房间发现一支有红外瞄准镜的步枪。三个人都被捕了。据他们在后来的审讯中供述，为了把瓦坦和他的枪偷运入学院，他们找过准尉马里于斯·托，后者直接报告了警察。十五日，戴高乐按照预定的时间，准时参加了军事典礼。不过令他有些不悦的是，他不得不乘坐一辆装甲汽车抵达。

这次的阴谋刺杀行动业余得超乎想象，但仍然让戴高乐很生气。第二天他把内政部长弗赖叫来，拍着桌子训斥部长要对国家安全负责，“暗杀勾当实在是太猖狂了！”

弗赖决定在“秘密军组织”的最高层里来个杀一儆百。他对最高军事法庭正在进行的对巴斯蒂安-蒂里的审判结局十分放心，因为蒂里已在被告席上竭力解释，为什么他认为夏尔·戴高乐应该死。这一点就足够判他死刑了。但在他看来，这种杀鸡儆猴的事情还应该再多一些。

二月二十二日，一份安全局第二分局（反间谍和国内安全局）局长写给内政部长的备忘录副本被送到了行动分局局长的办公桌上。全文摘要如下：

> 我们已成功破获此次颠覆活动并获知一名主要头目的下落，此人为前法国陆军上校安托万·阿尔古，现已逃往德国。现据当地情报，他要在那里逗留数日……
>
> 目前情况下，对阿尔古采取行动并将其逮捕是可能的。鉴于我方反间谍局对德国相关安全负责机构提出的官方请求已被拒绝（该机构目前期望我们的特工只能跟踪阿尔古和其他“秘密军组织”领导人），因此，本次针对阿尔古的行动必须以最快速度进行，并许其便宜行事。

这个任务交给了行动分局。

二月二十五日下午，阿尔古在罗马和其他“秘密军组织”领导人会面后回到慕尼黑。他没有直接回乌纳特尔街的公寓，而是搭乘出租车去了伊登・伍尔夫酒店。之前他在那里订了间房，显然是准备开个会。不过他再也出席不了这个会议了。在酒店的大堂里，两个操纯正德语的人上来搭讪。他开始以为他们是德国警察，就伸手到胸前口袋里掏护照。

忽然，他的双臂就像被老虎钳子夹住一样，被紧紧箍住，他双脚离地，被迅速架到外面停着的一辆洗衣店的面包车里。他两脚乱踢，招来一连串法语的咒骂，一只粗硬的手猛击他的鼻子，另一只则重重地打在了他的腹部。有根手指点中他耳后的神经节，他就像被关了开关的灯，眼前一黑，顿时就晕了过去。

二十四小时后，位于巴黎凯德索菲弗街三十六号的法国司法警察部，一部电话响了起来。一个沙哑的声音对接电话的值班警官声称他代表“秘密军组织”，并说：“安托万・阿尔古在CID[1]大楼后面的一辆面包车里，已经捆结实了。”几分钟后，面包车门被打开，阿尔古跌跌撞撞地走出来，围拢过来的警官都惊呆了。

他的眼睛被蒙了二十四小时，眼前模糊一片，要有人扶着才能站得住。他的脸上满是鼻血干后结的血痂，嘴里的东西被警察扯出后嘴巴仍然很疼。有人问他：“你是安托万・阿尔古上校吗？”他嘟囔道：“是的。”行动分局的人在昨天夜里成功地将他偷运出德国国境。至于用匿名电话通知警务人员，“包裹”就在警局自己的停车场里，则只是他们在工作中的幽默。他一直被关押到一九六八年

1 法国最高军事学府，三军防务学院。

才释放。

但有件事行动分局的人没想到，逮捕阿尔古虽然使“秘密军组织”士气大为低落，但却为他的影子副手马克·罗丹中校领导刺杀戴高乐的行动铺平了道路。这个人虽然籍籍无名，但同样精明强干。从很多方面来讲，这个买卖都不划算。

三月四日，最高军事法庭对让-马里耶·巴斯蒂安-蒂里进行宣判。他和其他两个人被判处死刑，同时被判处死刑的还有仍逍遥法外的“瘸子”瓦坦。

三月八日，被告律师提出减刑请求，戴高乐将军一声不吭地听了三个小时，然后将其中两人改判为终身监禁，而对巴斯蒂安-蒂里则维持原判。

当晚，律师把最后的判决告诉了这个空军中校。

“定在十一日。”律师告诉他的委托人。后者不相信，继续报以微笑。律师脱口而出：“你将被枪决。”

巴斯蒂安-蒂里摇摇头，依然保持微笑。

“你不会明白的，”他告诉律师，“没有哪支法国士兵的队伍会将枪口对准我。”

他错了。第二天早上八点，法国第一欧洲广播电台播报了枪决的消息。在西欧大部分的地方，只要愿意收听的人都能听到这条消息。在奥地利一家小旅馆的房间里，这则消息触发了一系列计划和行动，使戴高乐将军比他毕生事业中的任何时候都更接近死亡。住在这间房间里的人就是马克·罗丹中校，“秘密军组织”的新行动首脑。

2

马克 · 罗丹关掉他的半导体收音机，从桌边站起来，盘里的早餐几乎没动。他一直在抽烟，一支接一支。他走到窗边，迟到的春天还没有开始破坏这白雪覆盖的景致。他凝视着窗外，又点了一支烟。

“浑蛋。”他轻轻地嘟囔着这个词，充满了怨恨，然后又低声骂了一串来表达他对法国总统、他的政府以及行动分局的憎恶。

罗丹几乎在所有方面都和他的前任不一样。他身材高大，苍白的脸上满是仇恨。与其他拉丁裔不同，他总是用冷淡来掩饰自己的感情。由于没有综合理工大学的学历，他无法升职。德国入侵法国的时候，十几岁的他——这个鞋匠的儿子——逃离平静的生活，驾着一条渔船来到英国，成了一名洛林十字[1]旗下的列兵。

从列兵到军士再到准尉，他历尽艰险，在北非，他在柯尼希[2]麾

1　洛林十字是指在一般十字上部多一条横的符号。二战时，法国的戴高乐将军采用此符号作为法国抵抗运动的徽号，是“自由法国”的象征。

2　马利·皮埃尔·柯尼希（1898—1970），法国将军。他指挥的自由法国旅一九四二年在北非比尔哈凯姆战役成功阻击了隆美尔的军队，使英国盟军得以顺利撤退到埃及准备反攻。

下血战，后来在诺曼底他又跟随勒克莱尔[1]穿越灌木丛。在解放巴黎的战斗中，他获得了军官的肩章，这是他凭教育和出身永远无法得到的。在战后的法国，选择只有两个，继续留在军队或是重返平民生活。

退役做什么呢？除了父亲教给他的补鞋手艺，他别无所长。于是他留在了陆军。后来，新一代的年轻人，那些受过教育的男孩，从军官学校毕业，用教室里的理论知识获得了他用鲜血和汗水换来的同样的军官肩章。这让他非常痛苦。看着他们在军阶和特权方面超越自己，这种痛苦便愈发刻骨铭心。

剩下来的唯一出路就是参加殖民军部队。当义务兵们围着操场转来转去的时候，这些骁勇善战的士兵正在浴血奋战。于是，他设法调到了殖民军空降部队。

在印度支那的第一年里，他很快便成了一名连长，生活在和他有着同样想法、说着同样语言的人中间。从补鞋匠板凳上站起来的年轻人，获得晋升仍然需要通过战斗，更多的战斗。印度支那战争结束的时候，他已经是一名少校了。回到法国经历了一年的不快和挫折后，他被派往阿尔及利亚。

法国撤出印度支那，加上他回国后的那一年，使潜伏在他内心的愤懑变成了对政客的日益憎恨。在他看来，除非由军人当政，否则法国永远无法摆脱遍布在政治生活中的卖国贼和马屁精的掌控；只有军队里才没有这两种人。

像大多数作战军官一样，他亲眼目睹过自己的战友死去，有时还亲手掩埋了那些不幸阵亡的军人支离破碎的肢体。罗丹崇拜军

1　勒克莱尔（1902—1947），法国元帅，曾指挥法军部队参加诺曼底登陆战役，率先攻入巴黎。目前法国陆军装备中最先进的主战坦克即以“勒克莱尔”命名。

人，认为他们是社会的中坚力量，是他们的流血牺牲，才使得那些资产阶级能在家里过舒服日子。在印度支那的丛林里战斗了八年后，他才从国内的平民处得知，他们大多对军人毫不关心。那些左翼知识分子诋毁军队的文章全是诸如严刑拷问俘虏以获取重要情报之类的琐事。这些在马克·罗丹的内心激起了反感，再加上他原先由于缺乏机会而逐渐累积的怨愤，他变得极端起来。

他一直坚信，如果有当地殖民政府的支持，以国内政府和人民为后盾，军队是可以击败越盟[1]的。放弃印度支那是对成千上万战死在那里的优秀青年的极大背叛，让他们的死变得毫无意义。而罗丹是不可能也绝不会背叛的。他在阿尔及利亚的经历证明了这一点。一九五六年春天，他离开马赛口岸时，几乎是他一生中最快乐的时候。他确信遥远的阿尔及利亚群山将见证他毕生事业的顶峰，法国军队将成为全世界眼中至高无上的军队。

两年艰苦而残酷的战斗丝毫没有动摇他的信念。说真的，反叛并不像他原本想的那样容易扑灭。无论他们击毙多少穆斯林游击队，将多少村庄夷为平地，把多少阿尔及利亚民族解放阵线的恐怖分子折磨致死，这些反抗者的力量反而愈发壮大，不但在乡村扩大了势力，而且还包括不少城市在内。

他们当然需要宗主国给予更多的支援。毫无疑问，这场战争所在的遥远角落，至少是帝国的领土。阿尔及利亚就是法国，是法国的一部分，三百万法国人居住在这里。人们为阿尔及利亚而战就像为诺曼底、为布列塔尼或者阿尔卑斯而战一样。当他升任中校时，他从农村转战到了城市。开始是在博内，然后是康斯坦丁。

在布莱德，他与阿尔及利亚民族解放阵线的士兵作战，他们虽

1　指越南独立同盟会，成立于一九四一年，旨在带领越南脱离法国的殖民统治。

说不是正规军，但至少还是战士。他对他们的仇恨同他对城市里这种偷偷摸摸的邪恶战斗相比，根本不算什么。这种战争的对手是清洁工在法国人常去的咖啡馆、超市和公园里放置的塑料炸弹。为了将这些把炸弹放置在法国平民中的“杂碎”清除出康斯坦丁，他手段残酷，因而得了个称号——“屠夫”。

为了最终消灭阿尔及利亚民族解放阵线及其军队，消灭阿尔及利亚民族解放军，唯一需要的就是巴黎的更多援助。和大多数极端分子一样，罗丹因信念而无视事实：战争费用日益增长，背负着一场越来越没有获胜希望的战争，法国经济摇摇欲坠，义务兵士气日渐低落。这些对他来说都是小事。

一九五八年六月，戴高乐重新执政，出任法国总理。他干脆利落地推翻了摇摇欲坠的腐败的第四共和国，建立了第五共和国。他使用了“法国的阿尔及利亚”一词，与将军们的口径一致。这使他重回马提尼翁宫[1]，并于一九五九年一月重返爱丽舍宫。罗丹听到他说出这句话，回到房间，高兴得都哭了。戴高乐访问阿尔及利亚时，对罗丹来说，他就像从奥林匹斯山下来的宙斯一样。他确信新政就要开始：共产党人将被赶出他们的办公室，让-保罗·萨特肯定会以叛国罪被枪决，工会组织俯首帖耳，法国最终将全力支援他在阿尔及利亚的亲人，支援保卫法国，在前线战斗的军队。

罗丹对这一切非常肯定，就像他相信太阳从东方升起一样。当戴高乐以他自己的方式开始重建法国的时候，罗丹想着一定是哪里出了问题，得给这个老头儿一点儿时间。当与本·贝拉和阿尔及利亚民族解放阵线初步会谈的说法刚开始流传时，罗丹觉得不能相信。他虽然同情大个子乔·奥梯兹于一九六〇年领导移民发动的那

1　法国总理官邸，后文的爱丽舍宫是法国总统官邸。

场叛乱，但他仍然觉得，没有彻底铲除当地农民武装一定是戴高乐的权宜之计。他觉得老头儿肯定知道他在做什么。他不是说过那崇高的字眼——“法国的阿尔及利亚”吗？

最后，当被毫无疑问地证明夏尔·戴高乐复兴法国的概念里不包括“法国的阿尔及利亚”时，罗丹的世界就像被火车撞上的瓷瓶一样粉碎了。忠诚、希望、信仰、自信，什么都没有了，留下来的只有恨。他恨这个制度，恨那些政客，恨知识分子，恨阿尔及利亚人、工会、记者、外国人；但他最恨的就是那个人——戴高乐。一九六一年四月，除了一些乳臭未干的笨蛋拒绝参加外，罗丹率领全营参与了军事政变。

政变失败了。戴高乐略施小计就把政变扼杀在萌芽状态。在最终宣布与阿尔及利亚民族解放阵线会谈的前几周，成千上万台简易半导体收音机被发放给部队。这件事没有引起军官们的丝毫注意。他们认为收音机是无害的慰问品，许多军官和高级军士都赞同这个主意。空中传来的法国流行音乐让那些士兵感到很惬意，不再只关注炎热、苍蝇和无聊。

但戴高乐的声音就不是那么无害了。在考验军队忠诚的最后关头，遍布整个阿尔及利亚各个兵营的成千上万的义务兵都在用收音机收听新闻。新闻之后，他们又听到了那个声音，就是罗丹自己在一九四〇年六月听到的那个声音。连内容都几乎一样：“你们面临忠诚的选择。我就是法国，掌握着法国的命运。跟随我，服从我。”

有些营长醒来的时候，全营就只剩下少数军官，大部分军士都走了。

兵变就这样被收音机粉碎了，仿佛一切都只是一场梦。罗丹比别的人幸运些。有一百二十名军官、军士和士兵和他在一起。这是因为他所指挥的部队比大多数部队在印度支那和阿尔及利亚的农村都付出过更多的血汗。和其他参与兵变的人一起，他们成立了“秘密军组织”，发誓要推翻爱丽舍宫里的“犹大”。

在胜利的阿尔及利亚民族解放阵线和效忠于法国的军队之间，进行大规模破坏的时间不多了。在最后的七周里，法国殖民者把他们毕生所得廉价变卖，逃离饱受战火摧残的海岸。而“秘密军组织”则对他们留在身后的世界进行了最后一次骇人听闻的报复。当这一切结束之后，这些领导者的名字都在戴高乐当局挂了号，留给他们的只有逃亡国外一条路了。

一九六一年冬天，罗丹成为阿尔古的副手，是流亡海外的“秘密军组织”的行动负责人。从那时起，精明强干，有着敏锐洞察力的阿尔古就成了“秘密军组织”发动的针对法国大城市行动的幕后主使，而罗丹则以他的阴险狡猾和组织能力著称。如果他仅仅是一名强悍的极端狂热分子，那他虽然危险但绝对不是最出众的。在二十世纪六十年代早期，“秘密军组织”拥有许多这样的悍将，但他比那些人更有才干。那个老鞋匠生了一个善于思考的男孩，这个男孩的头脑从来没有受过正规的军事教育。罗丹是以他自己的方式成长起来的。

在对法国的理解和军队的荣誉问题上，罗丹和其他人一样固执，但是在具体问题上，他则是实用性和逻辑性的统一。因此他比世界上所有鲁莽的狂热分子和不顾死活的亡命之徒都更加高明。

这就是在三月十一日早上，他所想出的关于刺杀戴高乐行动所面临的问题。他没有傻到认为这件事很容易，恰恰相反，他认为由于有了小克拉马尔和军事学院的失败，事情变得更困难了。找杀手并不难，问题是要找一个人，或者是制订一个计划，这个人或者这个计划要有能力以非同寻常的方式，穿越现在围绕总统本人建立起来的这堵安全防护“墙”。

他坐在窗前，两个小时里一直不断抽烟，脑子里有条不紊地想着一系列的问题。直到整间屋里都弥漫着蓝色的烟雾，他才将这些问题汇总起来，然后设计一个方案来摧毁或绕开它们。每个方案在大多数他所想到的关键检验下看起来都是可行的，但在最后的考验下都被瓦解了。思来想去，有个问题看来真的难以逾越——保密问题。

在小克拉马尔事件后，情况就发生了改变。行动分局对“秘密军组织”从高到低各阶层的渗透达到了惊人的程度。最近发生的，对他的上级阿尔古的诱捕就说明了行动局急于抓捕讯问“秘密军组织”领导人的程度。他们甚至不惜与德国政府大吵一架。

阿尔古受审已经十四天了，“秘密军组织”的所有领导都不得不东躲西藏。比多忽然就对抛头露面失去了兴趣，全国抵抗委员会的其他领导也惊慌失措地逃往西班牙、美国和比利时。他们一窝蜂地抢购假证件和边远地区的机票。

看到这些，级别较低的成员都极为泄气。在法国境内，以前愿意提供帮助，藏匿被通缉的人，运送武器，传递消息，甚至提供情报的人，现在只说一声“抱歉”就挂断了电话。

小克拉马尔行动失败后，被捕者受到审讯，法国境内的三个地下组织全部被迫关闭。法国警察根据内线的情报，查抄了一家又一家，破获了一个又一个储备武器和物资的秘密仓库。另外两个刺杀戴高乐的计划在组员们刚坐下准备开第二次会时，就被警察破获了。

当全国抵抗委员会的人在会议上发表讲演，空谈恢复法国的民主时，罗丹正冷静地审视着床边鼓鼓囊囊的公文包里的那些文件所描述的事实：资金短缺，在国内外失去支持，成员减少，信用下降，“秘密军组织”在法国情报机构和警察的进攻下正在分崩离析。

枪决巴斯蒂安-蒂里只会使士气更加低落。现在这个时候想找到肯提供帮助的人真的很困难，那些肯做这种事的人，他们的长相都已深深烙在每一个法国警察和几百万市民的脑海里。这个时候的任何新计划，只要涉及多个策划和多个组织间的协同，都会在刺客走进戴高乐周围一百英里之前暴露。

罗丹反复思考后，得出了一个结论。他喃喃地说："一个没人知道的人……"他把他所知道的敢于刺杀总统的人逐个想了一遍。他们每个人在法国警察总部都有一本和《圣经》一般厚的卷宗。还能是什么原因呢？他马克·罗丹不也是只能躲在奥地利一家昏暗的山村旅馆里吗？

将近中午的时候，他终于有了答案。他曾一度放弃了这个答案，但又带着浓厚的兴趣重新去考虑它。如果能够找到这样一个人……只要有这样一个人。慢慢地，很艰难地，他围绕这样一个人制订了另外一个计划，然后用所有的障碍和反对意见来检验它。这个计划全通过了，甚至包括保密问题。

午餐铃敲响前，马克·罗丹套上大衣走下楼。他在大门口遇到了顺着冰冷街道迎面刮来的第一股冷风。他缩了缩身子，但在过热的房间里抽烟引起的头疼和麻木却一扫而光。他向左一拐，咯吱咯吱地向阿德莱街的邮局走去。他发了一连串简短的电报，通知他那些化名散布于德国南部、奥地利、意大利和西班牙的同伴：他有任务外出，这几周不在此地。

他步履艰难地走回他那简陋的住所。在路上，他忽然想到，也许有人会认为他最终也胆怯了，在行动分局的绑架或暗杀威胁下也要销声匿迹了。他耸耸肩，随便他们怎么想，没时间向他们详细解释。

他用旅馆的优惠券要了一份午餐，今天是炖肘子和面条。尽管多年印度支那的丛林时光和阿尔及利亚的荒野生活让他对美食没有概念，但这顿饭实在令他难以下咽。当天下午，他收拾好行李，付清账单，离开那里独自去执行一项任务——去找一个人，或者更准确点，找某一类人，一类他都不知道是否存在的人。

他登上火车的时候，一架英国海外航空公司的彗星4B型客机朝着伦敦机场四号跑道降落下来。飞机从贝鲁特飞来。在排队穿过入境旅客大厅的旅客中，有一个亚麻色头发的高个子英国人。中东的阳光把他的脸晒成黝黑的健康色。他在黎巴嫩尽情享受了两个月的愉快生活，感到身心舒畅。不过对他来说，更令他愉快的是看着一笔数目不小的款项从贝鲁特一家银行转入了瑞士的另一家银行。

在遥远的埃及沙地上，他挫败了埃及警察的追踪，并留下了两具德国导弹工程师的尸体，每具尸体都有一个干净利落的子弹孔穿过脊椎骨。现在，困惑不解、满腔怒火的埃及警察早已把尸体埋掉了。他们的死使纳赛尔总统的阿尔·扎菲拉式火箭研制推迟了好几年，而在纽约的一位犹太复国主义百万富翁则觉得他的钱花得太划算了。这会儿，这个英国人轻松地通过了海关检查，乘出租车驶向他位于伦敦西区的公寓。

罗丹找了九十天，收获了三份薄薄的档案，每份都放在一个马尼拉纸卷宗里。他把它们放在自己的公文包里，从不离手。回到奥地利已经是六月中旬了，他找了家小旅馆住了下来。这是维也纳布鲁克纳街的克莱斯特旅店。

他在城里的大邮局发了两份简明扼要的电报，一份发到意大利北部的博尔扎诺，另外一份发往罗马。电报是召集他最重要的两名助手到他维也纳的住所开一个紧急会议。二十四小时之内人就到了。勒内·蒙克雷从博尔扎诺乘出租车来，安德烈·卡松则从罗马乘机抵达。两个人都用的假名字和假证件，因为他们两个都排在驻意大利和奥地利的法国特工卷宗的前列，这个时候特工们正不惜血本地花费大把的银子雇佣眼线，在边境检查站和机场找他们呢。

先到克莱斯特的是安德烈 · 卡松，比预定的十一点早了七分钟。他让出租车停在布鲁克纳街的街角，下车后，在一家花店的橱窗前花了几分钟整理了一下领带，然后迅速走进旅店大厅。罗丹和往常一样登记了假名，是他最亲近的同伴才知道的二十个假名中的一个。被叫来的两个人在前一天都收到了一份署名为“舒尔茨”的电报，这就是罗丹在这二十天内用的假名。

“请问，舒尔茨先生在吗？”卡松问前台的年轻人。小伙子查了一下登记簿。

“六一四号房。是他约你来的吗，先生？”

“对，没错。”卡松回答，径直走上楼梯。他走到二楼，沿着走廊寻找六一四号房。在右手中间的位置，他找到了。他抬手准备敲门，忽然被人从背后抓住。他转过身，抬头看见一张脸——铁青的下巴，眼睛从那道浓黑的眉毛下俯视着他，毫无表情。他身后十二英尺处的墙上有个凹进去的隐蔽处，他就是从那里开始跟在卡松身后的。尽管地上的灯芯绒地毯非常薄，但卡松还是一点儿声音都没听到。

“你要干什么？”这个大个子漫不经心地问，但抓住卡松右腕的手却丝毫没有放松。

有那么几秒钟，卡松感到胃里一阵翻江倒海。他想到了四个月前，阿尔古被从伊登 · 伍尔夫酒店闪电绑架的事。但很快他便认出了身后这个人，他是外籍军团里的一名波兰人，以前在印度支那和越南时都曾在罗丹的连队里待过。罗丹有时会让维克多 · 科瓦尔斯基执行特殊任务。

“我和罗丹上校约好的，维克多。”他轻声回答。听到对方提起自己和老板的名字，科瓦尔斯基的眉毛更是拧成了一团。“我是安德烈·卡松。”他补充道。科瓦尔斯基似乎对这个名字没什么印象。他伸出左手绕过卡松，在六一四号房门上敲了敲。

里面有个声音问：“谁？”

科瓦尔斯基把脸凑到门缝处，“来了个客人。”他尽力“低声”说。门开了一道缝，罗丹向外张望了一下，随即拉开了门。

“我亲爱的安德烈，真抱歉这样对你。”他冲科瓦尔斯基点点头，“没事了，下士，我在等他。”

卡松的右手终于被松开了。他迈步进了房间。罗丹在门口又对科瓦尔斯基说了几句，然后关上了门。波兰人又退回墙上的隐蔽处。

罗丹和卡松握了握手，把他领到燃气壁炉前的两个扶手椅旁。此时虽已是六月中旬，但外面下着蒙蒙细雨，天气依然阴冷。他们两个早就习惯了北非的烈日，所以把炉火烧得很旺。卡松脱下雨衣，在壁炉前坐了下来。

“马克，你往常可没这么小心谨慎。”他说。

“这不是为了我自己，”罗丹回答，“任何情况下我都能照顾好我自己。但我可能需要几分钟把这些文件毁了。”他指了指窗边桌上公文包旁的那个厚厚的马尼拉纸卷宗。“这才是我带维克多来的原因。不管发生什么事，他必须给我六十秒的时间来销毁这些文件。”

“那些文件一定很重要。”

“也许，也许，”罗丹的话音里透着一丝满足，“我们得等勒内来。我让他十一点十五分来的，这样你们两个人就不会同时到达而让维克多不安。出现太多不认识的人会让他紧张。”

维克多左腋下别着沉甸甸的左轮手枪，他紧张起来会发生什么？想到这些，罗丹露出了一丝难得的微笑。此时，他们听见一记轻轻的叩门声。罗丹穿过房间，把嘴凑到门上："谁？"

这次是勒内·蒙克雷，他的声音紧张得有点结巴。"马克，看在上帝的分上……"

罗丹拉开门。蒙克雷站在门口，身后是那个波兰巨人。相形之下，蒙克雷就像个侏儒。维克多用左臂勒着这个会计，紧紧地夹住了对方的两条胳膊。

"行了，维克多。"罗丹轻声对这个保镖说。蒙克雷被放开了。他走进屋里，对坐在炉火边微笑的卡松扮了个鬼脸。门再次关上了，罗丹向蒙克雷表示歉意。

蒙克雷走上前来，两人握了握手。他脱去外衣，露出一件皱巴巴的灰黑色西装，手工很差，并不合体。就像大多数习惯了穿军装的人一样，他和罗丹都穿不惯便服。

看着他们两个在那两把简陋的椅子上落了座，罗丹便坐到了那把他用来当写字台的桌子后面的高背椅上。他从旁边的柜子里拿出一瓶法国白兰地，向他们扬了扬。两位客人都点了点头。罗丹倒了三大杯，递给蒙克雷和卡松。先饮些烈酒可以帮他们消除身上的寒气。

勒内·蒙克雷斜靠在床头。他个子不高，但很结实。他和罗丹一样都是职业军官，但不同的是，他没指挥过战斗。他的军人生涯大多是在行政部门度过，开始的十年一直在外籍军团会计处工作。他从一九六三年春天开始主管"秘密军组织"的财务。

只有安德烈·卡松不是军人。他身材矮小，办事精细。他在阿尔及利亚是一家银行的经理，现在的穿着打扮还是老样子。他是法国城市地区"秘密军组织"和全国抵抗运动委员会地下组织的联络人。

虽然加入组织的原因各不相同，但这两个人和罗丹一样，都是“秘密军组织”里的强硬派。三年前，蒙克雷在马赛郊区的外籍军团会计处工作时，他十九岁的儿子在阿尔及利亚的部队服役。后来，蒙克雷少校再没有见过他的儿子，连尸体都没见着。这个年轻的列兵被游击队俘虏了，部队攻占村子之后，他就被埋在了那里。事后他知道了儿子曾惨遭折磨的悲惨遭遇。在部队里，没有什么秘密可以长久保存，这一点尽人皆知。

安德烈·卡松和“秘密军组织”的关系则更密切一些。他出生在阿尔及利亚，他把毕生都奉献给了他的工作、家人和他的家庭。他所工作的银行总部设在巴黎，所以即使阿尔及利亚陷落，他也不会失去工作。但他参加了一九六〇年在阿尔及利亚的法国移民叛乱，是他的家乡康斯坦丁的领导人之一。甚至在这之后他仍然没丢掉工作，但是当他发觉银行户头一个接着一个地结清了账，商人们卖掉了一切搬回法国时，他才知道法国在阿尔及利亚的好日子已经结束了。就在军队哗变之后，当地的农民和小商贩倾家荡产地孤身逃回法国，饱受苦难。他们当中很多人甚至从未见过这个国家。看到这些，他对戴高乐的新政很是恼怒，于是便帮助“秘密军组织”的一支部队从自己工作的银行抢劫了三千万旧法郎。一个低级出纳员发现他与“秘密军组织”合谋，举报了他，终结了他在银行的事业。他把妻子和两个孩子送到佩皮尼昂的岳父家住，自己则加入了“秘密军组织”。他的价值在于他对当前法国国内“秘密军组织”的同情者十分了解，这个群体约有上千人。

马克·罗丹在他书桌后面的椅子上坐下来，看着他们两个。他们也注视着他，目光充满好奇，但什么都没问。

罗丹有条不紊地开始了他的介绍，他讲得很仔细，主要是关于过去几个月里，“秘密军组织”不断被法国情报机构挫败的情况。

他的客人都盯着各自的酒杯，一副忧心忡忡的样子。

“我们必须面对现实。在过去的四个月里，我们遭受了三次沉重的打击。在理工学院试图使法国脱离那个独裁者的失败尝试，仅仅是我们长长的失败清单里的最新纪录。其中有的甚至还没开始就被破坏了。只有两次，我们的人进入了狙击范围，但都因为计划和执行中的低级错误也搞砸了。我不用讲那么具体，你们和我一样，都知道得很清楚。

“我们失去了安托万 · 阿尔古，他被绑架了。他是我们最精明强干的领导之一。尽管他忠于我们的事业，但毫无疑问，在如今的审讯手段下，他们很可能对他使用药物。这样一来，整个组织都处于危险之中。安托万知道一切，所以我们现在不得不重新开始。这就是为什么我们现在只能坐在这个昏暗的旅馆里，而不是在我们慕尼黑总部的原因。

“如果一年前我们就从头开始，那也不会太糟。那时候我们能发动成千上万热情的爱国志愿者，可现在就没那么容易了。让-马里耶 · 巴斯蒂安-蒂里的死对我们更不会有任何帮助。我不想过多责备那些同情我们的人。他们有权要一个结果，而不是听空话。”

“好了好了，你究竟想说什么？ ”蒙克雷问。这两个听众都知道罗丹是对的。蒙克雷比任何人都清楚，从阿尔及利亚银行抢劫来的钱都花在组织的运作上了，右翼企业家的捐助也开始枯竭。最近他在募捐时遭到了露骨的蔑视。卡松知道，他与法国地下组织的联系渠道现在也开始恶化了。他的多个藏身处被抄。阿尔古被捕后，很多人都不再支持“秘密军组织”了。巴斯蒂安-蒂里被枪决只能加速这一进程。罗丹所介绍的都是事实，但听起来让人很不愉快。

罗丹继续讲着，好像没被打断过一样。

“刚才我说的那些就是我们当前所面临的现状。我们的主要目的是要干掉那个老家伙，解放法国。所有与之相左的计划都必须放弃。如果我们继续沿用传统手段，这个目标是不可能实现的。先生们，我不想再让更多的爱国青年去执行几天之内就会被泄露给法国盖世太保的计划了。简而言之，告密的人太多，卧底太多，不服从指挥的人太多。

“法国安全局现在已经趁此机会渗透到我们的组织中，就连我们最高级的委员里也已经有人开始向他们泄露机密。现在看来，我们的决议他们几天之内就会知道——我们准备做什么，计划什么，执行任务的是谁，都会暴露无遗。不可否认，面对这样的处境让人很不愉快，但我确信，如果我们不去面对，那纯粹是自欺欺人的行为。

“依我看，只有一个方案可行。这个方案可以避开安全局整个间谍和特工网络，让他们失去情报来源。在这种情况下，他们不可能事前发觉。即使发觉了，也破坏不了。这样我们就可以实现我们的首要目标——杀了那个老家伙。”

蒙克雷和卡松迅速抬起头。房间里一片死寂，只能偶尔听见雨点打在窗格上的声音。

“的确，我们当前的处境非常糟糕，但如果你们同意我对形势的判断是正确的，”罗丹继续说，“那我们也必须承认，我们目前所知道的，愿意并且能够消灭那个老小子的人，秘密警察也一样知道。他们没有一个人能够在法国国内活动，只要一露面，就会像一只被追捕的野兽，不仅被正规警察部队搜捕，还会被‘大胡子’和告密者出卖。我相信，先生们，我们唯一的办法是雇一个外人。”

蒙克雷和卡松惊愕地望着他。过了一会儿，他们才慢慢有所领悟。

“什么样的外人？”终于，卡松开口问道。

“不管他是谁，这个人必须是个外国人，”罗丹说，“他不是‘秘密军组织’或者全国抵抗委员会的人。全法国的警察都不认识他，他也没留下任何档案。所有独裁统治的弱点就在于它那庞大的官僚机构。档案里没有的就等于不存在。没有人知道这个杀手，因此他就‘不存在’。他持有外国护照，干完这差事就消失了，回到他自己的国家。这时法国人民就会行动起来，彻底铲除戴高乐这帮卖国贼的余孽。这个人能否逃出法国并不重要，我们接管政权后肯定会释放他的。重要的是他能不引起注意，不被怀疑地进入法国，而这是现在我们任何人都做不到的。”

两个听众都沉默不语，陷入沉思。罗丹的计划逐渐在他们的脑海中成形了。

蒙克雷轻轻吹了声口哨。

“一个职业杀手，一个雇佣兵？”

“没错，”罗丹回答，“要说会有一个局外人出于对我们，对国家的热爱或者对这件事情本身感兴趣才同意干，那我也未免太天真了。要想找到一个技能和胆识都足以胜任这项差事的人，我们必须雇一个真正的职业刺客。这种人只为钱工作。而且是一大笔钱。”他补充道，同时飞快地瞥了蒙克雷一眼。

“但是我们能否找到这样一个人呢？”卡松问。

罗丹举起手。

“一件一件来，先生们。显然，我们有大量的具体工作要做。我首先想知道的是，你们是否在原则上同意这个主意。”

蒙克雷和卡松对视了一下，又都转向罗丹，缓缓地点了点头。

“好。”罗丹坐在高背椅上尽量向后靠去，“这是首先要解决的——原则上意见一致。第二个问题是关于保密，这是整个计划中的关键。在我看来，现在我们能相信的人越来越少了。我并不是说，‘秘密军组织’和全国抵抗运动委员会中的所有同志都是叛徒。不过老话说得好，‘知道的人越多，秘密就越保守不住’。所以，知道的人越少越好。

“即使是在‘秘密军组织’，也已经有一些渗透进来的人取得了领导地位。他们会向秘密警察报告我们的计划。这些人早晚会露馅儿的，但目前我们还不知道他们是谁，因此对我们构成了相当大的威胁。而那些全国抵抗运动委员会的政客要么神经过敏，要么胆子太小，他们很可能认为这个计划是无法实现的。我不想让他们无端卷入此事而陷入危险的境地，实在没这个必要。

“你，勒内。还有你，安德烈。我召集你们到这儿来是因为我完全信任你们对事业的忠诚和你们保守秘密的能力。另外，我脑子里的计划必须有你们的积极配合。勒内，作为司库和军需官，你必须满足这个职业杀手毋庸置疑将会提出的赏金要求。安德烈，你得帮忙在法国境内为这个人找几个绝对可靠的人。一旦他有需要，他们可以及时予以协助。

“但我认为，这个主意的细节除我们三个人以外，没有理由让其他人知道。因此我提议，咱们三个人组成一个委员会来负责整个计划，包括它的策划、执行和经费。”

又是一阵沉默。然后，蒙克雷终于开了口：“你的意思是，咱们把整个‘秘密军组织’委员会和全国抵抗运动委员会彻底甩开？那他们肯定不乐意。”

“首先，他们不会知道这件事，”罗丹平静地回答，“如果向他们提交我们的方案，那就得召开一次全体大会。单这一点就会引起外界的注意。‘大胡子’会努力找出召开全体大会的原因，甚至两个委员会里也会有人走漏风声。如果我们逐个拜访委员会成员，理论上，想要获得初步原则上的同意就得花去数周。而且在计划的每一个形成和表决阶段，他们都要知道细节。你们了解这些贪婪的政客和委员会成员，他们只是想知道一切，但什么也不干。可是，每个人都可能喝醉了或者不小心透露只言片语，从而使整个计划陷于险境。

“第二，即使‘秘密军组织’整个委员会和全国抵抗运动委员会同意该计划，我们最好也不要再继续了，因为已经有将近三十个人知道这件事了。从另一个方面来说，如果我们自己干，自己负责这件事，那么即使失败了，我们的情况也不会比现在更糟。肯定会有责难和非议，但也仅此而已。如果计划成功，我们必然能够掌权，那时候也不会有人和我们争执了，而消灭独裁者的具体方案就成了学术成就。简单地说，你们两个同意和我一起作为我刚才所讲的这个方案的策划者、组织者和执行者吗？”

蒙克雷和卡松又对视了一眼，再转向罗丹，点了点头。自从三个月前阿尔古被绑架后，这是他们第一次会见罗丹。阿尔古在的时候，罗丹通常都安静地待在幕后。现在他凭自己的本事，以一个领导者的形象出现，给地下组织的首领和司库留下了精明果断的深刻印象。

罗丹看着他们俩，微笑着缓缓吐出了一口气。

“好，”他说，“现在咱们来研究一下细节。那天我从广播里听到可怜的巴斯蒂安-蒂里遇害时，忽然想到这个主意——雇一个为钱做事的职业杀手。那以后我就开始寻找我们需要的这个人。显然，这种人很难找；他们都非常低调。我从三月中旬找到现在，结果都在这儿了。”

他拿起桌上的三个马尼拉纸卷宗，蒙克雷和卡松又交换了一下目光，扬起眉毛，没吭声。罗丹继续说：“我想你们最好先仔细看一下这几份简历，然后咱们才能讨论最佳人选。我个人认为这三个人都是可以的，这是为了避免我们首选的人不能或者不愿意干。每份材料都没有备份，你们最好换着看。”

他伸手从马尼拉纸卷宗里拿出三份薄薄的文件，递了一份给蒙克雷，另一份给了卡松。第三份他自己拿在手里，但没有看。这三份材料他都了如指掌。

其实没什么好看的。罗丹用“简历”这个词实在是太准确了。卡松先看完了他那份，抬头看着罗丹扮了个鬼脸。

“就这些？”

“这种人不会让别人轻易知道底细的，”罗丹回答道，“看看这个。”他把手里的那份递给卡松。

过了一会儿，蒙克雷也看完了，他把文件还给罗丹，后者把卡松刚看完的那份递给他。两个人又埋头看起来。这回蒙克雷先看完，他看着罗丹耸耸肩。

“呃……没什么好谈的，这样的人我们起码有五十个。找个枪手容易得很——”

卡松打断了他。

“等一下，你先看看这个人再说。”他翻到最后一页，迅速看完了最后三段。看完后他把文件合上，看着罗丹。这个“秘密军组织”的领袖没有表示出一丝偏好。他把卡松看完的那份递给蒙克雷，又把第三份递给卡松。四分钟后，两个人都看完了。

罗丹把文件夹收好放回桌上。他端起高背椅，把它调了个方向，冲着火炉，放下，跨坐上去，胳膊搭在椅背上。他就这样坐着审视着两个人。

“嗯，我告诉你们，我们可选的人很少。能做这件事的人也许很多，但是一个优秀情报机构的档案里没有的人绝对非常难找。而对我们来说，最理想的人选不能出现在任何档案里。三份材料你们都看了。我们现在暂时称他们为德国人、南非人和英国人。安德烈，你先说说想法。”

卡松耸耸肩：“我看没什么争议。如果这上面写的是事实的话，从简历上看，这个英国人远胜其他两个。”

“勒内呢？”

“我同意。这个德国人做这件事年纪大了点儿。除了为活着的纳粹干掉几个追踪他们的以色列特工外，他看起来在政治领域没做过什么。而且他反犹太的动机很可能是私人性质的，这样一来他就算不上是纯粹的职业杀手。那个南非人也许可以胜任干掉像卢蒙巴那样的黑人政客，但距离能一枪打穿法国总统还差得远。另外，这个英国人能讲一口流利的法语。”

罗丹缓缓地点了点头。“我看这几乎毫无争议。其实，在我整理这些材料之前，这个人就已经是我心目中的首选了。”

“你对这个盎格鲁-撒克逊人有把握吗？”卡松问，“那些事肯定都是他干的？”

“我对此也很惊讶，”罗丹说，“所以我在这个人身上花的时间格外多。要说确凿的证据，那是一个都没有。如果有的话，可不是什么好兆头。那就意味着，他在各处都有案底，是被通缉的对象。实际情况是，除了传闻，没有什么能牵扯到他。严格说来，他的材料就是一张雪白的纸。即使英国有他的档案，他们顶多也就是在他身上画个问号。他的名字从未列入国际警察的档案。即使法国安全局正式提出质询，英国向其通报这个人情况的概率也很小。你们知道他们彼此之间也心存芥蒂。去年一月，乔治·比多在伦敦活动，他们都没吭声。这个英国人几乎把有利条件占全了，除了一件……”

“什么？”蒙克雷立刻问。

“很简单。他可不便宜。他这样的人要价会很高。咱们的财务状况如何，勒内？”

蒙克雷耸耸肩：“好不到哪里去。虽然开支有所下降，阿尔古事件后，全国抵抗运动委员会的所有高层人士都转入地下，藏到便宜的小旅馆里了。他们看来对住五星级酒店，做电视访谈没兴趣了。但另一方面，收入也越来越少。就像你说的，必须做点儿什么了，不然我们就会因为缺乏资金而垮台。单靠感情可干不了这种事。”

罗丹忧虑地点点头：“我也这样想。我们必须弄些钱来。从某种意义上讲，整个计划其实是空中楼阁，除非我们知道到底需要多少钱……”

“是不是该考虑，”卡松顺着他的话插了一句，“先接触一下那个英国人，看他愿不愿干，要多少钱。”

“对，大家都同意这一点吧？”罗丹直视两人。他们都点点头。罗丹看了看表。“刚过一点。现在，我必须给我在伦敦的中间人打个电话，让他联系这个人，请他过来。如果他今晚乘夜间航班来维也纳，我们晚饭后就能见到他了。至于联系的结果如何，中间人会回电话通知咱们的。我擅自做主给你们订了房间，顺着走廊紧挨着的两间。我觉得大家待在一起有维克多保护，比各自分开没有防卫要安全些。这只是为了以防万一，你们能理解吧？”

“你真是周全可靠啊!”卡松话中带刺。对于预先被人专断地安排，他感到有些不快。

罗丹耸耸肩：“为了弄到这些材料，我花了很长时间。从现在起，浪费的时间越少越好。如果要干，那我们现在就尽量抓紧时间。”

他站起身，另外两个人也跟着站了起来。罗丹把维克多喊来，告诉他去大厅把六一五和六一六号房间的钥匙拿上来。等钥匙的时候，他告诉蒙克雷和卡松：“我只能从邮局打电话。我得带着维克多一起出去。我不在的时候你们两个待在一间房里，锁上门。我的暗号是敲三下门，停一下，再敲两下。”

这个暗号就是为人熟知的“三加二”，源自“法属阿尔及利亚[1]”的单词音节。几年前，巴黎街头的司机就曾用这个节奏摁喇叭来表示对戴高乐政策的不满。

“顺便问一句，”罗丹问，“你们身上都有枪吗？”

两个人都摇摇头。罗丹走到桌子旁边，拿出他自用的一把短小厚实的手枪，一把九毫米口径的MAB[2]。他检查了一下弹夹，“啪”地插回去，把子弹顶上膛，然后递给蒙克雷：“你知道怎么用这玩意儿吧？”

蒙克雷点点头：“没问题。”他说着把枪接了过来。维克多回来了，他把两个人护送到蒙克雷的房间。他回来后，罗丹正在扣大衣扣子。

“来，下士，我们有事要做。”

当晚，一架英国航空公司的“先驱号”飞机从伦敦飞往维也纳。夜幕降临时，飞机降落在施维夏特机场。机舱后部有个亚麻色头发的英国人，他靠在窗边的座椅里，凝视着飞机降落时从旁边一闪而过的航标灯。看着这些灯光不断靠近，直到飞机停在停机坪上总能让他感到愉悦。在最后的一分钟里，导航灯熄灭，出现了光滑的水泥跑道，轮子终于在地面上停稳。这种精准的降落令他着迷。他喜欢精准。

1　原文为法文Algérie Francaise。

2　法国巴荣纳自动武器制造公司自一九二一年起生产的一种半自动手枪。二战后，曾为法军官方佩枪。

他旁边那位年轻的法国人来自法国旅游局驻皮卡迪利大街的办事处。年轻人看着他，有些紧张。从午餐时接到那个电话起，法国人就一直处于紧张状态。差不多一年前，他在巴黎休假的时候，他曾答应为“秘密军组织”执行任务，但那时他只是被简单告知，只要待在伦敦的办公室就行。如果有电话和信件用他的代号，以“亲爱的皮埃尔……”开头，他就得立即服从命令。但从那以后直到今天，六月十五日，什么事都没发生。

接线员告诉他，维也纳有专线电话找他，还补充说是奥地利的维也纳，以和法国的那个同名的维也纳镇相区别。他纳闷地接过电话，听到有个声音叫他“亲爱的皮埃尔”。他愣了好几秒钟才想起来，这是他的代号。

午餐后他借口头疼请了假，然后赶到南奥德雷街的一套公寓，告诉开门的那个英国人这个消息。后者对于被要求三个小时内飞往维也纳丝毫没有感到奇怪。英国人安静地收拾好准备过夜用的行李箱，便和他一起搭出租车前往希斯罗机场。当法国人发现自己只带了护照和支票簿，而忘了带现金时，英国人平静地拿出一卷钞票，足够买他们两人的往返机票了。

那以后他们就再没说过话。英国人既不问他们要去维也纳的什么地方，也不问去见谁或是为什么。这正合法国人的意，因为他也不知道。他得到的指示仅仅是从伦敦机场回电话确认他乘英国航空公司的航班抵达，然后到施维夏特机场以后，去总问讯处报到。这一切都让他感到紧张。身边这个自制且镇定的英国人不仅没有任何帮助，反而更令他紧张。

在问讯处的大厅里，他把自己的名字告诉了那个漂亮的奥地利女孩，她在身后架子上的格子里找了一会儿，然后递给他一张很小的浅黄色字条，上面只写着“致电六一四四〇三，找舒尔茨”。他转身奔向大厅后面的那排公用电话。英国人拍拍他的肩膀，指着标有“兑换”字样的电话亭。

“你需要一些硬币，”他用流利的法语说，“即使是奥地利人也不会那么慷慨。”

法国人涨红了脸，大步走向兑换柜台。英国人在沿墙装有靠垫的长椅上舒舒服服地坐下，燃起一支带过滤嘴的特长英国烟。不一会儿，他的向导拿着几张奥地利钞票和一把硬币回来了。法国人找了个空电话亭开始拨号。电话那头的舒尔茨先生简明扼要地给了他一些指示。不到几秒钟，电话就打完了。

年轻的法国人回到长椅边。亚麻色头发的英国人抬起头看着他。

“咱们去哪里？”

“去那儿。”法国人转身离开的时候，把写有电话的字条揉成一团扔在地上。英国人把它捡起来展开，用打火机点着。字条瞬间就燃尽了，黑色的灰屑消失在他精致的翻毛皮鞋下面。他们一言不发地出了大厅，拦下一辆出租车。

市中心灯光闪烁，车流拥挤。四十分钟后，汽车抵达克莱斯特旅馆。

“我们就在这儿分手吧。我的任务就是把你带到这儿，再坐出租车去别处。你直接去六一四号房。有人在那里等你。”

英国人点点头，下了车。司机转身看着法国人。“接着开。”他吩咐道。出租车消失在街道尽头。英国人抬头看了看用老式歌德字体写就的路牌，然后望了一眼旅馆门上大写的方形罗马字母。最后，他扔掉吸了一半的烟，走了进去。

值班服务员正背对着门，但他听见了开门的声音。英国人没有任何要靠近前台的意思，径直走上楼梯。小伙子刚要问他想干什么，来访者朝他的方向看了过来，像对待下人那样漫不经心地点点头，生硬地说了声："晚上好。"

"晚上好，先生。"服务员不觉脱口而出。刚说完，这个亚麻色头发的英国人就已经走上楼了。他一步跨两级台阶，但看起来却丝毫不显得急促。他在楼梯的顶端停了下来，朝那条唯一的走廊望去。最远端是六一八号房。他看不见房号，便向回数到六一四号房的大致位置。

在他和六一四号房之间是一条长约二十英尺的走廊。要想到达六一四号房，必先经过右侧墙上的两扇其他房间的门。左边墙上有个凹陷进去的壁龛，一块红色的天鹅绒帘子从简陋的铜杆上挂下来，遮在前面。

他仔细端详那个凹陷处。帘子离地约有四英寸，隐约可以看见一只黑色的皮鞋尖。他转身走回门厅。这回服务员准备好了，至少他准备开口了。

"请给我接六一四号房。"英国人说。服务员盯着他看了一秒钟，便依言照办了。几秒钟后，他扭身拿起桌上的电话递了过去。"如果那个猩猩在十五秒钟之内不从那个墙洞里出来，我就回去了。"亚麻色头发的男人说完挂上了电话。然后他走回楼梯。

在楼梯尽头，他看到六一四号门开着。罗丹上校站在门口，他的目光穿过走廊，凝视了英国人一会儿，然后轻轻地喊了声"维克多"。壁龛里的那个波兰巨人走了出来，站在那里看看这个又看看那个。罗丹说："没事，是我约他来的。"英国人在巨人怒气冲冲的注视下径直走了过去。

罗丹把他领进卧室。房间被布置得就像一间征兵委员会办公室。一张带抽屉的写字台是他的办公桌，上面放了些纸。桌子后面是那把房间里原配的高背椅。从隔壁房间拿来的两把高背椅摆在它的两侧，分别坐着蒙克雷和卡松，两人正好奇地看着这位客人。桌子前面没有椅子了。英国人四下看了看，从两把安乐椅中挑了一把，把它转过来，向着桌子放好。罗丹给维克多下了些新指示，然后关上门。这时英国人已经很舒服地坐下来，正打量着卡松和蒙克雷。罗丹坐在桌子后面。

罗丹对识人颇有经验。他对这个从伦敦来的家伙看了几秒钟，觉得没有什么不满意的地方。这个来访者身高约有六英尺，看起来三十岁出头，体格精壮，像个运动员。他身材匀称，皮肤被太阳晒得黝黑，相貌普通没有明显特征，双手安稳地放在椅子的扶手上。在罗丹看来，这人像是那种自控力很强的人，但那双眼睛让罗丹有些不安。英国人坦然地看着他，灰色的瞳孔看起来像冬日清晨的灰色迷雾。罗丹见过胆小鬼软弱湿润的眼睛，也见过精神病人呆滞无神的眼睛以及士兵警惕的眼睛，但这双眼睛，他看了好几秒才发觉，根本读不出它背后的表情。无论这层迷雾之后的那个大脑在想些什么都不会透露出来。罗丹感觉身上像爬了一条虫子一样不舒服。像所有由组织和程序造就的男人一样，他不喜欢难以捉摸的人，这样的人很难控制。

“我们知道你是谁，”他忽然开口，“我先自我介绍一下，我是马克·罗丹中校——”

“我知道，”英国人说，“你是‘秘密军组织’的行动首脑。你是勒内·蒙克雷少校，司库；你是安德烈·卡松先生，城市地下组织的头儿。”他一边说一边拿出一支烟，顺次看着他们。

“你看来已经知道不少了。”三个人看着他点烟的时候，卡松插了一句。英国人向后靠了靠，喷出第一缕烟。

“先生们，咱们还是坦诚一些吧。我知道你们是谁，你们也知道我是干什么的。我们的职业都非同寻常。你们正被通缉，而我却可以随意去我要去的地方而不被监视。我为钱做事，你们为理想而奋斗。但讲到具体细节，我们都是各自专业领域里的专家。所以我们不用彼此隐瞒。你们已经打听过我的事。这样打听而又想不让被打听的人很快知道是不可能的。很自然，我想知道是谁对我这么感兴趣。可能是有人想报复我，或者是有人想雇用我。知道这些对我很重要。一旦我发现了这个对我感兴趣的组织，在英国博物馆待上两天，查查法国的旧报纸就足以让我了解你们和你们的组织了。所以下午你们那个小伙子来找我，我一点儿也不惊讶。好了，我知道你们是谁，代表谁。我想知道的是，你们的要求是什么？”

有好几分钟，屋子里一片寂静。卡松和蒙克雷望着罗丹，等他指示。伞兵中校和刺客对视着。罗丹对凶悍的人很了解，他知道他面对着的这个人正是他需要的人。从那一刻起，蒙克雷和卡松都成了这屋子里的背景摆设。

“既然你已经查阅了有关的材料，我就不多讲我们组织的目标了。你的说法很准确——理想。我们相信法国现在已经被独裁者统治了。他玷污了我们的祖国和她的荣誉。我们相信，只有他死了，他的政权才会垮台，法国才能真正回到法国人民手中。我们的支持者们为了消灭他进行了六次尝试，三次在早期策划阶段就暴露了，一次在进行前一天被告了密，两次进入了实施阶段，但是都没打中。

“我们在考虑，现阶段只是在考虑，雇一名专业人士来做这件事。我们当然不想白花钱。首先我们想知道，这是否可能。”

罗丹的牌出得很漂亮，这个问题的答案他早已知道了。最后那句话让那双灰色的眼睛里有一丝玩味一闪而过。

“世界上没有人能够防备刺客的子弹，”英国人说，“戴高乐公开露面的次数太多了，杀死他当然是可能的。问题是，这之后脱身的机会并不大。我注意到，杀死公开露面的独裁者最常使用的方法是找一个准备牺牲自己的狂热分子。”他语带嘲讽地继续说，

“尽管你们有理想，但至今为止，你们还没能培养出这样一个人。因为没人愿意押上自己的性命来确保成功，所以你们在军事学院和小克拉马尔的行动都失败了。”

“现在依然有爱国的法国人愿意这样做……”卡松被这些话激怒了，但罗丹做了个手势让他安静。英国人甚至看都没看卡松一眼。

“那如果是一个专业人士呢？”罗丹问。

“专业人士做事不凭热情，因此更冷静，更少犯原则性错误。他不是一个理想主义者，所以不可能在最后一分钟有任何犹豫，比如谁会因爆炸或是其他方法而受伤。作为一个专业人士，他精确计算了所有可能出现的意外风险。所以他成功完成计划的机会比其他任何人都大。但如果他不能制订出一个计划，使他不仅能够完成计划还能安全脱身的话，他是不会行动的。”

“既能让这个专业人士完成任务，还能让他安全脱身。你觉得有这样的万全之策吗？”

英国人沉默了几分钟，抽着烟，凝视窗外。“理论上有。”他最后回答，“理论上，只要有足够的时间和周密的策划，任何事情都是可行的。但这个任务会极其困难，比刺杀任何其他目标都要困难。”

“为什么比其他目标困难？”蒙克雷问道。

“因为戴高乐已经被预先警告了——不是哪一次具体的行刺，而是指总体的意图。所有的大人物都有保镖和安全人员保卫，但如果几年都没有人试图刺杀这个大人物，盘查就会流于形式，例行手续就会机械化，警惕程度就会降低。这时，一枪结束目标的生命就完全出乎意料，因而会引起慌乱。以此为掩护，刺客就能脱身了。但在这件事上，不会有警惕程度的降低，不会有机械化的例行检查，如果子弹击中目标，很多人不会慌乱，而是开始追捕刺客。刺杀的事可以做，但这个时候，它是世界上最难做到的。你们看，先生们，你们自己的努力不仅失败了，还破坏了所有人成功的可能。”

“所以我们才决定雇一名职业刺客来做这件事——”罗丹开口解释。

“你们也只能雇专业人士。”英国人平静地打断他。

“为什么这么说？其实，现在仍然有很多人纯粹出于爱国热忱愿意做这件事。”

“是的，仍然有‘瘸子’瓦坦这样的人，”亚麻色头发答道，“而且毫无疑问，别处还有更多的巴斯蒂安-蒂里。但你们三个人把我找到这里来，不是为了闲聊政治行刺的理论，也不是因为你们忽然缺少枪手。你们找我来是因为你们最近发现，你们的组织被法国行动分局渗透得太厉害，你们的任何决策都无法长久保密，而且你们所有人的脸都印在法国每一个警察的脑子里。因此你们需要一个外人。你们是对的。如果要做这件事，就必须由外人来做。唯一的问题是由谁来做，花多少钱。现在，先生们，我想你们已经花了足够长的时间评估这桩买卖了，对吗？”

罗丹瞟了一眼蒙克雷，扬起眉毛。蒙克雷点点头。卡松也跟着点点头。英国人的目光则投向窗外，一副漠然的样子。

“你愿意刺杀戴高乐吗？”罗丹终于开口问。他的声音很轻，但是整个屋里的人都听到了这个问句。英国人的目光重新回到罗丹身上，眼睛又恢复了那种空洞的状态。

“是的，但这要花很多钱。”

“要多少？”蒙克雷问道。

“你们必须明白，这桩买卖一辈子就只能做一次。做这件事的人从此都不能再干了。保住性命不被捕并且不被发现的机会很小。要做这件事，他必须先拿到足够的钱，既保证他的余生过得好，又要能够保护自己不被戴高乐的党羽报复……”

“我们得到法国时，”卡松说，“什么都少不了……”

“现金，”英国人说，“预付一半，另一半事后再付。”

“多少？”罗丹问。

“五十万。”

罗丹看了一眼蒙克雷，他做了个怪相。“那可是很多钱啊，五十万新法郎……”

“美元。”英国人说。

“五十万美元？”蒙克雷喊着从椅子上站起来，“你疯了吧？”

“我没疯，”英国人平静地说，“我是最好的，所以也是最贵的。”

“一定有比这更便宜的报价。”卡松冷笑着说。

“是的，”亚麻色头发不带任何感情地说，“你们能够找到便宜的人，然后发现他拿了你们一半的订金就消失了，或者回头找借口说为什么办不到。要雇最好的就得付出代价。这个代价就是五十万美元。你们期望得到整个法国，可是你们把你们的祖国也看得太便宜了。”

一直没吭声的罗丹忽然说：“你说得对。问题是，先生，我们没有五十万美元的现金。”

“我知道，”英国人回答，“如果你们想做这件事，就得想办法弄到这笔钱。你该明白，我并不需要这份工作。做完上次的活儿，我可以舒舒服服地过上好几年，但对我有吸引力的是让我赚上足够的钱就此收手不干的生意。为了这笔酬劳，我打算冒格外高的风险。你的朋友要的回报比这更高，他们要的是整个法国，但又不想冒这个险。我很抱歉。如果你们搞不到这笔钱，那你们就得回去重新设计计划，然后看着它们被当局逐个挫败。”

他掐灭还燃着的烟，站起身。罗丹也跟着他站起来。

“请坐，先生。我想，我们能弄到这笔钱。”两人又一起坐了下来。

“好，”英国人说，“但我还有条件。”

“哦？”

“你们首选外人的原因是因为不断有人向法国当局泄密。你们的组织里到底有多少人知道这个雇个外人的计划？不是特指雇了我这件事。”

“只有这间屋里的这几个人。巴斯蒂安-蒂里被枪决后第二天我想出了这个主意。那以后我都是一个人在搜集资料。再没有其他人知道了。”

“那就继续保持现状，”英国人说，“所有的会议记录、档案和材料都必须销毁。除了你们三个人脑子里的东西，什么都不能留下。鉴于二月的阿尔古事件，如果你们三个当中任何一人被捕，我就认定我可以取消计划。因此你们三个得待在一个安全的地方，在计划完成前都要严格保证安全。同意吗？”

“同意。还有吗？”

“策划由我自己负责，行动也是。我不会把细节泄露给任何人，甚至包括你们在内。一句话，我消失了。你们再听不到我的任何消息。你们有我伦敦的电话和住址，但一旦我准备好行动，那些就没用了。

“只有在十分紧急的情况下，你们才能用那个地址和电话和我联络。除此以外，我们不再有任何接触。我把我在瑞士银行的账户留给你们。银行告诉我第一笔二十五万美元存入的时候，或者我已经完全准备好的时候，两者中较晚的那个时间，我就开始行动。一切由我决定，不要催我，也不能干涉我。同意吗？”

“同意。但我们在法国的地下人员可以为你提供必要的情报支持。他们当中有些人身居高位。”

英国人想了一会儿。“好的，你们考虑好以后给我寄一个号码，最好是法国的，这样我就能在法国境内的任何地方直接联络那个号码。我不会告诉任何人我的行踪，只是电话询问总统周围最新的安全措施情况。接电话的人不能知道我在法国做什么。他只能知道我在为你们做事，需要他的帮助。他知道的越少越好，他仅仅是一个情报站。他的情报也必须源自有价值的独家内部情报，而不是那些从报纸上就能看到的废话。同意吗？”

“非常好。你希望完全独立行动，没有朋友和掩护。按你的想法办。假证件呢？我们有两个高手。”

“我会自己弄的，谢谢。”

卡松插话说：“我在法国有一个完善的组织，类似于德国占领时期的‘抵抗运动’。为了协助你，我可以让这个组织整个由你支配。”

“不用，谢谢。我喜欢依靠自己，隐姓埋名。这是我最好的武器。”

“但万一出了什么差错，你可能需要潜逃……”

“不会有差错，除非是你们这边出了问题。我行动时不会联络你们，也不会让你们的组织知道，卡松先生，原因和我是首选的原因一样——你们的组织里到处都是对方的卧底和眼线。”

卡松看来气得要发作了。蒙克雷忧虑地看着窗外，想着怎样才能尽快弄到五十万美元。罗丹则隔着桌子盯着英国人，陷入沉思。

“别激动，安德烈，这位先生希望独立行动。就按他的意思办。这是他的行事方式。我们花五十万美元雇的人不该像我们自己的枪手那样，要那么多人帮忙。”

“我想知道的是，”蒙克雷咕哝着说，“我们怎么才能在这么短的时间内搞到那么多钱。”

“让你的人抢几家银行。”英国人轻声建议。

“无论如何，这是我们的问题，”罗丹说，“在我们的贵客返回伦敦之前，还有别的要说吗？”

“怎么保证你不会拿了第一笔二十五万美元就逃之夭夭呢？”卡松问。

“我告诉过你们了，先生，我想退休了。我不想有半个军的前空降部队追杀我。那样我花的要比我赚得更多。那点钱很快就花光了。”

“那你怎么防止，”卡松继续道，“我们在任务完成之后不付你另外一半呢？”

“理由同上，”英国人接着说，丝毫没有迟疑，“如果出现那种情况，我将为自己工作。目标是你们三位。当然我并不认为会出现这种情况，你们认为呢？”

罗丹打断他：“好了，如果都谈妥了，我想不必让我们的客人多耽搁了。哦……还有最后一点。你的名字。如果你要隐姓埋名，你需要一个代号。你有什么建议？”

英国人想了一会儿：“既然我们在说捕猎，那么‘豺狼’怎么样？可以吗？”

罗丹点点头：“行，当然可以。实际上我个人很喜欢这个名字。”

他陪着英国人走到门口，打开门。维克多从凹陷处走过来。罗丹第一次露出笑容，把手伸向刺客：“我们会按约定的方式尽快联系你。与此同时你是否可以开始大致计划一下，这样才不会浪费太多时间吧？好，那再见了，豺狼先生。”

维克多目送来访者和来时一样安静地离开。英国人在机场酒店过了夜，第二天便搭乘头班飞机返回了伦敦。

而在克莱斯特旅馆里，卡松和蒙克雷从九点到子夜一直都在动摇，他们不断向罗丹质疑，抱怨着。

“五十万美元，”蒙克雷反复嘟囔着，“我们究竟怎么才能搞到五十万美元？”

“我们可以采纳豺狼的建议，抢几家银行。”罗丹回答说。

“我不喜欢那个人，”卡松说，“他一个人干，不要帮手。这样的人太危险。没人能控制他。”

罗丹结束了讨论：“看看你们两个，我们设计了一个方案，我们同意了这个提议，我们找到了一个肯为钱去杀、也杀得了法国总统的人。我对这样的人略知一二。如果有人能做这件事，那就是他。现在计划已经启动。我们干我们的，让他忙他的去吧。”

3

一九六三年，从六月十五日直至整个七月，法国的银行、珠宝店和邮局均遭到了突如其来的猛烈洗劫。这个“盛况”空前绝后。

法国从东到西，从南到北，每天都有人手持手枪、霰弹枪和冲锋枪抢劫银行。在那段时期，珠宝店里的橱窗被打破，贵重珠宝被抢走，已成为很平常的事。当地警方往往还没有来得及处理好浑身颤抖、流血不止的珠宝商和他们的店员，就被辖区的另一起类似的案件召走了。

有两个城市的银行职员在试图抵抗时被枪杀。七月末，事态严重到共和国卫队——法国人尽皆知的防暴部队——都介入了，而且首次配备了冲锋枪。到银行的人都已经习惯在大厅经过一或两个身穿蓝色防暴制服的士兵，他们每个人都挎着冲锋枪。

银行家和珠宝商就这次犯罪风潮强烈谴责政府。迫于压力，警方频繁在夜间出动检查银行，但收效甚微。劫匪不是那种在夜幕下能够熟练打开银行金库的职业盗贼，而是戴着面具的持枪歹徒，稍不如意就准备开火。

最危险的时间是在白天，全国的银行和珠宝店正在做生意的时候，就会有两三个戴着面具的持枪匪徒跳出来，不容置疑地喊道：“举起手来！”

七月底，有三个劫匪在不同案件中受伤被捕。他们不是打着“秘密军组织”的幌子进行一般犯罪的无名小卒，就是前殖民地军团的逃兵，不过很快就承认自己是“秘密军组织”的成员。但无论警方如何审讯，三人中没有一个人能说出为什么这股抢劫浪潮会突然席卷全国，他们只供认受他们“老大”的指派，抢劫银行或者珠宝店。警察最终认为，这几个犯人根本不知道抢劫的目的，他们不了解整个事件，只是听命行事的小角色。

法国当局很快就知道“秘密军组织”是这次袭击的幕后主使，由于某种原因，他们很需要钱。但直到八月上半月，当局才以非同寻常的方式发现了原因。

六月下旬，银行和其他可以迅速获得珠宝和现金的地方遭受袭击的事态日趋严重。备受尊敬的法国司法警察署刑警总队队长莫里斯·布维埃接管此事。他位于塞纳河畔珠宝街三十六号法国司法警察署总部的办公室异常狭小而忙碌。房间里挂了一张图，来显示被抢劫的现金和珠宝变现后的数目。到七月下半月，总额已超过两百万新法郎，大概是四十万美元。扣除所有抢劫的适当开支，加上给进行抢劫的歹徒和逃兵的报酬，按莫里斯·布维埃队长的估计，还有相当大一笔钱剩下来没有去处。

六月的最后一周，一份驻罗马办事处的报告放到了法国安全局吉布将军的办公桌上。大意是：“秘密军组织”最高层的三个人，马克·罗丹、勒内·蒙克雷和安德烈·卡松，一起住到了毗邻孔多蒂街[1]的一家酒店顶层。报告补充说，显然，尽管在这样高档地段的酒店居住费用十分高昂，但他们三人包下了整个顶层，还把另一层也包了下来，让他们的保镖住。他们从不外出，由非常彪悍的前外

1 罗马市中心的一条高级品牌汇集的街。

籍军团士兵日夜守护，每班执勤人员不少于八名。起先，情报人员以为他们是在开会，但随着日子一天天过去，安全局慢慢认为，他们只是在以一种非常小心谨慎的方式来确保自己不成为安托万·阿尔古那样的倒霉蛋。吉布将军看到这些恐怖组织的首脑如此胆怯地躲在罗马的一家酒店里，不由得咧开嘴笑了一下。他把这份报告按常规方式归了档。

当年二月，法国人在伊登·伍尔夫酒店绑架阿尔古的事件，被波恩的德国外交部认为是对该国主权的侵犯。他们与珠宝街的法国外交部之间的激烈争吵仍在继续。尽管如此，吉布还是为手下干将的这次成功行动感到高兴。看到"秘密军组织"的首脑被吓成这样，他感到很满足。但将军查阅罗丹的文件时，一丝疑虑不由得让他屏住了呼吸，他不禁问自己："为什么像罗丹这样一个人会这么容易被吓成这样？"凭借自己丰富的职业经验，以及对政治和外交现实的清醒认识，他知道他不可能再得到允许来一次之前那样的偷袭了。很久以后，他才明白了"秘密军组织"三个领导人采取这样的防范措施来保护自己的真正意义。

从一九六三年六月下旬到七月上半月，豺狼一直在伦敦小心翼翼地按计划行事。从回来那天起，他就开始搜集、阅读几乎所有有关戴高乐的文章以及戴高乐自己的文章。他去了一趟当地的图书馆，在《大英百科全书》里查了一下法国总统的目录，在目录的末尾找到了一份非常全面的，有关他的研究对象的参考书目。

然后，他用假名字和一个位于帕丁顿区普雷顿街的邮政地址写信给各个知名书店，邮购所需要的参考书。他每天在自己的公寓里迅速浏览这些书直到凌晨，在脑子里为这位爱丽舍宫的主人勾勒出一副十分具体的画像，从孩提时代起，直到他所阅读的材料时间为止。他收集的很多信息并没有政治价值，都是零零星星地叙述了一些戴高乐的癖好或是性格特点，他都一一记在一个小本子上。戴高乐的回忆录《剑刃》[1]对研究他的性格最具指导意义。他从这本书里看到，戴高乐极为清晰地阐述了自己对生活、祖国和个人命运的看法。

豺狼既不迟钝也不愚蠢。他广泛阅读，周密计划，并把大量信息储存在脑子里以备将来的不时之需。

虽然他通读了戴高乐的著作以及知情者写的关于戴高乐的书，但这些书除了勾勒出一个骄傲自大、目空一切的法国总统的完整形象外，并没有解决主要问题。这个问题自从六月十五日他在维也纳罗丹的卧室里接受这项暗杀任务以来就一直困扰着他。直到七月的头一周，他仍然没想出答案——什么时间，什么地点，以何种方式行刺。最后，他又去了一次大英博物馆的阅览室，用惯用的假名签名进入后，开始翻阅法国最大的报纸《费加罗报》的旧刊。

他找到答案的确切时间我们已无从知晓，但大致应该是在七月七日后的三天里。在那三天里，他最初是从一位专栏作家写于一九六二年的文章中得到一点启发，然后又查阅了一九四五年以来戴高乐任总统期间每一年的材料，这位刺客终于解答了自己的问题。他发现，近年来，在某个特定的日子，无论生病或是坏天气，夏尔·戴高乐都会不顾个人安危，在公众面前抛头露面。从这一点出发，豺狼的准备工作终于从研究阶段进入了实际策划阶段。

在考虑最后的行动细节之前，他仰面躺在自己的公寓里，凝视着奶油色的天花板，一支接一支地抽着他常抽的特长过滤嘴香烟，陷入沉思。

在最终敲定要采用这个计划前，他至少考虑了十几个方案，但

1 The Edge of the Sword，夏尔·戴高乐著，初版于一九三二年。

最终都放弃了。什么时间，在哪里，怎么干，一切都已做出了决定。

豺狼非常清楚，一九六三年的戴高乐不仅仅是法国总统，也是整个西方世界受保护最严密、最高效的人。事后证明，刺杀他比刺杀美国总统约翰・F.肯尼迪要难得多。豺狼并不知道，法国安全专家已获得美方许可，曾研究过保护肯尼迪总统的安全措施，但他们回来后都对美国情报机构采取的措施嗤之以鼻。法国专家拒绝采用美国人的方法，这一点后来被证明是正确的。一九六三年约翰・肯尼迪在达拉斯被一个近乎疯狂的刺客枪杀，正是由于安全措施不够严密，而夏尔・戴高乐则一直好好地活着。他安全退休，最终在自己的家里去世。

豺狼知道，他要面对的安全人员是世界上最优秀的。由于不断被警告可能有人试图危及他们所保卫的对象，围绕戴高乐而设置的整个安全体系总是时刻处于戒备状态，而豺狼为之工作的组织却因保密问题漏洞百出。对刺客有利的条件是，他一直待在暗处，不为人所知，而他的目标则粗暴地拒绝与安全机构合作。在那个特定的日子里，不论有怎样的危险，这位法国总统的骄傲、固执以及对个人危险的绝对忽视，都会驱使他公开露面一段时间。

从哥本哈根的凯斯楚普机场飞来的SAS航班，在伦敦机场大楼前的跑道上最后向前冲了一下，慢慢前进了几英尺，不动了。引擎响了几秒钟，然后也停了下来。几分钟内，舷梯就已放好，乘客鱼贯而出，纷纷向舱口的空乘人员点头告别，走了下来。

在候机大楼的瞭望台上，有个亚麻色头发的男人把他的墨镜推至前额，用望远镜观察走下飞机的乘客。这些排队拾阶而下的乘客已是今天早上他观察的第六批了。温暖的阳光下，瞭望台上布满接机的人，大家都在努力寻找自己要等的人。所以我们这位“观察者”的行为并没有引起任何注意。

当第八位旅客走出来，在阳光下直起身子时，平台上的人开始兴奋起来，紧盯着这位新到的旅客走下楼梯。这位旅客从丹麦来，不是神父就是牧师，身着一袭灰色教袍，领口处戴着白色的领圈。他已年近五十，中等长短的铁灰色头发从前额向后梳着，但面容显得较为年轻，高个子，宽肩膀，看起来身体不错，身材几乎和那个在平台上观察他的人一样。

当旅客们排队进入入境大厅，准备护照检查、通关的时候，豺狼把望远镜塞进身旁的皮质公文包里。然后，他合上公文包，悄悄地转身穿过玻璃门，下楼进入主厅。十五分钟后，那个丹麦牧师提着一个旅行包和一个箱子从海关大厅走了出来。看来没人接他，他先在巴克莱银行柜台换了点钱。

六周以后，从他接受丹麦警方讯问时的回答来看，他当时并没留意身边站着一个亚麻色头发的年轻英国人。至少他不记得有这样一个人。表面上看，那个英国人是在柜台前排队等候，但实际是在透过墨镜静静地观察着这个丹麦人的相貌特征。

但当他从主厅出来，登上英国欧洲航空公司开往克伦威尔街的机场大巴时，这个英国人就在他身后几步远的地方，拎着一个公文包，他们是坐同一辆车到的伦敦。

到站的时候，丹麦人停了几分钟，等自己的箱子从巴士后面的行李拖车上卸下来，然后经过服务台，向着标有“出租车”字样的箭头标志走去。与此同时，豺狼从巴士的后面绕过来，穿过机场大巴停靠站，朝员工停车场走去。他事先把车停在了那里。他把公文包扔在敞篷跑车的副驾驶座上，然后把车开到巴士停靠站左边靠墙的位置停了下来。在右边柱子支撑的拱顶下，有一条长长的待客出租车队伍，他可以在这个位置将其一览无遗。丹麦人上了第三辆出租车，驶入克伦威尔街，向骑士桥开去。跑车也紧随其后。

出租车把牧师放在了半月街一家舒适的小旅馆前。跑车则驶过旅馆门口，花了几分钟在柯曾街的另外一边找了个空位停了下来。豺狼把公文包锁在后备箱里，在谢泼德市场的报摊买了一份《旗帜晚报》的午间版，五分钟之内回到了旅馆的前厅。又等了二十五分钟，丹麦人走下楼，把房间钥匙交给前台服务小姐。她把钥匙挂了起来，钥匙在钩子上晃了几秒钟。那个坐在前厅扶手椅里的人显然是在等朋友，待丹麦人走进餐厅，他便把手里的报纸放低了一点，看到钥匙的号码是四十七号。又过了几分钟，前台小姐回到后面的办公室为另一位客人确认剧场的订位，没人注意到这个戴墨镜的人悄悄溜上了楼。

四十七号房间的门关得很严实，用两英寸宽的云母片打不开，于是他配上画家用的那种弹力调色刀，才终于把弹簧锁的锁芯顶开。牧师只是下楼吃午饭，护照就放在旁边的桌上。豺狼回到走廊上时，前后还不到三十秒。他没有动牧师的支票夹，这是为了让有关机构在没有被窃证据的情况下，说服这个丹麦人，他只是把自己的护照忘在什么地方了。事后证明也的确是这样。丹麦人又花了很久才喝完他的咖啡，而英国人早就走远了。下午晚些时候，牧师告诉酒店经理，他的护照不见了。经理在房间里找了一遍，向丹麦人指出，他所有的东西都完好无损，包括他装旅行支票的钱包。他从这些方面判断并劝说这位不知所措的客人，不用叫警察来酒店，他肯定是把护照掉在旅途中的什么地方了。丹麦人很好说话，在异国他乡也人生地不熟，所以尽管他并不以为然，但还是同意了经理的说法。于是第二天，他向丹麦领事馆提出护照挂失，领事馆给他签发了一张可以在伦敦停留两周的旅行通行证。之后他就再也不去想这件事了。领事馆签发这份旅行通行证的工作人员用“哥本哈根，佩尔·詹森牧师”的名字为这份遗失的护照建了档，然后也没再管了。这一天是七月十四日。

两天以后，一个从美国纽约州锡拉丘兹来的学生也经历了类似遭遇。他从纽约飞到伦敦，在机场大楼的美国捷运柜台用护照兑换他的第一张旅行支票。换好后，他把钱放进上衣内侧的口袋，把护照放在一个有拉链的小袋里，塞进了他的皮质手包。几分钟后，为了招呼搬运工人，他把手包放下了一会儿，三秒钟后包就不见了。起初他责怪搬运工，搬运工把他领到泛美航空公司问讯处，问讯处又让他去找最近的负责机场安全事务的警察。后者把他带到办公室，他在那里向警官讲述了自己的遭遇。

一番调查后，排除了其他乘客误拿的可能。这件事被作为蓄意盗窃记录在案。

对于公共场合发生的这种盗包行为，警官向这位运动员体格的年轻学生道歉并表示遗憾，还向他介绍了机场当局为控制针对国外旅客的盗窃案所采取的预防措施。美国学生无奈地承认，他的一个朋友在纽约的中央火车站也遇到过类似的被盗事件。

这份报告后来按常规被转往伦敦各警局，报告里对失窃的手提包、里面的物品、证件以及小袋内的护照都进行了描述。几周之后，手包及其内物品都没有找到的迹象，这件案子最终归了档，从此杳无音信。

与此同时，马蒂·舒尔勃格前往格罗夫诺广场的领事馆，申报自己的护照遗失，然后拿到了一张旅行证明，这样他就可以和他的“交换生”女友在苏格兰高地度过一个月的假期后返回美国了。领事馆对遗失护照也做了登记，并向华盛顿的国务院做了汇报，但两个机构随后就把这个事抛诸脑后了。

在伦敦机场的两个国际航班到港大楼里，究竟有多少旅客在走出机舱、步下舷梯时被那个双筒望远镜在瞭望台扫描过，现在永远都不会有人知道了。尽管这两个丢失了护照的人年龄不同，却有一些共性。他们都差不多六英尺高，宽肩膀，身材修长，蓝眼珠，相貌和那个一声不吭跟踪他们并行窃的英国人非常接近。不同的是，詹森牧师四十八岁，灰头发，戴金边眼镜，马蒂·舒尔勃格二十五岁，栗色头发，一天到晚戴着一副高档的宽边眼镜。

豺狼在他南奥德雷街的公寓写字台上长时间地研究这两个人的脸。随后，他花了一整天时间，相继去了这些地方：道具服装店、眼镜店、伦敦西区的男士服装专卖店（这里专门卖美式服装，而且大多是在纽约做的），并在那儿订了两副蓝色的平光眼镜，一副金边，一副黑色宽边。他还置办了一套行头：一双黑色耐克鞋，T恤衫和短裤，白色便裤，一件天蓝色尼龙风衣——拉链前开，领口和袖口都是红的，一件白色羊毛衫，所有这些都是美国制造，还有件带领圈的传教士白衬衫和黑色教服。最后三件衣服的商标都被他细心地拆掉了。

他那天最后一次出门，是去切尔西一家由两个同性恋经营的男用假发店。他在那里买了栗色和灰色两种染发剂。店主还悄声指点他如何在最短的时间里染成最好最自然的效果。他还买了几把用来蘸染发剂的刷子。除了那套美式服装外，他从不在同一家店里买两样以上的东西。

第二天是七月十八日，《费加罗报》第二版下方刊登了一小段消息。消息称：法国司法警察署刑警总队副队长伊波利特·迪皮伊警长，在他位于巴黎珠宝街的办公室里中风，在送往医院的途中病故。接任此职的是凶杀处处长克劳德·勒贝尔警长。因今夏以来刑警总队各部门压力巨大，工作繁重，他将即刻到任。豺狼在伦敦每天都会阅读所有能买到的法国报纸。读到这段的时候，标题里的

“刑警”两个字引起了他的注意，但没再多想。

在开始去伦敦机场观察瞭望之前，他已决定在整个刺杀过程中都使用假身份。搞一个假英国护照是世上最容易的事。豺狼用的是大多数雇佣杀手、走私犯和其他要用假名穿越国境的人惯用的法子。他首先开车在泰晤士河谷周围各郡的小村庄转了转。行至第三个公墓，豺狼找到了一块符合他要求的墓碑。死者名叫亚历山大·杜根，一九三一年两岁半时就死了。如果他活着，到一九六三年七月应该比豺狼大几个月。在教区办公室，豺狼自称是业余族谱研究爱好者，他想追寻杜根家族的支脉。年长的教区牧师对他非常尊敬，热心地接待了他。他从老牧师那里得知，这里过去的确有一个杜根家族。他对此既惊讶又感动，似乎教区的记载对他的研究很有帮助。

老牧师很和善。他们一起去教堂的时候，豺狼对这座小小的诺曼底式建筑大为赞赏，并在捐款箱捐助了重建基金，这使老牧师的态度更为友善。教区的记录显示，杜根夫妇在过去的七年里相继去世，他们唯一的儿子亚历山大则埋在教区墓地有三十多年了。豺狼随手翻阅着一九二九年教区的出生、结婚和死亡登记，在四月的记录里，教士那难以辨认的字体登记的杜根一姓引起了他的注意。

> 亚历山大·詹姆斯·昆汀·杜根，一九二九年四月三日生于萨姆本·费什利的圣马可教区。

他记下了所有细节，再次诚挚地谢过老牧师后离开了。回到伦敦，他来到“婚姻及出生、死亡登记中心”，在来访卡上声称自己是希罗普郡德雷顿律师事务所的一位合伙人。最近，事务所的一位老客户过世了，他把他的财产留给了他的孙子。他现在需要找到这位客户的孙子。客户的其中一个孙子名叫亚历山大·詹姆斯·昆汀·杜根，一九二九年四月三日生于萨姆本·费什利的圣马可教区。登记中心年轻的助手问也没问就接过了他的来访卡，对他的理由也丝毫没有起疑。

大多数英国公务员面对礼貌的问询都会尽量提供帮助。在这件事上，这个年轻的助理也不例外。检索记录表明，被问到的孩子和所登记的信息完全一致，只是已经在一九三一年十一月八日的一起交通事故中死亡了。豺狼只花了几个先令，就弄到了一份出生和死亡证的复印件。回到住所之前，他先去了一趟劳工部的办事处，拿到一份护照申请表，又去玩具店花了十五先令买了个玩具印字机，然后去邮局买了一英镑的邮票。

回到自己的公寓，他在申请表里填上杜根的名字，准确的年龄和出生日期等等信息。但其他内容都是按照他自己的情况填写的。他填上他自己的身高，头发和眼睛的颜色，职业一栏简单地写了个“商务人士”。从孩子出生证上得来的孩子父母的全名也被填了进去。在证明人那一栏，他填上了詹姆斯·埃尔德利，这是萨姆本·费什利圣马可教区牧师的名字，就是那天早上和他聊天的那位，他还助人为乐地在教堂门外的一块牌子上刻上了自己的全名和法学博士的头衔。他仿照牧师那瘦削的手法，用笔尖蘸着淡淡的墨水，用细细的笔画仿造了牧师的签名。他用印字机做了个印章，端端正正地盖在牧师的签名旁边：“圣马可教区，萨姆本·费什利。”

他把出生证复印件、申请表和邮票一起寄到了小法兰西区的护照办公室，又把死亡证明的复印件毁掉。四天后，他正在看《费加罗晨报》的时候，一本崭新的护照就寄到了他的专用地址。午饭后他把护照取了回来。下午，他锁好公寓大门，开车抵达伦敦机场，登上了去哥本哈根的航班。和以前一样，为了避免用支票，他使用现金购买机票。在他公文箱的底部，有一个比一本杂志厚不了多少的夹层，除非检查极其彻底，否则是看不出来的。在这个夹层里放着两千英镑，这是他当天早些时候从霍尔本一家律师事务所的私人物品箱里取出来的。

他的哥本哈根之行就像一次普通的商务旅行，来去匆匆。离开凯斯楚普机场前，他就预订了第二天下午去布鲁塞尔的航班。抵达丹麦首都的时候已经很晚了，没法买东西，所以他在孔根斯·尼托夫街的英格兰酒店订了房间，去七国饭店享用了一顿奢侈的晚餐，在蒂沃利花园散步时又和两个丹麦金发女郎打情骂俏了一番，凌晨一点才上床睡觉。

他在哥本哈根市中心最好的一家男装店买了一身灰色的轻质牧师服，一双朴素的黑色皮鞋，一双袜子，一套内衣裤，三件有领子的白色衬衣。他每样都只买带有"丹麦制造"标志的，在衣物里面有块小布条，上面有丹麦生产商的名字。他并不需要白衬衣，买它只是为了得到里面的商标，以便换到他在伦敦买的牧师衬衫、领圈和教服上。当时他假称自己是一个即将接受圣职的神学院学生。

最后，他买了一本丹麦文的有关法国著名教堂和礼拜堂的书。中午，他在蒂沃利花园的一家湖滨饭店吃了一顿丰盛的冷餐，下午三点十五分乘机前往布鲁塞尔。

4

像保罗·古森这样一位才能出众的人为什么会在中年的时候走上歧途，这个问题使他的几个朋友、“广大”客户以及比利时警察，都颇为费解。他在利日的国家军械厂工作了三十年，技艺精湛，令人信赖。在工程领域，精确是绝对必要的，他在这方面树立了一流的口碑。在三十年里，他成为公司各种军事产品的顶尖专家。这是一家远近驰名的工厂，专门生产最精良的武器，从小巧的女式自动手枪到重型机关枪，品种齐全。此外，古森的诚实品格也是毋庸置疑的。

他在战争期间的记录也相当辉煌。虽然在被德国占领期间，他仍然在为纳粹德国服务的军工厂工作，但事后证明，他无疑是在为“抵抗运动”组织从事地下工作。他帮助迫降的盟军飞行员逃离敌占区，向他们提供庇护所。他在工厂里组织了一个破坏小组，使利日生产的武器有很多都打不准，或者打到第五十发子弹时枪膛就会自爆，把德国士兵炸死。所有这些，都是他的律师从这个极其谦逊低调的人嘴里一点点探听出来的。他在法庭上吞吞吐吐地承认，因为担心解放后的荣誉和奖章使自己尴尬，所以他从未暴露自己在战争期间的活动。这给陪审团留下了深刻印象。律师正是在庭上用这些情况为他辩护，才最终使他获得减刑。

二十世纪五十年代早期，在和一位国外客户做的一笔利润很大的军火生意中，有人被发现贪污了一大笔款项。古森那时是公司一个部门的负责人。当怀疑到他时，他的上司冲警察大喊：怀疑值得信任的古森先生实在太荒谬了。

他的经理甚至在法庭上还为他辩护，但主审法官认为，以这种方式辜负人们对他的信任更不可原谅。他被判十年监禁，上诉后改判为五年。由于表现良好，他三年半后获得释放。

他的妻子和他离了婚，把孩子也带走了。那座位于美丽的利日郊区的花团锦簇的房子也就此成为过去，国家军械厂的工作也一样。他住进了布鲁塞尔的一套小公寓里。后来，他开始非法贩卖武器，其中大部分都销往西方世界的地下组织。由于生意蒸蒸日上，他又搬出城住了。

二十世纪六十年代早期，他得了一个绰号——“军械师”。任何比利时人在国内都可以合法购买武器——左轮枪、自动步枪或者来复枪。在任何体育用品商店或者枪械店，只要出示自己的身份证，证明自己是比利时人就行。不过每件售出的武器以及后续弹药的销售都必须在武器制造者的日志上记录，同时还要登记购买者的身份证号码。所以古森从来不用自己的身份证，他用别人的，偷的或是伪造的。

他和城里的一个顶尖扒手建立了非常密切的联系。这个人除了做国家的客人，在监狱里闲住之外，还能轻而易举地从别人的口袋里取出钱包。古森用现金把这些钱包从小偷手里买下来，又雇了个高手帮自己伪造证件。这个人二十世纪四十年代后期伪造了大量法郎，由于粗心，把钞票上“法国银行”[1]字样里的一个字母“u”漏掉

1　原文为 Banque de France。

了，因此倒了大霉（那时候他还年轻）。后来他转行伪造护照，比之前要成功得多。如果古森需要为客户购买武器，他从不亲自带着伪造得十分出色的身份证去找枪械制造商。他总是找个刚出狱没活干的小偷或者一时没戏可演的演员出面。

和他来往的人中，只有那个扒手和造假证件的人知道他的真实身份。他的客户中，有些是比利时黑社会的头面人物，他们不仅不干涉他的买卖，还想方设法地保护他。有的人被捕后拒绝招供枪支的来源，原因很简单，他对他们太有用了。

虽然比利时警方对他的部分"活动"有所察觉，但却始终无法将他人赃并获，而且也没有能在法庭上站得住脚的证词来判他有罪。他们知道他把自己的汽车间改造成了一个小巧但装备精良的铸造车间。他们反复搜查，但除了车间主人随身佩带的熟铁制的大奖章和布鲁塞尔的一些纪念雕像外，什么也没发现。警察最后一次去搜查时，他非常郑重地向带队的警长赠送了一个小于连的雕像[1]，以此表明他对法律和秩序的尊重。

一九六三年七月二十一日清晨，古森悠闲地等着一个英国人上门。这是一位最好的主顾通过电话介绍给他的。这个老主顾在一九六〇年至一九六二年期间在加丹加[2]当雇佣兵，从那以后，他就做起了为布鲁塞尔各家妓院看场子的生意。

中午时候，客人如约而至。古森把他领进客厅尽头的办公室，办公室并不大。

"您可以摘下眼镜吗？"客人坐下后他问。看到高个儿的英国人有些犹豫，他随即补充道："您知道的，我认为咱们在做生意期

---

1 一个五岁男童撒尿的雕像，是比利时首都布鲁塞尔的市标，用以纪念小于连拯救了布鲁塞尔。

2 刚果（金）东南部的一个省。

间，最好尽量相互信任。喝一杯吗？”

这个持亚历山大·杜根护照的人取下了墨镜，略带疑惑地注视着这个小个子军械师倒了两杯啤酒。古森在写字台后面坐了下来，呷着啤酒，平静地问：

“我能为您做些什么呢，先生？”

“我想路易斯之前应该已经在电话里告诉过你我要来吧？”

“当然，”古森点点头，“否则您现在不可能在这儿。”

“他告诉过你我要做什么吗？”

“没有。他只是告诉我他在加丹加认识了您，他可以担保您不会坏事儿，您需要一件武器，而且可以付现金——英镑。”

英国人缓缓地点了点头：“好的。既然我知道你是干什么的，那就没理由不让你知道我是做什么的。而且，我要的武器是一支非常专业的枪，需要不同寻常的附件。我……嗯……专门替那些有钱有权的人铲除敌人。显然这些‘敌人’通常也是有财有势。这种事总是不太好办。这些人的安全防卫很专业。这样的工作需要精心策划，还需要一件称心如意的武器。我现在手头就有这样一项工作。我需要一支步枪。”

古森又呷了一口啤酒，冲客人善意地点点头。

“很好很好，您是一位像我一样的专家。我很喜欢这样的挑战。您想要的是哪种类型的步枪？”

“重要的不是步枪的类型。问题在于这项工作带有一些限制，我要找到一支能在这些受限制的条件下达到满意效果的步枪。”

古森的眼中闪烁着兴奋的光芒。

“一支空前绝后的枪，”他愉快地说，“一支专为某个人量身定做的枪，一支专为在某一系列环境下完成某项工作的枪，一支永远不会被再使用的枪。您找对人了。我喜欢接受这样的挑战，我亲爱的先生。我很高兴您能来找我。”

英国人对比利时人的职业热情报以微笑：“我也是，先生。”

“现在告诉我，这些限制是什么？”

“主要的限制是尺寸。不是指长度，而是主要部件的体积。后膛和弹膛必须小于……”他伸出右手，中指和拇指的指尖搭在一起，形成了一个字母“O”，其直径小于两英寸半。

“看来这支枪不可能连发，否则枪筒肯定要比这个大。同理，也不能装弹簧，因为弹簧系统的体积比较大，”英国人说，“我看必须是一支一次只能装填一发子弹的步枪。”

古森看着天花板，点着头，脑子里记着客人所说的细节，勾画着步枪的草图，枪身和击发部分必须非常纤细。

“接着说，接着说。”他喃喃地说。

“另一方面，不能像792式毛瑟枪或者利·恩费尔德的303式步枪那样，让枪栓的扳手从侧面伸出。枪栓必须从后面装入，正直朝向肩膀，用拇指和食指装弹。也不能有扳机保险，扳机本身要可拆卸，以便在击发前安装。”

“为什么？”比利时人问。

“因为整个机械部分都要在一个管状容器里放置和运输，这个容器不能引人注意，所以它的直径不能大于我刚才示范的那个大小。原因我稍后会解释。扳机有可能是可拆卸的吗？”

“当然可以，什么都是可能的。肯定可以设计出一支单发步枪，像短枪一样，弹膛从后部打开、装弹。弹膛必须和枪栓完全分开，但需要一个铰链，这可省不了。设计制造这样的一支枪必须从草图阶段开始，要锻制一块钢材来做整个后膛和弹膛。在我的小车间做起来不太容易，但还是可以做到的。”

“要多长时间？”英国人问。

比利时人耸耸肩，摊开双手："我看怕是要几个月。"

"我没那么多时间。"

"这样的话就需要在商店买一支现成的步枪进行改造。请继续。"

"好的。这支枪必须很轻。口径不需要很大，弹头才是最重要的。枪管很短，应该不长于十二英寸……"

"射击距离是多少？"

"这个现在还不确定，但可能不超过一百三十米。"

"目标是头部还是胸部？"

"可能必须射头部。我可能会打到胸部，但头部更保险。"

"是的，如果您打得准，肯定是头部更保险。"比利时人说，"但胸部更容易打中。至少我估计，如果有人用一件短管轻型武器从一百三十米外射击时是这样，中间也许还有障碍物呢。"他补充道，"您不确定是射头部还是胸部，这么说，可能会有人在中间走动？"

"是的，有可能。"

"您有机会射第二枪吗？要知道，您要花数秒钟退出子弹击发后的弹壳，再装填一发新弹，合上后膛，再次瞄准。"

"几乎不可能。如果我使用消音器而首发完全未命中，没引起周围人的注意，我也许有第二次机会。但即使我首发命中太阳穴，我也需要消音器帮助我逃离。附近的人判断出子弹射出的大致方向肯定要花上好几分钟。"

比利时人继续点着头，这次他盯着的是桌上的便笺本。

"这样的话您最好用达姆弹，我给您枪的时候会给您准备一些。您明白我的意思吗？"

英国人点点头："甘油的还是水银的？"

“哦，水银的吧，我想。这样更干脆利落。对这支枪您还有什么其他要求吗？”

“还有，为了使枪更纤细，枪管以下的所有木制把手都要去掉，整个枪托都得去掉。为了便于射击，枪托要像斯坦式卡宾枪那样呈架式结构，它的上、下和靠胸的三部分必须能旋开，可以分拆成三个独立的钢条。最后，消音器和瞄准镜必须绝对有效。这两样也必须可以拆卸保存和携带。”

比利时人想了很长时间，直到啤酒都快喝光了。英国人有些不耐烦了。

“那么，你能做吗？”

古森似乎从沉思中惊醒过来。他略带歉意地笑了笑。

“请原谅。这个订单非常复杂。但是可以的，我能做。到目前为止，还没有我做不出来的东西呢。说真的，您所描述的是一次远途行猎，而完成这项工作的装备在经过检查时不能引起任何怀疑。一次远猎所需要的猎枪，这就是您所要的枪。不是点二二口径的小枪，那是打兔子的，也不是雷明顿点三〇的大枪，那种枪永远不可能满足您所提出的尺寸限制。

“我想我脑子里已经有这样一支枪了。在布鲁塞尔的体育用品商店很容易买到。这种枪很贵，但很精准。它很漂亮，射击也很准，纤细，重量也轻。常用来打羚羊和小鹿，但装了达姆弹就可以打大家伙了。告诉我，呃……目标走得慢还是快，或者不快不慢？”

“静止的。”

“那就没问题了。由三个独立钢条组装起来的架式枪托和旋进式扳机纯粹是机械加工的事。在枪管的末端刻出螺纹来安装消音器，以及将枪管锯短八英寸的工作我可以自己做。不过，有的人少了八英寸的枪管就失了准头，真是可惜。您是神枪手吗？”

英国人点点头。

“那样的话，在一百三十米外，又有瞄准镜，射一个静止不动的人就没问题了。消音器我自己做。这并不复杂，但是材料难弄，尤其是步枪用的长型材料，猎枪很少有用这些的。现在，先生，您对您前面提到的将枪支分解装运的管状容器是怎么考虑的？”

英国人站了起来，走到桌子前，在小个子的比利时人面前就像一座铁塔。他把手伸进上衣。有那么一刻，这个小个子的眼中闪过一丝恐惧。他第一次注意到，无论这个杀手的脸上是什么表情，他的眼睛始终被一层灰色的云雾覆盖着，毫无变化，就像有一缕烟遮住了所有可能触及这里的表情。英国人拿出了一支银色的自动铅笔。

他把古森的便笺本调转过来，在上面迅速画了几秒钟。

“你看得明白吗？”他边问边把便笺本递回给枪械师。

“当然。”比利时人扫了一眼画得相当精确的草图，回答道。

“好的。现在这样，整个容器由一系列用螺丝拧在一起的铝管组成。这个，”他用铅笔尖在图上的一处敲着，“装枪托的一根支架。这里面放另外一根，两根支架装在管子里组成这部分，枪的肩托由这个和那个一起组成。这样一来，这就成了唯一不需要任何改变就可以用做两种用途的部分。”

比利时人惊讶地睁大了眼睛。“这里，”英国人又用铅笔敲着图上的另一处，“最粗的地方是直径最大的管子，用来装枪的后膛，枪栓也要放在枪膛里。这里慢慢细下来，接上枪筒。显然，有了瞄准镜就不需要准星了，所以，拧开套筒，里面的东西就会整个从容器里滑出来。最后的两部分……这里和这里，装瞄准镜和消音器。最后是子弹，塞在底部的这里。所有的东西组装起来的时候，必须和你现在看到的完全一样。拆解后，它的七个部分——子弹、消音器、瞄准镜、步枪、三根用来组装成三角形架式枪托的钢条——必须能够重新装配成一支完整的可使用的步枪。明白吗？”

小个子比利时人对着草图看了几秒钟，然后慢慢站起身，伸出手来。

“先生，”他敬佩地说，“这真是天才的设计。这种设计既不会被人发现，又简单可行。”

英国人对此既没有表现出感激也没有生气。

“好，”他说，“现在来谈谈时间问题。大概十四天后我就要这只枪，可以吗？”

“可以。三天内我就能弄到需要的枪。加工时间一周，这个要看改造的进度。买瞄准镜不是问题。您可以让我来选瞄准镜，我知道您所设想的一百三十米外射击所需要的精度。您最好根据自己的需要调校一下枪和所有设备。做消音器，改装子弹，做套筒……是的，我日夜赶工的话，可以在规定时间内完成。不过您最好提前一两天再过来一趟。这只是防止最后还有什么细节需要讨论。您十二天后能再来吗？”

“可以，从现在开始的七到十四天内任何时间我都可以来。但十四天是最后期限。我八月四日必须返回伦敦。”

“先生，如果您八月一日能来这里以便最后商榷并付款的话，那么四日早上您就可以拿到那支根据您的最后要求所设计的，让您满意的枪了。”

“好。现在说说你的成本和工钱。”英国人说，“你觉得需要多少钱？”

比利时人想了一会儿：“像这样的活儿，考虑到要做的所有工作，我这里的设施，我个人的专业知识，我必须收您一千英镑。我承认这个价钱高于普通的步枪。但这支枪不是一支普通的步枪，它是一件艺术品。我确信我是整个欧洲唯一一个收费合理而且能够圆满完成这项工作的人。像您一样，先生，在我的领域里我是最棒的。一分钱一分货嘛，而且我还要买枪、子弹、瞄准镜和其他原材料……嗯，差不多还要再加二百英镑。”

“成交。”英国人没有讨价还价，回答得十分干脆。他又把手伸进胸前的口袋，拿出几卷五英镑的钞票，每卷二十张。他点了五卷钞票出来。

“我建议，”他平静地说，“为表示我的诚意，我先付你五百英镑作为你的开销。十一天后我再来时会带给你剩下的七百镑。可以吗？”

“先生，”比利时人熟练地把钱装进口袋，“和您这样一位专家兼绅士做生意真令人愉快。”

“还有一点，”他的客人继续说，似乎不曾被打断一样，“你以后不用再联系路易斯了，也不要向他或者其他任何人打听我是谁或者我的真实身份是什么。更不要打听我为谁工作，或者针对谁。如果你试图这样做，我肯定会知道，那你就别想活命了。我再回来的时候，如果你试图联系警察或者设置陷阱，你也会没命。听明白了吗？”

古森有些不安。他站在门厅里抬头看着英国人，感觉恐惧像鳗鱼一样在肚子里扭动。他见过很多比利时黑社会的厉害人物，他们来找他要各色特殊或者寻常的武器，或者只是来要最不起眼的扁头科尔特手枪。这些人都是悍匪，但是在这位来自英吉利海峡彼岸，打算去杀一个戒备森严的重要人物的客人身上，却有某种难以捉摸的坚不可摧的东西。他要杀的肯定不是黑帮头目，一定是个大人物，也许是一位政客。他原本想表示抗议或是规劝他一下，但最终还是放弃了。

“先生，”他平静地说，“我并不想了解您，不想了解您的任何事。交给您的枪也不会有序列号。您要知道，对我来说，您的所作所为不会追踪到我才更重要，我不会去关心额外的事。再见，先生。”

豺狼走进明亮的阳光里。他走了两条街，找了辆出租车返回市中心的友谊酒店。

他怀疑古森为了买枪一定会雇一个造假证的，但他更喜欢用自己的人。还是他过去在加丹加认识的路易斯帮了他。这件事并不难，作为伪造证件的中心，布鲁塞尔有着悠久的传统。许多外国人都喜欢在这儿办此类事情，不用什么手续就能得到所需的帮助。二十世纪六十年代早期，在法属刚果出现之前，布鲁塞尔是雇佣兵的基地，随后南非等英属领地垄断了这桩生意。随着加丹加的丢失，旧的冲伯[1]政权雇佣的三百多名军事顾问都失业了，他们在红灯区的酒吧里闲晃，很多人都有好几套身份证。

路易斯帮他安排好约会后，豺狼在纳弗街的一家酒吧里找到了他要找的人。他自我介绍之后，两个人便退到拐角处。豺狼拿出自己的驾驶证，这是伦敦市政局两年前颁发的，有效期还有几个月。

“这本驾照，”他对比利时人说，“它的主人已经死了。我在伦敦被禁止开车，我需要用我自己的名字做一张驾照前页。”

他把杜根的护照放在造假证的人面前。对面这个男人先是扫了一眼护照，他发现护照很新，是三天前颁发的。然后他狡黠地看着英国人。

“可以。”他小声地说着，然后打开那本小巧的红色驾照。过

1 莫伊兹·卡奔达·冲伯（1919—1969），刚果共和国政治家，军阀。

了几分钟，他抬起头来。

“这不难，先生。英国当局都是绅士，他们一般想不到官方文件会被伪造，所以他们没有采取任何预防措施。而这页纸，”他轻轻拍着驾照首页上黏着的那张小纸片，上面有驾照的号码和持有者的全名，“用玩具印字机就能印，水印也容易做，没什么问题。你要的就是这些？”

“不，还有两份其他的证件。”

“哦。如果你不介意，我想说，这样简单的事你也要来找我，真是很奇怪，在伦敦肯定有人几小时就能给你做好。另外的证件是什么？”

豺狼详细地描述了他要的证件。比利时人眯着眼睛考虑着，他拿出一盒香烟，自己点上一支，又递了一根给英国人，对方拒绝了。

“这两件不太容易。法国身份证还好办些，到处都能找到。你知道的，只有在真证件上加工出的，效果才最好。但另外一个，我想我没见过这样的。这是个十分少见的要求。”

一个服务员从他们身边经过，豺狼让他续满酒杯。造假证的停了下来。服务员走后他才继续说：

“然后是照片，这也不容易。你说年龄、头发颜色和长短都要有所不同。需要假证件的人通常是把自己的照片贴在证件上，只伪造个人信息。但做一张新照片，甚至又不像你现在看起来的样子，事情就复杂了。”

他喝了半杯啤酒，仍旧盯着对面的英国人：“要做到这一点就必须找一个和证件持有者年龄差不多的人，而且还要和你面貌相仿，至少头部和脸部都相似，再把他的头发剪到你要的长度。然后把这个人的照片贴在证件上。基于这一点，你得按照这个人的真实外貌来乔装你自己，而不是反过来。明白我的意思吗？”

“明白。”豺狼答道。

“这要花点儿时间。你在布鲁塞尔能待多久？”

“不是很长，”豺狼说，“我很快就要走，但我八月一日就能回来。然后，我能待三天。四日我必须得返回伦敦。”

比利时人盯着面前护照上的照片，又想了一会儿。他从口袋里拿了张纸，把亚历山大·詹姆斯·昆汀·杜根的名字抄在上面，然后把护照合上，还给英国人。他把这张纸和驾照都装进口袋。

“好吧，可以。但我得给你现在的样子照两张照片，一张正面，一张侧面，这需要时间和钱。另外，还有额外的费用……可能需要带擅长扒窃的朋友去趟法国，弄一本你说的第二种证件。显然我得先在布鲁塞尔打听一下，但可能要费不少力气——”

“多少钱？”英国人打断了他的话。

“两万比利时法郎。”

豺狼想了一会儿：“大约一百五十英镑。好的。我先给你一百英镑，剩下的交货时再给。”

比利时人站了起来：“那咱们先拍照吧。我自己有一间照相室。”

他们搭出租车来到一英里以外的一间地下小屋，看起来是一家破败的照相馆。门外的招牌显示这是一家还在经营的商业机构，专门为顾客冲洗护照照片，立等可取。橱窗里摆放的自然是让路人一看便以为是照相馆主人过去的精华作品——两张经过大幅修饰过的傻笑的姑娘的照片；一张结婚照，夫妇俩都不招人喜欢，让人对婚姻这个概念感到不快；还有两张小孩的照片。比利时人领着客人走下台阶来到前门。他打开锁，把客人请进屋。

整整花了两个小时，其间比利时人所表现出的照相技巧，是橱窗中照片的拍摄者永远都不可能有的。房间的角落里有个大箱子，他用钥匙打开，里面有一整套昂贵的相机和打光设备，此外还有一大堆面部化装用具，包括染发水、染色剂、男女用假发、各种眼镜以及一盒演出用的化妆品。

正在忙活的时候，比利时人忽然想到了一个不用找替身来拍照的主意。他花了三十分钟给豺狼的脸部化装，仔细端详之后又冲向橱柜拿了一顶假发。

“你觉得这个怎么样？”

这是一顶铁灰色的假发。

“你觉得你的头发剪成这个长度，再染成这个颜色之后看起来像这个吗？”

豺狼接过假发仔细审视。“可以试一下，看看照出来的效果如何。”他建议道。

效果很好。比利时人给他的客人照了六张照片，半小时后他从冲洗室出来，手拿着一叠冲印好的照片。两个人趴在桌上，相片里一个衰老、憔悴的男人“望”着他们，肤色灰暗，眼睛下面还有疲劳或是疼痛造成的黑眼圈。这个人没留胡子，但从他一头的灰发来看，他肯定至少五十多岁，而且身体并不结实。

“我觉得这个不错。”比利时人最后说。

“问题是，”豺狼回答，“你在我脸上化了半个小时的妆才达到这样的效果，还有假发。我一个人可弄不出来。何况现在我们是在灯光下，而他们要我出示证件时，是在光天化日之下。”

“并非如此，”造假证的人反驳道，“你跟照片中的你不完全像这一点并不重要，相片不像你才糟糕。检查证件的人的头脑是这样工作的。通常，他先看到的是你的脸，然后要你出示证件，接下来他才能看到照片。这时候，他已经把站在他身边的人的形象印在脑子里了。这就会影响他的判断。他在照片上寻找的是相似之处而不是不同的地方。

“其次，这张照片的尺寸是二十乘二十五厘米，但身份证上照片只有三乘四厘米大。第三，要避免太像。如果证件是几年前颁发的，这个人不可能一点儿都不变。我们这张照片里你穿着开领、带条纹的衬衣，还系着圆领。检查的时候就要避免穿这个衬衣，甚至要避免穿开领的衬衣。到时候，你应该系条领带，或者围条围巾，或者穿个高领的毛衫。

“最后一点，我给你做的都是很容易模仿的。主要的问题当然是头发。在用这张照片前，你必须剪成短发，而且要染成灰色，可能要比照片里更灰一些，但不能比照片里的颜色浅。为了使人有年长和衰老的感觉，可以留两三天胡子楂，然后找把能杀死人的快刀，再刮破几处。年纪大的人常有这种事。脸色也很关键，为了得到别人的同情，脸色应该发灰，显得疲惫，而不是蜡黄病态。你能弄到火药吗？”

尽管脸上没有任何表示，但豺狼听着造假证者的见解，内心十分钦佩。这是他今天第二次接触到精通本行业的专家了。他提醒自己，完成任务后一定要好好感谢路易斯。

“也许能弄到吧。”他小心地说。

“两三个小块的火药，嚼碎了吞下去，能让你在半个小时内恶心想吐，不舒服但不会致命。它还能使你的皮肤发灰、苍白，满脸流汗。我们以前在部队用这个法子来装病，或者逃避劳役和日常操练。”

“谢谢你告诉我这个诀窍。现在咱们说点儿别的，你觉得你能准时弄好证件吗？”

“从技术角度来看，肯定没问题。唯一的问题是能够弄到一张原始的你所要的第二种证件，因此我必须加紧干。但如果你能在八月初回来，我想我是可以给你办妥的。你……嗯……说过可以预付一笔费用……”

豺狼把手探进内侧的口袋拿了一卷二十张五镑的钞票递给比利时人。

“我怎么联系你？”他问。

“我想可以用和今晚同样的方法。”

“这太冒险了。我的联系人也许离开了这个城市，或者我找不到他，那我就找不到你了。”

比利时人想了一会儿：“那么八月的头三天，每天晚上六点到七点，我在我们今晚见面的酒吧等你。如果你不来，我就当作交易取消了。”

英国人已经脱掉了假发，正在用浸着清洁剂的毛巾擦脸。他默默地系上领带，穿好上衣。穿戴整齐之后，他转向比利时人。

“有些事我想讲清楚，”他平静地说，声音里一丝友好的成分都没有。他盯着比利时人的眼睛，表情冰冷得就像英吉利海峡上的迷雾。“你做完这件工作后，就按你刚才说的那样在酒吧里等我。你必须把新驾照和你手里那张从旧驾照上撕下的纸一起给我。我们刚才拍的所有底片和照片也要给我。你必须忘记杜根这个名字以及那张驾照原始主人的名字。你要做的两个法国证件上的名字你可以自己决定，但应该是既简单又普通的法国人名。把这两个证件交给我以后，上面的名字你也得忘掉。你永远不可以对任何其他人提起这次的交易。如果你违反了上述任何一条，你就得死。明白吗？”

比利时人盯着他看了好一会儿。在过去的三个小时里，他本以为这个英国人只是一个普通的主顾，仅仅希望能在英国开车，另外出于个人的原因需要在法国装扮成一个中年人。也许他是个走私犯，从布列塔尼的一个偏僻渔港把毒品或者钻石运进英国。不过他还是一个很不错的家伙，真的很不错。可是现在他改变了自己的看法。

“我明白，先生。”

几秒钟后，这个英国人消失在夜色里。他走了五个街区才叫了一辆出租车返回友谊酒店，到的时候已经是午夜了。他在房间里要了一瓶摩泽尔葡萄酒和一盘冷鸡肉，然后认真地洗了个澡，把身上化装的痕迹彻底弄干净了才睡下。

第二天早上，他结清酒店的账单，搭乘布拉班特国际特快列车去了巴黎。这一天是七月二十二日。

就在这一天的早上，安全局行动分局的局长坐在他的办公桌旁，仔细审阅着他面前的两份文件。两份文件都是其他部门的特工人员填写的日常报告。每份文件薄薄的蓝色封面上都有一组名单，那是有权收到这份报告的部门头头的名字。在他的名字前面，画了一个小小的记号。这两份报告都是早上送来的，通常情况下，罗兰上校只是简单地浏览一下报告，了解大致的内容，然后把主要信息储存在他那记忆力超群的大脑的某处，并把它们各自分类存档。但在今天的这两份报告里，有一个词频繁出现，使他产生了兴趣。

第一份报告是“三处”（西欧处）的一份内部传阅备忘录，里面是“三处”常驻罗马办事处一份快电的摘要。电文直截了当：罗丹、蒙克雷和卡松仍然躲在他们的顶楼套间里，依旧由他们的八名保镖守卫着。他们从六月十八日进驻该酒店后就再未出过大楼。“三处”已经从巴黎增派人手到罗马，协助对该酒店进行二十四小时监控。巴黎的指示仍然没变：不采取任何行动，仅保持监视。酒店里的人三周前已经建立了与外界联系的渠道（详见“三处”六月三十日发自罗马的报告），目前该渠道仍然畅通。联络员是维克多·科瓦尔斯基。

罗兰上校的桌子右边放着一个锯开的一〇五毫米的弹壳。这是他的大容量烟灰缸，这会儿里面的蓝月牌香烟已经装了半缸了。弹壳边上放着一个暗黄色的档案夹。上校翻开档案夹，目光沿着《三处六月三十日罗马报告》向下看，终于找到了他要找的那段。

报告称：每天都有一名保镖离开酒店，步行到罗马邮电总局。他们在这儿用“普瓦捷”的名字在邮件待领处租用了一个信箱。“秘密军组织”没有用带钥匙的信箱显然是担心失窃。所有给“秘密军组织”最高层头目的信件都被寄给这个“普瓦捷”，并由待领处的当值服务员负责保管。“三处”的一名特工试图贿赂原来的那位服务员以获取邮件，但失败了。该服务员向他的上级主管汇报了此事，一名高级职员随后接替了他的工作。现在，寄给“普瓦捷”的信件很可能是由意大利保安警察检查，但“三处”得到指示，不得和意大利方面接触或寻求合作。贿赂职员的尝试是失败了，但他们觉得仍应该采取主动。每天，邮局把头天到达邮局的邮件交给保镖维克多·科瓦尔斯基，他是前外籍军团的一名下士，也是罗丹在印度支那连队的老兵之一。看来，维克多·科瓦尔斯基有相应的证件或是邮局可以接受的证明信表明他就是普瓦捷。如果维克多·科瓦尔斯基有信要寄，他就在邮局大厅的邮箱边一直等到收信截止时间前五分钟才将信件投入信箱，然后继续等到邮局将所有信件收集起来，拿进大楼中心进行分类。如要试图介入“秘密军组织”首脑信件的收集和发送过程，必须使用某种程度的暴力，而这已经被巴黎当局否决。科瓦尔斯基偶尔也在海外电话柜台打长途，但是试图打听其所叫号码或者窃听电话内容的努力也失败了。

罗兰上校合上档案夹的封面，拿起当天早上送来的第二份报告。这是来自中部城市梅斯的司法警察局一位警官的报告。报告中说到，警方在对某酒吧进行例行检查时，对一个人进行了盘查，随即引起了一场打斗，两名警察被打得半死。后来在警察局通过指纹检验，证实此人是外籍军团的一名逃兵，名叫桑德·科瓦茨。他生于匈牙利，一九五六年从布达佩斯逃出。巴黎司法警察署在梅斯司法警察局的报告底下又注了一条：科瓦茨是“秘密军组织”的一个臭名昭著的刺客，由于和一九六一年阿尔及利亚博内和康斯坦丁地区一系列知名忠诚人士的暗杀事件有牵连，警方对他通缉已久。那时他是另一名至今仍然逍遥法外的“秘密军组织”枪手的助手，那个枪手就是前外籍军团下士维克多·科瓦尔斯基。

同过去的做法一样，罗兰上校仔细思考着这两个人之间的联系。最后他按下了面前的呼叫器，里面立刻有人应道：“您好，上校先生。”他对着呼叫器说：“给我拿一份维克多·科瓦尔斯基的个人档案。现在就要。”

十分钟后他就拿到了档案。他看了一个小时，有好几次，他的眼睛注视着那个特别的段落。当其他巴黎人稍事休息，匆匆走过楼下的小径去午餐时，罗兰上校召开了一个小型会议，包括他自己、他的私人秘书、楼下文件部的笔迹专家以及两名他的私人卫队卫士。

“先生们，”他对他们说，“在一位并非出于本意却又无法拒绝的到场人士的帮助下，我们将起草、誊写并发出一封信。”

5

豺狼乘坐火车到达巴黎北站的时间正好是在午饭前。他叫了一辆出租车，来到坐落在通向马德兰广场的苏莱纳街上一家十分舒适的小旅馆。虽然这家酒店和哥本哈根的英格兰酒店或者布鲁塞尔的友谊酒店不是同一档次，但豺狼恰恰由于某些原因需要在巴黎逗留期间居住在一个比较朴素且不大为人所知的地方。一方面是因为他在巴黎待的时间会比较长；另一方面，七月底在巴黎比在哥本哈根或者在布鲁塞尔都更容易碰到在伦敦认识他又知道他真名的人。他相信在街上的时候，他习惯性戴着的包围式墨镜能够掩饰他的身份，在阳光明媚的大街上戴着墨镜也非常自然。但在酒店的门厅和走廊则可能存在风险。这种情景下，他最不愿意发生的事就是被人兴高采烈地喊住，一声“哇，在这里见到你真是太意外了”之后，那个只知道他是杜根先生的前台服务员就会听见别人喊他的真名。

他在巴黎期间没做什么引人注意的事。他过得很安分，在自己房间里吃早餐——羊角面包和咖啡。他在街对面的熟食店买了一罐橘子酱，然后叮嘱服务员每天早上送餐的时候把他的橘子酱一起送来，代替每天早餐盘里酒店提供的黑葡萄酱。

他很少讲话，对酒店服务人员彬彬有礼。他说话的时候总是面带微笑，他讲的法语带着英国式的生硬口音。当酒店经理关心地问他是否对酒店服务满意时，他总是让他们放心，说自己感到非常舒适，并感谢他们。

“杜根先生，”有一天，酒店的女主人对前台服务员说，“非常和蔼可亲，真是一位地道的绅士。”服务员也这样认为。

他总是外出，把时间都花在了旅游上。他到的第一天就买了一张巴黎市区图，然后把小笔记本上他最想去看的景点都标在了地图上。他游览的时候很投入，所到之处都认真观察、研究，甚至会记下某些建筑的优美之处，或者是另外一些景点的历史背景。

他花了三天时间在凯旋门周围闲逛，或是坐在爱丽舍咖啡馆的平台上，眺望星形广场周围的纪念碑和高大建筑的屋顶。如果那几天有人跟着他的话（实际上没有人这样做过），一定会非常惊讶，因为即便是那位聪明的奥斯曼先生[1]的建筑都能吸引这位如此投入的崇拜者。当然，也不会有任何旁观者能想到，这位安静而优雅的英国游客几个小时里一直一边搅着他的咖啡，一边盯着这些建筑，脑子里却是在计算射击的角度、从建筑物楼上到凯旋门下面的长明火之间的距离，以及一个人从建筑物背后的太平梯逃下，神不知鬼不觉混入人群中的可能性。

三天后他离开了星形广场，造访了坐落在瓦勒里昂山的法国抵抗运动烈士纪念堂。他带着一束鲜花在导游的陪同下来到这里。导游就是一个抵抗运动的参与者，他被这位英国伙伴对抵抗运动的礼敬所感动。他带着客人走遍了纪念堂，一路滔滔不绝地为他介绍着各种纪念物。但导游没有发现，这位客人的目光总是从烈士尸骨存放地的入口处挪开，却盯着纪念堂附近的监狱高墙。这座高墙将周

1　1859年，时任巴黎警察局长的奥斯曼男爵曾负责对巴黎的大规模城市改造。对巴黎旧城的破坏一直充满争议。

围建筑物的屋顶到纪念堂庭院间的所有视线都隔开了。两个小时以后，客人礼貌地说了声“谢谢你”，给了导游一笔既大方又不过分的小费，便离开了。

他还参观了荣军院，它的南面是荣军大酒店，酒店旁边是拿破仑的墓地以及象征法国军队荣誉的圣殿。位于巨型广场西侧的法贝尔街尤其引起了他的兴趣。一天早上，他就坐在街角的咖啡馆，这里正是法贝尔街与小小的三角形圣地亚哥广场相连的地方。格伦内尔街与法贝尔街呈九十度角。他预计，从他头上建筑物的七或八楼，也就是格伦内尔街一四六号的楼上，一个枪手应该能够控制荣军广场前面的花园、庭院的进出口、大部分的广场，以及两三条街道。这是一个很有利的位置，但并不是理想的行刺地点。有一条砾石路从荣军院开始，一直延伸到广场进口处，汽车最后会停放在进口的台阶下面。一方面，从楼上的窗子到停车处之间的距离超过了两百米；另一方面，一四六号楼上向下的视线会被圣地亚哥广场浓密的菩提树树冠挡住一部分，而且那里的鸽子也总是飞来飞去，不断掉下粪便。沃邦[1]雕像的肩膀上到处都是鸽子粪，好在他从不抱怨。英国人最终觉得很失望，付完酒钱就离开了。

他在巴黎圣母院附近转了一天。城中岛的养兔场有后楼梯、小巷和走廊，但是教堂入口到台阶底下的停车处只有几米远，圣母院前广场的屋顶也太远了，而毗邻的查理曼大帝广场的屋顶又太近，保安部队可以很容易地在这里布满监视哨。

他最后去了雷恩街的南广场。那天是七月二十八日。这里过去就叫雷恩广场，后来为了纪念戴高乐执掌政权，改名为“六月十八日广场”。豺狼的目光转到了建筑物墙上闪亮的新名牌上，他凝视

1 沃邦（Vauban）元帅是路易十四亲政时期的一位杰出的军事工程师。

着它，想起了上个月读到的有关记载。一九四〇年六月十八日，虽然当时流亡伦敦的那个高傲的人形单影只，但他通过广播告诉法国人民，他们输掉了一次战役，却没输掉整个战争。

广场上的某些东西让杀手停了下来。巨大的蒙帕纳斯车站就蹲在广场的南边，对于巴黎的战争一代来说，这里充满了回忆。他顺着柏油路慢慢观察着。从蒙帕纳斯大道倾泻而下的车流与奥德萨大街和雷恩大街的车辆在这里汇集，仿佛一个漩涡。他看了看四周，雷恩大街两边的建筑很高，俯瞰着广场，建筑物临街的一面非常狭窄。他围着广场慢慢绕到南边，从栏杆中间向着车站的院子凝视了一阵。里面一片嘈杂，汽车和出租车每日在这里接送的人成千上万。这里是巴黎的大型干线车站之一。但到了冬天这里就一片寂静，仿佛一艘巨大而笨重的空船，在那里独自品味着在凝重的雾霭里发生的一切——这里的人，这里的事，这里的历史。车站就要拆了[1]。

豺狼转过身，背对着栅栏，看着雷恩大街上的车流。他面对着六月十八日广场，确信在预定的那天，法国总统一定会来这里，那也将是他的最后一次。过去的一周他所勘察过的地方都只是可能，而这里，他确信，那个人一定会来。蒙帕纳斯车站很快就要消失了。那些见证了无数历史的金属柱将被熔化，制成郊区的栅栏；曾经目睹过德国战败、法国胜利的车站广场将被改建成一家高档咖啡馆。但在这一切发生之前，他——那个戴着法国军用平顶帽、有两颗金星的人，一定会再来一次。而同时，雷恩大街西侧拐角的屋顶天台与车站前广场中心的距离大约是一百三十米。

1　作者原注：一九六四年，为了开发写字楼，老蒙帕纳斯车站被拆除，在顺着铁路向下五百米的地方又建了一座新站。

豺狼用老练的目光观察着眼前的地形。雷恩大街两头拐角处的房子都楔入广场，显然都可以入选。雷恩大街的头三幢房子也可以，不过那里到车站前广场的射击角度狭小。再往里的话，角度就太小了。同样，东西横贯广场的蒙帕纳斯大街的前三幢房子也是可以的。再远的话，角度也会太小，而且距离也太远了。除了车站大楼以外，附近再没有什么建筑能够控制车站前广场了。但这里不能用，楼上那些俯瞰前广场的办公室窗户里届时一定都布满了警卫。豺狼决定先勘察一下雷恩大街拐角的那三幢房子。他漫步走向东边拐角处的一家咖啡馆——安娜公爵夫人咖啡馆。

他要了一杯咖啡，目光穿过街道盯着对面的房子。他坐的露台离底下喧嚣的车流只有几英尺远。他待了三个小时。然后去另外一头的汉希阿尔萨斯餐厅吃午饭，在那里观察了东边的情况。整个下午他就在这条街上来回逛着，在附近的街区只要看到可用的房子就向那些公寓的前门里张望一番。

他最后去的是蒙帕纳斯大街临街的那些楼房，但这些都是新起的写字楼，显得很忙碌。

第二天他又回来了，走过临街的房子，穿过马路，坐在树下人行道的长凳上，看着楼上，手里把玩着报纸。房子有五六层高，由石砖砌成，楼顶有一圈护墙，墙后是黑瓦铺就的斜度很陡的屋顶。屋顶是带阁楼的，不时探出一扇窗子。阁楼曾经是仆役的居所，现在那些靠养老金度日的穷人住在这儿。屋顶，尤其是阁楼的窗子白天肯定会被监控。很可能在屋顶会有守卫，蹲在烟囱旁，用他们的野战望远镜注视着对面的窗户和楼顶。不过阁楼下面的顶层房间高度也不错。如果有人缩在黑暗的房间里，从街对面的窗户是看不到的。在巴黎炎热的夏天，一扇打开的窗户是很自然的。

但如果在房间里向后缩得太深的话，向车站前广场的射击角度就太狭小了。出于这个原因，豺狼将雷恩大街两边的三幢楼都排除了，那里的射击角度太小。现在只剩下四幢楼可供选择。他预期的射击时间是下午三四点钟前后，这时候虽然太阳已经西移，但高度仍然能让光线越过车站的楼顶，照进街东头的房间窗户里。所以他最终选择的是西边的那两幢。为了证实这一点，他在七月二十九日那天一直待到了下午四点，他发现西侧的顶楼窗户只斜斜地射进一缕阳光，而东边的房间却被照得透亮。

次日，一个门房老太太引起了他的注意。这几天豺狼要么坐在咖啡馆的露台上，要么坐在人行道的长凳上。今天是第三天，他选了一个距他感兴趣的楼房出口几英尺远的一条长凳。在他背后几英尺远的地方，隔着行人络绎不绝的人行道，那个看门老妇就坐在出口处，织着东西。有一回，附近一家咖啡馆的服务员走过来和她聊了几句。他叫她贝特夫人。这个场景让人觉得赏心悦目。天气很温暖，阳光照进灰暗的门洞里几英尺深，太阳这时仍然高高挂在南方或东南方向，越过车站的屋顶照耀着整个广场。

她看上去就像一位安适的祖母。这个前来勘察地形的人坐在离她二十英尺外的地方。他发现她很受欢迎。间或有人进出这幢房子时，她总是向人们打着招呼：“你好，先生。”每次人们都愉快地回应她：“你好，贝特夫人。”她性情温和，对世界上的一切不幸事物都报有同情。下午刚过两点，跑来一只猫，贝特夫人立刻奔进自己在底层后面黑暗的小屋里，几分钟后她出来的时候，已经为这只她称作“小猫咪”的动物拿来了一碟牛奶。

将近四点的时候，她卷起自己织的东西，放到围裙的宽大口袋里，趿着拖鞋，慢慢朝面包房走去。豺狼悄悄地从凳子上站起来，走进那幢公寓。他没有乘电梯，而是从楼梯轻轻跑了上去。

楼梯是绕着电梯通道盘旋向上的，在楼的后部的每个转弯处都有一个小平台。每隔两层，这个小平台靠楼后墙的位置有一扇门，通向钢制的太平梯。在顶层的第六个转弯处（除了阁楼这是最高的一层），他打开门向下望了望。太平梯通向一个天井，周围是其他楼房的后门。那些楼房构成了豺狼身后的广场一角。在天井的远端，有一条狭长的小巷，向北穿过天井。

豺狼轻轻关上门，重新插上门闩，走完最后的半段楼梯就到了六楼。在走廊的尽头有一截质量不太好的楼梯通向阁楼。走廊里有两扇门通向朝着天井的公寓，另外两扇通向临街的房间。他的方向感告诉他，这些临街的公寓都有窗户，从这里要么可以俯视雷恩大街，要么可以侧视广场，广场再远处就是车站前广场。这些窗户就是他在下面街上观察已久的那些。

他现在面对着两间公寓中的一间，门铃边的名牌上写着“贝朗瑞小姐”，另外一间的名牌上写着“夏里埃夫妇”。他听了一会儿，两间公寓里都没有声音。他又检查了一下门锁，两把锁都嵌在木头里，很厚很结实。锁舌很可能是那种法国人喜欢的钢制粗棒双锁型的，他知道要打开这种房门必须有钥匙，贝特太太的小屋里肯定有每间公寓的钥匙。

几分钟后，他像来时一样，轻轻地跑下楼梯，他在这幢楼里待了不到五分钟。看门人回来了，他透过她安乐窝门上的毛玻璃看了她一眼，转身走出拱形大门。

他向左顺着雷恩大街走过两幢公寓楼，来到一家邮局前。他沿着邮局的墙走了进去，邮局的尽头是一条被遮住的狭窄小巷。豺狼停下来点了一支烟，打火机点燃的瞬间他瞥了一眼，发现有条小路与这个小巷相连。从这里，电话交换台的夜班员可以进入邮局的后门。通道的尽头是个院子，阳光可以照得到。他从这里可以辨出远端阴影里他刚刚离开的那幢楼的消防通道的楼梯。杀手深吸了一口烟，继续向前走去。他已经找到逃离的路线了。

走到小巷的尽头，他再次左转上了弗吉拉尔街，然后走回它与蒙帕纳斯大道的交叉口。他来到拐角处，在大街上前后张望，想叫一辆出租车。这时有个摩托车骑警冲到十字路口，突然刹住车，站在路口中间命令车辆停下来。他吹着哨子，让所有从弗吉拉尔街开来的车和从车站开往林荫大道的车都停下来。所有从杜洛克路开往林荫大道的车都停在了马路的右半边。他刚指挥这些车停放好，杜洛克方向就传来警笛的尖叫声。豺狼站在拐角处，看着蒙帕纳斯大道的远处。五百码外有列车队从荣军院大道快速驶入杜洛克十字路口，向他迎面开来。

领骑的是两个身穿黑色皮衣的摩托警，鸣着警笛，白色的头盔在太阳下闪着光。在他们后面是能看出两辆鲨鱼鼻的DS19的雪铁龙轿车。豺狼前面的警察笔直地站着，看都不看他，左臂笔直地指向十字路口南边的缅因路，右臂弯向胸前，手掌向下，示意驶来的车队优先通过。

两辆摩托车向右倾斜着驶入缅因路，后面跟着两辆轿车。第一辆车上的保镖双眼紧盯着前方，在他和司机后面的后座上，笔直坐着一个身穿深灰色套装的高个子。在车队即将消失前，豺狼飞快地扫了一眼那个挺立的脑袋和绝不会弄错的鼻子，默默地告诉这个就要离开的形象："下一次我就是在瞄准镜的准星里看你的脸了。"然后他找到一辆出租车，乘车返回酒店。

在道路的更远处，靠近杜洛克地铁站出口的位置，有个女人刚从那里出来。她对总统的经过也表现出非同一般的兴趣。她正要穿过马路，警察挥手示意她退回去。几秒钟后，车队开出荣军大道，穿过大鹅卵石铺就的路面，驶入蒙帕纳斯大道。她也在第一辆雪铁龙车后座上看到了那个与众不同的侧影。她的眼睛里闪动着仇恨，甚至在车队过去后仍然继续盯着，直到发现警察正在上下打量她，才连忙继续穿过马路。

雅克利娜·迪马现年二十六岁，长得很漂亮。她在爱丽舍田园大街后面的一家高级美容院做美容师，所以她知道怎样最大限度地展示自己的美丽。七月三十日的晚上，她正赶着回家——那个坐落在布勒特依广场旁边的小公寓——为晚上的约会做准备。她知道，几个小时之后，她就会全身赤裸地被她所憎恨的情人搂在怀里，她得尽可能地打扮得漂亮些。

几年前，在她的生活里最重要的事就是和男人的下一次约会。她有一个很美满的家庭，家人之间的关系相当亲密。父亲是一家银行的职员，很受人尊敬；母亲是一位典型的法国中产阶级贤妻良母；她自己刚刚修完美容师课程；弟弟让-克洛德在服兵役。全家住在勒维齐奈的郊外，虽然算不上奢华，但仍然是很好的房子。

一九五九年快到年底的时候，有天早餐时，陆军部来了一封电报。电文里说，陆军部极为遗憾地通知阿兰德·迪马先生及其夫人，他们的儿子，第一殖民伞兵部队的列兵让-克洛德在阿尔及利亚阵亡了。他的个人物品将尽快退还给居丧的家庭。

有那么一阵，雅克利娜的世界破碎了。无论是勒维齐奈家庭的安宁，还是其他女孩在美容院热议的伊夫·蒙当[1]的魅力，或是刚从美国传来的摇摆舞热潮，一切似乎都失去了意义。只有一件事在她脑子里反复敲打着，就像一盒不断播放的磁带，那就是她的小让-克洛德，她亲爱的、孩子一样的弟弟，那么脆弱而温和的弟弟，憎恨战争和暴力的弟弟，只想一个人看书的弟弟，她只想去宠爱的弟弟，在阿尔及利亚一条干涸的河谷中的战斗里，被打死了。她恨，

1 法国著名演员、歌手。

是那些阿拉伯人干的，那些令人憎恶的、肮脏的胆小鬼，傻瓜。

这时候弗朗索瓦来了。一个冬天的星期日早上，雅克利娜的父母出去看亲戚了，弗朗索瓦突然出现在这个家。那时是十二月，街面上盖着雪，花园的小路上也结了一层冰。其他人都冻得面色煞白，愁眉苦脸，而弗朗索瓦的皮肤却是那种晒出来的棕褐色，看起来十分健康。他询问是否可以和雅克利娜小姐讲话。她回答说："我就是。"并且问他有什么事。他回答说，他指挥的那个排有一名叫让-克洛德·迪马的列兵被打死了，他带来了一封信。雅克利娜把他请进了屋。

这封信是让-克洛德死前几个星期写的。他在山区搜寻一队刚刚洗劫了一户移民家庭的穆斯林游击队时，把信装在了衣服里面的口袋里。他们没有找到游击队，而是遭遇了一个营的训练有素的叛军部队。在黎明的曙光中，这场遭遇战进行得异常惨烈。战斗中，让-克洛德肺部中了一枪。他在临终前将这封信交给了他的排长。

雅克利娜读完信又哭了一会儿。信里没有说最后一个星期的事，都是在君士坦丁军营里的闲话家常、攻击训练和军纪之类的。其他的事情她是从弗朗索瓦那儿知道的：敌军从侧翼包围了他们，步步逼近。他们在丛林里后撤了四英里，用无线电不断呼叫空中支援。早上八点钟轰炸机才赶到，轰炸机引擎的尖叫声和火箭弹的轰鸣声响成一片。他还告诉她，她弟弟是自愿参加攻坚部队的，他是一名真正的男子汉。最后在一块岩石的后面，他趴在一名下士的膝盖上不断咳嗽，血都咳出来了。他像一名真正的男子汉那样死去。

弗朗索瓦对她非常温和。四年的殖民地战争把他打造成了一名职业军人。作为一名男子汉，他像殖民地的岩石一样坚硬，但他对自己手下伞兵的姐姐很和气。她为此很喜欢他，接受了他在巴黎请她吃饭的邀请。另外，她也担心她的父母回来会被吓着。她不想让他们知道让-克洛德是怎么死的。因为她的父母花了两个月才好不容易从失去爱子的悲痛中渐渐恢复正常。席间她请求中尉保证对此事保持缄默，他同意了。

然而，她却很想了解发生在阿尔及利亚的战争，到底发生了什么事，战争究竟是为了什么，政客们在玩什么把戏。戴高乐去年一月从总理的位置上被一股爱国的热潮推进爱丽舍宫，他做了总统，人们相信他既可以终止战争，又能使法国继续保有阿尔及利亚。她从弗朗索瓦口中第一次听到，她父亲崇拜的那个人被称作法国的叛徒。

在弗朗索瓦休假期间，他们一直在一起。一九六〇年一月，她刚从培训学校毕业就开始在这家美容院上班。现在她每天从美容院下班后，晚上都和弗朗索瓦在一起。她从他那里了解了法国武装部队的叛乱，巴黎政府与被监禁的民族解放阵线领导人艾哈迈德·本·贝拉进行的秘密谈判，以及阿尔及利亚即将被移交给那群傻瓜。

一月中旬，他返回战场。八月，他设法在马赛休假一周，而她则抓住点滴时间和他待在一起。她一直在等他，在她的心中，他被塑造成了品行优良、纯洁、有男子气概的法国青年的象征。一九六〇年的整个秋天和冬天，她都在等他。白天和晚上睡觉前，她都把他的照片放在床头柜上，睡觉时则放在睡衣里贴着肚子的地方。

一九六一年春天他最后一次休假，再次来到巴黎。他们一起在街上漫步，他穿着军装，而她也穿着她最漂亮的衣服。她觉得他是这个城市里最帅、最强壮、肩膀最宽的男人。和她在一起工作的一个女孩看到了他俩，第二天美容院里就都在议论雅克利娜的英俊伞兵。她那时正在休年假，不用上班，整日都和她的伞兵在一起。

那时，弗朗索瓦听到一些风传的消息之后十分激动。和民族解放阵线的谈判已经是公开的新闻了，他肯定，军队，真正的军队不会忍耐太久。阿尔及利亚必须留在法国的版图里，这对于他们两人——被战争磨砺得更加坚韧的二十七岁军官和崇拜他的二十三岁的准妈妈来说，是一个坚定的信念。

然而，弗朗索瓦永远不会知道他要做父亲了。一九六一年三月他返回阿尔及利亚。四月二十一日，有几支法国军队哗变了。第一殖民地伞兵部队几乎全部参加了叛军，只有少数新兵跑出兵营，聚集在省长的办公室里，工作人员让他们离开。在一个星期里，在叛军和忠于政府的部队之间，战斗不时发生。五月初，在和一支忠于政府的部队的冲突中，弗朗索瓦阵亡了。

雅克利娜从四月起就再没等到过弗朗索瓦的信，但她一直没有怀疑过什么。直到七月，她被告知了这个消息。她悄悄在巴黎郊区租了间便宜的公寓，企图开煤气自杀。由于房子到处漏风，她没能成功，不过腹中的胎儿却夭折了。八月，父母带着她一起外出休养了一段日子。回到巴黎的时候，她看起来已经复原了。十二月，她成为“秘密军组织”一名活跃的地下组织成员。

她加入组织的动机很简单：弗朗索瓦，然后就是让-克洛德。无论采用什么手段，需要她付出怎样的代价，或是把别人怎么样，她都要为他俩报仇。除此以外，她在这个世界上再没有什么别的心愿了。她相信自己可以做更多的事，而不只是跑跑腿，捎个信，或是偶尔在她的购物袋里放一个塞有塑料炸弹的面包，当然也不只是在咖啡馆和电影院的炸弹爆炸后，站在街角眨眼示意。一般爆炸之后都会临时调查过路人，但她只要扇扇她的长睫毛，噘噘嘴，就会被放行了。

在小克拉马尔事件之后，其中一个在逃的刺客在她布勒特依的公寓里藏了三天。那三天对她来说是她生命中的重要时刻，但他很快就走了。一个月后刺客被捕了，但他对曾在她的寓所住过只字未提，也许他忘了吧。但为了安全起见，她的基层领导指示她几个月内不要再为“秘密军组织”做任何事，等形势有所缓和再说。一九六三年一月，她又开始传递消息。

生活就这样一直继续，直到七月，有个男人来找她，她的基层领导陪着一起来的，对此人非常尊重。他没说自己的姓名，只是问她是否愿意为组织做一项特殊的工作。当然，这件事也许有危险，而且令人恶心。但她的回答是：“没关系。”

三天后他们坐在一辆停在一幢公寓附近的车里。那人指给她看一个刚从里面走出来的男人，并告诉她这个人是谁，是什么职位，还告诉她该怎么做。

七月中旬，她便和那个男子见面了，表面上看来很偶然。那天她在一家餐馆里，坐在他旁边的座位。她害羞地冲他微笑，请他把他桌上的盐瓶递给她。他和她搭讪起来，她表现得含蓄而端庄。她的反应无疑是对的。她的庄重让他很感兴趣。似乎是无意间，两人聊了起来，那个男子主讲，她顺从地回应着。不到两个礼拜，他们之间就有了暧昧关系。

她很了解男人，能够判断出他们的基本喜好。她的新情人早已对放荡妖冶的女人感到厌烦了，而她则装出一副害羞的样子，体贴且纯洁，表面上很含蓄，可又不时地暗示一下她那美妙的胴体总有一天不会浪费。这个诱饵很有效，对这个男人来说，彻底征服女人才是最重要的。

七月下旬，她的基层领导告诉她，他们应尽快开始同居。问题是这个人和他的妻子以及两个孩子住在一起。七月二十九日，他们全家去了位于卢瓦尔河谷的乡间别墅，而丈夫则因为工作被留在了巴黎。他的老婆孩子刚离开几分钟，他就打电话到美容沙龙，坚持要在他的公寓里和雅克利娜共进当晚晚餐。

雅克利娜·迪马一回到房间就看了一眼表。她还有三个小时的准备时间。尽管她打算把自己打扮得完美无瑕，但两个小时也足够了。她脱了衣服冲了个澡，然后在衣柜门背后的全身镜前把自己擦干，看着毛巾滑过自己毫不情愿的皮肤。她把胳膊抬高，让自己那对有着玫瑰色乳头的乳房高耸地挺起。不过它们丝毫没有从前当她知道它们就要被弗朗索瓦握在手中时的那种期待着的欣喜。

她无精打采地想着即将到来的夜晚，恶心得胃里发紧。不过她发誓，无论他想怎样求欢，她都会顺从他的。她从橱柜的抽屉里拿出弗朗索瓦的照片，相框中的人还是用同样调侃的微笑看着她。以前他看着她飞奔着穿过站台去接他时，总是那样微笑着。相片中那柔软的棕色头发，挺括的淡黄色军装，军装下那健硕的胸肌——很久以前她是多么喜欢把自己的脸靠在那里啊，还有那钢制的伞兵徽章——她那发烧的脸贴上去感觉是那么凉爽。它们都在那里——用赛璐珞纸小心地包着。她躺在床上，举着弗朗索瓦的照片。他从上面"看"着她，就像以前他们做爱时那样看着她。他总是多余地问："我的小宝贝，你要吗？"她也总是轻轻地耳语道："是的，你知道的……"然后就开始了。

她闭上眼睛，她能感觉他在她身体里，又硬又热，猛烈地抽动，耳朵里听着他充满爱意的低吼，还有那最后令人窒息的"来吧，来吧……"她从没违抗过这个命令。

这个月的最后一天，豺狼非常忙碌。他整个早上都在跳蚤市场，从一个摊位逛到另一个摊位，手里拎着一个廉价的手袋。他买了一顶油乎乎的贝雷帽，一双磨损得很厉害的鞋，一条不太干净的裤子，还有一件找了很久才找到的以前的军用大衣。他本来想找件轻一些的，但军用大衣很少有夏季用的，法国军队的大衣用的都是毛呢料。不过这件太长了，他穿着盖过膝盖好大一截——这一点很重要。

正要走出市场的时候，他的目光忽然被一个挂满勋章的摊位吸引了。那些徽章因为年代久远，都十分斑驳。他买了一整套勋章，还买了一本介绍法国军队勋章的小册子，里面有很多已经褪色的照片，说的是各种勋章在哪次战役被授予或是何种事迹才能获得这些勋章。

在皇后饭店悠闲地享用了午餐之后，他拐了个弯回到酒店，结清了账单，整理好行李。他把新买的东西放进他的两个高级旅行箱的底部；又根据那本小册子，把买来的那套勋章排成一排，从勇气军功章到解放勋章，再到二战中为自由法国而战的五次战役奖章。他挑出几大著名战役的勋章：比尔-哈凯姆、利比亚、突尼斯、D日以及菲利普·勒克莱尔将军的第二装甲师勋章，将其收好。

剩下的勋章和那本小册子被他分别扔进了林荫大道路灯边的两个废纸篓里。酒店前台的服务员告诉他，“北极星号”特快豪华列车将于五点十五分从巴黎北站出发开往布鲁塞尔。他赶上了这班车，在火车上吃了一顿丰盛的晚餐，抵达布鲁塞尔时恰好是七月的最后一小时。

6

八月一日早上，给维克多·科瓦尔斯基的信到了罗马。这个身材魁梧的下士在邮局取了每日的信件后回到了酒店，当他穿过酒店大堂的时候，一个行李员从背后喊住他："先生，请留步——"

他像往常一样傲慢地转过身。他不认识这个意大利佬，但这也没什么不对。他每天都大摇大摆穿过酒店大厅直奔电梯而去，从来不注意他们。这个黑眼睛的年轻人朝科瓦尔斯基走来，手里拿着一封信。

"呃，有封信，先生。是给一个叫科瓦尔斯基先生的……我们这儿没有这位先生……据说他是个法国人……"

这通叽里呱啦的意大利语，科瓦尔斯基一个字也没听懂。不过他猜出了大概的意思，另外，尽管发音很糟糕，他还是听出了自己的名字。他劈手拿过这封信，盯着写得很潦草的地址和姓名。他在酒店登记的是别的名字。他不看报纸，所以也不知道五天前，一份巴黎报纸发表了一则独家新闻："秘密军组织"的三名最高领导人现在正藏在这家酒店的顶楼。

就他本人而言，应该没人知道他的行踪。不过这封信还是引起了他的兴趣。他很少收到信，和大多数生活简单的人一样，收到一封信可是个重大事件。意大利人站在他旁边，仰起头，用他那双西班牙小猎犬般的眼睛望着他。科瓦尔斯基仿佛能从对方讨好的眼神里看出，他科瓦尔斯基就是人类智慧的源泉，能够帮对方摆脱困境（前台的工作人员都不认识叫这个名字的客人，也不知道该拿这封信怎么办）。

科瓦尔斯基俯视着他。“好吧，我来问问看。”他傲慢地说。意大利人的眉头仍然没有舒展开。

“问问，问问。”科瓦尔斯基反复说着，用手指着天花板。意大利人终于明白了。

“啊，是的，问问。您真好，先生，太感谢了……”

意大利人还在做着手势表示感谢，科瓦尔斯基早已丢下他，大步走开了。他乘电梯到了八楼，刚出电梯就碰到了在楼层服务台的当值保镖，拿着自动手枪，手指搭在扳机上。两人对视了一秒，那个保镖把枪的扳机保险合上，然后放进口袋。他只看到了科瓦尔斯基，电梯里没别人。这纯粹是例行公事，每次电梯指示灯显示电梯正越过七楼的时候都会这样。

除了楼层服务台的值班保镖，走廊尽头的太平梯门口和楼梯处都各有一个保镖。楼梯和太平梯两处都安装了炸弹，酒店的人并不知道这一点。走廊的楼层服务台下面有个开关，只有从那里把炸弹引信的电流切断，炸弹才会失败。

第四个白班保镖的位置是在头头们所居住的第九层的楼顶。为了对付可能的进攻，还有三个人在走廊另一端的房间里，他们值完夜班正在睡觉。不过如果有任何意外发生，他们会立即醒来，几秒钟内就可以开始行动。八楼的电梯门被从外面紧紧焊住了。但如果电梯门上方的指示灯显示电梯要上到这一层，这就表示警报。这种事情只因为意外而发生过一次。一个服务员乘电梯给房间送饮料时误按了“9”。他的这个举动很快让他吃到了苦头。

楼层服务台的值班保镖给楼上打电话，通知他们邮件到了。然后示意科瓦尔斯基上去。这位前外籍军团下士已经把给自己的信塞进衣服内侧的口袋里了，给头头们的邮件则放在左腕用链子拴着的一个钢制的匣子里。链子和匣子都上了弹簧锁，只有罗丹有钥匙。几分钟后，“秘密军组织”的这位上校把两个锁都打开。科瓦尔斯基回到自己的房间睡觉，下午晚些时候，他还要去换楼层服务台保镖的班。

在八楼后面他自己的房间里，科瓦尔斯基终于开始看信了。他先看了签名，很是惊讶，这是科瓦茨写来的，他已经有一年没见过他了。科瓦茨几乎不会写字，就像科瓦尔斯基几乎不识字一样。不过信不长，科瓦尔斯基一个个字地查着字典，终于破译了这封信。

科瓦茨开头说到，写信的那天，他“看”到报上的一则新闻，那是一个朋友读给他听的。新闻说罗丹、蒙克雷和卡松藏在罗马的酒店里。他于是想，他的老伙计科瓦尔斯基应该也和他们在一起，所以他写了这封信，希望走运的话，能寄到他手里。

接下来的几段说的是法国最近的形势越来越严峻，巴黎警察到处盘查证件，可上面还是不断下令让他们抢劫珠宝商。科瓦茨说他本人就参加了四次，这可不是闹着玩的，特别是还必须上缴抢到的东西。他觉得以前在布达佩斯的日子挺好的，虽然只有两个礼拜，但那时候他干得更出色。

最后一段说他几星期前见到米歇尔了。米歇尔说他和约约谈过，约约说小西尔维病了，一直低烧什么的，总之是她的血液出了毛病，他希望她可以很快痊愈，让维克多不要担心。

可维克多真的很担心。“小西尔维病了。”一想到这个他就非常焦虑。在维克多·科瓦尔斯基三十六年的亡命生涯中，没几件事真正打动过他的心。德国入侵波兰的时候他才十二岁。一年后，他的父母被一辆盖着黑色篷布的卡车带走了。那时候他已经懂事了，知道姐姐在教堂后面的大旅馆里做些什么。德国人占据了那个旅馆，每天都有很多军官去那儿。他父母很难过，向军管处提过抗议。他当时的年纪已经可以参加游击队了。十五岁的时候，他第一次杀死了一个德国人。十七岁的时候，苏联人来了。他的父母对苏联人又恨又怕，给他讲了很多苏联人对波兰人做的恐怖的事。所以他离开了游击队，而其他人后来都被政委下令枪决了。他像一只被追捕的猎物一样向西逃往捷克斯洛伐克，然后是奥地利。在难民营，这个瘦骨嶙峋的只会说波兰语的高个子青年因为饥饿而极度虚弱。他被人看作是又一个无害的欧洲战后流浪贫民。随后，他吃着美国提供的食品，逐渐恢复了体力。一九四六年春天的一个晚上，他逃了出来，搭车奔向意大利，然后进入法国。同行的是他在难民营认识的一个讲法语的波兰人。在马赛，一天晚上他潜入一家商铺偷吃的，杀死了试图阻止他的店主，只好继续逃亡。他的同伴离开了他，临别时告诉他，只有一个地方可以去——外籍军团。第二天他就报了名，当警察在饱受战争摧残的马赛掘地三尺四处查访时，他已经来到了阿尔及利亚。地中海沿岸城市仍然是美国食品的重要进口基地，为食物而杀人的事很平常。由于不能很快找到嫌疑人，这个案子几天后就销案了。科瓦尔斯基得知这一切的时候，已经是一名外籍军团士兵。

这时他十九岁。起先老兵们叫他“小家伙”，随后他就向众人展示了他的杀人本领，他们就改称他为科瓦尔斯基。

在印度支那那六年的生活使他不可能再成为一个普通人。这之后他被送往阿尔及利亚。其间，他曾在马赛郊外接受一门武器训练课程。他在那儿碰到了朱莉。她身材瘦小，但很厉害，在码头边的一家酒吧做清洁工。那天她正和自称是她“男朋友”的人吵架。科瓦尔斯基一拳就把那个家伙打得飞出了酒吧，摔出去六米多远，昏迷了十个小时。好几年过去了，这个人还是连话都讲不清楚，因为他的下颌骨被打碎得不成样子了。

朱莉喜欢这个身形巨大的外籍军团战士。之后的几个月，每晚他都是她的“保护神”，在她下班后护送她回到她在旧港一个肮脏阁楼里的小窝。两人欲望都很强，尤其是她。他们之间没有爱情，当她发现自己怀孕后就更没什么感情了。她告诉他，孩子是他的。他相信了，因为他想要这个孩子。但她告诉他，她不想要这个孩子，她认识一个老女人可以帮她把孩子打掉。科瓦尔斯基暴揍了她一顿，并且告诉她，如果她敢那样做就宰了她。三个月后他回到了阿尔及利亚。不过这期间他和另外一个前外籍军团的波兰士兵约瑟夫·格日博夫斯基成了朋友。这人被称作波兰人约约。约约在印度支那因伤退役，和一个快乐的寡妇结了婚，在各主要车站的月台上经营一辆小吃车。他们自从一九五三年结婚后就一直一起经营。妻子给客人递吃的，他就在后面一瘸一拐地收钱找钱。晚上收摊之后，约约经常光顾附近外籍军团士兵们常去的酒吧，一起聊过去的日子。这些人大多是年轻人，是他在岘港时才应征入伍的。一天晚上，他碰到了科瓦尔斯基。

就孩子的问题，科瓦尔斯基征求约约的意见。约约同意科瓦尔斯基的想法。两个人都是天主教徒。

“她想把孩子弄死。”维克多说。

“那个臭娘们！”约约骂道。

“婊子！”维克多表示赞同。他们又喝了几杯，闷闷不乐地望着酒吧后面的镜子。

“这样对孩子不公平。”维克多说。

“这样不对。”约约赞同地说。

“我从没有过孩子。”想了一会儿，维克多说。

“我也没有。从结婚到现在一直都没有。”约约回答。

后半夜将近天亮的时候，两个人酩酊大醉，想出了一个计划，并且严肃地举杯庆祝。第二天早上，约约想起了他的诺言，但不知该怎么和妻子说。他花了三天时间，旁敲侧击地讲了一两回，终于在一天夜里，两人都躺在床上的时候把这个事和盘托出了。令他很惊讶的是，他的妻子很高兴，所以这件事就这么定了下来。

过了一段时间，维克多回到了阿尔及利亚，重新加入了罗丹少校的麾下。这时，罗丹已经指挥一个营了，又是一场全新的战争。约约和他妻子在马赛，连哄带吓地监督并保护着怀孕的朱莉。维克多离开马赛的时候，她已经怀孕四个月，这时候再堕胎已经迟了。约约还威胁地指着很快又到处乱转的那个下巴被打残了的家伙。那个家伙现在只要看到外籍军团士兵就很小心畏缩，即使是瘸了一条腿的退伍兵也不敢惹。他游手好闲，又干起以前的下流营生。

一九五五年，朱莉生下了一个金发碧眼的女孩。在朱莉的同意下，约约和他的妻子填写了过继申请。申请被批准后，朱莉又重操旧业，约约夫妇则有了个女儿，他们给女孩起名西尔维。他们写信告诉了维克多。他躺在军营的床上，感到莫名的高兴，但他没告诉任何人。他认为他脑子里的东西，只要被别人知道了，最终都会被夺走。

不过，三年后，在阿尔及利亚山区执行一次持久的战斗任务之前，随军牧师建议他立一个遗嘱。这之前他从没想过这个事，他向来没有什么东西可以留给后人。在难得的假期里，他所有的积蓄都花在城里的酒吧和妓院了，剩下的东西都属于军团。不过牧师向他保证，在如今的军团里，立一个遗嘱绝对正当。因此在他人的鼎力协助下，他立了个遗嘱，把所有的财产都留给一个叫约瑟夫·格日博夫斯基的人的女儿。这个人从前是外籍军团的士兵，现在在马赛。最后，这份文件的副本连同他的其他档案，都被归到了巴黎武装部队的档案库。当法国安全部门获悉科瓦尔斯基的名字与一九六一年发生在博内和康斯坦丁的恐怖主义活动有关时，这份档案连同许多其他档案一起被找了出来，被利拉大门的罗兰上校的行动分局所关注。他们去找了格日博夫斯基，了解了整个事情的来龙去脉，但科瓦尔斯基一直对此毫不知情。

他这一生只见过女儿两次，一次是一九五七年，他大腿中了一枪，被送往马赛疗养；还有一次是一九六〇年，他护送罗丹中校又来到这个城市，为一次军事法庭审判出庭作证。第一次，小女孩才两岁，第二次四岁半。科瓦尔斯基去的时候，给约约夫妇带去了很多礼物，给小西尔维买了许多玩具。小女孩和她的狗熊似的维克多叔叔相处得很好。不过科瓦尔斯基从没和任何其他人提过此事，连罗丹都没有说过。

现在她不断低烧，得了什么“血病”。科瓦尔斯基整个早上都非常担心。午饭后他上楼取来邮件匣子和链子，把它们重新在手腕上绑好。因为罗丹正在等待从法国来的一封重要信件，其中有关于抢劫累积起来的总金额的详细报告。他要科瓦尔斯基再去一趟邮局，去取下午来的邮件。

“什么是，”下士忽然冒出一句，“连续低烧的血病？”

罗丹正在往他的手腕上绑链子，听到问题后惊讶地抬起头。

“我从没听说过。”他回答。

“是一种血液的毛病。”科瓦尔斯基解释道。

卡松在房间另一边正在看一堆杂志，他笑了起来。

“嗯，是什么呢，先生？”

“是癌症，”卡松回答说，“血癌。”

科瓦尔斯基看着面前的罗丹，他不相信非军人的话。

“能治好的，上校。对吗？”

“不，科瓦尔斯基，这是致命的绝症，治不好。为什么问这个？”

“没什么，”科瓦尔斯基咕哝着，“我刚读到的。”

他离开了房间。罗丹本应该觉得奇怪的，他的保镖除了每天站着接受命令，从来不懂得阅读任何更复杂的东西，而今天却说起了这个词。下午他等待的邮件取回来了，信里说，“秘密军组织”在瑞士银行的联合户头现在已经有了超过二十五万美元，所以他不但没有注意到科瓦尔斯基的异常，而且很快就把这件事忘了。

罗丹感到很满意。他坐下来写信给银行，通知他们把那笔钱转入他雇的那个刺客的账户，至于剩下的差额，他一点也不担心。只要戴高乐一死，那些早些时候在“秘密军组织”比较辉煌的日子里资助过他们的极右翼企业家和银行家，一定会毫不迟疑地提供另外二十五万美元的。就在几个星期前，这些人对他要求继续提供经费还婉转地推托，“由于爱国力量在近几个月内未能采取行动并取得进展”，使得他们过去投资的获得回报的可能性大幅降低；同样是这些人，到时一定会争先恐后地以支持这些战士为荣的，因为他们不久就将成为重获新生的法国的新统治者。

他写完给银行的指示时天已经黑了。卡松看完罗丹写给瑞士银行要求付款给豺狼的指示后表示反对，他争辩说，他们三个人共同答应过英国人一件至关重要的事——为他在巴黎设置一个联络点，随时向他提供法国总统最新的准确行踪，以及总统周边安全措施可能会发生的变化，这些情况很可能对杀手非常重要。卡松认为，在现阶段就把钱转给他，会鼓励他在时机没有成熟的情况下采取行动。虽然什么时间动手显然是由刺客自己选择，但是晚两天转钱并不会对刺杀造成什么本质的影响，因此，向刺客提供最新情报的问题，很可能是成败的关键，一旦失败就再无成功的可能了。

卡松今天早上也接到了他在巴黎的主要代表的邮件，他们已经成功地在戴高乐最亲近的一名随从身边安插了一名特工。还需要几天，这名特工才能不断得到有关总统的可靠情报，包括他人在哪里、出行意图、出现在公共场合的安排等等，这些都是机密消息。卡松希望罗丹可以缓两天，直到他在巴黎为杀手准备好一个电话号码，让他能够得到对他的行动可能很关键的情报。

罗丹对卡松的意见反复考虑了很久，最终认为卡松是正确的，但是，两个人都不知道豺狼的意图。事实上，向银行发送指示，以及随后给伦敦发信提供巴黎的电话号码，都不会对杀手的计划产生分毫的影响。在罗马的这些恐怖分子不知道，杀手已经选好了行动的时间，而且已经像钟表那样精确地在执行他的计划和意外防范措施了。

在罗马炎热的夜晚，科瓦尔斯基坐在屋顶上，他巨大的身躯隐在空调的阴影里，手里拿着点四五口径的科尔特枪。想着在马赛病床上的那个小女孩，想着她得的持续低烧的血液病，他非常担心。黎明时分，他想出一个主意。他想起一九六〇年他最后一次见到约约时，这个前外籍军团的士兵告诉过他，他打算在公寓里装一部电话。

科瓦尔斯基收到信的那天早上，豺狼离开了布鲁塞尔的友谊酒店，乘出租车来到了古森住的那条街的拐角。早饭时，他用杜根的名字给军械师打了个电话，这是古森知道的名字，会面约在上午十一点。他十点三十分就到了那条街的街角，然后在马路尽头的小公园里的路边长椅上，花了半个小时，从报纸的后面观察这条街。

周围看起来很安静。十一点整，他出现在门口，古森让他进去，把他领到门厅尽头的小办公室里。豺狼进去后，古森小心地锁上前门，挂上保险链。英国人在办公室里转过身，面向军械师。

“有什么问题吗？”他问。比利时人看起来有点窘迫。

“哦，是的，我想恐怕是的。”

杀手冷冷地注视着他，脸上毫无表情，眼睛眯起了一半，面色阴沉。

“你上次告诉我，如果我八月一号回来，那四号我就能把枪带回家了。”他说。

“完全正确，我向您保证，枪绝对没有问题，”比利时人说，“事实上枪已经做好了，坦率地说，我认为这是我最杰出的成品，一支非常漂亮的枪。是其他方面有问题，得重新做。我演示给您看。”

桌子上躺着一个扁平的匣子，大概两英尺长，十八英寸宽，四英寸厚。古森打开匣子，豺狼低头看着，匣子的盖子向后落在了桌上。

它看起来像个扁平的托盘，被精心分隔成各种形状的格子，每个格子的形状都与它要装的步枪部件完全相符。

“这不是原来的匣子，您知道的，”古森解释道，“原来的匣子太长了，这个匣子是我自己做的。很合适。”

匣子十分精巧。上半部放的是枪管和枪后膛，全长不到十八英寸。豺狼把它取出来，端详着。枪管很轻，看起来更像冲锋枪的枪管，后膛里插着一根细长的枪栓。枪栓背面的末端有一个旋钮，和后膛一般大小，枪栓的其他部分就装在这里。

英国人用右手食指和拇指捏住旋钮的末端，用力朝逆时针方向拧了一下，枪栓松动了，豺狼顺着螺纹转了几圈，把枪栓拉了出来，露出闪亮的弹仓和黑洞洞的枪筒后部。他把枪栓塞了回去，顺时针拧了几下，顺利地固定在了原位。

枪栓的尾部另加了一个钢制的圆盘，焊得天衣无缝。它有半英寸厚，周长不到一英寸，圆盘顶部有一个半月形的孔洞，枪栓后退时能够自由通过。圆盘反面的中间有一个直径半英寸的孔，里面刻有螺纹，可能是为了装螺丝用的。

“这是用来装枪托的。”比利时人轻轻地说。

豺狼注意到，后膛的底沿原本应该装着木枪托的地方，边缘有点轻微的凸起，原来的枪托已经被去掉了。除此以外，什么痕迹都没留下。原来用来固定木制枪托的两个螺丝用的孔洞被巧妙地填上了，还烤了蓝漆。他把枪掉转过来，查看底部。后膛的下面有一条很窄的开口，透过它可以看到枪栓的下部，这里装着击发子弹的撞针。原有的扳机超出钢制后膛表面的部分被锯掉了，剩余部分向着开口处延伸。

在剩下的扳机上焊了一块很小的球状金属，上面也有一个刻了螺纹的孔洞。古森没吭声，递给他一个小小的银色钢件，有一英寸长，呈一定弧度，一头刻有螺纹。豺狼把有螺纹的一头放到金属球的孔洞里，用食指和拇指迅速地拧着。拧紧后就是一个新扳机，从后膛的底部伸了出来。

在他身边的比利时人又从盘子里拿出一根细长的钢棒，钢棒的一头也刻有螺纹。

“这是组合式枪托的第一部分。”他说道。

刺客把钢棒螺纹的那头塞进后膛后面的那个洞，旋紧。从侧面看，钢棒从枪的后部伸出，成三十度角向下倾斜。在靠近步枪主体、离钢棒螺纹一端两英寸的地方，钢棒逐渐平直。在钢棒平直部分的中心处，和钢棒呈一定角度钻了一个眼儿，正对着后方。古森拿起第二根短一点的钢棒。

“上面的撑杆。”他说道。

这根也安好了。上面的那根和枪管间的夹角很小，两个钢棒都向后伸展，彼此分开，就像一个没有底边的锐角三角形的两边。古森把底边那根拿了过来。它是弧状的，五或六英寸长，包了一层厚厚的黑色皮革。这个肩托的两端各有一个小孔。

“这里不用拧，”军械师说，“把钢棒的两端按进这两个孔里就可以了。”

英国人把每根钢条的末端放进相应的小孔里，“啪”的一声摁好。有了扳机，加上一个完整的、由上下撑杆和底托构成的框架型枪托，现在这支枪从侧面看上去就正常得多了。豺狼把肩托靠在肩上，左手握住枪管底部，右手食指搭在扳机上，闭上左眼，右眼顺着枪管望去。他瞄向远处的墙，抠了一下扳机，后膛里轻轻地发出“咔嗒”一声。

比利时人两手各拿着一根约十英寸长的黑色管子。豺狼转向他。

“消音器。”英国人说。他接过递给他的管子，看了看枪管的尽头。那里已经刻上了精细的螺纹。他把消音器的大头套上枪管，很快地拧着，直到拧不动为止。消音器从枪管的末端伸出来，像一根长长的香肠。他从身侧伸出手，古森把瞄准镜放到他手里。

在枪管的上部刻有一系列成对的标准尺寸的槽。瞄准镜底下的弹簧片就嵌在这些槽里，以使瞄准镜和枪管保持绝对平行，瞄准镜右侧和顶部有好几个小螺丝，这是用来调整目视镜里的十字线的。英国人又举起枪，眯起眼睛瞄准。乍看上去，他就像一个穿着讲究的优雅的英国绅士，正在皮卡迪利大街的枪械店试一支新猎枪。但是十分钟前那堆怪模怪样的零件已经不再是一支猎枪了，而是成了一支远距离高速无声的刺杀用步枪。豺狼放下枪，转过身对着比利时人，点点头，很是满意。

“好，”他说道，“很好。恭喜你，一件漂亮的杰作。”

古森满脸堆笑。

“剩下的问题就是瞄准器的校零以及实弹射击了。你有子弹吗？”

比利时人从抽屉里拿出一盒一百发装的子弹盒。盒子已经开封了，里面少了六颗子弹。

“这些是用来试射的，”军械师说，“我拿了六颗出来改装成了达姆弹。”

豺狼倒了几颗子弹在手心里，看了看。相对于所要完成的任务，这样的一颗子弹似乎太小了点。不过他注意到它们是这个口径的子弹中加长的一种。额外增加的爆炸力会赋予弹头极高的速度，从而使准确性和杀伤力都得以提高。大多数猎枪子弹的弹头都是铅制的，前端扁平，比较钝，而这些子弹都是铜镍合金的尖头。在口径相同的情况下，他手中的猎枪使用这种步枪子弹，性能会更优越。

“任务用实弹在哪儿？”杀手问道。

古森又走到桌边，拿出一个纸包。

“我一般都会把这些放在安全的地方保存，”他解释道，“但我知道您今天要来，所以就先拿出来了。”

英国人拢着手，正把刚才的那些子弹倒回硬纸盒里。古森打开纸包，把里面的东西倒在白色的吸水棉纸上，乍一看和他正倒回去的那些一样。英国人放好之前的那些子弹，从纸上的子弹里拿出一粒，仔细地看着。

子弹尖端的铜镍合金被小心翼翼地打磨掉了很小的一部分，露出了里面的铅芯。尖尖的弹头因此略钝了一些。弹头顶端钻了很小的孔，深入弹头四分之一英寸，里面灌了一滴水银，然后用熔化的铅封上洞口。铅凝固后，在锉刀和砂纸的作用下，弹头又恢复原有的尖形，和原来完全一样。

尽管豺狼从没用过，但他很了解这些子弹。它的制造工艺太复杂，除非是工业生产，否则无法大规模使用。这种达姆弹为日内瓦公约所禁止，它击中人体后会像小手雷一样爆炸，比普通的达姆弹更厉害。击发时，由于子弹的前冲力，孔洞里的水银被甩向孔洞的后部，就像汽车猛然加速时，乘客被压在座位上一样。一旦子弹击中肌肉、软骨或是骨头，就会突然减速，而水银则猛地向前冲击弹头的前部。它的前冲力可以撕开弹头，使铅芯像人手或是盛开的花瓣那样爆开。这种形状的弹头继续推进时，会撕碎神经和组织，使其被撕裂、切断、破碎，它所留下的创面比茶碟还要大。如果击中头部，弹头不会穿出，但会摧毁头骨里的一切，它在头骨内释放的能量会把头骨炸得粉碎。

杀手小心地把子弹放回纸上。那个小个子设计者温顺地站在他的身旁，疑惑地看着他。

“我看做得不错。事实证明你是个高手，古森。那问题是什么呢？”

“是另一件，先生，管子。管子做起来比我想象中要难。开始我按您的建议用铝来做。不过请您理解，我首先得弄到枪并把枪做好，所以我前几天才开始做这以外的事。我本以为凭我的技术和我车间里的机器，做这些管子很简单。

“为了能让管子尽可能的细，我买的铝材非常薄。为了能把它的各部件组装起来，我用机器在管子上刻螺纹，可它们就和卫生纸一样软，稍一加压就弯了。要想让内径足够容纳枪最宽的后膛部分，管子就会比较厚，做出的东西看起来肯定不自然，所以我决定用不锈钢。

“这是唯一可行的材质。看起来像铝，比铝稍微重一点，但强度更高，能做得更薄，上螺纹时也不会弯了。当然，这种金属加工起来要难一点，得花点时间。我昨天……”

“好的。你说得合情合理。不过问题是我要一支枪，这支枪要尽善尽美。什么时候能做好？”

比利时人耸耸肩，“这很难说。主要的部件我都有了，除非又有状况发生，不过我很怀疑还能再有什么状况。我相信最后的技术问题已经解决了，五天？六天？也许一周……”

英国人没有表现出丝毫不安，仍旧面无表情。比利时人解释的时候，他一直在思考。军械师讲完他还在想。

“好吧，”他最后说，“这意味着我要更改我的行程。不过也许这并不像我上次在这里时认为的那么严重。这在一定程度上，取决于我将要打的一个电话的结果。无论如何，不管是在比利时还是在别的什么地方，我必须要适应一下这支枪。这就需要枪和未改装的子弹，我还要一颗改装后的子弹，同样，我需要一个既安静又安全的地方来试枪。想要在这个国家绝对隐秘地试枪该去哪里？得是一百三十米到一百五十米以上的露天场地。”

古森想了一会儿。“阿登山的森林。”他最后说，“那里遍布森林，一个人待上几小时都碰不到人，当天就可以打个来回。今天是周四，明天就是周末了，森林里可能会满是去野餐的人。我建议您下周一去，五号。我大概周二或者周三就能把剩下的活儿做完。”

英国人满意地点点头。

“好吧，我想我最好现在就把枪和子弹带走。下周二或周三我再联系你。”

比利时人刚要反对，他的顾客已经抢先说道：

“我知道我还欠你大概七百英镑。给你。”他又丢了几卷钞票在吸水棉纸上，“这是五百英镑。我拿到剩下的装备后，你会拿到另外的两百英镑。”

“谢谢，先生。”军械师说着，把五卷二十镑的钞票塞进了口袋。他把枪一个部件一个部件地分解开，每个部件都仔细地放在衬着绿呢的匣子的格子里。刺客要的那粒达姆弹则用卫生纸单独包起来，塞在了擦枪布和刷子旁边。他盖好手提箱，把箱子和那盒子弹递给英国人。英国人把子弹放到口袋里，拎起这个精巧的手提箱。

古森很客气地送他出去。

豺狼返回酒店，先把装着枪的手提箱小心地放在衣柜的底部，锁上衣柜的门，把钥匙放进口袋。做完这一切，他刚好赶上最后的午餐时间。

下午，他不慌不忙地走到邮政总局，向瑞士的苏黎世要了个长途电话。电话半小时后才接通，五分钟过后，一位迈耶先生接了电话。英国人报了个号码，又向对方提供了自己的名字。

迈耶先生请他稍等，两分钟后他又回来了，这回他的声音就不像刚才那样谨慎冷漠了。账户里美元和瑞士法郎的数目不断增加的顾客理应受到礼遇。我们这位在布鲁塞尔的先生问了个问题，瑞士银行家又再次请他稍等，这次三十秒就回来了。他肯定把客户的档案和账单从保险库里取了出来正看着呢。

“没有，先生，”声音嘶嘶拉拉地传进布鲁塞尔的电话间，“我们这里有您的信，指示我们只要有新的款项存入，就立刻用航空加急信件通知您。但是您说到的时间里没有款项存入。”

“我只是那么想的，迈耶先生，因为我离开伦敦两周了，我不在的时候可能会有。”

“没有，什么也没有。只要有款项存进来，我们绝不会拖延，会立刻通知您的。”

在迈耶先生不停地美好祝愿声中，豺狼挂断了电话，付了钱离开。

当晚六点稍过一点，他在纳弗街的酒吧与造假证的人见了面。对方已经在那里等着了。英国人看到角落里有个位子还空着，就冲那人点了点头，招呼他一起过去。他坐了下来点上一支烟，才几秒钟的工夫，比利时人就过来了。

“做好了？”英国人问道。

“是的，全做好了。很棒，就连我也不得不这么说。”

英国人伸出手。

“给我看看。”他命令道。比利时人点了支烟，摇了摇头。

“你得明白，先生，这可是公共场合。另外，要看的话也需要有良好的光线，尤其是法国证件。东西都在照相室。”

豺狼冷冷地审视了他一会儿，然后点点头。

“好吧。咱们一起过去看看。”

几分钟后他们离开酒吧，搭乘出租车来到那间地下照相室所在的街角。晴朗的傍晚，天气还是很热。和往常出门一样，为了防止被人认出，英国人仍戴着他那副宽边包围式墨镜，遮住了脸的上半部。一位老人迎面走过来，经过他们身边。虽然街道很窄，阳光也照不进来，但豺狼还是低下头冲着地。

造假证的人率先走下楼梯，用钥匙串上的一把钥匙打开门。照相室里和外面的夜色一样黑。门边的橱窗里贴着那几张丑陋的照片。透过照片间的缝隙懒懒地射进来的几缕光线让英国人得以辨出外间办公室里桌椅的轮廓。造假证的人领他穿过两面天鹅绒门帘，走进摄影室，拧亮中间的灯。

他从口袋里拿出一个棕色的宽信封，打开封口，把里面的东西倒在旁边的一个红木小圆桌上，那桌子是照人像时的道具。他把桌子搬到屋子中间电灯的正下方，摄影室另一头的小摄影台上有一对弧形灯，但没有打开。

“请看吧，先生。”他得意地笑着，指着桌上躺着的三个证件。英国人拿起第一个，放到灯下。这是他的驾驶证，第一页上贴了个标签，上面写着：伦敦西一区，亚历山大·詹姆斯·昆汀·杜根先生，机动车准驾车型为1a、1b、2、3、11、12、13，有效期从一九六〇年十二月十日起，至一九六三年十二月九日止（含十二月九日）。再往上是驾驶证编号（当然是伪造的）和“伦敦市议会”以及“一九六〇年道路交通法”的字样。接着是“驾驶执照”以及“十五先令税款已付”。在豺狼看来，这是一张完美的假证件，肯定足以应付他的目的了。

第二张是一份法国的身份证，用的是安德烈·马丁的名字，五十三岁，生于科尔马，居住地为巴黎。用的是他本人的照片。铁灰色的平头，神情有点窘迫，无精打采的，目光直视前方，看起来比实际年龄老了二十岁，照片贴在证件的一角，证件被翻得有点破，上面有些油渍。这是一张工人的身份证。

第三张证件他最感兴趣。上面的照片和身份证上的有细微的不同，两个证件的颁发日期也相差几个月。即使是真证，换发的时间也很可能不是精确同步的。这个证件上的相片是他自己的另外一个样子，也是两个礼拜前照的。但他现在手里拿着的证件上的照片里，衬衣看起来颜色更深，下巴上还有胡楂的痕迹。这种效果是通过高超的修饰技巧实现的，给人的印象是同一个人穿不同衣服在不同时间照的两张不同的照片。两张照片都显示了伪造证件者高超的手艺。豺狼抬起头，把证件放进口袋。

“非常好，”他说，“正是我想要的。恭喜你做得如此成功。这是我应该付给你的另外五十英镑。”

“好的，先生，谢谢。”造假证的人正等着这笔钱呢。英国人从口袋里拿出一沓十张的五英镑钞票递了过去。

他用食指和拇指捏着那叠钞票，在松手前说道：“我想还该有点儿别的东西吧，不是吗？”

比利时人假装没听懂，但他做得很失败。

“先生？”

“驾驶证第一页的原件。我说过我要收回的。”

这个伪造证件的人毫无疑问是在做戏了。他扬起眉毛，露出十分惊讶的样子，好像刚刚才想起这回事。他放开钱，转过身去，背着手走了几步，低着头，仿佛在沉思。然后他转过身走了回来。

“我想我们可能要谈谈那页纸，先生。”

“哦？”豺狼的语气中没透露出任何信息，平淡，没有感情，除了些许质疑。他的脸上也看不出什么，眼睛看起来半闭着，仿佛在看着自己的内心世界。

“事实是，先生，那张驾驶证第一页的原件，上面我猜是您真名的那张，不在这里。噢，别别别……”他做了很夸张的手势，好像在安慰一个很焦急的人，而其实英国人一点儿没有焦急的意思。“那是个很安全的地方。在银行的一个私人事务箱里，只有我能打开。您看，先生，做我这种危险职业的人，无论喜欢不喜欢，都不得不采取一些防范措施，来获得某种形式的保险。”

“你想要什么？”

“现在，我亲爱的先生，我希望您可以就那张原件的所有权转移做一笔交易，这笔交易的数目要高于我们在这间屋子里说过的一百五十镑。”

英国人轻轻地叹了口气，似乎是在为对方自视过高而叹息。对这个比利时人提出的建议，他没有表现出丝毫的兴趣。

“有兴趣吗？”造假证的人狡猾地问。他扮演着自己的角色，仿佛经过充分的排练。他拐弯抹角地靠近主题，刻意地做出一些微妙的暗示。但在他面前的这个人感觉却像在看一部蹩脚的三流电影。

“我以前见过一些讹诈的人。”英国人说道，没有谴责的意味，语气一如既往的平淡。比利时人有些惊慌。

“啊，先生，讹诈？您是说我讹诈？我这是建议，不是讹诈，这就是程序，一个惯例。我只是建议了一笔买卖，当然包括一定数目的钱。毕竟，我的事务箱里有您的驾驶证原件，冲洗的相片，我给您照的所有照片的底片，还有，我想……”他遗憾地撇了撇嘴以表现他的担忧，“还有一张您的照片，您站在弧形灯下没化妆的时候，我迅速地照了一张。我肯定这些东西落到英国和法国当局的手里会给您带来一些不便。您肯定是一位很习惯为避免生活中的不便而付账的人……”

“多少钱？”

“一千英镑，先生。”

英国人考虑着这个建议，静静地点着头，像是在讨论学术问题一样。

“拿回那些东西花这笔钱还是值得的。”他让步道。

比利时人得意地咧开嘴：“我很高兴听您这样说，先生。”

“但答复是‘不行’。”英国人继续道，仿佛仍在努力思考。比利时人眯起眼睛。

“可为什么呢？我不明白。您刚刚还说，对您来说那些东西值一千英镑的，这笔买卖简单得很。我们都习惯处理诱人的财富，各取所需嘛。”

“有两个原因，”另一个人温和地说，“首先我没有证据证明那些底片原件没有被拷贝，所以我不知道是否会有别人对我有同样的要求。另外我也没有证据表明，你没有把这些东西交给你的一个朋友，而当你向他索要时，他突然说他没有，除非他也能得到另外一千英镑的安慰。”

比利时人松了一口气：“如果这就是您所担心的事，那么您的害怕就没必要了。首先，我的利益决定我不会把这些东西交给其他人，以免他拒绝交出。我可没想过您在拿到那些东西之前会交出一千英镑，所以，我没有理由把它交给别人。我重申一下，那些东西在银行的储物箱里。

“至于不断索要钱的问题，这完全行不通。驾驶证的影印件副本不会引起英国当局注意的，即使您因使用伪造的驾驶证而被捕，这也只会给您带来些不便，不足以让您付我好几次钱。至于法国身份证，如果法国当局获悉有个英国人正在冒充一名并不存在的法国人安德烈·马丁，而您正好也用这个名字在法国活动的话，那他们倒真的会逮捕你。但如果我不断向您要钱，您大可把这张身份证扔了，再找个做假证的做一套新的。那样您就不用再担心用安德烈·马丁的身份在法国活动会暴露了，因为马丁从此就不存在了。”

“那我为什么不能现在就这样做呢？”英国人问，“既然再做一套顶多再花一百五十英镑？”

比利时人两手一摊，手掌向上。

“我觉得，对您来说，方便和时间因素是值钱的。我想，您需要那些安德烈·马丁的证件，如果我保持沉默的时间不太长的话，再做一套要花很多时间，还未必能像这个这么好。您现在拿到的是非常完美的，所以您需要这些证件，而我的沉默也是您现在需要的。我的沉默值一千英镑。”

“很好，既然你这么说。但你怎么知道我手头就有一千英镑呢？”

造假证的人宽容地笑了，就像一个知道所有答案的人会耐心十足地满足一位亲密友人一时的好奇一样。

“先生，您是一位英国绅士，这是明摆着的，但您想变成一个中年的法国工人。您的法语非常流利，几乎没有口音。这是我为什么把安德烈·马丁的出生地设为科尔马的原因。要知道，阿尔萨斯人讲法语就带点您这种口音。扮成安德烈·马丁穿越法国简直太完美了，您真是个天才。谁会想到去搜查像马丁这样的老人呢，所以无论您身上带着什么，都一定很值钱。也许是毒品？近来在一些潇洒的英国人圈里这很时髦，而马赛是其中一个主要供应中心。或者是钻石？我不知道，但您的买卖肯定很赚钱。英国绅士是不会为在跑马场上偷钱包浪费时间的。拜托，先生，我们别玩了，好吗？您打电话给您伦敦的朋友，让他给您汇一千英镑到本地的银行。明天晚上我们一手交钱，一手交货。然后——”比利时人作势一跳，“您就起程了，不是这样吗？”

英国人点了几下头，仿佛在懊恼地反省过去充满错误的生活。他突然抬起头，对证件伪造者露出动人的微笑。这是造假证的人第一次看到他笑。这个安静的英国人这样平静地接受了这件事，这让他感到非常轻松。常规的纠缠差不多解决了，他觉得身体里的压力都被排了出来。

“干得不错，”英国人说，“你赢了，我明天下午就能有一千英镑了。不过有一个条件。”

“条件？”比利时人立刻又警惕起来。

“我们不在这里碰头。”

造假证的人很迷惑：“这里没什么不好。安静，隐蔽……”

“我看这里到处都有问题。你刚刚还告诉我，你在这里偷拍了我一张照片。我可不想我们交换彼此东西的小仪式被你某个藏在角落里的朋友相机的‘咔嗒’声打断。”

比利时人显然放心了。他大笑起来。

“您不用担心这个，亲爱的朋友。这地方是我的，非常隐蔽，除非我邀请，没人到这儿来的。做人要小心，您明白的，要知道，我在这儿给游客做些拍照的副业，非常受欢迎但不是人们在大照相馆拍的那种……”

他伸出左手，食指和拇指比了个“O”形，右手食指向圈里捅了几次表示性交的动作。

英国人目光一闪，咧开嘴，大笑起来。比利时人也为自己的玩笑大笑着。英国人两手拍了下比利时人的上臂，手指紧紧捏住他的肱二头肌，就那样一直抓着他。比利时人的手还在继续做着下流的动作。他笑声未停，就感到下体像被特快列车撞上了一样。

他的头猛地向前一冲，手不再模拟那个动作了，往下伸向被撞碎的睾丸，抓着他的人把右膝收了回来。比利时人的笑声变成了尖叫，喉头“咯咯”作响，阵阵作呕。他意识不清地跪了下去，试图向前侧躺在地上使自己好受点。

豺狼让他从自己的膝头轻轻地滑下去，然后走到滑落的躯体身后，跨站在比利时人的背部，右手绕着比利时人的脖子从另一头伸出来，抓住自己左手的肱二头肌，左手抓住造假证者的后脑勺，然后把脖子迅速而凶狠地上下左右一拧。

颈骨折断的声音可能并不是很响，但在静悄悄的摄影室里听起来就像小手枪射击一样。造假证者的身体最后抽搐了一下就倒下了，像个不值钱的布娃娃，瘫软了下来。豺狼又勒了一会儿，才让尸体脸朝下趴在了地上。死者的脸扭向一旁，两手放在胯间，还抓着自己的阴部，舌头从紧闭的牙齿中间微微伸出来一点，被狠命地咬穿了一半，双眼圆睁，盯着地上铺着的油毡上已经褪色的花纹。

英国人快步走向门帘和窗帘，确认门窗全都关好了，然后走回尸体，把他翻过来，摸遍了所有的口袋，最后在左边裤子口袋里找到了钥匙。房间的角落里远远放着那个装道具和化妆品的大箱子。试到第四把钥匙的时候，箱盖被打开了。他花了十分钟把里面的东西腾出来，在地上堆了一大堆。

箱子差不多空了，刺客托住造假证者尸体的腋窝，把尸体举到箱子上方。尸体的手脚软绵绵的，就着箱子里面的轮廓弯折，所以放进去相当容易。过几个小时尸体会变硬，然后就会和装进去时候的姿势一样，躺在箱底了。豺狼接着又把拿出来的东西重新放回箱子里。女用假发，女人的内衣，男用假发和所有小的、软的东西都被塞到尸体四肢的缝隙间。上面放了几盘化妆用的各种刷子和油彩。最后那堆剩下的化妆膏罐子，两件女用睡衣，各色毛衣和牛仔裤，一件浴袍，几双黑色网袜，被堆在了尸体的上面，把它彻底盖住了。箱子被塞得满满的，他用了点力才把箱盖合上，扣上搭扣，上了锁。

整个过程中，豺狼一直都用自己提包里的一块布包着手。做完上述工作后，他又用自己的手帕把箱锁和所有箱子的外表面都擦干净。他把桌上那叠五英镑的钞票放进口袋，把桌子也擦了一遍，然后把它重新搬回墙边他进来时所在的位置。最后他关上灯，在靠墙的一把休闲椅上坐了下来，等待夜幕降临。过了几分钟，他拿出自己的烟盒，把里面剩下的十根烟放到上衣口袋里，用空盒子做烟灰缸，抽了其中的一支。抽完烟，他把烟蒂小心地收起来，放在烟盒里。

他并没幻想这个造假证的人消失后永远不被人发现。不过他认为这样的人可能隔一阵就要出城旅行一趟，或者转入地下活动。如果他的朋友中有人发现他忽然不再去他通常出没的地方，他们很可能会这样认为。过一阵就会有人找他，首先是和这个造假证的人有联系或者有生意往来的人。有些人可能知道这间照相室，并且来过，不过大多会被上锁的门挡回去。潜入这间照相室的人得彻底搜查这里，还得砸掉箱子上的锁，把箱子清空才能找到尸体。

如果是黑社会成员这样做，他很可能不会报警。他肯定认为这个造假证的触怒了某个黑帮头目。不会有哪位顾客只是出于对色情照片的疯狂兴趣，而又在盛怒之下杀了人之后，还会这样一丝不苟地隐藏尸体。不过警察最终会知道的。那时候无疑会把造假证者的照片登在报上，而酒吧的服务员很可能会想起八月一日晚上，这个造假证的人和一个高个子、亚麻色头发、穿格子套装、戴黑色墨镜的人一起离开。

但即使他用自己的真名登记，等有人连续几个月去检查死者的事务箱时，也肯定是很久以后的事了。他和服务员没说过话，同样，在这家酒吧叫饮料已经是两周以前的事了。服务员也许会隐约有点印象，有个外国口音的人叫了两杯啤酒。警察可能会敷衍了事地开始搜捕一个高个子、亚麻色头发的人，但即使他们问到了亚历山大·杜根，比利时警察想要找到豺狼还有很长的路要走。他前前后后地想了一遍，觉得他至少有一个月的时间，他也需要这样一段时间。杀死一个造假证的就和捻死一只蟑螂一样简单。豺狼放心了，他抽完第二支烟，向窗外看去。已经是晚上九点半了，浓重的夜色笼罩着狭窄的街道。他锁上了外面的大门，悄悄离开了照相馆。他走出大约半英里，把那串无法辨识身份的钥匙扔进人行道上的一个大排水孔里，听着它溅落在路面几英尺下的阴沟的水里。他返回酒店时，正好赶上了晚餐。

第二天，星期五，他来到布鲁塞尔郊区一家工友们常去的商场采购。他在一家专门销售野营装备的店铺里买了一双行军靴，一双长筒羊毛袜，一条牛仔裤，一件格子羊毛衬衫和一个背包。他还买了几张薄的泡沫橡胶，一个网兜，一团绳子，一把猎刀，两个小刷子和两听油漆（一听粉色，一听褐色）。他本想在露天水果摊上买一个蜜瓜，但怕过一个周末会坏，又决定不买了。

回到酒店，他用他的新驾驶证租了一辆自驾车以备次日使用，然后要求领班为他在海滨度假区订一个有浴室的单人间。尽管八月里空房很紧张，领班还是在一家小酒店里为他找到了一个房间，并祝他在海边周末愉快，从那里可以远眺风景如画的泽布鲁日渔港。

7

豺狼在布鲁塞尔购物的时候，维克多·科瓦尔斯基正在罗马邮政总局与如何拨打国际长途电话的“迷局”角力。

他不会说意大利语，所以就找柜台服务员帮忙。他最终找到了一个会说一点法语的服务员帮忙。科瓦尔斯基费力地向他解释，他要给法国马赛的一个男人打电话，但他不知道那个人的号码。

是的，他知道那个人的名字和住址。那个人叫格日博夫斯基，但意大利人听不明白，只好让他写下来。科瓦尔斯基照做了，可意大利人想不出人名可以用“Grzyb”开头，在向国际交换台的接线员说的时候拼成了“Grib”，他觉得科瓦尔斯基写的“z”肯定应该是个“i”。接线员在电话那头告诉意大利人，马赛的电话簿上没有“约瑟夫·格里博夫斯基”这样一个名字。邮局的服务员转向科瓦尔斯基，向他解释没有这么个人。

纯属运气吧，这个服务员是个诚心诚意喜欢帮助外国人的人。他把名字拼出来以便确认他没弄错。

“根本没这个人，先生。你看g、r、i——”

“不对，g、r、z……”科瓦尔斯基打断他。

服务员看来有点晕。

“对不起，先生，是g、r、z？g、r、z、y、b？”

“是的。”科瓦尔斯基又强调了一遍，“g、r、z、y、b、o、w、s、k、i。”

意大利人耸耸肩，又去找那个接线员。

“请给我接通一个国际长途。”

不到十分钟，科瓦尔斯基就找到了约约的电话号码，半小时后，电话接通了。电话那头，这个前外籍军团士兵的声音因为杂音而有点失真，他听来有些犹豫，不想证实科瓦茨信中的坏消息。是的，他很高兴科瓦尔斯基能打电话来，他已经找了他三个月了。

然而，不幸的是，小西尔维的病情是真的。她越来越瘦，体质也越来越弱。等医生最终给她确诊的时候，她已经下不了床了。她就在约约接电话的这间公寓里，住在隔壁的卧室。不，已经不是原来那套公寓了，他们搬进一套新的大公寓。什么？地址？约约说得很慢，科瓦尔斯基张着嘴，舌头笨拙地伸着，一笔一画地记了下来。

“那个江湖郎中说她还有多少时间？”他冲着电话咆哮，说了四遍约约才弄明白他的意思。然而对方却长时间没有声音。

“喂？喂？”他喊着，还是没有回答。过了一会儿，约约又说话了。

“大概一个礼拜，也可能两三个礼拜吧。”约约说。

科瓦尔斯基盯着手里的话筒，一脸茫然。他一声不吭地挂上电话，神情恍惚地走出电话间。他付过电话费，收起信件，锁进套在手腕上的钢制箱子里，走回酒店。这么多年来，他的脑袋里头一次开了锅。这不是他可以从谁那里接受命令、然后用暴力就能解决的事。

马赛，还是原来的那套公寓，约约听到科瓦尔斯基挂上了电话，也随之放下了听筒。他转身去找那两个行动分局的人。他们还在那里，手里拎着警用点四五口径的科尔特枪，一把指着约约，另一把指着他老婆。她缩在沙发的一角，面如死灰。“浑蛋，”约约恶狠狠地说，“臭狗屎。”

“他来吗？”其中一个人问道。

“他没说。他只是挂了我的电话。”波兰人说。

科西嘉人黑色空洞的眼睛盯着他。

“他必须来。这是命令。”

“嘿，你们听到我说的话了，我都是按你们的意思说的。他肯定是吓着了，他就那么挂了，这我可控制不了。”

“他最好来。这可是为你好，约约。”科西嘉人重复道。

“他会来的，”约约无奈地说，“为了那个女孩，如果能来，他一定会来的。”

“好。你的事就算做完了。”

“那你们现在就给我滚出去，”约约喊道，“让我们清静一会儿。”

科西嘉人站了起来，枪还握在手里。另外一个人还坐在原地，看着他的女人。

“我们这就走，”科西嘉人说，“但你们俩得和我们一起走。我们不希望你们在这里乱嚼舌头，或是给罗马打电话。我们一起走，现在行吗，约约？”

“你们要带我们去哪儿？”

“度个小假吧。一家舒适的山区旅馆。那里阳光充足，空气新鲜，对你有好处，约约。”

“多长时间？”波兰人无精打采地问。

“该多久就多久。”

波兰人盯着窗外，在宛如明信片一样的老港口背景下面，是纵横交错的小巷，和拥挤在一起的各个渔摊。

"现在正是旅游旺季。每天来的火车都装满了人。八月我们赚的比整个冬天都多。这会毁了我们好几年的收入。"

科西嘉人仿佛觉得这个想法很有趣，大笑起来。

"你该把这看作一种收获而不是损失，约约。毕竟这是为了法国，你的第二祖国。"

波兰人转过身。"我才不关心狗屁政治，我也不管谁当权，哪个党想搞什么混账勾当。不过我了解你们这样的人。我一辈子都在和你们这样的人打交道。你们就是那种人，只要对你们有利，就可以为希特勒、墨索里尼或者'秘密军组织'效力。政权可能会更替，但你们这样的浑蛋永远不会变……"他一边喊一边跌跌撞撞地冲向那个人。那个人手里拿着枪，枪口指着他，没有一丝一毫的晃动。

"约约，"沙发上的女人尖叫起来，"约约，我求求你，别惹他们。"

波兰人站住了，盯着他的妻子，仿佛他刚才忘记了她在那儿。他逐个环顾着房间里的人。他们都盯着他，他的妻子恳求着，两个强悍的特工都面无表情。这种咒骂对他们没有任何效果，他们都习以为常了。两个人中为首的那个冲卧室点点头。

"去收拾行李。你先去，然后是你老婆。"

"西尔维呢？她四点才放学回家。那家里就没人了。"女人说。

科西嘉人仍目不转睛地盯着她丈夫。

"我们经过学校的时候会带上她，已经安排过了。我们已经告诉那个女校长，西尔维的祖母快死了，临死前全家都要去守在老太太的床前。我们考虑得很周全。现在就动身吧。"

约约耸耸肩，最后看了眼他的妻子，走进卧室，科西嘉人跟在后面。他的妻子继续绞着她手里的手帕。过了一会儿，她抬头看着沙发另一头的那个特工。他比科西嘉人年轻一点儿，是个加斯科尼人。

"怎么……你们要怎么对付他呢？"

"科瓦尔斯基？"

"是的，会怎么对付维克多？"

"有几位先生想和他聊聊。就这样。"

一小时后，约约全家都坐在了一辆大雪铁龙车的后座上，两个特工在前排。汽车全速驶向坐落在维克尔高山上那家极其隐秘的旅馆。

豺狼在海滨度过了周末。他买了一条游泳裤，周六在泽布鲁日的海滩晒太阳，在北海里游了几回，然后在这个小港口城市里沿着防波堤散步。英国的水手和士兵曾经在这里冒着枪林弹雨浴血奋战，甚至付出生命。几个胡子像海象胡须一样的老人沿着防波堤坐着，在钓黑鲈鱼。如果问他们的话，他们也许还能记得四十六年前的事[1]，不过豺狼没有问他们。那天，只有三两户全家出动来海滨度假的人见过这个英国人。他们散布在海滩边，享受着阳光，看着各自的孩子在海浪中嬉戏。

周日一早，他打好背包，悠闲地驱车穿越了佛兰德斯的乡间，驶过根特和布鲁日的狭窄街道。他在达姆的赛芬酒店吃了午餐。那是用木柴烤制的牛排，美味无比。下午三点左右，他驾车返回布鲁塞尔。睡觉前他订了个叫早服务，并吩咐服务员把早餐送到房间里来，并且给他准备一盒便携的午餐。他解释说自己次日要驱车去阿登山区，祭奠自己在凸出部战役[2]中阵亡的哥哥，战役遗址位于巴斯

1 指"泽布鲁日突袭"，一九一八年四月英国皇家海军突袭驻扎在泽布鲁日港的德国海军的一次惨烈战役。

2 凸出部战役，又称阿登战役，是第二次世界大战期间纳粹德国一九四四年西线最大的阵地反击战，双方均伤亡惨重。此次战役之后，希特勒再无后备力量可以补充；德军在西线再也无力阻挡盟军的前进。所以阿登战役当之无愧地被后人称为"历史的转折"。

通和马尔梅迪之间。前台服务员非常热心，保证会准时叫醒他，不会耽误他的行程。

与此同时，罗马的维克多·科瓦尔斯基的周末就过得没那么舒服了。他按时起来值勤，要么在八楼的楼层服务台，要么晚上在房顶。不值班的时候他也睡得很少，大多是躺在靠近八楼主通道的床上抽烟，或是喝烈性的红酒。这种酒是用带把的大酒壶装来给担任警卫的八名前外籍军团士兵享用的。他觉得，论酒劲，这种粗劣的意大利红酒根本没法和阿尔及利亚的比纳葡萄酒比，那是每个外籍军团士兵的杯中最爱，不过有酒喝总比没有的强。

如果没有上峰命令，或是现成的命令代他决定，科瓦尔斯基决定任何事都要花很长时间。但到了周一早上，他已下定了决心。

他不会去太久，也许只要一天，如果飞机转乘不太顺利的话，顶多去两天吧。不过无论如何，这件事他都一定要做。他事后会向“老板”解释的。他确信就算“老板”为此大发雷霆，也一定会理解他的。他曾想过把问题告诉上校并请假四十八小时，但他觉得，虽然上校是个好指挥官，部下遇到麻烦的时候也愿意帮忙，但这次肯定不会让他去。上校不会理解西尔维这件事的，科瓦尔斯基知道他永远也无法解释这件事，一个字都不能提。星期一早上他起床换班的时候，深深地叹了口气。一想到这是自己加入外籍军团以来第一次不假外出，他就深感不安。

豺狼和科瓦尔斯基在同一时间起的床。他仔细地准备着，先冲了个澡，刮了胡子，然后享用了放在床边托盘上的美味早餐。他从衣柜里拿出装着枪的匣子，把每个部件都用泡沫橡胶裹了几层，然后用绳子扎成一捆，塞进背包的底部。上面放上油漆罐和刷子，丁尼布裤子和格子衬衣，袜子和靴子。网兜放在背包外面的一个口袋里，另一个口袋里放着子弹。

他穿了一件常穿的条纹衬衣——一九六三年的时候，这种穿着很时尚——但没有套上他通常穿的那身便宜的精纺格子布衣服，而是穿了一袭鸽子灰的轻便套装。双古琦的黑色轻便皮质运动鞋，再加一条黑色真丝领带，他这套行头就齐全了。他一手拎着帆布背包，下楼走向他停在酒店停车场的车，把背包锁在了后备箱里，然后返回酒店前厅，拿上已经为他包好的午餐。前台服务员祝他一路顺风，他也点头答谢。九点钟的时候，他驾车离开布鲁塞尔，沿着E40号老公路向那慕尔疾驶而去。平坦的原野这会儿已经沐浴在温暖的阳光里了，今天看来很热。他查了地图，距离巴斯通还有九十四英里。从那儿再多开几英里，在小镇南部的山林地区，就是他要找的僻静场所。他加大油门，让这辆西姆卡-燕子[1]径直穿越瓦隆平原。他估计到中午时候开出一百英里应该容易得很。

太阳还没升到最高处时，他已经穿越了那慕尔和马尔凯。沿途的路标显示，离巴斯通越来越近了。这个小镇一九四四年冬天曾被哈索·冯·曼陀菲尔[2]的巨型虎式坦克撕成碎片。豺狼驾车穿过小镇，向南开进山区。森林逐渐浓密起来，崎岖的公路不断被巨大的榆树和山毛榉树遮得密不透光。

过了小镇，顺着公路开出五英里，豺狼发现有一条狭窄的小径通向森林深处。他掉转车头开了过去，顺着这条小路又开了一英里，发现了第二条深入森林的小径。他沿着小径开了几码，然后把车藏在一片矮树丛的后面。豺狼在森林的树阴里歇了下来，燃起一

1　一种意大利产汽车。

2　哈索·冯·曼陀菲尔（1897—1978），德国军事家。一九四四年阿登战役时，曼陀菲尔是德国第五装甲集团军司令。

支烟，静静等着汽车的马达渐渐冷却。头顶上，风儿穿过树梢，轻声地呢喃着；一只鸽子在远处“咕咕”地叫着。

他慢慢从车上下来，打开后备箱，把背包放在引擎罩上，便开始仔细地换起衣服来。先把那身完美的鸽子灰套装叠好放在车后座上，换上牛仔便裤。天很热，连外套都不用穿。他换下打着领结的衬衣，穿上了伐木工人穿的那种格子衬衣。最后脱下那双昂贵的都市休闲皮鞋，换上了步行靴和羊毛袜，把牛仔裤的裤脚掖进靴子里。

他把步枪的零部件一包包地打开，挨个组装起来。两个裤子口袋里，一个放着消音器，另一个放着瞄准镜。他从盒子里取了二十发子弹放进胸前的口袋，那粒达姆弹还用棉纸包着，放在另一个前胸口袋里。

豺狼把枪的剩余部分组装好，放在汽车引擎罩上，然后又转到后备箱，取出他前天晚上返回酒店前在布鲁塞尔的集市上买的东西——一个蜜瓜，已经在后备箱里放了一整晚。他锁上后备箱，把瓜和油漆、刷子、猎刀一起放进背包，锁好车，开始向密林深处走去。这时刚过正午。

不到十分钟，他就找到了一个视野清晰的狭长的林间空地，从空地的一端到另一端足足有一百五十码。他把枪靠在一棵树旁，量了一百五十步的距离，然后找了一棵树，从这里可以看到他刚才靠在树上的那支枪。他把背包里的东西拿出来放在地上，打开两罐油漆，在蜜瓜上忙活起来。深绿色瓜皮的上部和下部很快被刷成棕色，中间被刷成了粉红色。油漆还没干，他用食指在上面简略地描出了一双眼睛，一个鼻子，以及胡子和嘴巴。

为了避免手指接触抹掉油漆，他把刀插进瓜的顶部，小心翼翼地把它放进网兜。网眼很大，网兜的线也很细，绝对不会遮挡瓜的轮廓或是瓜上画的图案。

最后，他将刀用力插进树干，离地大约七英尺高，然后把网兜的提手挂在刀柄上。在棕色树皮的映衬下，被刷得粉一块棕一块的蜜瓜悬挂在那里，活像一个怪异的人头。他向后退了几步，审视了一下自己的手艺——在一百五十码之外来看，这完全可以满足他的要求。

他把两罐油漆盖好，远远地扔进树林。它们掉进矮树丛，摔得不见踪影。他把刷子有毛的那端向下插进地里，然后用力踩到看不见为止。然后他拿起背包，返回放步枪的地方。

消音器很容易就装好了，他把它在枪管末端拧紧。瞄准镜在枪管上部也装得很妥帖。他拉下枪栓，往枪膛里装进第一粒子弹，眯起眼，透过瞄准镜寻找他挂在空地那头的靶子。找到的时候他很惊讶，目标看起来又大又清晰。如果这是个活生生的人头的话，无论怎么看，都像是在三十码之内。他能看出勒着瓜的网兜上交织的线绳，以及他用手指涂抹出来的那张“脸”上的主要面部特征。

他换了个姿势，靠在树上继续瞄准，又眯起了眼。瞄准镜里的十字线看来不在正中心。他伸出右手，轻捻着两个调节螺丝，直到十字线看来完全处于正中。豺狼很满意，他小心地瞄准蜜瓜的正中心，开火。

枪的后坐力比他预计的小，枪声经过消音器的处理，即使是在一条安静的街上，对面也几乎听不到。他把枪夹在腋下，穿过空地去检查那只瓜。子弹在右上方打穿了那只瓜，打断了网兜的部分线绳，弹头钻进了树干。他又走了回去，让瞄准镜保持先前的设置，再次射击。

结果还是一样，有半英寸的偏差。他没调节瞄准镜，连开了四枪，终于发现瞄准镜有些偏高，并且略略偏右。于是他调校了一下螺丝。

接下来的射击位置又有些低，而且偏向左边。为了保证精确，他又穿过空地去查看被子弹打出的洞。弹头击穿了“人头”嘴巴的左下角，他又用这个新调节的瞄准镜开了三枪，所有的子弹都打进了同样的区域。最后他把瞄准镜又向原来的位置挪回了一点。

第九枪他瞄准前额，子弹正中目标。他第三次走向标靶，这一次他从口袋里拿出一支粉笔，把子弹射中的位置用粉笔一一标了出来——靠右上部的那一组，嘴角左下部的第二组，正中前额的那个干净利索的弹孔。

然后他依次射击，每只眼睛、鼻梁、上嘴唇、面颊。他把靶子侧过来，用最后的六发子弹射穿了太阳穴、耳孔、脖子、面颊、下巴和头盖骨。只有一发子弹略偏了一点。

现在他对这支枪很满意。他记下了调节瞄准镜的螺丝位置，从口袋里拿出一瓶黏合木质材料用的黏合剂，向螺丝的头上和它旁边的胶木表面喷了些胶。他抽了两支烟，半个小时后，黏合剂凝固了，那支枪的瞄准镜就此按照他的目测，在一百三十米内具有绝对的精确性。

他从另一个前胸口袋里拿出了那颗达姆弹，打开纸包，将子弹装进弹膛。他屏气凝神地瞄准蜜瓜的中心，击发。

当最后这缕青烟从消音器的末端袅袅消退后，豺狼把枪靠在树干上放好，便朝着吊在远处的网兜走去。网袋差不多全空了，瘪着紧贴在斑驳的树干上。被二十一发子弹击中的蜜瓜现在已经彻底解体了，一部分瓜瓤冲出了网眼，散落在草地上。瓜子和着瓜汁从树干上流下。剩下的部分瓜体被打爆了，瘫在网兜的底部，挂在猎刀的刀柄上，像蔫了的阴囊一样垂着。

他取下网兜，扔进附近的灌木丛。原先的靶子现在变成一堆无法辨认的果泥。他把刀从树干里拔出来，插回刀鞘，离开那棵树，取回步枪，回到车旁。

他在车边把每个部件都用泡沫塑料纸小心地包好，和他的靴子、袜子、衬衣、牛仔裤一起重新放回背包。他重新穿上他那套“都市”行头，把背包锁进后备箱，静静地吃着他的三明治午餐。

吃完饭，他开回主路，左转，驶过巴斯通、马尔凯、那慕尔，赶回布鲁塞尔。六点刚过，他返回酒店，先把背包放回楼上的房间，然后下楼和前台服务员结清了租车的费用。晚饭前他洗了个澡。这之前他花了一个小时，仔细地擦拭了枪的每个零件，给活动部件上了油，然后放进枪匣，锁进衣柜。夜里晚些时候，背包、麻绳和几张泡沫塑料纸被扔进城里的一个垃圾筒，二十一个空弹壳在空中转了几个圈，掉进了城市的下水道。

同样是这个星期一，八月五日早上，维克多·科瓦尔斯基又来到罗马邮政总局，找会说法语的人帮忙。这回他让服务员帮他致电意大利航空公司问讯处，询问本周从罗马去马赛的往返航班时间。他得知周一的航班他已经赶不上了，因为这架航班将于一小时内从菲乌米奇诺起飞，他赶不上了。下一班直航是星期三，而其他航空公司都没有从马赛到罗马的直达航班。有非直达的航班，先生感兴趣吗？不？星期三的航班？当然有，上午十一点十五起飞，将于正午时分降落在马赛马里尼亚讷机场，返回的航班是第二天。订一张票？单程还是往返？当然可以，请问您的姓名？科瓦尔斯基告诉对方自己口袋里那本证件上的名字。欧共体国家间已经废除了护照，有本国颁发的身份证就行。

他被告知在周三起飞前一小时要先到菲乌米奇诺的意大利航空公司柜台。服务员挂上了电话，科瓦尔斯基取了信，锁进他的铁匣子，离开邮局返回酒店。

次日早上，豺狼最后一次见了古森。早餐时，他给军械师拨了个电话。军械师声称他很高兴完成了工作，杜根先生是否愿意在上午十一点钟的时候来一趟？来时请带上必要的东西，进行最后的调试。

他又早到了半个小时，装枪的手提箱放在一个空的布箱子（他早上在一个二手货商店里买的）里。他花了半个小时观察军械师所住的街道，最后才悄悄走向前门。古森请他进去，他便径直走进办公室，丝毫没有迟疑。古森锁上前门，然后进入办公室，又锁上了办公室的门。

“没别的问题了？”英国人问道。

“没有，我想这次我们总算弄妥了。”桌子后面的比利时人拿出几卷麻布放在桌上。他打开麻布，拿出一套细钢管并排放在桌上。钢管打磨得非常光滑，看起来像铝制的。军械师放下最后一个钢管后，伸出手索要那个装着枪部件的手提箱，豺狼把箱子递给他。

军械师把枪的部件一个个装进管子，每件大小都很合适。

“打靶结果如何？”他边装边问。

“很满意。”

古森放瞄准镜的时候注意到，瞄准镜的调节螺丝被一团木用黏合剂重新固定了位置。

“很抱歉调节螺丝做得那么小，”他说道，“做出精确的刻度会更好些，但原来的螺丝太大很碍事，所以我只好用了这些小螺丝，否则瞄准镜就装不进管子了。”他把瞄准镜装进相应的钢管，和其他管子一样，这个也非常合适。最后五个步枪的部件消失的时候，他拿起做扳机用的细小钢针和五发达姆弹。

“您看，这些必须另外找个地方。”他解释道。他拿起黑色皮革垫着的枪托，向他的主顾展示皮革上被剃刀割开的一个裂口。

他把扳机塞到里面的填充物里，然后用一条黑色的绝缘胶带封上裂口，看起来很自然，一点都不突兀。他又从抽屉里拿出一块圆形的黑色橡胶，直径一英寸半，两英寸厚。其中一个圆面的中心伸出一个钢柱，上面像螺丝一样刻着螺纹。

“这个装在最后那个管子的后端。”他解释着。钢柱周围的橡胶里钻了五个眼，每个孔里他小心翼翼地放进一粒子弹，从外面只能看到子弹的黄铜底部。

“橡胶塞好后就看不到子弹了，这个橡胶塞还是很逼真的。”他解释说，英国人还是没吭声，“您看怎么样？”比利时人满怀期待地问。

英国人拿起管子逐个检视，一言不发。他摇了摇管子，里面没有发出任何声响——管子里衬了两层灰白色的厚毛呢，能够吸收震动和噪声。最长的管子有二十英寸长，里面装着枪管和枪后膛。其他的每个大约一英尺长，装着上下两个枪托支架、消音器和瞄准镜。枪托是单独的，扳机装在它的衬垫里，装着子弹的橡胶塞也是独立的。于是，整支猎枪都消失了，更别说是暗杀用步枪了。

“非常好，”豺狼说着，轻轻地点点头，“正是我想要的。”比利时人很高兴。作为行业的专家，被眼前这个人赞扬他觉得很享受。他知道，在这位主顾的行当里，他面前的这个人同样是个顶尖高手。

豺狼拿起装着各个枪部件的钢管，仔细地用麻布一件件包好，放进布箱里。五个钢管、枪托和橡胶塞都包完放好后，他合上布箱，把分好格子的手提箱递还给军械师。

“我用不上这个包了。这支枪在我有机会用到它之前，会一直这样放在箱子里。”他从里面的口袋里拿出他欠比利时人的余下的二百英镑，放在桌上。“我想我们的交易完成了，古森。”

比利时人把钱装进口袋："是的，先生，除非您还有其他事需要我效劳。"

"只有一件，"英国人回答，"请你记得两个礼拜前我给你的关于'明智的沉默'的小小告诫。"

"我没忘，先生。"比利时人平静地回答。

他再次感到惊恐。这个慢声细语的杀手现在是不是想让他永远沉默，以确保他"缄口不言"？肯定不会的。这样的谋杀所招致的调查会让警察发现这个高个子英国人曾经到这所房子来过，而那时到他有机会使用他现在装在箱子里的枪的时候还早着呢。英国人看来"读"出了他的想法。他微微一笑。

"你不用担心，我不想伤害你。另外我想，像你这样一个聪明人一定采取了预防措施以免被自己的顾客干掉。也许有人在等你一个小时之内给他打一个电话，如果电话没来，那个朋友就会来找尸体吧？也许你在律师那里事先存放了一封信，如果你死了那封信就会被拆开。对我来说，杀掉你只会制造出更多的问题。"

古森吓了一跳。他确实一直在律师那里放了一封信，如果他死了就会被拆开。信会指点警察在后面花园里找一块石头，下面有个盒子，里面有一张清单，上面是每天来此处造访的人名。清单每天都更换。而今天，上面只写了这位唯一的客人——一位漂亮的高个子英国人，自称杜根。这只是一种以防万一的方式。

英国人静静地看着他。

"我就是这样想的，"他说道，"你很安全。但只要你对任何人提及我的到访或是我从你这里购买了枪支，我肯定会干掉你，绝不手软。为你着想，从我离开这间屋子的那一刻起，请你当作我这个人已经不存在了。"

"完全明白，先生。这是我和所有顾客之间通常的做法。可以说，我希望从他们那里得到类似的保证。正因如此，您拿的那只枪上面的序列号已经用酸腐蚀掉了。毕竟，我也得保护自己。”

英国人又微笑了一下：“这样我们就彼此理解了。再见，古森先生。”

一分钟之后，比利时人关上门。他非常了解枪和枪手，但他完全不了解这个人。他长叹了一口气，缩进办公室数钱去了。

豺狼不想被酒店的服务员看到他拎着一个便宜的布衣箱，所以尽管已经误了午餐，他还是搭了辆出租车直奔干线车站，把箱子存在行李寄存处，把收据塞进他那狭长的鳄鱼皮钱夹的内层。

他在天鹅酒店享用了一顿昂贵精致的午餐，庆祝他在法国和比利时筹划准备阶段的结束。他离开的时候，几乎和来时一样，一身剪裁合体的格子套装，宽边包围式墨镜。他走向等候着的出租车，行李员拎着他的两只威登牌行李箱跟在后面。他比之前“穷”了一千六百英镑，但他的枪却安全地躺在火车站行李寄存处一个不为人所知的手提箱里，衣服的内侧口袋里还揣着三张精心伪造的证件。

四点刚过，飞机离开布鲁塞尔飞往伦敦。在伦敦机场，他的箱子被草草检查了一下，什么都没查出来。七点的时候，他在自己的公寓里淋浴，准备去伦敦西区吃晚餐。

8

科瓦尔斯基很倒霉，周三早上没有电话要打。如果有，他肯定不会登上他的航班。给普瓦捷先生的信还等在格子里，他取了五封信，锁进钢匣子里，急忙赶回酒店。九点半的时候，罗丹中校把信和匣子都取了去。没他的事了，他可以回房休息了。下一班是从晚上七点开始，他要在屋顶值勤。

他在房间里停了一下，只是为了拿那把点四五口径的科尔特枪（罗丹从来不让他带枪出门）。他把枪塞进肩膀下的枪套里。如果他穿着一件剪裁合体的上衣，那么枪和枪套的突起在一百码外就能看得一清二楚。不过他的衣服做得十分蹩脚，所以尽管鼓出了一大块，枪和枪套挂在他身上，也只是像个鼓鼓囊囊的口袋。他拿了一卷橡皮膏，与他前天买的贝雷帽一起塞进上衣。他还把过去六个月攒的里拉和法国法郎装进口袋，然后关上门，走了。

电梯口楼层服务台的值班保镖抬头看着他。

“他们让我去打个电话。”科瓦尔斯基说道，拇指向上指了指上面的九楼。值班警卫什么都没说，只是在电梯到的时候看了看他。科瓦尔斯基步入电梯，几秒钟后他就在街上了，戴着大号的墨镜。

街对面的咖啡馆里，有个男人手里拿着一份《今日周刊》。波兰人前后张望着找出租车的时候，他把杂志放低了一点，透过深色墨镜打量着科瓦尔斯基。科瓦尔斯基见没车过来，便向街角走去。拿杂志的男人离开咖啡馆的露台，走到街边。一辆小菲亚特从一排顺着人行道停放着的车中开出，停在他对面。他钻进车，菲亚特车用步行的速度慢慢跟在科瓦尔斯基的后面。

科瓦尔斯基在街角看到一辆正在转悠的出租车，招手将其拦了下来。“去菲乌米奇诺。”他对司机说。

科瓦尔斯基来到机场意大利航空公司的柜台前时，安全局的人已经悄悄地跟着他了。科瓦尔斯基用现金买了票，他向柜台服务小姐表示，他没有手提箱或是手提行李。他被告知，一小时零五分钟后会广播通知十一点十五分飞往马赛的航班旅客登机。

为了打发时间，这位前外籍军团士兵信步走进机场的自助餐馆。他买了杯咖啡，端到落地窗前，望着往来的飞机。虽然不知道它们是怎么运作的，不过他喜欢机场。在他一生中的大部分时间里，飞机的引擎声就意味着德国的梅塞施米特战斗机、苏式强击机或是美国的“空中堡垒”；后来在越南，它们意味着B-26或是“天空侵略者”的空中支援；在阿尔及利亚的山区，它们意味着法国的“神秘”战斗机或是“富加”教练机。但在民用机场，他喜欢看着飞机像银色的大鸟一样从天而降。引擎停止轰鸣，飞机降落在地面之前，就像用线挂在空中一样。虽说他在社交方面很胆小，但他喜欢看机场无休止的喧闹。也许，他想，如果他的生活和现在不同的话，他很可能会在机场工作。但他已经走到现在这一步，就再也回不去了。

他的思绪又转到西尔维身上。他那棒槌一样的眉毛紧拧起来，显得愈发浓黑。这是不对的，他严肃地告诉自己，她要死了，而那些在巴黎高高在上的浑蛋们却活得好好的，这不公平。罗丹上校告诉过他那些人的事，他们是如何使法国沦落，如何出卖了军队，摧毁了军团，抛弃了在印度支那和阿尔及利亚的人民，把他们扔给恐怖分子。罗丹上校从来都没错过。

广播通知他的航班开始登机了，他跟着大家鱼贯穿过玻璃门，在炎热似火的停机坪的白色水泥地上走了约一百码，来到飞机前。在瞭望台上，两名罗兰上校的特工看着他一步步爬上舷梯进入机舱。他现在戴着黑色的贝雷帽，脸颊一侧贴着橡皮膏。其中一个特工转向同伴，疲惫地扬了扬眉毛。一看到飞往马赛的那架喷气式飞机起飞，两个人便离开栏杆。穿越大厅的途中，他们在一个公用电话亭停了下来，其中一个拨了个罗马本地号码。他对电话那头的人报上一个基督教徒的名字，然后慢慢地说："他走了，乘坐的是意大利航空公司的四五一号航班，十二点十分抵达马里尼亚讷机场，再见。"

十分钟后，这条消息就到了巴黎，又过了十分钟，马赛方面也知道了。

意大利航空公司的子爵号飞越了令人难以置信的蓝色海湾，即将抵达马里尼亚讷机场。漂亮的罗马空姐微笑着穿过座位间的通道，检查所有乘客的安全带是否都已系好，然后在飞机后部角落里自己的位置上坐下来，系好了自己的安全带。她注意到她前面座位上的乘客正目不转睛地盯着舷窗外罗纳河三角洲的一片白色荒地，就像从未见过一样。

这个笨重的大家伙不会说意大利语，说的法语带着浓重的东欧口音；黑色的贝雷帽扣在他黑色的短发上，一身乱糟糟的黑色西服；戴着一副墨镜，从不摘下来；一大块橡皮膏遮了一半的脸。他的脸肯定被刮得很厉害，她想。

飞机准时着陆，离机场大楼很近。旅客们穿过海关大厅，顺序穿过玻璃门。这时，一个矮个子谢顶的男人站在检查护照的警察旁边，轻轻踢了踢他的脚踝。

“大个子，戴黑色贝雷帽，贴块橡皮膏。”说完后，他安然漫步离开，对另外一个警察传达了同样的信息。旅客分成两列通过检查窗口。窗格后面，两个警察遥遥相对地坐着，相距十英尺。乘客从他们两个中间次第通过，每位乘客都递上护照和入境证。这些警官是安全警察，隶属边境检查处，负责法国国内的安全，查验入境的外国人和回国的法国人。

当科瓦尔斯基出现时，栏杆后面穿深蓝色制服的人几乎连眼皮都没抬。他在黄色入境证上盖了个章，对着递过来的身份证扫了一眼，便点点头，挥手让大个子继续往前走。

科瓦尔斯基放心了，朝海关人员走去。

那个矮个子谢顶的男人对几位海关人员低语了几句，便悄无声息地走进他们身后办公室的玻璃门里。一名高级海关警察叫住科瓦尔斯基。

“先生，您的行李？”

他指着其他旅客，他们正在阳光下行李车停放的地方，在传送带旁等待自己的行李。科瓦尔斯基迈步走向海关警察。

“我没行李。”他笨拙地说。

海关警察扬起眉毛。

“没行李？喔，很好，您有什么需要报关的物品吗？”

“没有东西要报关。”科瓦尔斯基回答。

海关的人友善地微笑着，笑容几乎和他唱歌一般的马赛口音一样明朗。

“噢，好的，过去吧，先生。”他朝出租车排队的那个出口指了指，科瓦尔斯基点点头，走进外面的阳光里。他不习惯乱花钱，前后看了看，发现了机场大巴，就登了上去。

当他的身影消失之后，其他海关人员围拢在为首的海关员周围。

“真不懂他们抓他做什么。”其中一个说道。

“他看起来脾气不大好。”

“那些浑蛋收拾完他，他就不会那样了。”第三个人把头朝后面的办公室晃了一下。

“来吧，干活了，”年纪稍大的一位插话道，“今天我们已经为法国尽了自己的一份力了。”

“你是说为了伟大的夏尔吧。”他们即将散去的时候，第一个人回了一句，低声咕哝着，“真他妈的。”

巴士最终停在市中心的法国航空公司办事处时，正是午餐时间。这里的天气比罗马还要热。八月的马赛很有特点，但努力工作决不在此列。笼罩着城市的酷暑像一种病菌，它爬进人们身体的每个组织里，吮吸着人们的精力。除了拉上百叶窗，把电风扇开到最大，躺在凉爽的房间里，其他什么都不想做。

即使在马赛最繁忙拥堵的中心商业区，闪亮着大灯、拥挤不堪的车流消失后，街上也变得死气沉沉。少数在街上的人和车看起来就像身陷于齐腰深的糖浆里一样，缓慢挪动着。大多数司机都在公园找了个荫凉的地方午睡去了，科瓦尔斯基花了半个小时才找到一辆出租车。

约约给科瓦尔斯基的地址在由城区通往郊区的主干道上。他让司机把他放在了解放大道，剩下的路他走着过去。“听您的。”司机没多想，他觉得这些外国人肯定在什么地方还有辆车，所以要自己走两步。

科瓦尔斯基目送着出租车掉头驶向市区，直到看不见为止。他向一家路边咖啡馆露台上的服务员问清了纸条上的支路位置。这个街区的房子看上去都相当新，科瓦尔斯基想，约约一家的车站小吃摊一定赚了不少。他们也许已经有固定的摊位了吧，约约的老婆多年来一直指望着能有一个属于自己的固定售货亭。那样的话，怎么说都能解释他们现在的“富有”了。小西尔维在这样的环境下长大肯定要比在码头区强多了。一想到女儿，想到他刚才关于她的荒唐念头，科瓦尔斯基在公寓前的台阶前停了下来。约约在电话里怎么说的来着？一个礼拜？也许两个礼拜？不会的。

他跑上台阶。旁边的一面墙上有两排信箱，他在信箱前停了下来。“格日博夫斯基，二十三号。”他找到了。房间就在二楼，他决定走上去。

二十三号房的房门在走廊的尽头，两侧是二十二号和二十四号的门。和其他房间一样，门上有个门铃，门旁有个卡槽，里面白色的纸片上印着格日博夫斯基的名字。他按下门铃，面前的门开了。一根棍子猛扫出来，砸向他的前额。

棍子打破了他的头皮，“砰”的一声被头骨弹起，声音闷闷的。两侧的二十二号和二十四号房门也猛地从内拉开，里面的人蜂拥而出。所有这一切都在不到半秒钟之内发生。与此同时，科瓦尔斯基狂暴起来。尽管这个波兰人在大多数方面思维迟缓，但他对一种技术却熟稔于胸，那就是格斗。

在狭窄的走廊里，他的魁梧身材和力量对他没什么用处。由于个子高的缘故，棍子击中他前额的时候没能挥到最大半径。透过头上流下的血，他分辨出有两个人在他面前的门里，在他两侧还各有两个人。他迫切地需要空间展开手脚，于是他向前冲进了二十三号房间。

直接面对他的那个人被撞得踉踉跄跄地向后退去，科瓦尔斯基背后的人紧跟着进了房间，揪住他的领子和上衣。一进房间，他立刻从腋下抽出科尔特枪，转身向后朝门口开了一枪。这时他的手腕又被另一根棍子砸到，枪口随之向下倾斜。

子弹打碎了一个袭击者的膝盖，那人尖叫一声，倒了下去。与此同时，科瓦尔斯基手里的枪也被打掉了，手指因为手腕上的又一次重击而失去了知觉。一秒钟后，他被五个人一起扑倒。格斗持续了三分钟。后来一位医生估计，在最终晕倒之前，他的脑袋至少被包着皮革的木棒重击了十二下。一只耳朵被打掉了一部分，鼻子被打碎了，满脸是血，像戴了一个深红色的面具。他格斗时大多是出于本能作出反应。有两次他几乎抓到了他的枪，直到后来有人飞起一脚把枪踢到了卧室的另一头。他最后脸朝下扑倒的时候，攻击他的人中，只剩下三个还在用脚踢他。

当他们搞定了这一切，这个巨大的身躯倒在地板上，毫无知觉。只有绽开的头皮上流下的血表明他还活着。那三个幸存者站在他身后，汗如雨下，胸口不停起伏。至于其他人，被打中腿的那个蜷缩着靠在门边的墙上，脸色煞白，他双手摁着自己的膝盖，满是鲜血，他因疼痛而灰白的嘴唇间不断骂着一长串脏话；另一个人跪在那儿，慢慢地前后晃着，双手向下紧捂着被打穿的腹股沟；最后一个躺在离波兰人不远的地毯上，左太阳穴高高肿起，科瓦尔斯基全力一击正中那里，他直接被撂倒了。

这组人的头儿把科瓦尔斯基翻过来，背朝下，拨开他一只眼的眼皮看了看，然后穿过房间走到窗前的电话旁，拨了一个本地的号码，等待电话接通。

他仍然喘得厉害。有人答话时，他告诉对方：

“我们抓到他了……动武了吗？当然，他可真玩命……他开了枪，圭里尼的一个膝盖骨碎了；卡尔佩提的睾丸挨了一枪；维萨特晕过去了，浑身发凉……什么？是的，那个波兰人还活着，这不是命令吗？不然我们能让他打得那么惨……嗯，他受伤了，好的。

不知道，他晕过去了……喂，我们不是要盛沙拉的篮子（警用面包车），我们要两辆救护车。让他们快点儿。”

他挂掉电话，嘟囔了一句：“妈的！”屋子里到处是家具的碎片，像被劈过的柴一样，它们最多也只能当柴烧了。他们原以为波兰人会倒在外面的走廊上，所以没把家具挪到隔壁房间，结果碍手碍脚。他自己就用胸口接下了科瓦尔斯基摔过来的一把扶手椅，疼得要命。见鬼的波兰人，他想着，总部办公室的那帮浑蛋可没交代过这家伙是怎样一个人。

十五分钟后，两辆雪铁龙救护车开进这条马路，停在公寓楼外。医生上了楼，花了五分钟检查科瓦尔斯基。最后他卷起这个失去知觉的人的袖子，给他打了一针。两个担架员抬起波兰人，跌跌撞撞地走进电梯。医生转向受伤的科西嘉人，从他旁边墙上的大片血迹来看，他伤得很重。

他抬起那人扶在膝盖上的手，看了一眼，吹了声口哨。

“好吧，得用吗啡，送医院。我给你打一针安定让你睡觉。在这儿我什么都做不了。不过，我的孩子，你在这一行的路算是走到头了。”

针头扎进去的时候，圭里尼又骂了一串。

维萨特坐在地上，双手抱着头，一脸呆相。卡尔佩提现在靠着墙站直了，不断干呕着。他的两个同伴从腋下架着他，一拐一拐地从房里到了走廊上。第二辆救护车上的担架员把打了镇定剂昏睡得像死人一样的圭里尼抬走的时候，这一组人的头儿正帮着维萨特站起来。

来到外面走廊上，六个人的头儿回头最后看了一眼满目狼藉的房间。医生站在他旁边。

“真是一团糟，对吧？”医生说。

“当地警察会清理干净的，”为首的人说，“这该死的公寓是他们的。”

说着，他关上了门。二十二号和二十四号房间的门也开着，里面的东西都没动。他把两扇门都带上了。

“没邻居吗？”医生问道。

“没邻居，”科西嘉人说，“我们把整层都包下了。”

医生走在前面，帮忙把仍然神情呆滞的维萨特扶到楼下等候的车里。

救护车快速穿越了法国。十二小时之后，在巴黎郊外的一座城堡似的军营地下室里，科瓦尔斯基躺在一张简易的小床上。和所有的牢房一样，房间的墙刷成白色，污迹斑斑，还生了霉，到处涂着污言秽语或是各种祈祷。房间里又热又闷，充斥着汗臭味和尿骚味，还有墙灰吸湿后的石碳酸味。科瓦尔斯基仰面躺在一张窄小的铁床上，床脚嵌在水泥地里。除了褐色的垫子和他头下卷着的毯子，床上别无他物。两条结实的皮带绑着他的脚踝，另两条绑在大腿和手腕上。胸口也牢牢拴着一条皮带。他仍然不省人事，只是不规则地深呼吸着。

他脸上的血迹都已清洗干净，耳朵和头皮也缝合了；被打碎的鼻子上贴了一大块橡皮膏。他张着嘴，呼吸时嘶嘶作响，向里望可以看到两颗被打断的门牙的残根。脸上其他地方青肿得厉害。

在浓密的黑色汗毛下面，前胸、肩膀、腹部，都能看到青淤的肿块，那是拳打脚踢和棍棒的结果。他的右腕包着厚厚的绷带。

医生做完检查，直起身来，把听诊器放回包里。他转过身，朝身后的人点点头。那人敲了敲门，门开了，两人一起走了出去。门又关上了，看守把两根硕大的钢闩插回原位。

“你们用什么打的他，特快列车吗？”他们一起走过通道的时候，医生问。

“用了六个人才把他制伏。”罗兰上校回答。

“嗯，他们够狠的，差点把他打死了。要不是他壮得像头牛，他早就完了。”

“我们也是迫不得已，”上校回答，“他打废了我们三个人。”

“肯定打得很惨烈。”

“确实如此。他现在伤势如何？”

“用外行人的话说，右腕可能骨折——记得吗，我没给他做X光检查——左耳、头皮撕裂，有多处伤口和青肿，有些轻微的内出血，如果恶化会要了他的命，也可能自己会好起来。他天生结实，或许是练出来的。我担心的是他的头，脑震荡是肯定的，是轻微还是严重则很难说。没有头骨骨折的迹象，当然这并不是说你的人无能。他的头骨硬得像象牙，不过如果不让他静养的话，脑震荡会恶化的。”

“我需要问他一些问题。”上校盯着手上闪烁的烟头说。医生的监狱诊所和通向底层的楼梯是两个方向。两个人停了下来，医生看着行动分局的头头，有些反感。

“这里是监狱，”他平静地说，“没错，它是用来对付那些危及国家安全的人的，但我仍然是个医生。在这个监狱里，无论在哪儿，我所说的都事关犯人的健康。往那边走，那个走廊，”他把头向后晃了一下，指向他们来的方向，“是你的地盘。那里发生什么都与我无关，我在那里也没有发言权。但我要说的是，如果你在那个人恢复之前用你的方法‘问’他问题，他要么会死，要么会变成一个疯子。”

罗兰上校听着医生的警告，无动于衷。

“他需要多久才能复原？”

医生耸耸肩："说不准。也许明天他就能恢复知觉，或者再过些日子。即使他苏醒过来，也不宜接受审问——从医学角度来说，要至少两个礼拜才能审讯。这还仅仅是在轻微脑震荡的情况下。"

"可以用一些特别的药。"上校轻声说。

"是的，有。但我不想开那种药。你们也许能弄到那些药，对你们来说并不困难，但绝不是从我这儿。无论如何，他现在说不出什么对你们有任何意义的东西。那很可能只是胡言乱语，他的脑子乱成一团。他也许能清醒过来，也许不能，但即便能，也得让他的脑子按照自己的时间清醒。引发幻觉的药物只会制造白痴，对你或者其他任何人都没用。很可能要一个礼拜他才能睁开一只眼。你还是耐心等等吧。"

说完他转身走回诊所。

但是医生错了。三天后，八月十日，科瓦尔斯基就睁开了眼。也就是在这一天，他第一次也是唯一一次被审问。

豺狼从布鲁塞尔回来后花了三天时间为他即将到来的任务做着最后的准备。他去了汽车协会总部，口袋里装着亚历山大·詹姆斯·昆汀·杜根的新驾照。他在那儿弄了一张同样名字的国际驾照。

他在一家专门卖二手旅行用品的商店里买了一套皮质衣箱。其中一个装着用来化装成哥本哈根的佩尔·詹森牧师——如果需要的话——的衣服。收拾行李前，他把在伦敦买的牧师衬衣、圆领和黑披肩上的英国生产商的标签都拆了下来，换上了从哥本哈根买的那三件衬衣上的丹麦生产商的标签。这些衣服再加上鞋子、袜子、内衣以及那身深灰色的轻便套装，是为了某天装扮成詹森牧师用的。在同一个箱子里还装着用来扮美国学生马蒂·舒尔勃格的衣物——运动鞋、袜子、牛仔裤、衬衣和风衣。

他撕开箱子的里衬，把他可能某天要扮演的两个外国人的护照放进箱子硬盖上的两层皮革间。和衣服一起放进箱子的东西还有一本丹麦版有关法国天主教堂的书，两副眼镜（一副用来扮丹麦牧师，另一副扮美国学生），用卫生纸小心包好的两副彩色隐形眼镜以及染发用品。

他在巴黎跳蚤市场买的法国设计生产的鞋子、袜子、衬衣、裤子，黑色贝雷帽和那件长及脚踝的军大衣放在第二个箱子里。这个箱子的皮革夹层里他放的是伪造的名为安德烈·马丁的法国中年人的证件。这个箱子还有空余的地方，稍后还要装那套装有狙击步枪全套部件和子弹的狭长钢管。

第三个箱子略小一些，里面装着假扮亚历山大·杜根用的东西：鞋子、袜子、内衣、衬衣、领带、手帕，还有三套考究的套装。这个箱子的夹层里放了几卷十英镑的钞票，一共一千英镑，这是他从布鲁塞尔回来的时候从自己的私人银行户头里取出来的。

他把每个箱子都小心地锁好，又把钥匙穿在自己的钥匙环上。那件鸽子灰的套装已经洗净熨平，挂在公寓的壁橱里，胸前的口袋里装着他的护照、驾驶证、国际驾照和一沓一百英镑的现金。

最后一件行李是一个精巧的手提箱，里面放着剃须用具、睡衣、海绵袋和毛巾，以及他最后买来的东西——一条精织的网状吊带、一包从巴黎买的两磅重的石膏、几卷用棉绒布粗织的绷带、半打卷状胶布、三包棉絮和一把大剪刀（刀刃很钝但很结实）。这个手提箱是随身行李。根据他的经验，在任何机场通关时，手提箱通常不会被海关官员选中要求开箱检查。

采购装箱的工作均已完毕，接下来是他计划的最后部分。他希望，化装成詹森牧师和马蒂·舒尔勃格仅仅是以防万一。除非事态恶化，否则他不想用到亚历山大·杜根的身份。安德烈·马丁的身份是他计划中的关键，他很可能不会用到另外两个身份。如果那样的话，任务完成后，他可以把整只箱子丢在行李寄存处。他想，即使那时要逃脱的话，他可能也不需要这两个身份中的任何一个了。办完事，他再用不着安德烈·马丁的身份和枪了，也可以丢掉。他将带着三个衣箱和一个手提箱进入法国，而离开时估计只有一个衣箱和一个手提箱，肯定不会再多了。

这一切做好之后，他就停下来等待两个通知，以便决定启程时间。一个是巴黎的电话号码，他能通过这个电话，及时了解关于法国总统周围安全保卫实际力量的情况。另一个是迈耶先生从苏黎世写来的通知单，告诉他二十五万美元已经存进了他的银行账户上。

他一边等着这两封信，一边在公寓周围练习一瘸一拐地走路来打发时间。两天之后他很满意，他瘸着走路已经很逼真了，没人能发觉他的腿脚其实根本没有任何问题。

八月九日上午，他等到了第一封信。信封上盖着罗马的邮戳，信文是："用莫里托五九〇一与你的朋友联络。自我介绍是'我是豺狼'，回答是'我是瓦尔米，祝你好运。"

苏黎世的信直到十一日上午才来。他微笑着读起这封确认信，不管将来发生什么，只要他能活下来，他的余生都将很富有。如果他将要做的事能成功的话，他将更富有。他毫不怀疑他会成功，机会难得，不容错失。

那天早上剩下的时间他都花在了机票的电话预订系统上，他把出发时间定在了第二天，八月十二日。

除了桌子后面五个男人粗重而压抑的呼吸声，地下室里一片寂静。桌子前面笨重的橡木椅上绑着的人发出刺耳的"咯咯"声。地下室不知道有多大，墙上的颜色也模糊一片。整个房间只有一束光，笼罩着橡木椅和囚犯。这是一盏普通的阅读用台灯，但用的是大功率的灯泡，非常亮，更增加了本已过热的地下室里的热度。灯被夹在了桌子的左沿上，灯罩被扭转过来，灯光直射着六英尺外的椅子。

部分光线照在满是污渍的木桌上，可以看得出这儿有几只手或手腕，那儿只看到几只手指，一支香烟被人夹在手指间冉冉飘起一缕细细的蓝烟。

地下室的其余部分都掩没在一片黑暗之中，反衬出雪亮的灯光。五个男人坐在桌后，身体和肩膀一字排开，但犯人是看不见的。唯一能看到对方的办法就是离开他的坐椅，走到侧面，避开光线的直射才能辨别出他们的轮廓。

但他办不到，厚厚的带子把他的脚踝死死绑在了椅子腿上，前后的椅子腿儿都用“L”型的钢条固定在了地上。椅子有扶手，犯人的手腕也被厚厚的带子捆在上面。另一条带子围着他的腰，还有一根捆着他毛茸茸的胸部。每根带子都浸透了汗水。

桌上除了那几只一动不动的手之外，几乎空无一物。只有桌子的角上有一条小槽，上面镶着一片黄铜，在一侧刻有字。槽里向外伸出一个细长的手柄，这个黄铜手柄的顶端用胶木包住，可以上下或是前后移动。手柄旁边是一个简单的开关，桌子末端的人把右手很随意地放在开关旁边，手背上爬满短短的黑毛。

桌子下面接着两根电线，一个接着开关，另一个接着电源，两根电线通向电线尽头的人脚边的一个小变压器。变压器上有一根粗一些的电缆，包着黑色的胶皮，连着这组人身后墙上的电源插座。

在审讯的人背后，地下室远端的角落里，木头桌旁坐着个人，脸冲着墙。他面前录音机的工作显示灯发出微弱的绿光，磁带的卷轴并没有动。

除了呼吸声，地下室里很安静。所有人都穿着衬衣，袖子高高卷起，满是汗水。汗臭味、金属味、污浊的烟味、呕吐物的味道混在一起，恶臭扑鼻。这就够让人难以忍受的了，但还有比这更厉害的，那就是恐惧和疼痛的折磨。

坐在中间的人终于说话了。他的话音轻柔，很有礼貌，循循善诱。

“听着，我可怜的维克多。你会告诉我们的，也许不是现在，但最后你肯定会说的。我们知道，你是个勇敢的人，我们向你致敬。不过即便如此，你也支撑不了太久。何不告诉我们呢？你以为罗丹中校在这儿的话会不许你说吗？如果他在的话，会命令你告诉我们的，他很清楚这里的事。如果他在这里，他自己就会说出来的，免得你受折磨。你自己也知道，他们最后总会开口的。难道不是吗，维克多？没人能支撑到底的。那为什么不现在说呢，嗯？说完你就能回到床上，安心睡觉，没人来打扰……”

椅子里的人抬起伤痕累累的脸，向着灯光，脸上的汗水闪闪发亮。他双目紧闭，究竟是因为被马赛的科西嘉人踢出来的大块青肿，还是因为刺眼的灯光，谁也说不清。那张脸看着桌子和面前的一片黑暗，过了一会儿，他张了张嘴，刚要讲话，一口东西冒了出来，从他毛茸茸的胸口滴下，落在他腿上那摊呕吐物里。他的头又耷拉了下来，下巴杵在胸口。与此同时，乱蓬蓬的头发摇来摇去算是回答了。桌子后面的声音又开始说道：

“维克多，听我说，你是条硬汉子，我们都知道，我们也都看到了。你已经打破纪录了，但即使是你也撑不下去了，但我们可以。维克多，我们能。如果有必要，我们可以让你活着，一直醒着，一天又一天，一周又一周。不过像过去那种仁慈的大赦不会再有了，现在是技术时代，有些药物，你是知道的。刑讯逼供已经快结束了，对你来说这是个好消息吧。那为什么不说呢？你看，我们都明白，我们知道那种疼痛。但这些小钳子，它们不明白。它们就是不懂啊，维克多，它们就这样一直干下去。你想告诉我们吗，维克多？他们在罗马的酒店里做什么？他们等什么呢？”

那颗大脑袋垂在胸口，慢慢地左右摇着，仿佛闭着的两眼在审视那两个夹在乳头上的小铜钳子，先看一个，然后是另一个……或是大一些带锯齿的那个——夹着龟头的两边。

说话人的双手摆在他前面的光线下，细长、白皙。他又等了一会儿。其中一只手和另一只分开了，拇指扣向手掌，其他四指伸开，平摊在桌上。

房子另一头，电源开关旁边的人把铜把手从二挡向上推到了四挡，然后把开关捏在食指和拇指之间。

放在桌面上的手收回手指，食指向空中抬起，然后指尖向下一指，这是全世界都用来表示“继续进行”的手势。电源开关继续向上推着。

通过电线连着的开关，固定在椅子里那个男人身上的金属小钳子好像活了一样，轻轻地嗡嗡响着。椅子里的巨大身躯无声无息地抬起，仿佛背后有只看不见的手将之托着漂浮起来。腿和手腕向外绷紧皮带，虽然有厚厚的垫子，皮带也仿佛要勒穿肌肉和骨头一样。从医学上来说，那双肿胀的眼睛是看不见东西的，然而它们现在也无视医学，向外突出，盯着上面的天花板，嘴巴吃惊地大张着。大概过了半秒钟，肺部发出一声魔鬼般的尖叫，继而接连不断地喊叫下去。

下午四点十分，维克多崩溃了，录音机一直转着。

他开始讲话了，或者更像是在抽泣和尖叫的间隙中语无伦次地梦呓。坐在中间的那个人的声音不时打断他的唠叨，话音平静而清晰。

“他们为什么在那儿，维克多……在那个酒店里……罗丹，蒙克雷和卡松……他们怕什么……他们去过哪儿……他们为什么谁都不见，维克多……告诉我们，为什么在罗马……在罗马之前呢……为什么是维也纳……维克多……在维也纳的哪里……哪个酒店……他们为什么在那儿，维克多……”

五十分钟后，科瓦尔斯基终于安静了，他再次昏迷前的胡言乱语都被录了下来。桌子后面的声音继续着，比之前更柔和地问了几分钟，直到已经清楚地表明再也没有回应。中间的这个人给他的手下一个命令，审讯结束了。

录音带被从卷轴上取下，城堡的地下室派车将其紧急送至巴黎郊区的行动分局办公室。

午后刺眼的阳光把巴黎的街道烤得滚烫。夕阳西下，阳光慢慢变成暗淡的金色。晚上九点，路灯亮了。正如通常的夏日夜晚，成双成对的情侣手拉着手，沿着塞纳河畔慢慢地散着步。他们仿佛在品尝着黄昏的薄雾酿成的美酒。而爱情和青春，不论他们怎样努力挽留，都不会保持永恒不变。水边的咖啡馆前门洞开，周边开始热闹起来。闲聊的、碰杯的、道贺的、嘲讽的、逗笑的、恭维的、道歉的、路过的，这一切组成了八月夏夜塞纳河畔的奇迹，甚至连那些令人生厌的游客也和他们带着的美元一起获得了原谅。

靠近利拉大门一间不大的办公室里，这种惬意却丝毫没有穿透进来。桌边围着三个人，一台录音机在桌上慢慢地转着。他们从下午一直干到晚上，一个人控制着按键，根据第二个人的指示不断让卷轴回放、倒带，然后再回放。第二个人头上戴着一副耳机，眉头紧皱，专注地听着，尽力从耳机里传出的乱七八糟的声音中分辨出有意义的字句。他嘴里叼着烟，升起的蓝烟熏得他眼泪汪汪的。每当他想把某一句再听一遍时，他就向操作员做个手势。有时一段十秒钟的话他要听上六次，然后才对操作员点头示意暂停，让其他人把刚才那句话记录下来。

第三个人比较年轻，满头金发。他坐在一台打字机后面，等着听音打字。在城堡地下室里问的问题，从耳机里传出来既清楚又准确，很容易听懂，可回答就不是那么有条理了。打字员打出的稿子像一篇访谈，所有问题都另起一行，开头冠以字母Q。回答在下一行，以字母R开头。那些毫无联系、意思完全连不上的地方用了很多间隔的顿点。

他们弄完的时候差不多已是夜里十二点了。虽然开着窗，但房间里弥漫着蓝色的烟雾，闻起来像个火药库。

三个人疲惫地站起身，身体僵硬，各自用自己的方式舒展着紧张的肌肉。其中一人拿起电话，叫了外线，拨了个号码。戴耳机的人把耳机摘下来，把录音带倒回原来的位置。打字员从机器上取下最后一页纸，取出中间夹着的复写纸，开始把这叠纸按顺序分成若干份。上面的那份是给罗兰上校的，第二份归档，第三份要另外制成缩微胶片，如果罗兰认为合适，就分送给各部门的头头。

罗兰上校在饭店和朋友吃饭时接到了一个电话。和平常一样，这个英俊的单身汉机智，殷勤，彬彬有礼，他对女士的恭维也很让她们受用，不过她们的丈夫就不那么享受了。服务员请他去接电话时，他向大家道了个歉，便离开座位。电话在柜台，上校拿起电话，简单地应了一声“罗兰”，然后等待电话那端的手下辨认出他的声音。

和以往一样，罗兰按照事先准备好的台词开始了他的对话。如果有人在旁边听到的话，会以为他只是接到一个通知——他正在修的车被修好了，可以在他方便的时候去取。上校向对方表示感谢，返回餐桌。五分钟之后，他礼貌地向大家致歉，解释说他从明天一早开始要忙一整天，现在必须保证充足的睡眠。十分钟后，他独自驾车穿过仍旧拥挤的城市街道，朝着安静的巴黎近郊的利拉大门急驰而去。他到达办公室的时候刚过凌晨一点。他脱下那身完美无瑕的黑色外套，向夜勤人员要了一杯咖啡，然后按铃唤来助手。

最上面的那份科瓦尔斯基的供词和咖啡同时送到，供词有二十六页。他赶紧看起来，努力去抓住这个神智混乱的前外籍军团士兵所说的要点。其中有些话引起了他的注意，让他皱了皱眉，但他没有停顿，一口气看完了。

第二遍他看得比较慢，也更为仔细，每段都看得十分专心。读到第三遍的时候，他从记事本前面的文件盒里拿了一支黑色的记号笔，读得更慢了。他把一些有关的词句用黑色的粗墨线划掉：西尔维、血病什么的、印度支那、阿尔及利亚、约约、科瓦茨、科西嘉浑蛋、外籍军团。所有这些他都明白，但不感兴趣。

很多胡言乱语是关于西尔维的，有时说到一个叫朱莉的女人，这些对罗兰毫无意义。把这些都划掉之后，整个供词不超过六页。他试图把这剩下的几页理出头绪。在罗马，三个头儿在罗马。嗯，他已经知道了。但是为什么？这个问题已经问了八次了，每次的回答都大致一样。他们不想像二月份阿尔古那样被绑架。那当然了，罗兰想。难道他对科瓦尔斯基的整个行动不过是浪费时间吗？回答那八个同样的问题时，这个外籍军团士兵两次提到同一个词，或者是咕哝了两回。这个词是“秘密”，做形容词用的？他们在罗马毫无秘密可言。或者是名词？什么秘密呢？

罗兰从头到尾看了十遍，然后又从头开始。“秘密军组织”的三个人在罗马。他们待在那儿，因为不想被绑架。他们不想被绑架，因为知道一个秘密。

罗兰冷笑着。他比吉布将军更了解罗丹，此人是不会因为害怕而躲起来的。

那他们就是知道一个秘密，是吗？什么秘密呢？所有的一切看来都源自维也纳。“维也纳”这个词出现了三次，一开始罗兰以为说的是在里昂南边二十英里的维也纳镇。但那也许是奥地利的首都维也纳，而不是法国一个省中的城镇。

他们在维也纳开了一个会，然后去了罗马，以免在秘密大白之前被绑架或受审。这个秘密一定出自维也纳。

时间一分一秒地过去，咖啡也不知道喝了多少杯，弹壳烟灰缸里的烟蒂堆了起来。当莫尔捷大道东边的郊外工业区开始露出一丝灰白时，罗兰上校知道他就要找出一些端倪了。

有些事被忽略了。如果真的被忽略了，那就永远没法知道了吗？凌晨三点的时候，有个电话向他报告，科瓦尔斯基死了，再也无法向他提问了。这个秘密也许就藏在他崩溃后，错乱言语中的某个地方。

罗兰抬笔记下这些没找到位置的散碎拼图。克莱斯特，这应该是个男人的名字。罗兰战时学了一点德语。科瓦尔斯基是波兰人，他知道科瓦尔斯基对这个词的发音是对的，抄录员拼错了，罗兰把它改了过来。或者是一个人？也许是个地名？他接通总机，让他们查维也纳的电话簿，找一个叫克莱斯特的人或者地方。十分钟后就有了回音。维也纳有两个克莱斯特的号码，都是私人的。有两个地方叫克莱斯特：埃尔瓦德·克莱斯特小学和布鲁克纳街的克莱斯特旅馆。罗兰把两个都记了下来，但在克莱斯特旅馆下面画了道线，然后接着读下去。

科瓦尔斯基好几次提到一个外国人，他看来对这个外国人感情很复杂。说起这个人的时候，他有时用bon这个词，意思是“好”，其他时候他又称他为“facheur”，指那种让人讨厌的人。早上五点刚过，他就派人去取磁带和录音机，接下来他花了一个小时听录音。最后他关掉录音机，平静而严厉地责骂了自己一阵，然后取出一支漂亮的钢笔，对抄录稿改了几处。

科瓦尔斯基提到那个外国人时说的不是“好”，而是“亚麻色头发（blond）”；而那个抄录下来的怪词也不是“让人讨厌的人”，而是“死神（faucheur）”，意思是“杀手”。

这回再将科瓦尔斯基支离破碎的意思组织起来就容易了。之前“豺狼”那个词出现的地方都被罗兰划去了。罗兰本以为那是科瓦尔斯基诋毁跟踪、折磨他的人的一种说法。而现在则有了新的意义，这是一个有着亚麻色头发的外国杀手的代号。在“秘密军组织”的三个人躲进罗马，严加防范之前，他们曾在维也纳的克莱斯特旅馆和他见过面。

罗兰现在明白了为什么过去的八个星期，银行和珠宝店的抢劫浪潮席卷了全法国。那个亚麻色头发的人，不管他是谁，替“秘密军组织”做事为的是钱。这个世界上只有一件事要那么多钱。这个亚麻色头发的人肯定不是被请来解决帮派争端的。

早上七点，罗兰打电话给他的通讯室，命令夜间值班员打破部门之间的惯例，给西欧处（R3）维也纳的安全局办事处发出一个“十万火急”的命令。然后他把科瓦尔斯基的每份供词都收拢起来，锁进他的保险箱。最后他坐下来写一份报告，这份报告只有一个收件人，并且标明“仅供您审阅”。

他用标准书写体写的报告，其间简要讲述了他个人提议并执行的抓捕科瓦尔斯基的行动，包括这个前外籍军团士兵被诱骗，误信了他的一名亲近之人生病住院而返回马赛，以及行动分局的抓捕行动。报告还简单提及了该外籍军团士兵被分局特工审讯的录音以及其所做的杂乱的供词。他觉得报告还应该写明该前外籍军团士兵抗拒缉捕，将两名特工打伤同时因试图自杀而身受重伤；他被制伏时只能送入医院，那些供词是在医院的病床上做出的。

报告的其余部分是主要内容，是关于供词本身以及罗兰对供词的解释。完成了这一部分后，他停了一下，看了看东方被朝阳镀成金色的屋顶。罗兰深知，不应过分渲染他经手查办的案件，或作出言过其实的结论，他在这方面向来颇有心得。他小心地写着最后一段：

> 这份报告在撰写的同时，确认该阴谋的审讯还在进行中。然而，一旦这些审讯表明上述情况属实，根据我个人的看法，上述情报已勾勒出一个极度危险的阴谋。恐怖分子很可能已经谋划好要危及法国总统的生命。如果该阴谋确实存在，且该外籍刺客（只知道其代号为“豺狼”）已经企图危及总统的生命，甚至现在正在准备付诸行动，那么我有责任向您通报该消息。在我看来，我们正面临一场全国性的紧急状态。

罗兰上校亲自打出报告的清样，盖上他的私人印章，将报告用信封封好，写上地址，并盖上情报机构最高保密级别的印记。最后，他把写在大页纸上的手写报告草稿烧掉。在他办公室一角的小间里有一个小洗手池，他把纸灰倒进里面冲了下去。

做完这一切，他洗了洗手和脸。擦干后，他望着盥洗台上方的镜子，里面的那张脸也回望着他。他悲伤地承认，他的英俊正在逝去。那张精瘦的脸庞年轻时曾是那么潇洒，对女人有着那样成熟的吸引力。现在它看起来开始有了中年人的紧张和疲惫。他经历了太多，为了生存，他殊死搏斗着。在这个过程中，他对人类的兽性有了太多深刻的了解，他也认识过太多的诡计和欺骗。他会派人去送死或是去杀戮；送人去地下室尖叫或是折磨他人尖叫。这些都使这位行动分局的头儿日趋憔悴，他看起来远不止五十四岁。鼻翼旁已经有了两条皱纹，一直延伸到嘴角，再长点儿的话就遮不住了，几乎像个长年劳作的农民。眼睛下面似乎永远有两块黑印，优雅的灰色鬓发也开始斑白，但还没变成银色。

“年底，”他对自己说，“我真的要离开这个行当了。”那副面孔一脸憔悴地望着他。是不相信还是仅仅表示顺从？也许这张脸比他心里更明白。过了那么多年，已经再也脱不开身了。人过去什么样，余下的日子里也就只能维持原样了。从抵抗运动组织到保安警察，然后是安全局，最后是行动分局。在这些年里，究竟经历了多少人，多少鲜血？他问着镜中的那张脸。一切都是为了法国。可这见鬼的法国会为你考虑吗？那张脸从镜子里望着他，一言不发。因为，他俩都清楚答案是什么。

罗兰上校叫了一个摩托车信使到他的办公室里向他本人报到。他还叫了一份煎鸡蛋、面包卷、黄油和一杯咖啡，这回是一大杯加了奶的咖啡。他有点头疼，所以还要了点阿司匹林。他把封好的信封交给信差，下达了命令。吃完煎蛋和面包卷，他端着咖啡站在敞开的窗前。这里朝向巴黎的一个角落。隔着绵延几英里的屋顶，他能辨出巴黎圣母院的塔尖。透过浮于塞纳河上已经燥热起来的晨雾，他还能辨出更远处的埃菲尔铁塔。现在已经是八月十一日早上九点多了，这个城市又开始忙碌起来。这会儿很可能有人正在骂着那个穿着黑色皮马甲的摩托车手吧，他肯定正把警报器拉得像号哭一样，穿越车流朝第八区开去。

罗兰在想，年底他是否能从这个位置上安然退休，就取决于这个摩托车手屁股后面那封信里所描绘的威胁是否能够避免了。

9

那天早上剩下的时间，内政部长一直坐在办公桌前，心事重重地盯着窗外楼下洒满阳光的圆形庭院。院子的远端是精铁制成的漂亮铁门，每个门扇上都装饰着法国国徽。再远处是波伏广场，从奥雷诺和马里尼大街过来的车流在这里摁着喇叭，在广场中间一位交警的指挥下川流不息地穿梭着。

交警的哨音一响，另外两条通往广场的路——米罗梅尼大街和索赛路——上来的车流就涌了出来，穿过广场消失在道路的另一端。他看起来就像嬉戏于这五条巴黎最重要大街上的车流之间，仿佛戏耍着公牛的斗牛士，主宰着一切，是那么高贵、从容而沉静。他充满自信，工作也简单有序，这让罗杰·弗赖部长羡慕不已。

内政部门口，另外两个宪兵也在注视着他们的伙伴在广场中央所表现出来的精湛技艺。他们背着冲锋枪，从两扇精铁大门的栏杆里看着外面的世界，这里不会受到外面世界里那些狂热分子的侵害；每个月的薪水，事业的持久性以及炎热八月里他们在烈日下的岗位，都很有保证。他们的生活和理想是如此简单，这让内政部长对他们也艳羡不已。

他听到身后有纸页的沙沙声，于是把转椅转回来，面对着办公桌。桌子对面的人合上档案，毕恭毕敬地把它放在部长面前的桌上。两个人一言不发地对望着，只有门对面壁炉台上镀金座钟“嘀嗒”地响着，波伏广场马路上传来的车流的喧嚣划破了这份寂静。

“这个，你怎么看？”

让·迪克雷警长是戴高乐总统的私人卫队队长，是法国所有安全问题最卓著的专家，尤其擅长保护个人安全，防范刺杀。这也是为什么他担任此项工作的原因；同时也是迄今为止，六起已知的刺杀法国总统的阴谋要么在执行时被挫败，要么在准备阶段被粉碎的原因。

“罗兰是对的。”他最后说，声音平静，没夹杂一丝感情，斩钉截铁，就像在判断一场即将到来的足球比赛的结果。“如果他说的属实，这个阴谋将格外危险。如果刺客单枪匹马，不与其他人联系，也没有朋友，那么法国安全机构的全部档案，我们所有打入‘秘密军组织’内部的特工和渗入者，在这个外国人面前，也就是这个局外人面前，都将无能为力。除此以外，他还是个职业刺客。就像罗兰所说的那样，这是……”他翻到行动分局局长报告的最后一页，大声读道：“‘一个极度危险的阴谋’。”

罗杰·弗赖用手指理了理剪得很短的铁灰色头发，又转身面向窗户。他并不是个容易生气的人，但八月十一日早上，他被激怒了。多年来他一直是夏尔·戴高乐事业忠实的追随者。在智慧和优雅背后，他是个出名的硬汉，这也使他最终坐上了部长的位子。那双闪亮的蓝色眼睛既可以充满温和的魅力，也能冰冷刺骨。充满阳刚之气的结实胸膛和肩膀，以及英俊冷酷的面孔使得众多喜欢有权势男人的女性为之心仪。不过这些在罗杰·弗赖身上，可绝不仅仅是竞选台上的道具。

以往的日子里，这些戴高乐的追随者必须为了生存而战。他们要对付美国的敌对势力、英国的不同政见者、野心勃勃的吉罗[1]支持者。他在艰苦环境中学会了战斗。不管怎么说，他们挺了过来，赢得了胜利。十八年里，他们追随的人两次从流亡中返回法国权力的巅峰。过去的两年里，战斗又开始了，这次他们要对付的，是两次帮助将军重掌权力的人——军队。直到几分钟之前，部长还想着最后的斗争已经快结束了；他以为他们的敌人已经走入绝境了。

现在他明白了，事情远远没有结束。在罗马，有个瘦弱而疯狂的中校，制订了一个计划，只要杀掉一个人，就能使整个大厦倾覆。有些国家的制度有足够的稳定性，即使国王退位或者总统死亡也能安然度过——二十八年前的英国经历过，而这一年快结束时美国也将经历[2]。但罗杰·弗赖对一九六三年的法国政体相当清楚，所以他不抱幻想。如果他们的总统死了，只可能导致政变和内乱。

“嗯，”他仍然望着敞亮的庭院，最后说道，“必须告诉他。”

警长没有回答他。做技术人员有个便利条件，就是做好本职工作就行，重大决策可以留给那些被雇来做决定的人。他从没想过要自告奋勇指导部长该如何去做。部长转过身对着他。

“很好，队长，谢谢。那么我打算今天下午找个机会见总统，向他汇报。”他的声音干脆利索，坚定果决。这是必须要做的事。“不用说，这件事一定要严格保密。我会把情况向总统说明，请他做出处理决定。”

迪克雷队长起身离开了。他穿过广场顺着路向前走了一百码，来到爱丽舍宫门口。内政部长现在一个人了，他把淡黄色的档案转

1 亨利·吉罗将军（1879—1949），法国将领。一九四三年曾与戴高乐一同出任法兰西民族解放委员会主席，但与戴高乐政见不同。

2 指一九三六年底英国国王爱德华八世宣布放弃王位，成为温莎公爵；而在本书故事发生的一九六三年十一月，美国总统肯尼迪遇刺身亡。

到了面前，又慢慢地从头开始看起来。他毫不怀疑罗兰的判断，迪克雷的赞同也让他再没法回避。危险就在那儿，很严重，无法回避，总统必须知道。

他很不情愿地按下面前的内部通话器开关，说道："给我接爱丽舍宫秘书长。"

一分钟不到，内部通话器边上的红色电话就响了起来。他拿起听筒，听了一会儿。

"请接福卡尔先生。"又过了一会儿，这位法国最有权威者之一那充满磁性的柔和声音出现在电话那头。罗杰·弗赖简要解释了一下他的想法和理由。

"越快越好，雅克。是的，我知道你必须查一下日程。我可以等。请你一办妥就电话通知我。"

电话不到一个小时就来了。约见定在下午四点，那是总统午睡刚结束的时间。有那么一瞬间，部长的脑子里一闪念——他面前的记事本上所记载的东西比任何午睡都更重要，不过他忍住了没争辩。像每个在总统身边的人一样，他很清楚，和这个柔声细语的公职人员顶嘴是不明智的。他就在总统的身边，而且他自有一套情报档案系统，人们虽然对其内容不甚明了，但都相当畏惧。

下午三点四十分，豺狼在伦敦柯曾街的坎宁安海鲜酒店享用了一顿那里最昂贵的美味午餐后，从里面走了出来。他漫步走上南奥德雷街，心里想着，他很可能要过很长时间才能回来，这也许是最近一段时期内在伦敦的最后一次午餐了，况且他也有充分的理由要庆祝一下。

同样是这个时间，一辆黑色的DS19型雪铁龙轿车驶出内政部大门，进入波伏广场。广场中心的交警被他在铁门处的同伴喊了一声，得到了事先的警示，把周围所有街道的车流都拦了下来，让这辆轿车通过，并敬礼致意。

顺着路开出一百多米，雪铁龙向爱丽舍宫前面的灰色石廊驶去。这里也有宪兵站岗，他们事先得到通知，于是把其他车辆都拦了下来，给雪铁龙足够的回旋空间通过极其狭窄的拱廊。门廊两边的岗亭前面各有一名共和国卫队士兵，他们“啪”地一下把戴着白手套的手横过枪的弹夹，向部长的座车致敬。部长座车终于进入了宫殿的前院。

在门廊的拱门前，有一条低悬着的锁链，挡住了汽车。值班警官——迪克雷的一个手下——迅速向车里张望了一下。他向部长点点头，部长也点头回应。警官打了个手势，锁链落在地上，雪铁龙从上面“咯噔咯噔”地开了过去。穿过一百英尺的褐色砾石路，就到了爱丽舍宫的正面。司机罗贝尔把车靠向右侧，逆时针方向在院子里转了过去，然后把他的主人放在了朝向入口的六级花岗岩台阶底下。

挂着两条银链、身披黑色双排扣礼服的礼宾员打开门。部长下了车，跑上台阶。主礼宾官在厚玻璃门旁迎接他。他们很正式地互致问候，然后部长跟着礼宾官进入爱丽舍宫。前厅里，巨大的枝形吊灯悬在长长的镀金链上，从高高的拱形天花板上垂下来。他们必须在这里等候一会儿。礼宾官在门左边的大理石桌子那儿简短地打了个电话，然后放下话筒，转向部长，微微一笑。接着他以一贯从容不迫的步伐，不徐不急地走上左边铺着地毯的花岗石台阶。

上到二楼，他们走到俯视门厅的宽而短的楼梯转角平台上，停了下来。礼宾官轻轻敲了敲平台左手的房门，里面有人低声说了句“进来”。礼宾官轻轻打开门，向后一退，让部长进入会客室。部长进门之后，礼宾官在他身后把门无声无息地关上，又从容不迫地下楼返回前厅去了。

阳光从会客厅远端朝南面高大的窗户里丝丝缕缕地透进来，地毯暖洋洋地沐浴其中。其中一扇落地窗开着。宫廷花园的树丛里传来一只鸽子的“咕咕”声。香榭丽舍大街就在窗子的五百码开外，被四下伸展的菩提树和山毛榉树遮了个严实——盛夏时分，这些树枝繁叶茂——街上往来的车辆声就像喁喁的低语，甚至还不如鸽子的声音大。街上另一边车流的喧闹现在只存于自己的记忆中了。弗赖在城市出生，长大，和往常一样，在爱丽舍宫这间朝南的房间里，他想象得出，自己正位于这个国家心脏的一座被重重包裹着的城堡中。而就他所知，总统更热爱原野。

今天的副官是塔塞尔上校。他从自己的办公桌后站了起来。

“部长先生。”

会客厅左边装有金色门把的两扇门紧闭着。“上校，”弗赖的脑袋向门那边扬了扬，“在等我吗？”

“是的，部长先生。”塔塞尔穿过房间，轻快地敲了敲门，打开其中的一扇，站在门口。

“总统先生，是内政部长先生。”

里面有人轻轻说了一句。塔塞尔走了回来，向部长微笑致意。罗杰·弗赖迈步从他身边经过，走进夏尔·戴高乐的私人书房。

房间里几乎没什么东西，他总觉得，这间屋里的陈设简单得与主人的身份毫不相称。右手边是三扇高大雅致的窗户，和会客厅的那些一样，从这儿也能看到花园。书房的这三扇窗户中，也有一扇开着。走过这两个屋子之间的门时听不见的鸽子的咕咕声，这会儿又从花园传来。

拿着自动武器的警卫静静地潜伏在那些菩提树和山毛榉树的底下。这些人在二十步之内能打中黑桃A上的“A”。不过他们当中如果谁让二楼的那个人发现的话，那就要倒霉了。如果有必要，他们会拼上性命保护那个人，但整个爱丽舍宫都知道，如果那个人知道采取了对他的保护措施，或是那些措施干涉了他的私生活，他就会非常生气。这对迪克雷来说，是最棘手的事情之一，没人羡慕他的工作——保护那个人，而那个人却讨厌任何形式的人身保护措施，他认为那是对他的蔑视。

左手的墙边是书架，正面是玻璃的。书柜前面是一张路易十五时代的办公桌，上面放着路易十四时代的台钟。地上铺着一六一五年夏洛特皇家地毯工厂编织的“肥皂厂”地毯。总统曾经对他说过，这个厂转产地毯之前是生产肥皂的，所以后来他们生产的地毯也沿用了老名字。

房间里的陈设虽然简朴，但都庄严而高贵，很有品位。所有的东西几乎无不显示出法国的伟大。对罗杰·弗赖来说，这种伟大也包括现在从办公桌后站起来，用一贯谦逊的态度礼貌问候他的这个人。

部长想起了英国驻巴黎的首席记者哈罗德·金——夏尔·戴高乐私人朋友中唯一一个盎格鲁·撒克逊人。他曾经对自己说过，以总统的言谈举止，完全不像是来自二十世纪，而像是十八世纪的人。从那以后，罗杰·弗赖每次再见到总统时，都会去想象这个温文尔雅的高个子身着丝绸锦缎，使用温文尔雅的宫廷礼仪的样子。他也忘不了，有那么几回，这位高贵的老人真的被一些他不喜欢的事激怒，用那种粗鲁的军营用语让他的随从或是内阁成员目瞪口呆，一句话也说不出来。

部长很清楚，有一桩事是可能导致那种反应的，那就是内政部长就法国政体的安全所必须采取的措施，而对总统所采取的安全措施则是这其中的重中之重。就这个问题，他们从没能达成一致，所以很多这类相关的事宜他都是悄悄进行的。他一想到公文包里带来的文件以及即将要求采取的措施，几乎要战栗起来。

“我亲爱的弗赖。”

这个身着深灰色套装的高个子绕到他的大办公桌边，伸出双臂表示欢迎，通常他都是站在办公桌后面的。

“我尊敬的总统先生。”他握了握对方的手。至少从外表看来，总统今天的情绪不错。办公桌前有两把铺着第一帝国时期博韦织锦的靠背椅，他被领到其中一把椅子前。尽完了主人的义务，夏尔·戴高乐回到原来的位置，靠墙坐下。他靠着椅背，双手的指尖摆在面前光滑的木制桌面上。

“我亲爱的弗赖，我听说你有急事要见我。说吧，是什么事？”

罗杰·弗赖深吸了一口气，然后开始简明扼要地解释了前来的原因。他知道戴高乐不喜欢说话冗长，兜圈子，除非是他自己公开发表演讲。私底下他喜欢说话简练，这让他那几个讲话比较啰唆的下属十分惶恐。

在他说话的过程中，办公桌对面那个人的身形显然逐渐僵硬起来。他渐渐向后靠去，就像在不断往后生长一样。他仰起头，眼睛向下盯着对方，仿佛这个自己一直信任的下属带了一件让他讨厌的东西到他的书房来。不过罗杰·弗赖知道，总统在五码外根本看不清自己的脸——为了掩饰自己的近视，他在公共场合除了读讲稿从不戴眼镜。

内政部长结束了自己的独白——前后不过一分钟。他说出了罗兰和迪克雷的结论，用“我的公文包里有罗兰的报告”结束了自己的讲话。

总统一句话也没说，从桌上伸过手来。弗赖从公文包里拿出报告，递了过去。

夏尔·戴高乐从上衣胸前的口袋里取出阅读时用的眼镜戴上，把文件在办公桌上摊开，开始看起来。鸽子不叫了，好像也知道这会儿不是时候。罗杰·弗赖盯着外面的树丛，然后又望着桌上吸墨纸旁的铜制台灯——那是由一个文艺复兴时期的漂亮的宝石红烛台改造而成的。在总统的五年任期里，它被装上了灯泡，站在铺好的吸墨纸上，夜以继日地照射着传递到这里的无数文件。

戴高乐将军阅读的速度很快，罗兰的报告他三分钟就读完了。他仔细地合上文件夹，放在吸墨纸上，两手交叉置于其上，问道：

“哦，我亲爱的弗赖，你希望我做些什么呢？”

罗杰·弗赖第二次深吸了一口气，然后开始简要背诵自己想要采取的措施。他的陈述只进行了三十三秒钟，其间两次用到这样的句子——“据我判断，总统先生，为了避免这个威胁，我们有必要……”以及“为了法国的利益……”

总统没让他说完，就打断了他的话。他的声音铿锵有力，当说到“法国”这个词时，声音所表现出的那种神圣空前绝后。

“法国的利益，我亲爱的弗赖，就是法国的总统不能在粗鄙的雇佣杀手面前胆怯，尤其——”他稍微停了一下，屋子里充溢着他对这个不知名刺客的轻蔑，“是一个外国人。”

罗杰·弗赖意识到，他已经输了。不过，总统并没有像他之前担心的那样大发雷霆，他开始讲话，清晰而准确，仿佛不希望他的想法对他的听众来说有任何的误解。他说话的时候，有几句飘到了窗外，被塔塞尔听到了。

“法国不会接受……将崇高和伟大屈从于一个……一个‘豺狼’的威胁……”

两分钟后，罗杰·弗赖从总统那里离开了。他向塔塞尔上校严肃地点点头，走出会客厅的大门，来到楼下的前厅。

首席礼宾官陪着部长走下石阶，走向等候着的雪铁龙。看着部长乘车离开，他想："这个人，是我所见过的带着最棘手的问题离开的人，不知道老爷子跟他说了些什么。"不过，作为在这个宫殿服务了二十年的首席礼宾官，他的表情没有任何波澜，一如这座庄严的宫殿。

"不，不能那么做。总统在这一点上的意思不容改变。"

罗杰·弗赖从自己的办公室窗前转过身来，看着自己的听众。从爱丽舍宫回来后才几分钟，他就把自己的办公室秘书长召唤来。亚历克斯·安德烈·桑吉内蒂是科西嘉人。过去两年里，内政部长让他做了很多有关法国国家安全方面的具体工作。他根据受惠者的个人政治地位和公民权利的变化灵活处理，从而树立了相当的名望。

极左势力对他又恨又怕。无论是面对左翼或是右翼的示威游行，他都会毫不犹豫地派遣那四万五千名强悍的防暴部队，采用切实有效的战术予以镇压。

共产党人叫他法西斯，这也许是因为他用来维护公共秩序的某些方法总让人想起铁幕之外的工人阶级的"天堂"。同样被共产党人称作法西斯的极右势力也不喜欢他，他们也说他压制民主、民权，但那更可能是因为他在防止公共秩序彻底崩溃方面做得太出色了——这种崩溃原本可以促使右翼发动政变的。

很多老百姓也不喜欢他。因为由他签发出来的残酷法令影响了每一个人——街上的路障，大多数十字路口的身份证检查，主干道上的路卡，大肆刊登年轻人被防暴警察的警棍打翻在地的照片。新闻界称他为"反'秘密军组织'先生"，而且除了发行量比较小的戴高乐派报纸外，无不对他进行谩骂。但即使这些恶评真的影响到了他，他也忍了下来。在他自己的宗教里，他的神明在爱丽舍宫的一间办公室里。在这个宗教里，他自己就是元老院。这会儿他正怒气冲冲地盯着面前的吸墨纸，上面淡黄色的文件夹里有罗兰的报告。

“这不行，绝对不行。他这个人简直让人没法办。我们必须保护他的生命，但他不让我们这样做。我能抓住这家伙，这个豺狼。但你说我们不能采取任何相应的措施，那我们能做什么呢？就等着他来攻击？就坐在一边等着？”

部长叹了口气。他本来指望能从办公室秘书长这里得到一些帮助，但他的希望落空了。部长又坐回他的办公桌后面。

“亚历克斯·安德烈，听着。首先，现在的情况是，我们并不能百分之百地肯定罗兰的报告是真的。这只是他对这个……这个科瓦尔斯基的胡言乱语的分析。科瓦尔斯基已经死了，也许罗兰错了，在维也纳的调查正在进行。我已经联系了吉布，预计今晚能有回音。但我必须承认，现阶段发动一场全国性的追捕，捉一个只知道代号的外国人并不是个好主意。在这点上，我不得不同意总统的意见。

“除此之外，他的指示，不，他那是绝对正式的命令。我再重复一次，这样我们的脑子里就不会再有差错了。不允许在全国进行公开搜捕，不得向我们这个小圈子之外的任何人暗示有什么事出了纰漏。总统认为，如果这个秘密对媒体公开，那他们可就有的忙了。外国人会嘲笑我们，我们采取的任何额外的安全措施都会被国内外的人解读为法国总统在逃避一个人，一个外国人。而这——

“这是他绝对不能，我再重复一遍，绝对不能容忍的。事实上，”部长伸出食指，强调着他的观点，“他对我说得很明白。如果我们处理这件事时，走漏一丝风声，那就等着脑袋搬家吧。相信我，朋友，我从没见过他这么坚决。”

“但那些公开活动，”这位科西嘉公仆告诫道，“肯定免不了做些调整吧。在这个人被抓住之前，再不能有公开的露面。他必须……”

“他什么也不会取消。没有改变，一小时、一分钟都不会变。整件事必须绝对保密。”

自从粉碎了二月的军事学院刺杀阴谋，逮捕了那些阴谋家以来，亚历克斯·安德烈·桑吉内蒂第一次感到，他又回到起点了。过去的两个月里，他一直在和银行及商铺抢劫案作战。他满怀希望，以为最糟糕的日子都过去了。在行动分局从内部，大批警察和共和国卫队[1]从外部对“秘密军组织”进行的双重打击下，“秘密军组织”开始崩溃。他本来觉得，这股犯罪浪潮不过是“秘密军组织”的垂死挣扎，是最后一小撮悍匪回光返照般的疯狂，想获得足够的钱以便在逃亡国外时生活得好一些。

但是罗兰报告的最后一页说得很清楚，除了罗马一家酒店里那三个抓不到的人，那几十个罗兰渗入“秘密军组织”最高层的双重间谍全被这个隐姓埋名的刺客绕过去了。那些曾和“秘密军组织”有瓜葛者的海量档案，在这个简单的事实面前也丝毫无用武之地——这个杀手是外国人。

“如果不允许我们采取任何措施，那我们能做什么呢？”

“我没说不允许采取任何措施，”弗赖更正道，“我是说我们不能公开此事，整件事情必须秘密进行。这样一来我们只有一个选择了，必须秘密调查该刺客的身份，无论他在哪里，法国还是国外，必须追踪到他，然后毫不犹豫地干掉他。”

---

1 即CRS，法国防暴警察。

“……毫不犹豫地干掉他。先生们，这是我们唯一的选择。”

内政部长环顾了一下围坐在内政部会议室桌边的与会者，让自己的话尽可能地烙在每个人的心头。连他自己在内，会议室里一共有十四个人。

部长站在桌子的一头。紧挨着他右边坐着的，是他的办公室秘书长；左手边是警察总局局长——整个法国警察部队的头儿。

从桑吉内蒂的右手边沿长方形会议桌顺序向下，坐着安全局局长吉布将军，行动分局局长罗兰上校——也是每人面前那份报告的作者。罗兰再过去是迪克雷队长——总统卫队队长，以及圣克莱尔·德维劳本上校——爱丽舍宫工作班底的一名空军上校。他是总统身边的亲信，一名狂热的戴高乐分子，不过他的个人野心和他对戴高乐的狂热同样出名。

法国警察总局局长莫里斯·帕蓬的左边是法国国家刑警及安全局长莫里斯·格里莫。分管安全的五个部门的头头坐成一排。

尽管国家情报局颇受小说家喜爱，但其实它规模很小，工作人员也不多。在它的管辖下，只有五个处从事实际的对付犯罪的活动。它本身的任务只是行政性质的，同经常被歪曲描写的国际警察组织一样，国家情报局本身的人员中也没有一个侦探。

统领法国全国警探的人坐在莫里斯·格里莫的旁边。他就是马克思·费尔内，法国司法警察总监。司法警察署在珠宝街有个规模庞大的总部，远大于位于索赛十一号，内政部拐角处的国家情报局的总部。司法警察署下辖十七个区域分部，每个分部对应一个法国城市警区。再向下就是自治市镇警察部队，一共四百五十三个，由七十四个中心警署，二百五十三个选区警察局和一百二十六个地方警所组成。整个网络由法国两千座城市和乡村构成，这就是刑事警察部队。在农村以及沿高速路地区，维护当地法纪和秩序的任务通常由宪兵、交通警察和机动宪兵来完成。在很多地区，为了提高效率，宪兵和警务人员共享驻地和设施。一九六三年，在马克思·费尔内指挥下的司法警察署总人数超过两万。

从费尔内左手再过去是另外四个安全部门的负责人：公共安全处、资料处、边境检查处以及共和国卫队。

这其中的第一个，公共安全处，主管建筑保护、通讯、高速路以及任何有关国家财产损毁事宜。第二个资料处，或称中央档案处，是其他四个单位的存储中心，在它万神殿一样的总部里，存储着自警察部队组建以来，被其所注意的四百五十万份个人档案。档案都编有索引，根据姓名或是所犯罪案的类别分别存放，放置档案的架子若是连在一起能有五英里半长。案件中出现的证人名字，以及那些被无罪开释的人，也被编录成册。尽管那时候的档案系统还未计算机化，然而令档案工作者们自豪的是，他们能在几分钟之内找出十年前一个小乡村里的纵火案细节，或是一起不为人知、连报纸都没上过的审判中的证人名字。

和档案一起保存的还有所有在法国留有指纹的人的指纹档案，包括很多套从未经辨识的指纹。还有一千零五十万张卡片，包括在每个入境口入境的旅客的入境卡，以及在巴黎之外的法国任何酒店里住过的人的酒店登记卡。由于存储空间的原因，这些卡片每隔一段时间就要清理一下，被新的卡片取代。

在法国境内唯一日常填写但却不送交资料处的卡片是那些在巴黎的酒店填写的卡片。这些卡片被送往巴黎警察局。

边境检查处的首脑坐在弗赖之后，和他隔了三个座位。边境检查处一直都是法国的反间谍部队，负责对法国的机场、港口、边境持续警戒。凡是进入法国的人，其入境证在归档之前都要在入境处通过边境检查处官员的检查，以排查监视不受欢迎者。

排在最后的那个人是共和国卫队负责人。这支四万五千人的部队过去两年里被亚历克斯·安德烈·桑吉内蒂充分利用了一番，名声很坏，极不得人心。

由于位置不够，共和国卫队的首脑被安排坐在桌子的最末端，跨过长长的木制会议桌，面对着另一头的部长。在共和国卫队的首脑和圣克莱尔上校中间，末端靠右手的把角处还有最后一个位子。一个大个子坐在那里，神情麻木，烟斗里喷出的浓烟明显让他左边爱挑剔的上校感到厌烦。是部长特意让马克思·费尔内带他来参加会议的。他就是莫里斯·布维埃警长，司法警察署刑警大队的大队长。

“这就是我们现在的处境，先生们，”部长接着说，“这会儿你们每个人都看过了放在你们面前的这份罗兰上校写的报告。而且刚刚也听我转达了总统出于法国尊严的考虑而给予的限制，他认为我们必须严格遵守这些限制。我再强调一下，调查及任何后续行动都必须绝对保密。你们都要发誓对此保持绝对的沉默，而且除了被批准参与此项秘密的人以外，不能和这个房间以外的任何人谈论此事。

“我把你们都召集到这里来，是因为在我看来，无论我们将要做什么，出席今天会议的所有部门的资源都必定会被征召，这其中只有时间早晚的差别。而你们，各个部门的负责人，都必须绝对优先满足此项事件的需要。任何情况下，你们都必须立刻亲自处理。不允许委托给下属，除非涉及的任务不会暴露其背后的原因。”

他又停了一下，看向会议桌两侧——有几位很严肃地点了点头，其他人要么正盯着讲话的人，要么看着他们面前的文件。桌子的远端，布维埃警长凝视着天花板，嘴角吐出阵阵烟雾，就像古印第安人在发信号。他每吐一口烟，他旁边的空军上校便急忙闪开。

“现在，”部长继续说，“我想我可以问问你们在这个问题上的想法了。罗兰上校，你在维也纳的调查有什么进展吗？”

行动分局局长把目光从自己的报告上挪开，又看了看旁边主管安全局的将军。后者既没对他给予鼓励，也没对他皱眉。

吉布将军记得很清楚。那天上午，根据罗兰的要求，要动用驻扎在维也纳的人。他亲自去说服西欧处处长，差不多花了半天时间。现在他直望着罗兰上校。

“是的，”上校回答，“今天早上和下午由维也纳的行动人员在克莱斯特作了调查。那是一个在布鲁克纳街的私人小酒店，他们带去了马克·罗丹、勒内·蒙克雷和安德烈·卡松的照片，还没来得及给他们传维克多·科瓦尔斯基的照片，维也纳没有他的档案。

“酒店前台的服务员说，他至少认得其中的两个人，但他分不清楚。我们的人给了他一点钱，让他查了一下酒店六月十二日到十八日的登记簿。因为从六月十八日起，那三个‘秘密军组织’的头头就一起搬到罗马住了。

“最后他说他记起了罗丹的脸，他在六月十五日用舒尔茨的名字订了个房间。服务员说他下午在那儿开了个商务会议，晚上在那个房间过的夜，次日才离开。

“他记得那个舒尔茨有个伙伴，一个身形魁梧的人，举止粗鲁，这也是他为什么记得舒尔茨的原因。早上的时候，有两个男人找过舒尔茨，他们开了个会。这两个拜访者应该是卡松和蒙克雷，他不是很确定，但是他想，他至少之前见过其中的一个。

“服务员说他们一整天都待在房间里，只有上午晚些时候有那么一回，舒尔茨和巨人（这就是他对科瓦尔斯基的代称）离开了半个小时。他们都没吃午饭，也没有下楼吃过东西。”

“有没有第五个人来过？”桑吉内蒂不耐烦地问。罗兰继续做着他的汇报，声音和之前一样平静。

“晚上的时候，又一个男人加入了他们，前后大约半个小时。服务员之所以记得他，是因为这位访客非常迅速地走进酒店，径直上了楼。他甚至都没来得及看清这位访客。服务员想，他肯定是一位把钥匙带在身上的客人。那人上楼时，他看见了他的衣服后摆。几秒钟后那个人又回到大厅，服务员可以肯定这个和之前那个是同一个人，因为衣服一样。

“这个人要用电话，让他帮忙接通舒尔茨的房间，六一四号房。他说了两句法语，然后挂上电话又上楼去了。他在那里待了半个小时，然后一言不发地离开了。一个小时后，另外两个拜访舒尔茨的人也离开了。舒尔茨和那个巨人整晚都待在酒店，次日吃罢早餐才离开。

“服务员对晚上来的那位访客唯一的描述是：高个子，年龄不详，五官特征很普通，但是戴了一副宽边包围式墨镜，说一口流利的法语，亚麻色头发，头发留得相当长，从前额向后梳。”

“有没有可能让他来帮忙做一份那个亚麻色头发的人的面部拼图？”警察总局局长帕蓬问。

罗兰摇了摇头。

“我的……嗯，我们的特工当时化装成维也纳便衣警察，幸好他们之中有一个能够冒充维也纳人，不过这种伪装不可能无限期扮下去。问话只能在前台进行。”

“我们必须搞到比这更详细的特征描述，”资料处的头头反对道，“提到过什么名字吗？”

“没有，”罗兰说，“刚才我所说的是对那个服务员三个小时的询问结果，每一点都是再三问过的，他再也想不出什么了。没有拼图，这是他所能给的最详尽的描述了。”

“你能把他像抓阿尔古那样抓来吗？那样他就能在巴黎给那个杀手做拼图了。”圣克莱尔上校问。

部长插话道：“不能再像那样抓人了，我们和德国外交部在阿尔古绑架案问题上仍然剑拔弩张。那种事只能做一回，不能再有。”

“鉴于事态严重，能不能用比阿尔古事件更不引人注意的方法让那个服务员消失呢？”边境检查处的主管建议着。

“无论如何，我很怀疑，”马克思·费尔内平静地说，“一张戴着宽边包围式墨镜的人的脸部拼图对我们是否很有帮助？即使我们抓到他，我们也无法确定这幅以两个月前一个不显著的，只延续了二十秒的事件为基础做出的拼图像罪犯本人。这样的照片能有五十万人和它相似，很多人会被误抓的。”

“所以，科瓦尔斯基虽然说得并不多，但他知道的已经全招了。现在，他死了。除了他，世上仅有四个人知道这个豺狼的身份，”迪克雷队长说，“一个是他自己，另外三个在罗马的一家酒店里。怎么才能把他们其中一个弄到这儿来呢？”

部长又摇了摇头。

“就这个问题，我有正式的指示，绑架不在考虑范围内。如果这样的事发生在孔多蒂街上，意大利政府会暴跳如雷。而且，这件事是否可行还是值得怀疑的。将军你说呢？”

吉布将军抬眼看了看与会者，说道：

“根据昼夜监视他们的特工的汇报，罗丹和他的两个追随者在他们周围建立起的保护网十分严密，已经排除了绑架的实际可行性。有八个一流的前外籍军团枪手环伺在他们周围，如果没人替代科瓦尔斯基的话，那应该会有七个。所有的电梯、楼梯、太平门和屋顶都有人把守，如果想活捉其中一人，势必要引发大规模枪战，很可能还要用到催泪弹和冲锋枪。即便如此，从那里到法国北部边境有五百公里，况且还有意大利人从中作梗，这个设想完全不切实际。这方面我们有世界上最棒的专家，他们也认为这种突击性的军事行动是不可行的。”

沉默再次降临这个房间。

“好吧，先生们，”部长说道，“还有别的建议吗？”

“必须找到豺狼，这一点毋庸置疑。”圣克莱尔上校回答。其他几位与会者彼此看着，纷纷扬起眉毛。

“那是当然的，”部长在桌子的一头咕哝着，“我们的目的是想找出一种既切实可行而又不超出我们所受的那些限制的办法，我们要在这个基础上才能确定在场的哪个部门承担这项任务最为合适。”

“保卫共和国总统，”圣克莱尔派头十足地说，“如果其他机构都无法承担的话，必然要靠我们最后的凭仗——总统的共和国卫队和总统的工作班底。我们，我可以向您保证，部长，会履行我们的职责。”

几位优秀的专家闭上了眼，丝毫不掩饰自己的厌恶之情。迪克雷狠狠扫了上校一眼，如果目光能杀人，圣克莱尔这会儿已经被从椅子上打下来了。

“他难道不知道是上面不肯配合吗？”吉布压低了嗓门向罗兰低吼。

罗杰·弗赖抬起眼睛，迎上爱丽舍宫谄媚者的目光，向对方展现了自己为什么是内政部长的原因。

“圣克莱尔上校的话当然完全正确，”他“愉快”地说，“我们都会履行职责。我确信，上校肯定想到了，如果由某一个部门来承担摧毁这个阴谋的职责而又失败的话，或者甚至不慎采用了可能导致事情泄露的举措，与总统的意愿相左，那么非难将不可避免地落在失败者头上。”

威胁笼罩着长长的会议桌，比从布维埃的烟斗里冒出来的蓝色烟雾更容易感受得到。圣克莱尔瘦削苍白的脸明显紧张起来，眼睛里也流露出忧虑的神色。

“在座诸位都清楚，总统卫队的活动范围很有限，”迪克雷队长直截了当地说，“我们的时间都花在最直接接近总统本人的周围区域了，而调查显然应该在更加广泛的范围内进行，我的人恐怕很难胜任。”

没人反驳他，每个部门的头头们都清楚，总统卫队队长说的是真的。但是没有哪个人希望部长的眼睛落在自己头上。罗杰·弗赖的目光围着会议桌转了一圈，最后停在了远远坐在另一头、浑身笼罩着烟雾的布维埃警长身上。

“你怎么看，布维埃？你到现在还没说过话呢。”

圣克莱尔转过脸看着探长。探长悠然将烟斗从嘴里拿出来，喷出一口浓烟，冲着上校的脸直飘过去。他平静地讲起来，仿佛正在说一些他刚发现的很简单的事。

“依我看，部长，既然甚至连‘秘密军组织’的人都不知道这个人是谁，那么安全局是无法通过他们在‘秘密军组织’的特工发现这个人的。行动分局不知道该干掉谁，所以他们也没法消灭他。边境检查处不知道该把谁截下来，所以他们自然无法在边境把他揪出来。资料处不知道该找什么资料，他们无法向我们提供任何文件信息。警察不知道该逮捕谁，所以他们抓不到他。共和国卫队不知道该追踪谁，他们也就追踪不到他。整个法国的安全机构都需要知道一个名字，否则就无能为力。所以在我看来，首要的任务就是找出这个人的名字，没有这个名字，其他建议都毫无意义。有了名字就有了相貌，有了相貌就能找到护照，有了护照就能抓他。但要想找出这个人的名字，而且是秘密进行，这纯粹是一件侦探的工作。”

他又不吭声了，把烟斗柄塞进上下两排牙齿的中间。围着桌子的每个人都在琢磨他的话。没人能挑出什么毛病。坐在部长身旁的桑吉内蒂缓缓地点点头。

“队长，谁是法国最好的探长？”部长平静地问。布维埃把烟斗再次拿出来之前考虑了几秒钟。

“先生，法国最好的探长就是我的副手，克劳德·勒贝尔队长。”

“把他找来。”内政部长果断地说。

第二部

猎捕

10

一小时后，不明就里的克劳德·勒贝尔茫然地出现在会议室里。内政部长花了五十分钟，向他简单介绍了摆在他面前的任务。

他一进会议室就被指定坐在桌子的末端，像三明治一样被夹在共和国卫队队长和他的顶头上司布维埃之间。他看着罗兰的报告，其余十四个人全都默不作声。不过他能感觉到，周围的人都向他投来好奇的目光。

他放下报告的时候，心里有些不安。为什么叫他来？这时部长开始说话了。那既不是商量也不是请求，而是命令，随后就是滔滔不绝的情况简介。他可以组建自己的办公室；他可以不受任何限制地接触所有必要的情报；所有围着这张桌子的人所管辖的全部资源都任他调遣。所需费用没有限制。

“绝对保密。”部长几次提到的这点使他印象深刻，这也是那位国家最高领导人的命令。听着听着，他的心沉了下去。他们正在要求，不，正在命令——命令他完成不可能完成的任务，他无从着手。到目前为止，没有犯罪记录，没有线索，没有证人——除了三个他没法去问的人，只有一个名字，一个化名，以及整个广袤的世界——他必须从中把这个人找出来。

克劳德·勒贝尔知道，自己以前是个好警察。他一直是个好警察。他做事稳健、精准、有条不紊、不辞劳苦。他只是偶然才灵光一闪——而这是一个好警察变为杰出警察的必备条件。但他从没有忽略这样的一个事实——百分之九十九的警察工作是例行工作，靠的是不动声色的调查，勘察再勘察。所有的辛劳把各个部分联系在一起，成为一个整体，这个整体变成一张网，这张网最终网住了案件的罪犯，使他们站在法庭上，而不只是制造标题新闻。

在司法警察署的人眼中，他是一个埋头工作、循规蹈矩的人。他讨厌被曝光，从不召开新闻发布会——很多同事就是靠这个方法提高自己的知名度的。他的晋升之路很稳健：破案，看他抓捕的罪犯被判刑。三年前刑警大队凶杀处处长位置空缺的时候，就连其他候补人选都认为只有勒贝尔得到这个职位才公平。他在凶杀处的记录一直很好。三年里，他抓捕犯人从未失误过，只有一次，被告因为技术原因被无罪释放了。

作为凶杀处的处长，他逐渐引起统管整个刑警大队的莫里斯·布维埃警长的关注。布维埃也是一个老派的警察，所以几周前，布维埃的副大队长突然殉职，他立刻亲自要求勒贝尔出任他的新副手。司法警察署里有些人怀疑，由于布维埃经常被行政上的琐事搞得头昏脑涨的，所以他需要一个埋头苦干的下属，这个人既能不声不响地处理好各个轰动的大案，又不会抢去上司的风头。当然，这可能只是某些小心眼的人的揣测而已。

内政部的会议结束之后，罗兰报告的副本都被收回，存放在部长的保险箱里。只有勒贝尔一个人被允许保留了布维埃那份。他唯一的要求是允许他秘密地寻求其他几个主要国家罪案调查机构负责人的合作，他们的档案里可能有像豺狼这样的职业杀手的身份资料。他指出，如果没有这种合作，调查工作根本无法开展。

桑吉内蒂问他：“这些人是否可靠，能保守秘密吗？”勒贝尔回答说，他要联系的人都是私交，他的询问也不通过正式公文，是非官方的。这种联系一直存在于大多数西方主要国家警界的高层。部长考虑了一下，批准了他的请求。

这会儿，他正站在大厅里等候布维埃，看着各部门的头头脑脑鱼贯而出，从他身边经过。有的人简单地冲他点点头，然后继续向前走；其他人则在说“晚安”的同时，对他报以同情的微笑。布维埃和马克思·费尔内还在会议室里低声商量着什么，那位爱丽舍宫尊贵的上校差不多是最后一个离开的。顺着圆桌介绍时，勒贝尔很快就记住了他的名字——圣克莱尔·德维劳本。他在身形矮胖的勒贝尔身前停下，看着对方，毫不掩饰他的轻蔑之情。

“队长，我希望你的调查能够取得成功，动作要快，”他说，“我们会在爱丽舍宫密切注意你的进展。如果你找不到这个匪徒，我向你保证，是会有……后果的。”

他转过身，下了楼梯，朝着前厅走去。勒贝尔什么也没说，只是飞快地眨了眨眼。

克劳德·勒贝尔自从二十年前在诺曼底加入第四共和国警察部队，成为一名年轻的侦探以来，之所以能够取得今天的成就，完全得益于他身上的一个特质——善于激发别人对他的信任，使人愿意对他吐露心声。

他既没有布维埃那样魁梧的身材，也不像现在进入警察部队的很多年轻警探那样善于言辞——他们能把证人吓得痛哭流涕。当然，他不觉得这是缺点。

他知道，在任何地方，无论是孩子、店主、售货员、邮差或是银行职员，只要是大多数罪案所针对的对象或者目击证人，他都能让这些人开口。他深信自己有这个本领。

这在很大程度上缘于他的体型。他身材矮小，看上去活像漫画家笔下的“妻管严”。不过同事中谁都不知道，他的确有些惧内。

他不修边幅，要么是件皱巴巴的套装，要么是件风衣。他举止温和，甚至总带点歉意。当他向证人询问情况时，他的态度让对方感到，这次与他们以往和警方打交道时所受的对待真有天壤之别。于是那位证人不禁对这位侦探大有好感，仿佛颠沛流离的难民回到祖国一般。

另外，他曾是欧洲最强有力的刑警部队凶杀处的处长，他在著名的法国司法警察署刑警大队做了十年警探。他那副温和朴素的外表背后，是一个精明的头脑，且在执行任务时坚决拒绝任何恫吓或干扰。他曾被法国最邪恶的黑帮头目威胁，面对这样的威胁，勒贝尔也只是飞快地眨眨眼，这让他们以为警告已经被充分接受了。只有在事后，在牢房里，他们才慢慢意识到，他们低估了这双目光柔和的褐色眼睛和那撮牙刷胡子。

他还曾被有钱有势的人威胁过两次。一次是一个企业家，仅仅让他看一眼稽查员写的证词，就要他判一名低级职员犯有贪污罪；另一次是一个社会名流，企图让警方中止对一名年轻女演员服毒致死的案件调查。

在头一个案件中，他对涉案的那位企业家进行了调查，结果其他更大的、与那个低级财务人员无关的纰漏浮出水面。事后那位企业家一直懊悔，他要是在自己还有机会的时候逃往瑞士该多好。第二桩案子里，那个社会名流最终被判长期监禁，他在监狱里有充分的时间追悔自己不该在他位于维克多·雨果大街的顶层豪华公寓里指挥一个犯罪团伙。

对圣克莱尔上校的话，克劳德·勒贝尔的反应也是眨眨眼，一言不发，就像一个被训斥的小学生。但这对他随后执行被强加给自己的任务丝毫没有影响。

当最后一个人走出会议室后，莫里斯·布维埃来到他身边。马克思·费尔内飞快地握了握勒贝尔的手，祝他好运，然后走下台阶。布维埃则用蒲扇一样的手拍了拍勒贝尔的肩膀。

“呃，好了，我的小克劳德。就是这么回事，对吧？好了，是我提议由司法警察署处理这件事的，只能这样，其他那些人就会没完没了地说空话。来吧，咱们到车里谈。”他率先下了楼梯。两个人一起钻进等候在院子里的雪铁龙车的后座。

这会儿是晚上九点多，白天留下的全部痕迹，就是巴黎郊区奈伊上空挂着的一抹深紫色。布维埃的车顺着马里尼街驶过克莱蒙梭广场，勒贝尔朝右边车窗外看了一眼，顺着璀璨的香榭丽舍大街向上望去。尽管从外省调进巴黎已经有十年了，但香榭丽舍大街在夏夜中的璀璨辉煌一直让他感到惊叹和激动。

布维埃终于说话了。

“不管你眼下正在忙什么，都必须全停下来——全部。把办公桌彻底清干净。我会让法维尔和马尔克斯特接手你手头上的案子。为这个差事你需要一个新办公室吗？”

“不用，我还是继续用现在的这个吧。”

“行，很好，但是从现在起，它就是寻找豺狼的总部了，把其他任何事都撇开。你需要别的什么人协助你吗？”

“是的，我要卡伦。”勒贝尔回答。他指的是他在凶杀处时一起共事的一名年轻督察。他升任新职后也把这个年轻人调了过来，担任刑警队的助理队长。

“好的，给你卡伦。还要其他人吗？”

“不用了，谢谢。但是卡伦必须知情。”

布维埃想了一会儿。

“应该没问题。他们不该指望奇迹，显然你必须有一名助手，但是一两个小时之内不要告诉他。我到办公室后给弗赖打电话，申请正式批准。不过不能再让别人知道了，如果泄露出去，不出两天就会见报的。”

“没别人了，只要卡伦。”勒贝尔说道。

“好的。最后还有一件事，会议结束之前，桑吉内蒂建议，今晚在那里的所有人要定期得到进展汇报，弗赖同意了。费尔内和我尽力想把这个决定顶回去，不过没成功。从现在起，每天晚上十点整，你得到内政部做汇报。”

“噢，天啊。”勒贝尔说道。

“从理论上讲，”布维埃继续说道，语气里满是嘲讽，“那帮人会向我们提出最好的意见和建议的。别担心，克劳德、费尔内和我也会在那儿，以免那些狼咬人。”

“这要一直持续到另行通知为止？ ”勒贝尔问道。

“恐怕是。真是个混账主意，都没时间计划这次行动了。你必须在这个杀手接近伟大的夏尔之前发现他。我们不知道那个人是不是自己有一个时间表或是其他可能的东西。也许明天早上就是刺杀的日子，又或许一个月都没动静。在他被抓住之前，或者至少知道他的身份和住址之前，你必须全速前进。那之后，我想行动分局的小伙子们就能接手了。”

“一帮浑蛋。”勒贝尔咕哝了一句。

“没错，”布维埃轻松地说，“不过他们有他们的用处。我们生活在一个令人毛骨悚然的时代，我亲爱的克劳德。常规犯罪大幅增长的同时，政治犯罪也掺和进来。有些事是必须要做的，他们就是做那些事的。不管怎么样，还是先专心想想怎么找豺狼吧，呵呵。”

汽车拐进司法警察署的大门。十分钟后，克劳德·勒贝尔回到他的办公室。他走向窗边，打开窗子，向外探出身，目光越过塞纳河，盯着前面左岸的大奥古斯汀码头。塞纳河流经市镇岛，包围着它。克劳德和左岸之间尽管被狭长的塞纳河分开，他还是能依稀看到沿着码头的人行道上星星点点的在饭店里就餐的人，听见他们的笑声，酒瓶和酒杯的碰撞声。

如果他是另一种类型的人，他可能会忽然意识到，在过去的九十分钟里所授予他的权力，至少在一段时间里，能让他成为欧洲最有权势的警察。除了总统和内政部长，没有人能够否决他要求协助的请求，如果可以秘密进行的话，他几乎可以调动军队。当然他可能也会想到，虽然权力让人兴奋，但这些权力都是取决于任务完成得成功与否。成功了，他就让自己的事业戴上了荣誉的桂冠，失败的话，他就会被碾成齑粉，就像那个圣克莱尔·德维劳本拐弯抹角暗示的那样。

不过正因为他不是那种人，所以他根本没想到那些。他这会儿头疼的是该如何打电话向太太艾米莉解释，他在另行通知前都暂时回不了家了。正在这时，有人敲响了他办公室的门。

督察马尔克斯特和法维尔走了进来，他们是来拿勒贝尔上午被叫走前，手头上正在做的四件案子的档案材料的。他分了两个案子给马尔克斯特，另外两个给了法维尔。然后花了半个小时给他们简单介绍了一下情况。

他们走后，他刚长长吁了口气，门又被敲了一下。这次是卢西恩·卡伦。

“布维埃大队长刚刚给我打了电话，”他说，“让我向您报到。”

“没错。在另行通知之前，我被解除了一切日常职责，并被赋予了一项特殊工作，你被指派做我的助手。”

他不想为了讨好卡伦而告诉他，是自己把这个年轻的督察要来做助手的。办公桌上的电话响了起来，他拿起来听了一会儿。

“好的，”他解释道，“是布维埃的电话，他说你已经得到保密批准，可以告知你所有情况。你最好先从看这个开始。”

卡伦坐在办公桌前的椅子上看罗兰的报告时，勒贝尔把他办公桌里所有剩下的文件夹和便笺都清理干净了，把它们全堆在身后乱七八糟的书架上。这个办公室怎么看也不像是一个法国最大的追捕行动的神经中枢。警察的办公室向来看起来不怎么样，勒贝尔的也不例外。

这间办公室只有十二乘十四英尺大，朝南的一面有两扇窗户，可以从那里俯视塞纳河。越过河面可以看到圣米歇尔大道周围熙熙攘攘的蜂房一般的拉丁区。其中一扇窗子里飘来夜晚的各种声音，以及盛夏的热气。办公室里有两张办公桌，一个是勒贝尔的，背对着窗户；另一个是秘书用的，靠着东边的墙。门正对着窗户。

除了两张办公桌和桌子后面的两把椅子之外，屋里还有一把直背椅，门边有一把扶手椅。六个灰色的大橱柜差不多占了整个西面的墙壁，橱柜的顶面连成一体，上面放了一排以备参考及法律方面的书。两扇窗户中间是一套书架，塞满了各种文件和年鉴。

勒贝尔的办公桌上有一个带镜框的相片架，照片上的女士很丰满，看起来很有主见，这就是艾米莉·勒贝尔夫人。还有两个孩子，女孩相貌平常，戴着金丝边眼镜，梳着辫子，小伙子则面色温和，很像他的父亲。

卡伦看完了，抬起头来。

“狗屎！”他说道。

“如你所言，还是很大一坨。”勒贝尔回答，他很少允许自己用这样粗俗的词语。在司法警察署里，大多数高级警长的直属下级都称呼他们上司的绰号，像“老板”或是“老头子”什么的。但也许是因为勒贝尔既不抽烟也不骂人，连喝酒也不过是一小杯餐前开胃酒，年轻的探员看到他总不由自主地想起他们从前的某位老师。所以在凶杀处，以及最近在刑警大队的行政主管楼层，勒贝尔被人称作“教授”。如果他不是太过擅长抓贼，他的模样肯定会让他成为被打趣的对象。

“不过，”勒贝尔接着说，“现在你得听我跟你讲讲细节。咱们得抓紧时间。”

他花了三十分钟，简明扼要地给卡伦讲了讲下午的事，从罗杰·弗赖拜见总统到内政部会议室里的会议，再到自己因莫里斯·布维埃的推荐而被突然召见，最后是组建他们眼前这间办公室——这间办公室将成为抓捕豺狼行动的总部。卡伦一直安静地听着。

“上帝啊，”等勒贝尔说完，卡伦开口道，“他们把你拴在这儿了。”他想了一会儿，然后抬头看了看他的上司，目光既关心又忧虑。“我的队长，你知道他们把这个任务交给你是因为其他人都不想接手吗？你知道如果你不能及时抓到这个人他们会对你做什么吗？”

勒贝尔点点头，带着些许悲凉。

“是的，卢西恩，我知道。可我没办法，这项工作交给我了。所以从现在起，我们就得着手干起来了。”

“但究竟该从哪里开始呢？”

“首先，我们得承认我们俩现在是法国最有权力的警察，”勒贝尔笑着回答说，“所以，我们要充分享用这些权力。

“现在开始，你在那张办公桌后面就位。拿一个笔记本，把我要说的话记下来。把我原来的秘书调走，或者在另行通知前让他带薪休假。任何其他人不得介入这项秘密工作。你既是我的助手也是我的秘书，二者合二为一了。去紧急物资仓库找一张行军床来，还有床单、枕头、洗漱用具和刮胡子的东西。再去弄一壶咖啡，从餐厅和仓库拿些奶和糖。我们会需要很多咖啡的。

“再联系总机，让他们给这间办公室永久性地预留十条外线，再配一名话务员随时听候调遣。如果他们推三阻四，直接报告布维埃本人。我所提出的任何其他请求协助的要求，都直接联系各部门的负责人，报我的名字。我们很走运，现在这间办公室相对其他所有部门享有最高的优先权——这是上面的命令。准备一份备忘录，抄送参加今晚会议的各部门负责人，弄好了拿来给我签字，内容是宣布你是我的唯一助手，被授权向他们要求我想向他们要的任何东西。如果我有空，我会亲自找他们的。明白了吗？”

卡伦记完了，抬起头。

“明白了，头儿。我今晚就来办这些。先办哪一样？”

“总机电话。我要个棒小伙儿，得是他们最好的接线员。给行政处长家里打电话，同样以布维埃授权的名义跟他说。”

“好的。我们首先要他们做什么？”

“我要和七个国家的刑事警察凶杀处的负责人直线联系，他们得尽快给我接通。真走运，以前参加国际刑警会议的时候，我认识了他们大多数人，还认识他们中一些人的副手。如果你找不到正主儿，就找副职。

“这些国家是，美国，我是指华盛顿国内情报办公室、英国，苏格兰场[1]刑事助理警务处长、比利时、荷兰、意大利、德西、南非。给他们的办公室或者家里打电话。

1 伦敦警察厅的代称。

“你联系上他们后，在国际刑警通讯室安排一下我和他们之间的通话，时间在早上七点到十点之间，每隔二十分钟一个。使用国际刑警通讯预约这些电话，让电话那头的每个凶杀处长同意在约定时间到达他们自己的国际刑警通讯室。这些电话必须是个人对个人的直线电话，不得有人监听，要使用UHF特高频[1]。对他们每个人，都必须强调我所说的只许他们自己听到。这个要求不仅仅是为了法国，也可能为了他们自己的国家。明天早晨六点钟，给我一张对七个国家预先约定对话的时间表。

“同时，我要去楼下凶杀处查查，看有没有过一个外国杀手曾被怀疑在法国国内行动但没被抓住。我承认，我想不起有过这样的记录。而且，罗丹选人的时候肯定会很小心，不会找有记录的人。现在你知道该做什么了吧？”

卡伦大致扫了一眼他记下来的几页纸，看起来有点茫然。

“是的，头儿，我明白了。好的，我该开始干活了。”说完他就出去弄电话了。

克劳德·勒贝尔离开办公室，朝楼梯走去。这时，城中岛远处巴黎圣母院的钟声刚好敲响了子夜十二点——八月十二日来临了。

1 即Ultra High Frequency，一种常用于无线电通讯的波段。

11

拉乌尔·圣克莱尔·德维劳本上校子夜前才到家。之前的三个小时，他一直在针对内政部的会议一丝不苟地打着他的报告。早上爱丽舍宫秘书长办公桌上的第一份文件就是这个。

这份报告他花了不少心思，撕了两份草稿才满意，然后小心地将第三份亲自打印好。做打字这种体力活儿让他很是烦躁。他不习惯做这种事，不过这样做的好处是不会有秘书知道这个秘密——他在报告正文中毫不犹豫地指出了这一事实。他希望领导能重视他的报告。如果幸运的话，秘书长读了这份报告后，再过一个小时，报告就会放到总统的书桌上，而这将对他有莫大的好处。

他的措辞格外小心，选用了最恰当的词句，对将事关国家元首安全这样重要的一件事交到一个警长手里稍稍表示了不以为然。那种人是没什么头脑和能力的，只是习惯于所受的训练和经历，办些无关紧要的小案子而已。

他没有写得太过分，万一勒贝尔能找到这个人呢。不过如果他没做到，那这份报告也能表明，曾经有人在这个时候足够警觉地怀疑过选择勒贝尔是否明智。

而且，他的确不喜欢勒贝尔。一个平庸的小个子——他心里就是这么想的。然而他的报告里却是这样描述的：“以往工作表现良好。”

他对自己写的前两份底稿再三考虑以后，认为最好还是不要去推翻今天在会议上的任命，因为这是参加会议者的全体决议。如果要推翻，必须有特别有力的理由。他决定密切注意全部行动过程。由于他是总统的秘书，他认为，他有责任在侦察工作进行得不理想的时候，第一个清醒地把这个问题提出来。

他正想着该如何考核评估勒贝尔的工作表现时，思绪被桑吉内蒂的电话打断了。桑吉内蒂通知他，部长在最后时刻做了个决定——每晚十点主持召开一个会议，听取勒贝尔的进展汇报。这个消息让圣克莱尔高兴起来，真是正中下怀。这就解决了他的问题。他只要白天多看些背景材料，就能在晚上向那个探员提出强有力的相关问题。让其他人知道，至少还有总统秘书处的人对形势的重要性和紧迫性有着清醒的认识。

其实，他觉得，即使刺客就在附近也没有太多下手的机会。对总统的安全保护措施是世界上最严密有效的，他在秘书处的部分职责就是设计总统公开露面时的组织布置以及活动路线。他根本不担心如此严密策划出来的安全屏障会被什么外国枪手渗入。

他走进自己公寓的前门，听到他新安顿在这里的情妇在卧室里喊他。

“是你吗，亲爱的？”

“是我，亲爱的，当然是我。你觉得闷了？”

她从卧室里跑出来，穿着一袭黑色超薄、富有青春气息的睡衣，领口和底边都镶满蕾丝花边。床边的灯光从卧室开着的门里透出来，映着她那年轻婀娜的身姿。和往常一样，一看到自己的情妇，圣克莱尔就感到一阵兴奋的满足感——她是他的，而且那样深深地爱着他。对于这个事实，他自鸣得意。他并不以为这是某种幸运的天神庇佑才让他们两个得以走到一起。

她伸出裸露的双臂搂住他的脖子，张开嘴，给了他一个长长的吻。他尽力回应着她，手里还拎着公文包和晚报。

“来吧，”当他们终于分开后，他说，“上床去，我随后就来。”他在她的屁股上拍了一下，让她快点儿。年轻女孩蹦蹦跳跳地回到卧室，一头扎在床上，四肢摊开，双手交叉着放在脖子后面，胸部高高耸起。

圣克莱尔进卧室时，手里的公文包已经不见了。他满意地看了她一眼。女孩充满挑逗意味地笑起来。

他们在一起有两个礼拜了，她已经知道，只有最露骨的挑逗和最原始的肉欲，才能让这个以谄媚为职业的人干瘪的腰肢激发出强烈的欲望。雅克利娜仍然和他们第一天相见时一样憎恶他。但她知道，他在性能力上的匮乏使他为了掩饰这一点而滔滔不绝，尤其是关于他在爱丽舍宫体系中的重要性方面。这点对她很重要。

“快来嘛，”她耳语一样轻声说，“我要你。”

圣克莱尔微笑着，真的很开心。他脱掉鞋，把它们并排放在衣架底下。然后是上衣。口袋里的东西被很小心地倒出来，放在化妆台上。接下来是裤子，被仔细地叠好，放在衣架伸出的支架上。他的两条腿又瘦又长，从衬衣下摆底下伸出来，像两根带毛的毛衣针。

“什么事让你耽误了那么久？”雅克利娜娇嗔地问，“我都等了好半天了。”

圣克莱尔严肃地摇摇头。

“亲爱的，肯定没有你这个小脑瓜需要操心的事。”

“哼，你真讨厌。”她猛地翻身侧了过去，假装生气地背对着他，弯着腿。他的手指滑向领带结，目光则穿过房间看着她散落肩头的栗色头发以及从短睡衣底下露出的整个臀部。五分钟后，他扣着有字母组合图案的丝质睡衣，准备好上床了。

他紧挨着她躺下，手顺着腰际向下摸到她浑圆温暖的臀部上，然后来回摩挲着。

“你这是怎么了？ ”

“没事。”

“我以为你想和我做爱呢。”

“你根本不向我解释，我也不能给你办公室打电话。我在这儿待了好几个小时，一直担心你可能出了什么事。你以前从来没这么晚回来过，还不给我打电话。”

她翻了个身躺平，望着他。他用胳膊肘支起自己，空着的那只手滑进睡衣底下，开始捏她的乳头。

她也把一只手伸进他的睡衣，在他软塌塌的阴茎周围划着圈。那个小东西随着她的手轻轻战栗了一下。

“你知道吗，亲爱的，我很忙的。发生了一个大事，我下班之前必须要解决。我本该打电话回来的，但旁边总有人，办公室一直都有人进进出出。他们中有的人知道我妻子不在家。如果我通过总机给家里打电话就会露出马脚了。”

“亲爱的，不可能有什么事能大到让你无法通知我你要晚回来的。我担心了一整晚。”

“好了，不用再担心了。亲我下面，你知道我喜欢那样。”

她笑起来，伸出手把他的头拉低，轻咬着他的耳垂。

“不，它没资格，无论如何现在不。”她捏着那根慢慢硬起来的东西，鼓励着。上校的呼吸明显急促起来。他开始吻她，手一直使劲捏着她的乳头，从这个换到那个。她早就张着嘴等着了，身子拧来拧去。

“下去啊。”他低声吼着。

她轻轻挪开身体，解开系睡衣的带子。圣克莱尔看着棕色的头发从她的头上向前垂了下来，盖在了自己的肚子上，他躺回原处，舒服地喘着气。

“看来‘秘密军组织’还盯着总统呢，”他说，“他们的阴谋今天下午已经被发现了，我们正在对付它，就是这件事把我拖住了。”

女孩的头向后退了几英寸，轻轻地发出“啵”的一声。

“别傻了，亲爱的，他们很早以前就完蛋了，”说完她又回去忙她的活儿去了。

“那帮该死的还没完蛋呢。他们现在雇了个外国刺客来杀他。嘶——别咬。”

半个小时之后，拉乌尔·圣克莱尔·德维劳本上校睡着了，脸半陷在枕头里，因为劳累过度，轻轻地打着鼾。他的情妇躺在他旁边，眼睛穿过黑暗向上盯着天花板。屋顶隐约闪着光，窗帘边有一丝缝隙，外面街上的灯光从这里透了进来。

她刚知道的事让她惊呆了。虽然之前她对这个计划没有任何了解，但她能体会出科瓦尔斯基的招供有多重要。

她静静地等着，直到床头钟上发光的数字显示，时间是凌晨两点。她小心翼翼地下了床，把卧室电话分机的接头从插槽里拔了出来。

走向门口之前，她弯腰看了看上校，她很高兴他不是那种喜欢睡在自己枕边人怀里的那种男人。他还在打着呼噜。

出了卧室，她轻轻关上门，穿过起居室，把起居室的门也关上，朝大厅走去。她用大厅桌上的电话拨了一个号码。她等了几分钟，一个睡眼惺忪的声音应了电话。她迅速地讲了两分钟，待对方有所指示后，便挂断了电话。一分钟后她回到床上，试着睡去。

整个晚上，五个欧洲国家、美国和南非的刑警负责人都被来自巴黎的长途电话一个个弄醒，他们多数睡意正浓，很不高兴。西欧的时间和巴黎一样，正是凌晨。巴黎电话到的时候，华盛顿是晚上九点，FBI凶杀处处长正在参加一个晚宴。卡伦试到第三次才联系到他。宴会正在进行，所以他们随后的谈话被隔壁客人的聊天以及酒杯的碰撞声干扰了。不过FBI的凶杀处处长还是了解了情况，并且同意在华盛顿时间凌晨两点，到FBI总部的通讯室接勒贝尔警长在巴黎时间早上八点，从国际刑警通讯室给他的电话。

比利时、意大利、德国和荷兰的刑警负责人明显都是好丈夫。他们一一被弄醒，听卡伦说了几分钟后，都同意按卡伦建议的时间到他们的通讯室接勒贝尔关于一桩绝对紧急事件的直线电话。

南非的凡·鲁伊斯不在城里，天亮前没法赶回总部，所以卡伦把通话的事告诉了他的副手安德森。勒贝尔知道后没有不高兴，他不认识凡·鲁伊斯，倒是很了解安德森。而且，他怀疑凡·鲁伊斯很可能只是一个政治上的任命，而安德森则和自己一样，是个正在履行职责的警察。

电话找到苏格兰场刑事助理警务处长安东尼·曼林逊先生时，他正在贝克斯利的家里，差几分钟就是早上四点了。床边电话不停响着，他瓮声瓮气地抱怨着，伸手摘下了话筒，说道："曼林逊。"

"是安东尼·曼林逊先生吗？"一个声音问道。

"说话！"他晃了晃肩膀，把被子从肩膀上抖落，看了一眼手表。

"我是法国国家安全局的卢西恩·卡伦督察。我代表克劳德·勒贝尔队长给您打电话。"

这个人的英语说得不错，只是口音很重。电话很清晰，显然这个时间的线路很空。曼林逊皱起眉头。这些浑蛋为什么不能找个文明点的时间打电话呢？

“嗯。”

“我想您也许认识勒贝尔队长，曼林逊先生。”

曼林逊想了一会儿。勒贝尔？噢，是的，一个小个子家伙，曾经是法国司法警察署凶杀处处长。人长得一般，不过办事很有效率。两年前在英国游客被谋杀的案子上，他帮了很大的忙。如果不是他们十分迅速地抓到了凶手，媒体一定会闹得满城风雨。

“是的，我认识勒贝尔队长，”他冲着电话说，“有什么事？”

他的妻子莉莉在他旁边，被他们的讲话声干扰，在睡梦中嘟嘟囔囔的。

“发生了一件非常紧急的事，同时必须高度保密，我协助勒贝尔队长办理此事。这不是一桩寻常的案件。今天早上九点的时候，勒贝尔队长希望您能在苏格兰场的通讯室里接听他给您的直线电话。能请您届时到场接电话吗？”

曼林逊想了一会儿。

“这是警方跨国联合行动的一次例行调查吗？”他问道。如果是的话，他们可以用国际刑警组织的常规线路。九点恰好是苏格兰场正忙的时候。

“不，曼林逊先生，不是，是勒贝尔队长个人秘密向您求助。目前发生的这件事和苏格兰场可能毫无关系。很可能是这样。如果的确是这样的话，那最好就不要正式请求。”

曼林逊仔细想了想。他天性谨慎，不想卷入国外警方的秘密调查。如果罪案已经发生，或者罪犯逃到英国，那就另当别论了。如果那样的话，为什么要保密呢？这时他想起了几年前的一桩案子，他被派去寻找并带回内阁部长的千金，那女孩和一个英俊的浑蛋跑了。当时她尚未成年，所以可以控告那个家伙使未成年人脱离父母的监护。另外还有一点，部长希望这件事处理时不要让媒体得到任何信息。意大利警方非常帮忙。这对年轻人在维罗纳被找到时，正在扮罗密欧与朱丽叶呢。好吧，就是说勒贝尔想从“老伙计”网络得到一点帮助。这正是组建“老伙计”网的目的。

“好的，我会去接电话的。九点。”

“非常感谢您，曼林逊先生。”

“晚安。”曼林逊放下话筒，重新设置好闹钟，把原来的七点改成六点半，然后又回去睡觉了。

当巴黎在睡梦中迎来黎明之时，在一间狭小又发霉的单身公寓里，一个学校的中年老师在杂乱的起居室兼卧室的地板上走来走去。他的周围一片混乱，书、报纸、杂志、手稿，摊得到处都是——桌上、椅子上、沙发上，甚至还有在远处墙角的狭窄小床的床罩上。另外一个墙角有一个水池，里面堆满了没洗的碗碟。

他在夜里这样走来走去，脑子里想的不是他房间里的一团糟。自从他辞去了一家中学校长的职务后，他那套有两个仆人的精美宅邸也随之而去了。他学会了像现在这样生活。他的麻烦是别的问题。

当东边的郊区黎明破晓的时候，他终于坐下来拿起一份报纸。他的目光又落在国际版第二条显著位置的新闻上，标题是：《“秘密军组织”的首脑躲在罗马的酒店里》。他最后又读了一遍这条新闻，打定了主意。他披上一件轻质风衣以抵御早上的寒冷，便离开了公寓。

他在最近的街上找到一辆正在转悠的出租车，他让司机带他去北火车站。司机把他放在车站前面，但车刚离开他就从车站走开了。他穿过马路，走进那一带一家通宵营业的咖啡馆。

他要了一杯咖啡和一枚打电话用的硬币。他把咖啡留在柜台上，走到咖啡馆的后面打电话。查询台给他接通了国际交换站，他向他们问了一个罗马酒店的号码。不到一分钟，他就拿到了号码。然后他挂上电话，转身离开了。

他顺着这条街向下又走了一百米，来到另一家咖啡馆继续打电话，这次他问查询台的是最近的能打国际长途的通宵邮局的位置。正如他所期望的那样，查询台告诉他，在这个干线车站的拐角附近就有一家。

在邮局，他打了一个罗马的国际长途，号码就是他刚才得到的那个，他没提号码所代表的酒店名字。他焦急地等了二十分钟，电话才被接通。

“我想和普瓦捷先生通话。”他告诉来接电话的意大利声音。

“什么，先生？”这个声音问道。

“一位法国先生。普瓦捷。普瓦捷……”

“谁？”那个声音又问了一遍。

“法国人，法国人……”巴黎男人重复着。

“啊，是的，一位法国先生。稍等，请稍等。”

电话里响起一连串“咔嗒”声，然后有个疲惫的声音用法语应道：

“我是……”

“听着，”巴黎的这个人十分焦急地说，“我时间不多。拿支铅笔，记下我说的话。开始：‘瓦尔米致普瓦捷，豺狼已漏气。重复一遍，豺狼已漏气。科瓦尔斯基被捕，死前招供了，完毕。’记下来了吗？”

“是的，”那个声音答道，“我会转达的。”

瓦尔米挂好话筒，连忙付了钱，匆忙跑出邮局。不到一分钟，他就消失在从车站大厅涌出的人群中。太阳刚从地平线上升起，温暖着人行道和夜晚冰冷的空气。半个小时之内，清晨羊角面包的味道和研磨咖啡的香气就将消失在汽车废气、汗臭和烟臭所组成的大幕下。瓦尔米消失两分钟后，一辆汽车开到了邮局的外面，两个边境检查处的人快速冲入邮局。他们从接线员那里得到了之前打电话那个人的相貌描述，不过这个描述适用于任何人。

罗马。上午七点五十五分。楼下在楼层服务台值夜勤的人摇了摇马克·罗丹的肩膀，他顿时醒了过来，半个身子探出床外，手伸向枕头去拿枪，看清眼前那张退伍兵的脸时才放松下来。他哼了一声，扫了一眼床边的桌子，知道自己肯定是睡过了。在赤道地区待了许多年，他通常醒得很早。这会儿罗马八月的太阳都已经高高照在屋顶上了。几周了，哪儿也不去，晚上和蒙克雷、卡松玩纸牌打发时间，大量饮用烈性的红酒，不锻炼，所有这些加在一起，使他既懈怠又困乏。

“有个消息，我的上校。刚才有个人打了个电话来，看来很紧急。”

这个退伍兵给了他一张便笺本上撕下的纸页，上面写着瓦尔米断断续续的话。罗丹看了一遍消息，猛地跳下那张铺得薄薄的床。他在腰里裹了一条他常穿的棉布纱笼——这是他在东方养成的习惯，然后又把那条消息看了一遍。

“好了，你去吧。”退伍兵离开了房间，回到了楼梯上。

罗丹在心里狠狠地骂了几秒钟，把那张纸在手里揉成一团。该死的，该死的，该死的，该死的科瓦尔斯基。

科瓦尔斯基失踪的前两天，他还想着这个家伙只是开小差了。

最近有几起对组织事业的背叛，因而在组织的上上下下都有人认为“秘密军组织”已经失败了，刺杀夏尔·戴高乐以摧毁现任法国政府的目标也将失败。但科瓦尔斯基一直被认为是会忠诚于组织直到最后的人。

然而现在，事实证明，他由于某种莫名其妙的原因返回法国，或许是在意大利被绑架。现在看来，他已经在严刑拷打下招供了。

罗丹真心实意地为他死去的随从感到难过。他作为一名战士和指挥官，相当部分的声望是建立在他对下属极大的关心上的。士兵们对这些事情的赞赏远胜于任何军事理论家的想象。现在科瓦尔斯基死了，罗丹想象不出他死的时候是什么样子。

但重要的是，要设法收集科瓦尔斯基都说了些什么。维也纳的会议，酒店的名字。自然，所有这些，三个参与会议的人，这对安全局不再是新闻了。但他对豺狼知道些什么？他没在门边听过，这是肯定的。他能告诉他们的只是，一个高个子的、亚麻色头发的外国人拜访过他们三个。这本身说明不了什么。这样一个外国人可能是个军火贩子，或者是捐助者。一直没有提到过他的姓名。

但瓦尔米的消息提到了他的代号“豺狼”。他是怎么知道的呢？科瓦尔斯基怎么可能告诉他们这个呢？

罗丹一下惶恐起来，他想起了他们分手时的场景。他和英国人站在走廊里，维克多就在几英尺外，正因为英国人发现他躲在墙角而生气。一个专家被另一个专家摆了一道，他气得几乎要跳起来了，他想再较量较量。罗丹自己当时说的什么？“再见，‘豺狼’先生。”肯定是这样。该死，就是这么说的。

他把事情前后又仔细想了一遍。罗丹认为科瓦尔斯基永远不可能知道刺客的真实姓名。只有他、蒙克雷和卡松知道。同样，瓦尔米是对的。安全局有了科瓦尔斯基的供词在手，事情已经无法补救了。他们知道了会议、酒店，很可能他们已经和前台的服务员聊过了；他们知道这个人的面貌和体型，还有代号。毫无疑问他们想到了科瓦尔斯基所想到的——这个亚麻色头发的人是个刺客。从现在开始，裹着戴高乐的网会更结实；他会放弃所有的公开活动，不再从爱丽舍宫出去，不再给刺客暗杀他的机会。结束了，行动泡汤了。他要找到这个豺狼，把钱要回来，只给他一些已经发生的花销和这段时间应该付给他的钱。

还有一件事要做，而且要快。必须紧急警告豺狼终止行动。罗丹仍然是一名优秀的指挥官，他不会下令派人去做没有可能成功的任务。

他把他的保镖叫来，详细嘱咐了他。自从科瓦尔斯基离开后，他就把每天去邮局取信的任务交给了这个保镖。如果有需要的话，还让他去打电话。

九点钟，保镖在邮局要了一个伦敦的电话。过了二十分钟，对面的铃才响。总机接线员示意这个法国人去电话间接电话。接线员放下电话的同时，他拿起话筒，听见那头“嘟——嘟——嘟——嘟——”的电话接线声。

豺狼那天早上起得很早，因为他有很多事要做。前天晚上他已经把三个主要的箱子检查过了，并且重新装好。只有他的海绵包和刮脸用具需要放在他手提的箱子上部。他照例喝了两杯咖啡，洗脸、冲澡、刮胡子。把剩下过夜用的洗漱用品装好，合上手提箱，又把四件行李都放在门旁。

他的厨房虽然小，但很整洁。豺狼在厨房的桌子边迅速吃完了早餐：炒鸡蛋、橙汁、黑咖啡。他是个整洁有序的人——剩下的牛奶被倒进水池，剩下的两个鸡蛋也打碎倒了进去。他把剩余的橙汁喝光了，空罐头盒被扔进了垃圾箱。剩下的面包、鸡蛋壳和咖啡渣倒进了待处理袋。这样，在他不在的时候，就不会有东西留下腐败了。

最后他穿戴起来，挑了一件薄薄的丝质高圆翻领衫，一套鸽子灰色套装（口袋里装着姓名为杜根的私人证件），一百英镑现金，深灰色的袜子和修长的黑色软帮鞋。再加上必不可少的墨镜，这套行头就齐了。

九点十五分，他拿上行李，双手各拎了两件，关上了公寓的自锁门，走下楼梯。从这里到南奥德雷街要走一小段，他在街角打了一辆出租车。

“伦敦机场，二号楼。”他对司机说。

出租车开动的时候，豺狼公寓里的电话铃声响了起来。

十点的时候，退伍兵返回毗邻孔多蒂街的酒店。他告诉罗丹，他向罗丹给的那个伦敦的号码打了三十分钟，但一直没人接电话。

“出了什么事？”卡松听到退伍兵对罗丹的解释，看到他让退伍兵返回值勤岗位，走过来问道。三名“秘密军组织”的首脑坐在他们套间的客厅里。罗丹从他里面的口袋里拿出一张纸，递给卡松。

卡松读完递给蒙克雷。两个人最后都看着他们的首领，等他回答。但是罗丹没回答。他坐在远处，盯着窗外，目光跨越了鳞次栉比的罗马房屋的屋顶，眉头紧锁。

“消息什么时候来的？”卡松终于问道。

“今天早上。”罗丹简短地回答。

“你必须阻止他，”蒙克雷断然地说，“他们会动员半个法国追捕他的。”

“他们会动员半个法国追捕一个高个子的亚麻色头发的外国人，”罗丹平静地说，“八月，法国有超过一百万的外国人。就目前我们所知，他们还没有掌握名字，没有相貌特征，没有护照信息。作为一个专业人士，他很可能用了假护照。他们要抓到他还差很大一截呢。他很可能会致电瓦尔米，那他就会被提前预警，那时候他就能逃走了。”

“如果他给瓦尔米打电话，他当然会得到命令，终止行动。”蒙克雷说，“瓦尔米会通知他的。”

罗丹摇摇头。

“瓦尔米没权力那么做。他的任务是从那个女孩那儿接收情报，然后在豺狼打电话的时候传达给豺狼。他会照办，但不会做别的。”

“但是豺狼必须认识到，一切都结束了，”蒙克雷断然地说，“他必须在第一次和瓦尔米通话后就尽快逃离法国。”

“理论上说，是这样的。”罗丹若有所思地说，“但如果他这样做，就得把钱退回来。对我们所有人来说，也包括他，还有很多事情都至关重要。这取决于他对自己的计划有多自信。”

“你觉得他现在还有机会吗……照现在的情况来看？”卡松问。

“坦率地说，没有。”罗丹说，“但他是个专家，我在我的行当里也是个专家。他的心理状态我能理解，这样的人不会轻易撤销自己计划好的行动的。”

“哦，看在上帝的分上，还是想办法通知他行动取消吧。”卡松坚决地说。

“我做不到。如果可以的话，我也想阻止他，但是我做不到。他已经走了，上路了。他要这样，而且已经开始做了，我们不知道他在哪儿或者他要做什么，他完全独立行动。我甚至不能打电话给瓦尔米，命令他通知豺狼中止整个行动，那样会使瓦尔米暴露的。现在没人能阻止豺狼了，一切都太晚了。”

12

早上将近六点的时候，克劳德·勒贝尔警长回到他的办公室，发现卡伦督察卷起衬衣的袖子坐在他的办公桌前，看起来既紧张又疲惫。

他面前有几大张纸，上面都是手写的记录。办公室里已经和之前有些不同了。文件柜的顶上，一个过滤式电咖啡壶正在咕嘟着，散发出新煮制的咖啡的香气。它旁边放了一摞纸杯，一瓶无糖牛奶和一袋糖。这些都是昨晚由地下室的食堂送上来的。

在两张办公桌之间的墙角支了一张行军床，上面铺着一床粗毛毯。废纸篓已经倒空了，放在门边的扶手椅旁边。

卡伦的香烟腾起一抹微弱的蓝色烟雾，从敞开的窗户飘了出去，消散在凉爽的清晨里。窗外，清晨斑驳的光线洒在了圣许毕斯修道院的尖顶上。

勒贝尔穿过房间走向自己的办公桌，重重地倒在椅子里。尽管才二十四小时没合眼，但他看起来和卡伦一样疲惫不堪。

"没事，"他说道，"我刚把过去十年的材料翻了一遍。唯一一个曾经试图在这里动手的外国政治刺客叫德盖尔格尔，但他已经死了。而且，他是'秘密军组织'的人，我们的档案里有他的记录。可以想见，罗丹选择与'秘密军组织'无关的人是相当正确的。过去十年间，除了本土杀手以外，一共有四个雇佣杀手在法国蠢蠢欲动，我们抓住了其中三个。第四个正在非洲的什么地方服无期徒刑。而且，他们都是黑帮杀手，不具备刺杀法国总统的能力。

“我还去了中央档案局，他们正在彻底盘查，但我怀疑我们的档案里根本没有这个人。无论如何，罗丹在雇他之前，会考虑到这一点的。”

卡伦又燃起一支烟，喷烟的时候叹了口气。

“那我们必须从国外那边开始了？”

“没错。这样的人一定在别的地方受过训练或者历练。他必然有一连串辉煌的纪录，否则他无法证明自己是一名顶级杀手。他以前的目标也许不是国家元首，但一定是重要人物，比黑帮头目更大。那就是说，他必然在某个地方引起过别人的注意。肯定是这样。你的事安排得怎么样了？”

卡伦拿起其中一张纸，左边列了一个名单，以及一系列的时间。

“七个都定好了，”他说，“先从美国联邦调查局的国内情报处长开始，七点十分。华盛顿时间是凌晨一点十分。考虑到美国时间比我们晚，我先和他订好的。

“然后是布鲁塞尔，七点半；阿姆斯特丹，七点四十五分；波恩，八点十分；约翰内斯堡，八点半；苏格兰场，九点；最后是罗马，九点半。”

“都是各国凶杀处的负责人？”勒贝尔问道。

“是，或者是相应职务的人。苏格兰场是安东尼·曼林逊先生，刑事助理警务处长。看来他们的城市警察系统里没有凶杀处。除此之外，除了南非，都是凶杀处的头儿。我实在找不到凡·鲁伊斯，所以您将和助理警务处长安德森通话。”

勒贝尔想了一会儿。

“很好。我更希望是安德森，我们曾经一起办过一次案子。还有语言问题，他们之中，三个说英语。我估计只有比利时的会讲法语。其他人如果需要的话，差不多也能说英语——”

“德国的那个迪特里希会说法语。”卡伦插嘴道。

“好，那我就直接和讲法语的说。其他五个，我得让你给我在分机配个口译员。我们该动身了，走吧。”

六点五十分，两个警探乘警车来到窄小的保罗·瓦勒利路，在一扇绿色大门外停下。这里就是国际刑警的总部。

接下来的三个小时，勒贝尔和卡伦窝在地下通讯室的电话旁，和世界顶级刑警的老大们通电话。高频信号就是从这座建筑物屋顶交错高耸，仿佛豪猪棘刺一样的天线发射出去，穿越三大洲的。信号先是飞越平流层，在其上的电离层反射，然后返回几千英里之外的地面，最后到达另外一根从某个房顶伸出的铝杆上。

波长和干扰器都可以保障通话不被截听。在整个世界都在品尝早晨的咖啡或者睡前的最后一杯酒时，探长们正在电话里紧张地联系着。

每一通电话前，勒贝尔的要求都差不多。

“不，警务处长，我目前不能把我对您的帮助请求设定为两国警方之间的官方请求……当然，我会以官方身份行动，只是目前我们并不确定，究竟是刚刚形成犯罪行动的意图，还是已经进入实地准备阶段。目前只是初露端倪，纯属例行调查……嗯，我们在找一个人，关于这个人我们知道的非常有限，甚至连名字都不知道，外貌特征描述也只是个大概……”

每次通话他都尽可能地把自己知道的讲给对方听。但对话接近尾声的时候，这些外国同事总会问到一个让他难堪的问题。他们每个人都问他，为什么要找他们帮忙，有没有什么线索他们可以据以提供帮助。每当这个时候，他只能报以一阵尴尬的沉默。

“现在只知道这些；这个人到底是谁或者可能是谁，他必然有某种资质让他出类拔萃。他应该是世界上顶级的职业杀手之一……不，不是黑帮枪手，可能是一个有几次成功刺杀记录的政治刺客。如果你们的档案里有这样的人，甚至他从未在你们的国家行动过，我们也很感兴趣。或者是任何一个让你们忽然想起来的人。”

这段话说完后，电话那头都会不可避免地有一段长时间的沉默。对方再开口后，声音往往显得更沉稳、更关切。

虽然勒贝尔不能明说，但这些西方世界主要国家的凶杀处头头们不会不明白他所暗示的意思。对于这一点，勒贝尔从没抱有一丝幻想。法国只有一个目标会使第一流的政治刺客感兴趣。

毫无例外，回答都是一样的：“是的，当然。我们会为你查阅所有的档案。我尽量今天就给你回复。喔，另外，克劳德，祝你好运。”

勒贝尔最后一次挂上电话听筒时心想，这七个国家的外交部长和总理要多长时间才会知道发生了什么呢，也许用不了多久。这种级别的消息，就是普通警察也得向那些政治家们汇报。不过他很肯定这些部长和总理们会保密。毕竟，在这些世界上最有权势的人之间，存在着一种凌驾于政治分歧之上的强有力的默契。他们是同一个俱乐部的成员——统治者俱乐部。他们一起面对共同的敌人。对他们来说，有什么比一个政治刺客的行动更有威胁呢？不过勒贝尔同样清楚的是，如果这次调查真的让媒体知道并且披露出去，那全世界都将为之震动，而他也就完了。

他唯一放心不下的是英国人。如果只限于警界，他是可以相信曼林逊的。但他知道，天亮之前曼林逊的上级一定会知道这个消息。就在七个月前，夏尔·戴高乐才刚刚粗暴地拒绝了英国加入欧洲共同体。自从戴高乐将军在一月二十三日的新闻发布会上发言之后，即使是勒贝尔这样不关心政治的人都知道，伦敦外交部对法国总统的激烈措辞充满了火药味。这会儿他们会趁此机会报复这个老头吗？

勒贝尔盯着面前已经没有声音的送话器面板，卡伦则在一旁安静地望着他。

“走吧，”这个小个子警长说着，从凳子上站起身来，朝门口走去，“咱们去吃点早饭，尽量睡一会儿。现在也没什么可做的了。”

刑事助理警务处长安东尼·曼林逊挂上电话，离开通讯室。他眉头紧锁，连进来接早班的年轻警官向他敬礼都没有看到。他上楼回到自己的办公室，仍然紧皱着眉头。他的办公室宽敞、朴素，从那里可以俯瞰整个泰晤士河。

他很清楚勒贝尔是在做什么样的调查，也知道他为什么这样做。法国警方一定得到了消息，一个顶尖刺客就要动手了，他们很为难。正如勒贝尔所预料的那样，不用动什么脑子就能知道，在一九六三年八月的法国，谁才是那样的杀手唯一可能的目标。站在一个资深警官的角度上，他对勒贝尔的处境十分同情。

“可怜的家伙。”他俯瞰着热气腾腾的河水，大声说。泰晤士河正沿着窗下的堤岸懒洋洋地流过。

“什么事，长官？”他的私人助理问道。他跟着曼林逊走进房间，把早上需要他阅读的信件放在了胡桃木办公桌上。

“没什么。”曼林逊仍然望着窗外，助理离开了。尽管曼林逊能体会克劳德·勒贝尔的难处——他的任务是全力保护他的总统，却不能进行公开缉捕。但是，曼林逊也有自己的麻烦。今天早上勒贝尔对他的请求早晚得让上面知道。每天早上十点有一个各部门领导的例会，这会儿离会议还有半个小时，开会的时候他提不提这件事呢？

权衡再三他决定还是先不提了。就勒贝尔请求的主要内容，给警务处长写一份正式的个人备忘录应该就足够了。如果有必要的话，他可以事后解释之所以要保密而不在早上的例会提及此事的原因。而且，不露声色地进行调查不会有什么坏处。

他坐在办公桌后，按下了内部通讯器上的一个按钮。

“长官？”助理的声音从隔壁办公室传过来。

“约翰，你现在可以过来一下吗？”

身着深灰色套装的年轻督察走了进来，手里拿着记事本。

“约翰，我要你去一趟中央档案局，直接找马卡姆总督察，告诉他这是我的个人请求，而且我现在无法向他解释原因。请他查阅国内还健在的职业刺客的全部现存档案。”

“刺客吗，长官？”助理望着助理警务处长，仿佛他要求对所有已知火星人进行日常检查一样。

“是的，刺客。不，我强调一下，不是普通的黑帮枪手，那种人只能在黑社会的仇杀里干掉个把人。是政治刺客，约翰，若干或者某个人，能够被雇佣刺杀受周密保护的政治家或者国家元首的人。”

“听起来像是政治部的事，长官。”

“是的，我知道。我是想把整个事情转给政治部。不过我们最好先做个常规筛查。噢，我中午就要回音，明白吗？”

“是，长官。我现在就去办。”

十五分钟后，助理警务处长曼林逊坐下来参加晨会了。

回到办公室后，他翻了翻信，然后把信推到一边，叫助理拿来一台打字机。他坐下来，给城市地区警务处长打了一份简短的报告。报告提及了早上打到他家中的电话，早上九点通过国际刑警通讯系统进行的直线电话，以及勒贝尔要求调查的实质性内容。他把备忘录的下半部分空了出来，然后把备忘录锁进办公桌的抽屉，开始处理当天的工作。

快到十二点的时候，助理敲门进来。

“长官，马卡姆总督察刚从中央档案局来电，”他说道，“看来刑事档案里没有符合描述的人。已知的雇佣杀手一共十七名，在坐牢的有十名，另外七人在逃。但他们都为这里或者其他大城市的主要黑帮做事。总督察说，没人能针对来访的政治家。他也建议由政治部处理，长官。”

“好的，约翰，谢谢。我要的就这些。”

助理走后，曼林逊从抽屉里拿出写了一半的备忘录，重新放到打字机上。在备忘录下部他这样写道：

“刑事档案处报告，经调查，我国所存档案中没有符合勒贝尔警长所述之人。此项调查现转交政治部助理警务处长。”

他签上名，取下上面的三份副本。剩下的副本则被扔进保密级文件垃圾筒里，过一会儿就会被粉碎成数百万片，然后被销毁。

三份备忘录，一份被他折好放进信封，寄送警务处长；第二份被他归到了“秘密信函”中，锁进了墙上的保险柜；第三份他折好放进了自己的上衣口袋。

他在办公桌上的便笺本上写了一份电报。

致：巴黎司法警察署刑警大队副大队长，克劳德·勒贝尔队长

发件人：伦敦苏格兰场刑事助理警务处长安东尼·曼林逊

正文：根据您今日之要求，我方已查阅了全部刑事档案。就我方目前所掌握的情况，未发现此类人员。进一步调查的请求已被转往政治部。如获有价值情报将尽快告知贵方。

曼林逊

送发时间：一九六三年八月十二日

时间刚过十二点半。他拿起电话，让应答的接线员给他接政治部负责人助理警务处长狄克逊。

“你好吗，亚历克？我是托尼[1]·曼林逊。能打扰你一会儿吗？……我很乐意，但不行啊。我午饭只能吃三明治了，这些天都是这样。不，我只是想在你离开前见你几分钟。可以，好，我这就来。”

他走出办公室，把给警务处长的信封放在助理的办公桌上。

“我上去见政治部的狄克逊。约翰，把这个送到警务处长办公室好吗？交给他本人，再按这个地址发一份电报。你按相应的格式打一下。”

“是，长官。”曼林逊就站在桌旁，看着这个年轻的督察浏览电文。看到电报结尾时，助理的双眼惊讶地瞪了起来。

“约翰……”

“长官？”

“请保密。”

“是，长官。”

“要严守秘密，约翰。”

“一个字也不说，长官。”

1 安东尼的昵称。

曼林逊冲他微微一笑，离开了办公室。助理又看了一遍曼林逊写给勒贝尔的电报，回想了一下早上曼林逊吩咐他去档案局做的调查，顿时就明白了。他轻声说了句："活见鬼。"

曼林逊和狄克逊一起待了二十分钟，成功地毁了狄克逊即将开始的俱乐部午餐计划。他把给警务处长的备忘录复印件递给了这位政治部的头头。他起身准备离开，走到门口又突然转过身来，手还握着门把手。

"对不起，亚历克，但这的确是你那条道儿上的事。如果你问我的话，我想这个国家里很可能没人能符合那些条件。你只要仔细查一遍档案，也许就能给勒贝尔打个电报，告诉他，我们无能为力。我必须说，我对他眼下这个任务一点都不眼热。"

助理警务处长狄克逊的首要职责就是监视英国所有稀奇古怪、疯疯癫癫、整天想着去刺杀某位来访的政治家的人，当然更不用提那些住在英国，却又心怀不满、暴躁不安的外国人。因此，他更加同情勒贝尔当前的困境。虽然保护本国或是来访政治家免受心态失衡的狂热分子暗算是个累人的差事，但好在那些人都是外行，所以在面对他手下那些久经沙场的专业特警时总是以失败告终。

如果自己的国家元首成为本国前军队组织的暗杀目标就更糟了。尽管如此，法国还是搞垮了"秘密军组织"。作为一名业内人士，狄克逊对法国同行的工作能力十分钦佩，但雇佣外国的职业杀手则完全是另一回事了。在狄克逊看来，只有一点是对他有利的，那就是可能入选的人非常之少。他毫不怀疑在政治部的记录上，绝对没有与勒贝尔的描述相符的英国人。

曼林逊走了。狄克逊读完备忘录的复印件，叫来自己的助理。

"请告诉托马斯警司，我想在办公室见他，时间是，"他看了一眼手表，估算了一个简便午餐的耗时，"下午两点整。"

豺狼降落在布鲁塞尔国际机场时刚过中午十二点。

他在主候机厅把三件大行李箱放进一个带自动锁的行李柜，只随身携带了那个装着个人物品的手提箱进城，里面装着一包巴黎买的石膏、几包棉花和绷带。他在火车站下了出租车，走向行李寄存处。

装枪的胶木箱子还在架子上，那是一周前他看着行李员放上去的。他拿出存根，取回箱子。

他就近找了一家旅馆，就是那种又小又脏，在世界上任何国家的干线车站附近都有的那种。在这里没人会对你感兴趣，如果非要问的话，谎话倒是一堆。

他用现金订了一个单人间。在机场的时候他就事先换好了比利时货币。他提着箱子走进房间，把门完全锁好后，放了一池冷水，把石膏和绷带取出来放到床上，开始工作。

石膏打好了，不过干的话要两个多小时。这段时间里他就坐在那儿，把那只打着石膏的重重的腿搁在凳子上。他一边抽着过滤嘴香烟，一边望着卧室窗外一排排污浊的屋顶。他不时用拇指捏捏石膏，觉得在走动前最好还是让它再硬些。

之前装枪的胶木箱子已经腾空了。为了预防万一他需要再做些修补，剩下的绷带和几盎司石膏一起被放进手提箱。最后他准备停当，把便宜的胶木箱子塞进床底，烟灰倒到窗外，最后又环顾四周，检查是否留下了什么痕迹，便准备离开了。

他发现，打上石膏之后想不跛都不行。他走下楼梯后高兴地发现，前台那个睡眼惺忪、浑身污迹的服务员不见了，也许是去吃午饭了。不过如果接待室里有人，对方还是能从镶着毛玻璃的门口看到他的。

豺狼看了一眼前门，确信没人要进来，便把手提箱抱在胸前，然后弯下腰，四肢着地，悄悄地迅速穿过瓷砖铺就的大厅。兴许是天气炎热的缘故，前门开着。他爬到门口朝向街道的三级台阶上，在前台服务员看不见的地方站直了身子。

他一跛一跛费力地走下台阶，顺着马路来到主路经过的街角。不到半分钟，一辆出租车就发现了他，然后他就启程返回机场了。

他来到意大利航空公司的柜台前，拿出护照。服务小姐微笑着接待他。

“两天前有一个叫杜根的人在你这里订了一张去米兰的机票。”他说道。

服务小姐查了一下下午去米兰的航班预订情况。还有一个半小时起飞。

“是的，没错。”她微笑着说，“杜根先生，票已经预订了，但还没付款。您想现在付吗？”

豺狼用现金付了款，拿到了机票。服务小姐告诉他，一小时后会广播通知登机的。他腿上打着石膏，显然瘸得很厉害。一个热心的行李员对他裹着石膏的脚不断叹气。在行李员的帮助下，豺狼从行李柜里取回了三个箱子，交由意大利航空公司托运。过海关的时候，他看上去就是一个出境游客，所以只是被简单地检查了一下护照。他用余下的时间去候机厅的餐厅吃了一顿丰盛的午餐。

因为他的腿上有伤，航班上的每个人都对他很和善，关切有加。他被扶上机场的登机巴士，所有人都关心地看着他费力地迈上台阶，走向飞机舱门。可爱的意大利空姐欢迎他时笑容也格外灿烂，并且一直目送他舒舒服服地在飞机中间一组面对面的座椅上坐下。她特意指出，那里的腿部空间更大些。

其他旅客就座时都极其小心地不去碰到他裹着石膏的脚，而豺狼此时则靠在座位上，冲着他们露出宽慰的微笑。

四点十五分，飞机起飞了，向南朝米兰疾飞而去。

布莱恩·托马斯警司痛苦不堪地从助理警务处长的办公室出来时都快三点了。这不仅仅是因为他这回热伤风的程度最厉害，持续的时间最长，同时也是因为他刚接到的任务把他这一天全毁了。

周一早上一开始就很糟糕，他先是得知一个手下，被盯梢的对象——那个苏联贸易代表团代表给甩了；晌午时候他接到一个内部电话，军情五处礼貌地请求他的部门放弃这个苏联代表团。意思很明白，在他们看来，整个事件最好交给他们处理。

下午看来更是糟糕。没有什么事会比政治谋杀更让警察、政治部或是别的什么人觉得更心烦了。但他刚从顶头上司那里接到的案子甚至连个人名都没有。

“没有姓名，不过正好能让你大显身手。”这就是狄克逊就此事给的漂亮话，“试一试，看明天能不能整理出一些眉目。”

“眉目。”托马斯到了办公室，从鼻子里哼出这个词来。尽管已知的疑犯名单的确极短，但他和他的部门照样得把档案、政治事件记录和判决等资料查上好几个小时。这可不像刑事处，他们只要怀疑就可以了。所有的东西都要查阅。狄克逊提供的简要介绍里只有一线“曙光”，这个人是一个职业刺客，而不是那些脑子里萦绕着各种怪念头的小商小贩。在某个外国元首访问前后，那些人几乎使政治部的工作成为一场噩梦。

他知道有两个督察手头正在调查的工作不算太重要。他通知他们，不管手上正忙些什么，都必须搁下，立刻来他办公室报到。他对两个人说的比狄克逊对他说的还要少。他只告诉他们要找什么，却没解释原因。他认为，法国警方怀疑有个人可能要刺杀戴高乐，应该和在苏格兰场政治部搜索所有档案和记录没什么关系。

三个人把办公桌上的卷宗都清理干净，立刻干了起来。

六点刚过，豺狼的航班便降落在米兰林内特机场。一直关注着他的空姐扶着他走下舷梯，来到柏油地面上。然后，他在一名地勤女职员的护送下来到主候机楼。通过海关之前，他把装枪的匣子放到了手提箱里。他精心设计的这种方式更不容易被怀疑，在过海关时收到了效果。护照检查只是例行公事，而当箱子顺着传送带隆隆而来，停在海关检查台前时，危险就开始增加了。

豺狼让一名行李员帮忙把三个箱子挨着排成一排，把手提箱放在旁边。看到他一瘸一拐地走向检查台，一名海关检察员迎上前来。

“这些行李都是您的吗，先生？”

“呃，是的，这三个衣箱和这个小箱子。”

“您有什么要报关的吗？”

“没有，没什么要报关的。”

“你是商务旅行吗，先生？”

“不，我来度假的。但是现在看来还得包括一段恢复时间了。我想去湖区。”

海关检察员对他的话没什么反应。

“我可以看看您的护照吗，先生？”

豺狼把护照递了过去。这个意大利人仔细地看着，然后递了回来，一句话也没说。

“请把这个打开。”他指着三个大箱子中的一个。

豺狼拿出一串钥匙，挑出一把打开箱子。行李员帮他把箱子放平。幸运的是，这个箱子里装的是用来扮丹麦牧师和美国学生的衣物。海关检查员在衣服里翻着，一套深灰色套装、内衣、白衬衣、运动鞋、黑色便鞋、风衣、袜子，没什么特别的。丹麦文的书也没让他感到惊奇，封面上是沙特尔大教堂的彩色照片，尽管书名是丹麦文，但和相应的英文单词很像，没什么特别的。他没仔细检查重新缝起的衬里，也没发现伪造的身份证。如果彻底检查的话是可以发现的。但他现在做的只是常规的粗略检查，只有在找到什么可疑的东西后他才会严格起来。整支狙击步枪的部件都在他桌子对面，离他只有三英尺，但他毫无察觉。他合上箱子，示意豺狼把它重新锁上，然后迅速在四个箱子上用粉笔逐个标上记号。这一番工作都完成之后，他才露出微笑。

“谢谢您，先生。祝您假期愉快。”

豺狼给了行李员很多小费，他帮忙找到一辆出租车。豺狼很快就来到了米兰市区，一贯熙熙攘攘的街道被下班回家的车流和司机们摁喇叭的声音弄得更加喧闹。豺狼让司机送他去中心车站。

在中心车站他又找来一个行李员，一瘸一拐地跟着对方来到行李寄存处。在出租车上时，他已经把剪刀从前天晚上的箱子里取了出来，放进裤兜里。他把手提箱和两个衣箱存在行李寄存处，留下了那个还空着很多的箱子，那里面装着长长的法国军大衣。

把行李员打发走后，他跛着走进男厕所，发现小便池左边的一排洗手池只有一个人在用。他放下箱子，仔细地洗起手来。等到那个人离开，厕所里便没有其他人了。他走进一个单人隔间，从里面锁上门。

他把脚放在坐便器上，轻轻敲了十分钟，石膏开始脱落，露出了垫在底下的棉花。他就是靠这个把腿包扎得像真的骨折似的。

等把脚上的石膏都清理干净，他把起先用石膏包在小腿内侧的丝袜和纤细的皮质软帮鞋穿上。然后把剩下的石膏和棉花拢在一起，放进马桶。第一次冲水时堵了一半，第二次才全冲下去。

他把衣箱放在马桶上，把装着步枪的那套钢管逐件放进大衣的折缝里，箱子塞满之后，再把里面的皮带扣紧，以免里面的东西相互撞击。然后他合上箱子，朝门外张望了一下。有两个人在洗手，另外两个站在小便池旁边。他走出隔间，径自大步走了出去，来到车站大厅。他动作很迅速，即使有人想注意他也来不及看清楚。

他现在不能回行李寄存处——刚才走的时候还是个瘸子，不可能这么快回去就全好了。所以他叫来一个行李员，向对方解释他时间紧迫，需要赶快换点钱，还要把行李取出来再叫辆出租车，越快越好。他把行李寄存处的存根和一张一千里拉的钞票一把塞进这个行李员的手里，指给他行李寄存处的位置，并且告诉他，他要去兑换处把英镑换成里拉。

意大利人兴奋地点点头，去取行李。豺狼则把身上最后的二十英镑换成里拉。刚换完，那个行李员就拎着三件行李回来了。两分钟后，豺狼坐在出租车里，飞驰电掣地穿过奥斯塔公爵广场，朝大陆酒店驶去。

在金碧辉煌的酒店大堂里，他对前台服务员说：

“我想你们这里有我预订的房间，名字是杜根。是两天前在伦敦电话预订的。”

晚上八点前，豺狼正在他的房间里舒舒服服地淋浴、刮脸。两个衣箱被小心地锁进衣柜。他的衣服都装在第三个箱子里，这会儿正大敞着躺在床上。晚上穿的一身夏季海军蓝轻质纯羊毛上衣就挂在衣柜门上；鸽子灰套装则挂在酒店待洗熨衣服的衣帽架上。在他面前放着鸡尾酒和晚餐，时间还早。而明天，八月十三日，将是非常忙碌的一天。

13

“什么也没有。”

布莱恩·托马斯办公室里，两个年轻督察中的一个合上分给他查阅的最后一个文件夹，望着他的顶头上司说。

他的同伴也弄完了，结果也一样。托马斯五分钟前也干完了。他走到窗前站在那里，背对着屋子，盯着黄昏里川流不息的车辆。他的办公室和助理警务处长曼林逊的不一样，看不到泰晤士河。这里是一层，只能远远地看见街上的汽车。他觉得自己快要死了，喉咙因为抽烟而红肿。他知道患了重感冒就不该抽烟，但他戒不掉，特别是在压力大的时候。

房间里的烟雾让他头疼，一下午他都在打电话确认档案和记录中出现的那些人。每次回电的答复都是否定的。那些人中有的已被彻底解决，有的则根本没有能力承担类似于刺杀法国总统这样的任务。

“好的，就这样吧。”他板着脸，从窗前转过身来，“我们已经尽力了。调查结果就是如此，没有人符合条件。”

“也可能有哪个英国人能干这事儿，”其中一个督察建议说，“但他不在我们的档案里。”

“他们全在我们的档案里，你要注意了！”托马斯咆哮道。想到在他的领地里，像这样一个顶级刺客居然不在他的档案里，他就很是不快，伤风和头疼也让他的火气更盛。这会儿他脾气很坏，威尔士口音也越发重起来。从家乡出来三十年了，他的口音一直没什么改变。

“毕竟，”另一个督察说，“政治刺客可是极其稀有的物种。这个国家可能压根儿就没这样的货色。这不太对英格兰人的胃口，不是吗？”

托马斯冲他怒目而视。他更喜欢用“不列颠人”来称呼联合王国的子民。这个督察无意间使用的“英格兰人”一词让他怀疑这可能是一种隐晦的暗示——威尔士人、苏格兰人或是爱尔兰人中很可能造就了这样的人物。但事实并非如此。

“行了，把档案都收好，交回登记处。我去报告说，经过彻底的搜索，我们掌握的材料里没有这样的人。我们也就只能做到这样了。”

“警司，这是谁让查的？”其中一个督察问。

“你就别操心了，孩子。有人正头疼着要找这个人呢，幸好不是我们。”

两个年轻人把所有资料收了起来，向门口走去。他们都有家事，其中一个这两天可能要头一回做爸爸，他率先走到门口。另一个则转过身，若有所思地皱着眉。

“警司，我查的时候想到一件事。如果有这样一个人，他有英国国籍，但很可能不在英国活动。我的意思是，即使像那样的人也得有个地方待。某个藏身之处，一个归宿。很有可能他在自己的国家里是一位奉公守法的公民。”

“你想说什么，一个‘化身博士’[1]？”

1 《化身博士》是英国作家史蒂文森的代表作。讲述了受人尊敬的科学家杰克医生喝了一种试验用的药剂，在晚上化身为邪恶的海德先生四处作恶，他终日徘徊在善恶之间，内心的内疚和犯罪的快感不断冲突，令他饱受折磨。

“嗯，差不多。我的意思是，如果有那样一个职业刺客，就像我们今天想查的这类，他的分量之重足以使什么人发动今天这样的调查，而且让您这样级别的人带着干，看来要查的人来头不小。而且，如果他在他的领域很有分量，那他一定做过一些大案子。否则他就无足轻重了，对吗？”

“往下说。”托马斯认真地看着他，说道。

“那么，我就在想，一个像那样的人很可能只在自己的祖国之外行动。所以他一般不会招致本国安全机构的注意。也许情报部门曾经风闻有关他的事……”

托马斯考虑着这个想法，然后慢慢地摇摇头：“忘了它，回家吧，孩子。我来写报告，把我们今天做的调查就这么忘了吧。”

不过，当这个督察走后，他所说的想法仍萦绕在托马斯的脑际。他现在能坐下来写报告了。但他一字未动，交了一张白卷。所做的档案搜索没有任何结果，不过也许法国方面的质询并非空穴来风。又或许他们没什么根据，托马斯怀疑很可能正是这样，他们只是因为一点点有关他们宝贝总统的流言蜚语而全都成了无头苍蝇。如果他们真的如他们所声称的那样没有线索，而又没有迹象表明这个人是英国人，那他们一定会用类似的方法查遍全世界。很可能根本没有这样的刺客，即使有，他一定来自那些有着悠久政治刺杀历史的国家。不过，如果法国方面的怀疑是准确的呢？又如果这个人真的是英国人，即使只是出生在英国呢？

托马斯对苏格兰场的纪录有着强烈的自豪感，尤其是对政治部。他们从未碰到过这样的麻烦，他们从未让来访的外国政要出过事，甚至从未出过丑闻。他甚至亲自出马保护过那个小个子苏联浑蛋——伊万·谢洛夫，克格勃的头儿。在他来英国为赫鲁晓夫来访作准备时，波罗的海国家和波兰有数十个人都想干掉他。不过最后一枪也没响，这个地方布满了谢洛夫自己的保安人员，每个人都荷枪实弹，随时准备开火。

布莱恩·托马斯警司还有两年就退休了。然后他就能回到他和梅格买的那栋小房子里，隔着绿色的草坪眺望布里斯托海峡。所以最好还是保险点儿，全都查清楚。

年轻的时候，托马斯是个优秀的橄榄球队员。很多和格拉摩根队交过手的人都清楚地记得，只要是布莱恩·托马斯担任边锋，就别打算搞边线突破。他现在自然是老了，打不动了，但如果他工作之余有空的话，他还是对伦敦威尔士队情有独钟，会去里士满的老鹿苑看他们打比赛。他对每个队员都很熟悉，比赛结束后会在俱乐部里花很多时间和他们聊天，他的声名让他在那里备受欢迎。

其中有一名队员，大家只知道他在外交部工作。但托马斯知道，他可不简单。他所在的部门归外交部秘书处管，但又不隶属于外交部。此人名叫巴里·劳埃德，为秘密情报机构工作，那里被称为SIS，或是被简称为“情报处”。通常来说，公众总是将其误称为军情六处。

托马斯拿起办公桌上的电话，要了一个号码。

在河的下游有家安静的小酒馆，八点到九点间，两个人碰了头，一起喝一杯。托马斯买的酒，两人聊了一会儿橄榄球。不过劳埃德想，这个政治部的家伙把他约到这个河边的小酒馆不会只是想聊聊橄榄球那么简单，距离下一个赛季还要两个月呢。等酒上齐，两人都心不在焉地互道了一声“干杯”，托马斯示意到外面朝向码头的露台上去。外面更安静些，从切尔西和富勒姆来的一帮年轻人已经喝完酒去吃晚饭了。

“我遇到了一点麻烦，伙计，”托马斯开口道，“你也许能帮上忙。”

“好的…… 只要我能办得到。”劳埃德说。

托马斯就巴黎方面的要求，以及刑事档案和政治部都没有收获的情况向他做了简要说明。

“我觉得，如果真有其人，而且是个英国人的话，他可能是那种从不在这个国家下手的人，明白吗？可能只在海外行动。如果他留下什么踪迹的话，也许‘情报处’曾经注意过？”

“‘情报处’？”劳埃德轻声反问。

“行了，巴里。有时候我们肯定得多知道一些吧。”托马斯的声音几近耳语。从后面看，他们就像两个穿着黑色套装的人，跨过夜色中的泰晤士河看着南岸的灯火，说着城里白天的那些事。“调查布莱克那桩案子时，我们查过很多材料。很多外交部的人的真实身份我们都略知一二。你也是其中之一，明白了吧？他受审查那会儿，你就在他那个部门。所以我知道你为哪个部门工作。”

“我明白了。”劳埃德回答。

“你看，现在我是布莱恩·托马斯，坐在公园里。但我也是政治部的警司，对吗？你不可能对任何人都是匿名的，你现在能说了吗？”

劳埃德凝视着他的酒杯。

“这是官方的情报咨询吗？”

“不是，我现在还不能那样做。法国方面的请求也是非官方的，是勒贝尔个人对曼林逊的请求。他在中央档案局一无所获，所以他答复说他无能为力。但他跟狄克逊说了一句，然后狄克逊就让我做一次快速筛查。所有一切都是秘密进行的，明白吗？有时候事情只能这样做。所有这些都得非常小心，不能让媒体听到一丁点儿风声，很可能在英国的确没什么能帮上勒贝尔的。我只是想，我最好把所有方面都考虑周全了，而你是我最后想到的。”

“这个人估计是冲着戴高乐来的？”

“肯定是，从要求调查的人上可以猜得出。但是法国人非常小心翼翼，他们显然不想张扬出去。”

“显然是这样。但是为什么不直接找我们呢？”

“这个仅有一个名字的查询请求是通过‘老伙计’网提出来的，是勒贝尔向曼林逊直接提出的。而法国情报机构和你们之间没有建立那个‘老伙计’网。”

即使劳埃德已经注意到他所暗示的法国安全局和英国情报处之间众所周知的恶劣关系，他也没露声色。

“你在想什么？”过了一会儿，托马斯问道。

“有意思。”劳埃德望着河面，说道，“你还记得菲尔比的案子吗？”

“当然。”

“我们部门里对这个案子一直余恨未了，”劳埃德继续道，“他一九六一年一月叛逃到了贝鲁特。当然，我们也是后来才知道的，但这事当时在情报处内部闹得一塌糊涂，很多人都被调动了位置。如果不这样，他就得把阿拉伯地区以及其他很多地区的大多数人都挖出来。需要尽快转移的人中，有一个是我们在加勒比地区的首席代表。他之前和菲尔比一起在贝鲁特待了六个月，然后才去的加勒比。

“与此同时，多米尼加共和国的独裁者特鲁希略，在特鲁希略城外一条僻静的马路上被人暗杀了。据报告说，他是被游击队击毙的——他有很多政敌。我们的人那会儿刚刚回到伦敦，在他被重新安置前，我和他有一段时间曾共用一间办公室。他提过一个传闻：特鲁希略的车是被一个戴面具的人一枪打停的。埋伏的人随之冲了上去，炸开车，把里面的人干掉了。那一枪真他妈准——从一百五十码外射向一辆疾驰的车。子弹穿过司机旁边车窗的那个小三角——只有那块不是防弹玻璃，除此以外整部车都是装甲的。子弹正中司机的咽喉，他翻了车。之后游击队才围了过来。奇怪的是，据说枪手是个英国人。”

长时间的沉默。空啤酒杯在手指间晃来晃去，两个人凝望着愈发漆黑的泰晤士河，脑海里都浮现出一个景象：遥远而炎热的岛国，贫瘠恶劣的地理环境，一辆轿车以每小时七十英里的速度在沥青公路上疾驶，正要进入山区；一个身穿黄褐色斜纹布衣服，佩着金色绶带的老头被人从汽车残骸里拖出来，躺在公路的尘土里，等待着被手枪结果性命。这个老人已经以他的铁腕无情统治了这个国家三十年。

“这个……传闻中的……人，知道他的名字吗？”

“我不知道，也不记得了。只是在办公室闲聊时说起来的。那时候我们有太多重要的事要忙，才不会去关心一个加勒比独裁者呢。”

“那个伙计，告诉你这件事的那个人。他写过关于这件事的报告吗？”

“肯定写了。标准程序。但那只是个传闻，明白吗？只是个传闻。没有凭据。我们要的是事实，实在的情报。”

“但它一定建档了，被归在了什么地方。”

“估计是，”劳埃德说道，“肯定级别很低，那只是当地酒吧里的一个传闻。那地方盛产传闻。”

“不过你能回去看一眼档案吗？看看这个山上的家伙有没有名字。”

劳埃德离开了栏杆。

“回家吧，”他对警司说，“如果有什么有用的情报，我会给你打电话的。”

他们回到酒馆里，放下酒杯，向迎街的店门走去。

“非常感谢，”两个人握手告别的时候，托马斯说，“也许那份档案里什么都没有，不过我还是寄希望于万一吧。”

托马斯和劳埃德在泰晤士河边交谈时，豺狼正在米兰的一家屋顶餐厅把他的最后几滴萨白昂饮料[1]倒进嘴里；而克劳德·勒贝尔警长则在巴黎内政部的会议室出席第一次进展报告会。

出席会议的人和二十四小时之前开会的人一样。内政部部长坐在桌子的顶端，各部门的负责人从桌子两边顺次排下来。克劳德·勒贝尔坐在桌子的另一端，面前放着一个小文件夹。部长点了点头，示意会议开始。

他的办公室主任首先发言。在过去的一天一夜里，他说道，法国每个边境检查站的海关人员都接到指示，彻查进入法国境内的高个子、亚麻色头发的男性外国人。尤其要检查护照，由边境检查站官员仔细核对，看是否出自伪造，边境检查处的负责人对此点头表示确认。游客和商人进入法国时可能会觉得海关忽然加强了戒备，不过这种对行李的检查并不会让人发现，遍及全国的这种戒备只是针对高个子、亚麻色头发的男人。如果任何一个目光敏锐的媒体记者对此提出疑问，答复将是“没什么，只是常规抽查”。不过目前为止还没有人提出此类问题。

他要汇报的还有一件事。有人提议考虑对在罗马的三名“秘密军组织”领导人实施突袭逮捕的可能性。出于外交原因，外交部强烈反对这个建议（外交部并不知道有关豺狼的阴谋），并得到了总

1　萨白昂饮料，一种用蛋白、砂糖和葡萄酒做成的意大利甜品。

统的支持（总统是清楚原因的）。这样一来，他们不得不放弃这一方案。

安全局的吉布将军报告说，在对他们的档案材料进行了全面筛查之后，没有发现“秘密军组织”及其同情者之外存在这样一个职业政治刺客，甚至连嫌疑人都没有。

情报局负责人报告说，对法国刑事档案进行的彻底搜索结果也是同样如此，搜索的范围不仅仅是法国人，还包括曾经试图在法国行动的外国人。

然后是边境检查处的负责人汇报。早上七点三十分从靠近北火车站的邮局截获一个电话，所叫号码是三名“秘密军组织”的首脑所在的罗马酒店。他们在那儿已经待了八周了，国际交换台的接线员已经得到指示，报告所有打给那个号码的电话。那天早上值班的接线员反应迟钝，直到电话接通才意识到这是列在他的单子上的特别号码。他接通了电话后才致电边境检查处。不过，他还是知道要监听的。电话的内容是：瓦尔米致普瓦捷，豺狼已漏气。重复一遍，豺狼已漏气。科瓦尔斯基被捕，死前招供了，完毕。

有那么几秒钟，屋子里一片寂静。

“他们是怎么发现的？”桌子的远端，勒贝尔平静地问。除了罗兰上校，所有的眼睛都转向他。上校正在沉思，凝视着对面的墙壁。

“该死。”他仍然看着墙，吐字很清晰。所有的视线又转回行动分局负责人那边。

上校猛然从自己的思考中回过神儿来。

“马赛，”他简短地说，“为了把科瓦尔斯基从罗马弄回来，我们下了个诱饵。他有个老朋友叫约约·格日博夫斯基，这个人有个老婆和一个女儿。在科瓦尔斯基被我们抓住之前，我们对他们全都进行了保护性监禁。我想要从科瓦尔斯基那儿知道的只是有关他上司的情报，那时候还没有理由怀疑这个豺狼的阴谋，也没有理由不让他们知道是我们抓了科瓦尔斯基。不过，后来事情起了变化。一定是那个波兰人约约给这个瓦尔米报的信儿，抱歉。”

“边境检查处在邮局抓到那个瓦尔米了吗？”勒贝尔问道。

“没有，我们晚了几分钟，错过了。这得感谢那个愚蠢的接线员。”边境检查处的人回答道。

“徒劳的行动。”圣克莱尔突然冲口而出。众多不友好的目光向他直射过来。

“面对一个未知的敌人，我们几乎是在茫茫黑夜中摸索前进，”吉布将军回答，“如果上校愿意自告奋勇承担此次行动及一切责任的话……”

爱丽舍宫的上校专心致志地钻研着他的文件，仿佛它们比安全局局长的威胁性暗示更重要。他意识到，他刚才的话很不明智。

“从某种意义上说，”部长开口了，“他们知道自己雇佣的枪手已经走漏风声也许更好些。他们现在自然会叫停这一行动了吧？”

“非常正确，”圣克莱尔说道，试图补救刚才的失言，“部长是对的。他们再继续的话肯定是疯了。他们肯定会叫那个人住手的。”

“事实上，他并没有暴露。”勒贝尔平静地说，其他人几乎都忘记他的存在了，“我们仍然不知道这个人的名字。预警很可能只会让他采取额外的应急措施，假证件、化装等等。”

探长的话让围坐在桌子周围的人所产生的乐观情绪顿时消失了。罗杰·弗赖敬佩地看着这个小个子探长。

“先生们，我想我们最好听听勒贝尔队长的报告。毕竟，是他在领导这次调查，我们到这里是要在我们力所能及的范围里对他予以协助。”

在部长的督促下，勒贝尔概述了昨晚以来所采取的措施。他开始相信，如果有这样一个刺客，那这个外国人一定只能在某个国外警方的档案资料里，这一点也得到了检索法国警方档案资料结果的支持。因此他请求进行海外查询并获得批准。通过国际刑警组织的通信系统，他与七个主要国家的警察首脑进行了个人之间的直线电话。

“回复已在今天陆续到达。”他最后说，“分别是：荷兰，什么也没有；意大利，确有几个已知的雇佣杀手，但都受雇于黑手党，经过秘密调查，意大利宪兵队和罗马的黑手党之间有约定——黑手党的杀手除非有特别授意，否则绝不进行政治暗杀；另外黑手党绝不刺杀外国元首。”勒贝尔抬起头，“我个人倾向于相信那很可能是事实。

“至于英国，目前什么也没有，但例行调查已经被转给另外的部门——政治部，以便进行进一步核查。”

“他们总是慢吞吞的。”圣克莱尔屏着气嘟囔着。听到这话，勒贝尔又抬起头看了看他。

“但我们的英国朋友会做得很周全。不要低估苏格兰场。”然后他继续念报告。

“美国，有两个人可能：一个是佛罗里达州迈阿密军火大鳄的左右手。这个人以前在美国海军陆战队服役，后来被派驻加勒比地区，隶属中情局。猪湾事件[1]前，因在一场打斗中杀死了一名古巴反

1　猪湾事件是一九六一年四月十七日逃亡美国的古巴人在美国中央情报局的协助下向菲德尔·卡斯特罗领导的古巴革命政府进行的一次武装进攻。

卡斯特罗分子而被开除。那个古巴人本来要在猪湾行动中指挥一支部队的。之后，这个美国人被那个军火商招募。该军火商是中情局非官方利用来向猪湾入侵部队提供武器的人之一。后来，他的两个竞争对手在离奇事故中死亡，应该就是他干的，军火交易看来是桩玩命的买卖。这个人叫查尔斯·阿诺德，外号‘查克’。联邦调查局现在正在查找他的下落。

“联邦调查局建议的第二个嫌疑人可能叫马克·韦特列诺，从前是纽约黑帮头目艾伯特·安纳斯塔西亚的保镖。该头目于一九五七年十月被人在一家理发店击毙，韦特列诺怕自己也遭到暗算而逃离美国。他在委内瑞拉的加拉加斯住了下来，试图凭一己之力混入当地黑社会组织，但没有成功，被当地黑社会组织‘冷冻’起来。联邦调查局相信，如果他穷困潦倒，那只要价钱合适，就可能会受雇于某个外国组织而杀人。”

屋里一片寂静，另外十四个人都默不作声地听着。

“比利时方面也有一个人可能：一名精神病杀手，之前是加丹加冲伯的人。一九六二年被捕后被联合国驱逐，由于身负两起谋杀案而无法返回比利时。他受雇杀人，很机敏，名叫朱尔斯·博瑞吉，据报已逃往中美洲。比利时警方目前正在核查他现在可能的下落。

“德西，有一个人可能：汉斯-迪特尔·卡塞尔，前纳粹党卫军少校，因战争罪被两个国家通缉。战后化名居住在德西，是ODESSA[1]的雇佣杀手，也是前党卫军地下组织成员。他被怀疑与战后两名督促政府加强调查战争罪行的左翼社会党人的谋杀案有牵连。身份暴露后，人们知道他就是卡塞尔。在得到一名高级警官的

1　这是由六个德文字的开头字母组成的一个字，意即“前党卫军成员组织”。

密报后，他逃往西班牙，后者后来丢了差事。相信此人现在正居住在马德里，已经洗手不干了。”

勒贝尔又抬头看了下：“顺便提一句，这个人的年龄看来不太适合做这种事，他已经五十七岁了。”

“最后是南非，有一个人可能：职业雇佣兵。姓名：皮埃特·史库博。也参与过加丹加事件。他在南非没有犯案，但被列为不受欢迎的人。他是一个神枪手，喜欢杀人。相信此人目前仍在西非某处，南非政治部正在进一步调查。”

他停下来抬起头看着，围坐在桌子周围的十四个人都面无表情地看着他。

“当然，”勒贝尔自己也颇不满意地说，“这些消息都很不明确，我只是在七个最有可能的国家尝试了一下。豺狼也许是瑞士人，或者奥地利人，或者是别的什么地方人。七个国家中有三个回答说他们没有任何建议，他们也许弄错了。豺狼也许是意大利人，或者荷兰人，或者是英国人。或者他可能是南非人、比利时人、德国人或者美国人，但不在刚才列举的人之中。没人知道，我们正在一片漆黑中摸索，希望能有一个突破。”

“仅仅有希望是不会让我们走得太远的。”圣克莱尔猛然说道。

“也许上校有什么新建议？”勒贝尔礼貌地问。

“我个人感觉这个人肯定已经得到警告终止行动了，”圣克莱尔冷冷地说，“既然他已经暴露了，他就无法再接近总统。不管罗丹和他的同伙答应付给这个豺狼多少钱，他们都会要回来，并取消行动。”

“你‘感觉’这个人已经因接到警告而终止行动了？”勒贝尔温和地表示异议，“但‘感觉’和‘希望’也差不多啊，我认为现在应该继续调查。”

“你所说的调查目前进展如何，队长？”部长问道。

“部长，上述国家的相关部门已经开始用电传发送完整的档案材料过来，我预计明天中午能最后收齐，图片资料也通过电传发送。有些国家的警方正继续调查以确定那些嫌疑人的下落，然后再由我们接手。”

“你认为他们会保密吗？”桑吉内蒂问道。

“他们没有理由不这么做，”勒贝尔回答，“国际刑警组织各国的高级警官们每年进行的高度机密的调查有数百起，其中有一些就是在这样个人对个人的非官方基础上进行的。幸运的是，所有国家，无论它的政治观点如何，都一致反对犯罪。所以我们并不像政治部门那样在国际关系中陷入纷争。各国警方的合作关系是非常好的。”

“即使是针对政治犯罪吗？”弗赖问道。

“对警察来说，部长，都一样是犯罪。这也是为什么我宁愿联系我的外国同事，而不是通过外交部。毫无疑问，这些同事的上司一定会对他们所做的调查有所耳闻，但他们没有理由惹是生非。政治刺客是全世界的罪犯。”

“但只要他们知道了所做的调查，他们就能猜出其中的暗示，并私下嘲笑我们的总统。”圣克莱尔忽然说。

“我看不出他们为什么要那样做，说不定哪天就会轮到他们之中的一个了。”勒贝尔说道。

“如果你不明白有的人知道有刺客要杀法国总统将会多么兴高采烈，那你就是不懂政治。”圣克莱尔回答，“总统明确表示过非常希望避免让公众知晓此事。”

“这件事并没有公之于众，”勒贝尔纠正道，“这是仅限于极少的几个人之间的极其私密的通报。这些人手里掌握的秘密如果公开的话，很可能会毁了他们本国半数以上的政客。这些人中间，有的人基本上掌握了西方世界保安措施的全部详情。为了保卫西方世界的治安，他们必须知道这一切。为了保护那些人，他们必须保密。假如他们不谨慎的话，他们就不配待在这样的岗位上。”

“让几个人知道我们在找一个杀手总比让他们接到参加总统葬礼的邀请函强，”布维埃瓮声瓮气地说，“我们和‘秘密军组织’战斗两年了。总统的指示也是绝不能让这成为媒体的轰动新闻和公众的谈资——”

“先生们，先生们，够了。”部长打断道，“是我授权勒贝尔队长在外国警方首脑之间做秘密调查的，这是在，”他扫了一眼圣克莱尔，“向总统请示之后。”

这群人立刻不加掩饰地露出因上校的窘迫而产生的快感。

“还有别的事吗？”弗赖部长问。

罗兰举了一下手。

“我们在马德里有个常驻机构，”他说道，“在西班牙有一批‘秘密军组织’的流亡者，这就是我们为什么在那里设置该机构的原因。我们可以调查那个卡塞尔纳粹分子，而不必惊动德西政府。据我所知，我们和波恩外交部之间的关系仍然不是太好。”

他说的是二月里阿尔古的绑架事件以及随后导致的波恩政府的盛怒。有几个人会心地一笑。弗赖冲勒贝尔扬了扬眉毛。

“谢谢您，”警长说道，“如果您能确定这个人的下落，那会有很大的帮助。我希望所有部门都能继续像过去二十四小时里所做的那样支持我，再没有别的要求了。”

“那么明天再说吧，先生们。”部长说完，起身收拾着他的文件。会议结束了。

勒贝尔走出会议室，站在外面的台阶上，高兴地深吸了一口巴黎夜晚的温馨空气。时钟敲了十二下，将这个城市带入了八月十三日，星期二。

十二点刚过，巴里·劳埃德给托马斯警司位于伦敦戚斯域的家里打电话的时候，托马斯正准备关掉床头的灯，心里还想着情报处的那位老兄也许一早就会给他打电话的。

“关于晚上我们聊过的那件事，我找到了那份报告，”劳埃德说，“从某种意义上讲，我想的没错。这就是一份关于当时在那个岛国到处流传的传闻的例行报告。差不多一归档就被标注为‘无须采取任何行动’。正如我所说的，那时候我们被别的事拖住了。”

“里面提到什么名字了吗？”托马斯轻声问，不想打扰正在睡梦中的妻子。

“有。当时岛上有一个英国商人，事件发生后就忽然消失了。也许他与此事无关，不过他的名字和那些小道消息一起流传开了。他的名字是查尔斯·凯斯洛普。”

“谢谢，巴里。我一早就去查。”他挂断电话就去睡觉了。

劳埃德是一个非常细致的年轻人，他就这次请求和他对此所做的答复写了份报告，发往待处理室。凌晨时分，待处理室值班人员疑惑地看了一会儿这份报告，由于该报告涉及巴黎方面，便把报告放在了外交部法国科的信函袋里。按惯例，整个信函袋将会在当天早上直接送到法国科负责人手中。

14

和往常一样，豺狼七点半起床，床边放着茶。他喝完茶，洗漱，淋浴，刮脸，穿戴整齐，然后从箱子的里衬取出那卷一千镑的钞票放进前胸的口袋里，下楼吃早餐去了。九点钟，他来到酒店外孟佐尼大街的人行道上，顺着街道大步走着，他要找银行。他从一家银行换到另一家银行，逐渐把自己手头的英镑换成其他货币：将二百镑换成意大利里拉，剩下的八百镑换成了法国法郎。

晌午的时候，他换完钱，走进一家咖啡馆，要了一杯意大利特浓咖啡，稍事休息。喝完咖啡，他又开始了自己的第二次搜索。几经打听，他来到毗邻加里波第门后面的街区，那里靠近加里波第火车站，是一个工人住宅区。他在这里找到了自己要找的东西：一排上了锁的汽车修理间。他找到其中一间靠近街角的汽车修理间店主，把店面租了下来。因为租期很短，所以租金比一般价钱高出很多，两天一共是一万里拉。

在当地的一家五金店，他买了一套工作服，一把剪金属用的剪子，几码细钢丝，一把烙铁和一根一英尺长的焊条。他还在这家店里买了一个帆布包，把所有这些都装进包里，放在租来的汽车修理间里。他把汽修间的钥匙装进衣兜，到市中心繁华地段的餐馆去吃午餐。

他在餐馆打电话到租车行预约租车，下午早些时候，他搭出租车来到那家不是太忙的汽车租赁公司。他租了一辆二手车——一辆一九六二年生产的阿尔法罗密欧双座跑车。他说他要在意大利休假两周，要在接下来的日子里把意大利好好转转，两个礼拜以后再还车。他的护照、英国的及国际的驾照都没什么问题，保险问题几个小时就办好了——租赁公司旁边就有一家公司，他们经常办理汽车租赁公司的这种事。押金不便宜，差不多相当于一百多镑。不过下午四点的时候，那辆车已经归他了，钥匙插在点火孔里，租车行的老板祝他假期愉快。

之前他向伦敦机动车协会打听过，所以他知道，法国和意大利都是欧共体的成员国，驾驶在意大利登记的车去法国没有什么复杂的手续，只要驾驶证、汽车租赁的登记材料以及相关保险没问题就行了。

他在威尼斯大街的意大利汽车俱乐部前台咨询，得知附近一家声名卓著的保险公司的名字。那是家专门为在国外旅游提供机动车保险服务的公司，他们告诉他，这家公司和一家大型法国保险公司有双边业务往来，他们提供的保险服务肯定没问题。于是他在这家公司用现金又办了一份在法国驾车的旅游保险。

他离开保险公司，开着他的阿尔法回到大陆酒店，把车停在酒店的停车场，上楼回到房间，拿出装着狙击步枪部件的箱子。下午茶时间刚过，他已回到租汽修间的那条破败的小街。

他把汽车开进已租好的汽车间，反锁好房门，把电烙铁的电线插进了头顶上那盏电灯的灯口，还将一支强光电筒放在他身旁的地面上以照亮汽车的底部，接着他就开始干活了。他花了两个小时，把那些装步枪部件的细钢管焊在阿尔法汽车底盘的凸缘内侧。他在伦敦的时候查过汽车杂志，知道在意大利生产的汽车里，阿尔法车突出的底盘内侧有一道很深的凸缘。这正是他选择阿尔法车的原因。

钢管本身都包了一层薄麻布，然后用钢丝紧紧捆起来塞进了凸缘里，钢丝和底盘接触的地方都用烙铁焊住了。

弄完这些，他的工作服上满是汽修间地上的油污，两手由于用力把钢丝绞在底盘上而弄得生疼。不过活儿干完了，那里很快会蒙上厚厚的尘土和泥巴，不对汽车底盘进行极其仔细的检查是不会发现那些钢管的。

他把工作服、烙铁和剩下的钢丝装进帆布包，扔到远处角落里的一堆破布底下。剪钢丝的剪子则放到汽车仪表板上的小储物柜里。

他把箱子锁在了阿尔法的后备箱里，关上门锁好，钥匙放进口袋，发动了汽车，驾车回到了酒店。夜色又渐渐笼罩了这个城市。

到达米兰二十四小时后，他终于再次回到他的房间。他冲了个澡，洗去一天的劳顿，把自己漂亮的双手在一盆冷水里泡了一会儿，然后穿戴整齐，去吃晚饭喝鸡尾酒了。

在进酒吧享受自己常喝的康帕利和苏打水之前，他在前台停了下来，告诉服务员晚餐后帮他把账结清。他订了次日早上五点半的叫早服务，还要了杯茶。

他又享用了一顿丰盛的晚餐，然后用剩下的里拉结了账，七点刚过就上床睡觉了。

杰斯佩尔・奎格利爵士背着手，俯视着外交部窗子下面一尘不染的近卫兵阅兵场。一队近卫骑兵秩序井然地踏着步点，穿过砾石路，向着白金汉宫的方向走去。

这是一幅令人赏心悦目的景致，让人印象深刻。很多个早上，杰斯佩尔爵士都是这样站在自己英国外交部的办公室窗前，注视着这一极富英国特色的场景。每当站在窗边，沐浴着阳光，看着身着蓝色军服的骑兵经过，游客们翘首欣赏，听着穿过广场传来的马具和马刺碰击的叮当声，精神抖擞的马匹打的响鼻儿声以及老百姓的惊讶赞叹声，常常让杰斯佩尔爵士感到，所有在此之前在其他小地方做大使的那些虚度的岁月都得到了补偿。每当看到这个情景，他总会肩膀微微后张，扎在条纹裤子里的小腹轻轻收紧，一股由衷的自豪感让他下颌抬起，连脖子上的皱纹都“熨”平了。有时候，听到马蹄踏在砾石路面的嗒嗒声，他会从办公桌旁起身，站到新哥特式风格的窗前，看着马队经过，然后才回去处理文件或是国家大事。不过有时，回想起巴黎人半长的皮靴和柏林人的长筒马靴曾经试图跨越海峡改变眼前这一切，用皮靴的践踏声取代马刺磕碰的叮咚声，他就觉得鼻子一酸，眼睛一热，急忙回到他的案牍里去了。

不过今天早上却不然。这会儿，他正怒气冲冲地瞪着窗外，用力抿紧双唇，以致本来就血色不多的薄唇，几乎看不出血色了。种种迹象表明，杰斯佩尔 · 奎格利爵士正处于盛怒中。当然，他这会儿是独自待在办公室里。

他是法国科的负责人，但关于海峡两岸国家间的友谊问题从不需要他去裁决。所谓友谊，他这一辈子都没体会出分毫。他只是外交部一个科室的负责人，职责是研究那个该死的地方的各种事件、野心、行动，以及不时出现的阴谋，然后向常务次官报告，并最终送达女王陛下的外交大臣手中。

他具备一切必需的条件，不然他也就不会获得这一任命了。他在法国以外的地方从事外交工作多年，成绩卓著；具备一贯恰当的政治判断——虽然总是犯错，但也都是为了与他当时的上司保持一致而不得不那样做的；他个人的记录非常好，值得引以为豪。他既没有犯过大错，也从没有“对”得令人难堪；他从不支持非主流观点，或是提出与整个体系中最高层中占绝对优势的观点相左的意见。

他与当时英国驻柏林大使的女儿的婚姻自然也不会有任何害处。事实上，那个女人真不是个结婚的好对象，但他的岳丈后来成了国务副大臣助理。同时，这也使得一份一九三七年他从柏林发出的倒霉的备忘录被人们遗忘了——那份备忘录上说，德国重新武装从政治意义上讲对西欧的未来没有实质影响。

战争期间他回到伦敦，有一阵子在巴尔干科。他力主英国支持南斯拉夫米哈伊洛维奇游击队[1]。当时的首相毫无理由地偏听另一位默默无闻的年轻上尉的意见，年轻的奎格利因此被调到了法国科。那个上尉名叫菲兹洛伊·麦克里恩，他曾伞降在南斯拉夫，他建议支持一个叫铁托的可怜的共产党人。

到法国科之后，他成为鼓吹英国支持阿尔及利亚吉罗将军的主要人物，并因此声名鹊起。如果吉罗不是被另一个驻在伦敦的资历更浅的法国将军取代的话，这原本也应该是个不错的政治方略。那个法国将军一直致力于组建一支叫作“自由法国”的部队。至于温斯顿·丘吉尔为什么对这位法国将军一直念念不忘，哪个行家都猜不透。

当然，并不是所有的法国人都有用，所以也没人能说杰斯佩尔爵士（一九六一年，杰斯佩尔因在外交界的“卓越”服务，被授予爵士爵位）缺乏成为一名优秀法国科领导的基本资质。一九六三年一月十四日，戴高乐总统在新闻发布会上宣布反对英国加入欧共体。发布会结束之后，杰斯佩尔爵士与法国外交大臣进行了二十分钟颇不愉快的会晤，这使得他对于法国总统本人更加没有好感了。

有人敲门。杰斯佩尔爵士从窗边转过身来，从面前的记事本上

1 原文为cetniks，本意为军事部队，是二战期间南斯拉夫抗击德国的游击队，正式的名称为“南斯拉夫祖国军”。

拿起一张薄薄的蓝色纸页，仿佛刚刚开始阅览一般。

“进来。”

年轻人走进办公室，关上门走到办公桌前。

杰斯佩尔爵士从半月形的眼镜片上面打量了一下他。

“啊，劳埃德。我正在看你晚上递交的这份报告。有趣，很有趣。一个法国高级探长向一位英国高级警官做出的非官方请求。之后该请求被转给一位英国政治部资深警司。该警司认为应该向一位年轻的情报处成员咨询，当然也是非官方的。是这样吧，嗯？”

“是的，杰斯佩尔爵士。”

劳埃德望着站在窗边的这位外交家的瘦小身形。他正在看着自己的报告，好像之前从没读过一样。他知道，杰斯佩尔爵士至少已经好好读过内容了。现在这样浑不在意的研究很可能只是一种姿态。

“而且，这位年轻军官认为，他可以帮助政治部的官员，因此并没有向上级请示便向其提供了某些意见。该意见毫无根据地认为，一名表面上是商人的英国公民实际很可能是一个冷血杀手，对吗？”

劳埃德心想：这个老浑蛋究竟要说什么？

很快他就明白了。

“让我感兴趣的是，我亲爱的劳埃德，尽管这个请求——当然，是非官方的——是昨天早上做出的，而外交部和法国事务关系最密切的部门负责人却是在二十四小时之后才被告知。这件事有点古怪，你说是吗？”

劳埃德明白他的意思了。这是部门之间的勾心斗角。不过他也清楚，杰斯佩尔是一个相当有权势的人，他在官场混迹数十年，精通权力斗争。和国家大事比起来，这些特权机构的人通常会花更多的心思在权力纠纷上。

“尊敬的杰斯佩尔爵士，托马斯警司于昨夜九点对我提出请求。正如您所说，是一个非官方的请求。而我的报告递交时间是当天夜里十二点。”

“对对。但我也注意到，他的请求同样是在当天夜里十二点前被执行的。现在你能告诉我那是为什么吗？”

“我以为这种请求，是在正常的部门合作范畴内的。”劳埃德回答。

“你现在还这样认为吗？现在还这样认为？”杰斯佩尔爵士已经放弃温和询问的姿态，有些恼羞成怒了，“但显然不是你们情报处和法国科之间的内部合作是吧，嗯？”

“杰斯佩尔爵士，我的报告现在正在您手里。”

“有点儿晚啊，先生，有点儿晚。”

劳埃德决定反击。他知道，如果他在是否该请示上级的问题上犯了错的话，那也该向他自己的主管领导汇报，而不是杰斯佩尔爵士。情报处的头儿深受下属的爱戴，因为他不允许除了他本人之外的任何人训斥他的下属，所以法国科负责人这样的官僚不喜欢他。

“什么太晚了，杰斯佩尔爵士？”

杰斯佩尔爵士抬起头恶狠狠地看着他。他并不打算掉到陷阱里——承认自己不愿意向托马斯提供线索。

“你肯定认识到，这里涉及一位英国公民的姓名。他被怀疑却没有任何根据，更不用说什么证据了。你难道不认为，以请求的标准来说，用这样恶意的方式讨论一位绅士的姓名和名誉，是一种非常奇怪的程序吗？”

“我认为，向政治部警司透露一名男子的姓名只是为调查提供一种可能性，这并不能被称为恶意的讨论，杰斯佩尔爵士。”

外交官极力控制着自己的愤怒，嘴唇抿得更紧了。傲慢无礼的小子，不过很狡猾，必须小心提防。他压住火儿。

“我明白，劳埃德，我明白。显然你想向政治部提供帮助，是一个非常值得赞赏的行为，当然如此。但是，要求你在行事之前先和上级商量一下是对你要求太高了吗？”

“您是在问，杰斯佩尔爵士，为什么没有通知您吗？”

杰斯佩尔爵士脸涨红了。

“是的，先生，我是这个意思，先生。这正是我对你的要求。”

“杰斯佩尔爵士，我对您很敬重。但我想我必须请您注意我隶属情报处这样一个事实。如果您不认可我昨天晚上的做法，您应该和我的上司谈，比直接找我本人更合适些。”

合适？合适？这个年轻人傲慢又自负，他是在告诉法国科负责人做什么合适，做什么不合适吗？

“我会的，先生，”杰斯佩尔爵士怒气冲冲地说，“我会的。而且措辞将十分严厉。”

劳埃德没有请求允许，便转身离开了办公室。那老家伙不会让他好过的，这一点毋庸置疑。他能够解释的也只有布莱恩·托马斯的请求看来很紧急，时间可能很紧迫之类。如果他的上司也认为他应该走正常的程序，那他就得自认倒霉了。不过至少他那是被自己的上司责骂，而不是这个奎格利。哦，这个该死的托马斯。

不过，杰斯佩尔爵士这会儿正在为是否该去告状犹豫不决。从理论上讲，他是对的。有关凯斯洛普的信息，尽管已湮没在长期弃置的档案里，也还是应该经由上级主管批准才能对外透露，但不需要他的批准。作为法国科的负责人，他只是情报处材料的使用者，而不是他们的领导。他可以去向那个主管情报处的爱唱反调的天才告状，也许能让他好好收拾劳埃德一顿，毁了那个小浑蛋的前程。但他可能也会被对方反唇相讥——未经他的允许，私自召唤一名情报处军官，那他可就是自讨没趣了。而且，情报处的负责人似乎与某些最高当局的人关系极为密切。他们经常一起打牌，去约克郡打猎。还有一个月就要到主显节[1]了，他还希望届时能收到请柬呢。最好还是别管这事了。

“不管怎么说，事情已经做错了。”他一边望着近卫骑兵的行进队伍，一边想着。

“不管怎么说，事情已经做错了。”刚过一点，他在俱乐部对和自己一起午餐的客人说，“我估计他们会继续这样的，而且还会与法国人合作。希望他们不要干得太卖力，对吧？”

这个玩笑开得很不错，他自己也很得意。不幸的是，他并不很了解和他一起午餐的这位客人——此人也和最高当局的某些人关系密切。

下午四点前，首相在下院答复质询后返回唐宁街十号，杰斯佩尔爵士的这个不错的小玩笑便传到了首相的耳朵里；几乎与此同时，一份都市警务处长的个人报告也被送达首相眼前。

四点十分，托马斯警司办公室的电话就响起来。

整个早上和下午的大多数时间，托马斯一直在努力追踪一个除了名字他一无所知的人。和平常一样，调查一个已知肯定在国外的人，总是从护照处开始。

早上九点护照处一开门，托马斯就去了一趟，拿回了六个查尔斯·凯斯洛普申领护照的表格影印件。不幸的是，他们都有中间

1 主显节，天主教节日。由第四世纪开始，罗马天主教会便固定于每年的一月六日庆祝主显节，纪念耶稣把自己显示给世人的三个核心事件：贤士来朝、耶稣受洗、变水为酒。

的名字，而且全都不一样。他还拿到了每个人的照片，不过他保证过，复印完毕就归还护照处资料室。

有一本护照是一九六一年一月提出的申请，在此之前，这个查尔斯·凯斯洛普从没有申请过护照的记录，尽管这个情况很重要，不过并不能说明什么。如果他在多米尼加共和国用的是别的名字，那后来的传闻又怎么可能把被称作凯斯洛普的他和刺杀特鲁希略联系到一起呢？托马斯决定把这份护照申请书先放下。

另外五个人中，其中一个看来太老了，一九六三年八月的时候他都六十五岁了，剩下的四个有可能。他们是否符合勒贝尔描述的“高个子、亚麻色头发”的特征并不重要，托马斯就是想把所有可能都排除掉。如果所有六个人都可以排除嫌疑，不是豺狼，那更好。那他就可以据此无愧于心地答复勒贝尔了。

每份申请都有一个地址，两个在伦敦，两个在外省。仅仅打个电话，找查尔斯·凯斯洛普先生并问他一九六一年是否到过多米尼加共和国是不够的。即使他到过那儿，他现在也可以否认。

四个列在最上面的嫌疑人在职业一栏里，没有一个写的是“商人”，这也无法得出结论。劳埃德的报告说，那时候酒吧里传闻说他可能是商人，但那也有可能是错的。

早上的时候，接到托马斯电话要求的几个郡和自治市镇的相关人员都开始追踪那两个在外省的凯斯洛普。一个仍然在上班，计划周末带家人去度假。中午吃饭时间他被警察护送回家，护照被仔细检查了一下。上面没有一九六〇年或者一九六一年进出多米尼加共和国的签证章。护照只用过两次，都是去的西班牙，一次是去马略卡，另一次是去科斯达布拉瓦。而且，在他工作的地方调查发现，这个查尔斯·凯斯洛普在一九六一年一月从未离开过他供职的汤品工厂会计部。他在那个工厂工作已经十年了。

另一个凯斯洛普被查到正在伦敦郊外布莱克普尔的一家酒店。他身上没带护照。他被劝说同意授权他居住城镇的当地警察从他隔壁邻居处借得他住所的钥匙，并到他写字台最上边的抽屉里查看他的护照。这本护照上也没有多米尼加警察的签证章。调查这个人的工作地发现，他是个打字机维修技师，一九六一年里，除了夏季休假，他一直都没离开过他工作的地方。他的保险卡和考勤卡都证实了这一点。

伦敦的两个查尔斯・凯斯洛普，一个是蔬菜店老板。两个轻声细气的便衣警察跟他谈话时，他正在店里卖菜。他就住在店铺的上面，所以没用几分钟，他便把护照找了出来。和其他人一样，没有迹象表明这本护照的持有者去过多米尼加共和国。被问到这个问题时，这个蔬菜店老板告诉两个警长，他甚至不知道这个岛国在哪里。

第四个，也就是最后一个核实起来颇为费力。警员按表格上四年前申请护照的地址前去查看，那是海格特的一个公寓区，该处产业的经营代理商查了他们的记录发现，此人于一九六〇年十二月就搬走了，没有留下新地址。

不过至少托马斯知道了他的中间的名字。虽然查询电话号码簿一无所获，不过运用政治部的特权，托马斯从邮政总局办公室获悉，有一个C. H.凯斯洛普未在电话号码簿上登记过的伦敦西区号码。这个凯斯洛普名字的头一个字母和没找到的那个查尔斯・哈罗德一致。托马斯查询了该市选民登记处，找到了他的电话。

是的，市政厅的工作人员告诉他，确实有一个查尔斯・哈罗德・凯斯洛普先生租住过之前那个地址的公寓，他的确是该市的居民，名字也登记在该市的选民登记簿上。

然后，警察造访了那套公寓。门锁着，按了很多遍门铃都没人应答。附近的邻居也不知道凯斯洛普在哪儿。警车回到苏格兰场后，托马斯警司开始尝试一个新方法。他让国税务局去查一个叫查尔斯·哈罗德·凯斯洛普退税记录上的个人地址。尤其要注意的是：谁雇了他？过去三年是谁雇了他？

正在这个时候，电话铃响了。托马斯拿起电话，表明了身份，他听了几秒钟，眉毛一下扬了起来。

“我？”他问道，“什么，个人召见？是的，当然。我立刻就来。只给我五分钟？好的，再见。”

他离开大楼，穿过议会广场，一路擤着鼻子让鼻子通畅一些。虽然夏日炎炎，但他的伤风似乎更严重了。

他从议会广场一直走到白厅，然后在唐宁街第一次左拐。和往常一样，这里很阴暗，太阳从来都照不到这个住着英国首相的不显眼的小巷。唐宁街十号门前有一小群人被两名神情冷漠的警察挡在马路的一边，他们也许正在看川流不息的信使带着要传递的淡黄色信封到达大门，也许是希望从哪个窗户里看一眼那个大人物的身影。

托马斯离开马路，向右穿过一小片铺着草坪的天井，来到了唐宁街十号的后门。他按下门旁的门铃。门立刻开了，一名身材魁梧，身着制服的警官出现了，并且立刻认出了他，向他敬礼。

“下午好，长官。哈罗比先生让我领您直接去他的房间。”

詹姆斯·哈罗比，就是几分钟前打电话给托马斯的那个人，他是首相人身安全的负责人，现年四十一岁，不过看起来很年轻。虽然他只受过中等教育，但在调到唐宁街之前有着辉煌的纪录。他和托马斯一样，都是警司。托马斯进屋时，他站起身。

“进来，布莱恩。见到你真是太好了。”他冲那个警官点点头，“谢谢你，查尔默斯。”警官退了出去，关上房门。

“什么事？”托马斯问道。哈罗比惊讶地看着他。

“我还指望你告诉我呢。他十五分钟前给我打电话，说了你的名字，要立刻见你本人。你想起什么事了吗？”

托马斯只能想到他正在处理的那件事，而使他惊奇的，却是在那么短时间里首相就知道了。况且只有当首相不能信任自己的安保人员时，他才会直接找其他人。“我不知道。”他说道。

哈罗比拿起办公桌上的电话，要了首相的个人办公室。线路接通了，一个声音问道：“什么事？”

“我是哈罗比，首相。托马斯警司来了……是的，先生。现在就去。”他挂上电话。

“直接进去，快点儿，肯定是出什么事了，有两个部长都还在等着呢。跟我来。”

哈罗比领着他出了办公室，顺着走廊走向远处一扇包着绿色厚呢的门。一名男秘书走了出来，看到他们便向后退了一步，把门拉开。哈罗比把托马斯让进去，通报道：“托马斯警司，首相先生。”然后他退了出去，轻轻地关上门。

托马斯觉得这间办公室很安静，高高的天花板，装饰考究，到处是书和报纸，有股烟草和木头板壁的味道。这更像是一个大学导师的房间而不是首相的办公室。

窗边的那个人转过身来。

“下午好，警司。请坐。”

“下午好，先生。”他找了一把对着办公桌的直背椅，坐在边缘上。以前他从没有机会这样近距离地看首相，而且也没有单独见过。他觉得那双眼睛很忧郁，几乎筋疲力尽，眼睑也垂着，就像跑了很远很远的猎犬，目光中没有一丝快乐。

首相走向办公桌，坐在桌子后面，房间里很安静。托马斯听到一些白厅的人传出的风言风语，不过可能不全是因为首相的健康，还因为首相刚刚竭尽全力处理完一桩政府高层官员的桃色丑闻。即使如此，他眼前的这个人看起来那么劳累，脸色那么暗淡，仍让他感到很震惊。

“托马斯警司，我得知你目前正在进行一项调查，该调查是应昨天早上巴黎方面司法警察署的一名高级警探电话提出的请求而展开的。”

“是的，首相先生。”

“该请求源自法国安全部门担心有人可能要行刺。很可能是一名被‘秘密军组织’雇佣的职业刺客，要在将来某个时刻在法国执行一项任务？”

“事实上他们并没有这样对我们说，首相。他们的请求只是要我们就任何我们可能知道的职业刺客的身份向他们提供意见。至于他们为什么需要这样的意见，他们没有给予解释。”

“尽管如此，你能从这样的一个请求里推论出什么吗，警司？”

托马斯轻轻地耸了耸肩膀。

“和您一样，首相。”

“确实如此。法国当局要找这样一个人……一类人的原因，用不着什么天才，谁都能推论出来。如果确实有这样一个人已经引起了法国警方的注意，你推测，他的最终目标会是什么？”

“喔，首相，我猜他们担心有刺客要刺杀他们的总统。”

“很对。这已经不是第一次了吧？”

“是的，不是第一次，先生。已经有过六次了。”

首相盯着面前的文件，仿佛在他任期将尽的最后几个月里，这些文件可以为他就这个世界正要发生的事情提供一些线索一样。

“警司，你知道吗，如果你的调查稍稍马虎一点，这个国家里的一些人，一些拥有绝对权力的人，会很高兴？”

“不，我不清楚。先生。”首相究竟是从哪里知道这些的呢？

“你是否可以就目前所做的调查，简单介绍一下情况？”

托马斯从头说起，简单明了地告诉首相从政治部刑事档案开始的追踪，和劳埃德的谈话，提到的一个叫凯斯洛普的人，以及目前为止对这个人的调查情况。

当他讲完，首相站起来走到窗边。从那里可以看到洒满阳光，铺着草坪的庭院。他望着庭院，看了很长时间，肩膀垂了下来。托马斯心想：他在想些什么呢？

也许他现在想着的，是阿尔及尔城外的那片海滩。他曾在那里和那个高傲的法国人一起漫步聊天。现在这个人正在三百英里之外的另外一间办公室里管理着他自己的国家。那时候他们都比现在年轻二十岁，很多事都还没有发生。

也许他现在正想着的，还是那个法国人。他正坐在爱丽舍宫金碧辉煌的大厅里。八个月前，他用铿锵有力的言辞，摧毁了英国首相使其政治事业达到巅峰的希望。首相本想在自己退休之前能够实现一个伟大的梦想——让英国加入欧共体。

或许他可能只是在想过去的那几个月痛苦的日子——那桩政客的桃色丑闻几乎让英国政府倒台。他已是一个老人了，在他的世界里，他始终奉行着自己的标准；他相信那些标准，遵从那些标准。但现在的世界不同了，到处是新的人，新的概念，而他，则属于过去。他知道现在有新标准吗？也许他隐约意识到了，但不喜欢。

可能他是知道的，他向下看着，洒满阳光的草地在面前铺展开来。手术拖不了多久了，他也即将从这个位子上退下来了，用不了多久，这个世界就要交给年轻的一代。大部分的世界都已经交给他们了，但会交给皮条客和妓女，或是间谍和刺客吗？

托马斯从后面望着，面前这位老人的肩膀又逐渐坚挺起来。他转过身。

“托马斯警司，我希望你知道，戴高乐将军是我的朋友。如果确实有来自远方的危险威胁到他，而且这种危险源自这个岛国的某位公民，那么这个人必须被制止。从现在起，你要全力以赴进行调查。从这一刻起，我会亲自授权你的上级，在他们的权力范围内向你提供一切帮助。经费和权限都没有限制。你有权征调任何你希望来帮助你的人，有权获得这个国家任何部门的官方档案以帮助你进行更深入的调查。我亲自下令，在这件事上，你将与法国当局毫无保留地合作。不管法国方面要寻找并予以逮捕的人是谁，不管他是不是英国公民，也无论他是否在我们的领土内行动，你必须找到他之后才能终止调查。那时你再回来，亲自向我报告。

“如果这个凯斯洛普，或者任何其他持有英国护照的人，有理由被认为可能是法国方面要找的人，你就拘捕他。不管他是谁，必须制止他。我的话你听明白了吗？”

再清楚不过了。托马斯确信，一定有什么消息传到首相耳朵里了，所以他才会发出刚才下达的那些指示。托马斯怀疑这与希望自己的调查没有进展的悄悄话有关。但他不能肯定。

“是，先生。”他说道。

首相低下头，示意谈话结束了。托马斯站起来走向房门。

“呃……首相。”

“嗯？”

“还有一点，先生。我不是很确定，对于两年前在多米尼加共和国的这个凯斯洛普的传闻，您是否希望我把相关的调查情况告诉法国方面？”

“你现在是否有理由相信，这个人过去的行为经判断与法国方面希望甄别的人的特征相吻合？”

“没有，首相。除了两年前的传闻，我们没有任何根据怀疑这个世界上的任何一个查尔斯·凯斯洛普。我们目前都不知道，我们花了一下午的工夫，试图追踪的这个凯斯洛普是不是一九六一年一月在加勒比的那个。如果不是，那么我们还得从头开始。”

首相想了一会儿。

“我不希望你用两年半前一则未经证实的传闻向你的法国同行建议，浪费他们的时间。注意‘未经证实’这个词，警司。请你继续全力调查此事。一旦你觉得对这个或别的查尔斯·凯斯洛普掌握了足够的信息，使得关于他与特鲁希略将军被杀事件有染的传闻有了实质性的进展，你就要立刻通知法国方面，同时追踪这个人，无论他在哪里。”

“是，首相。”

“请你叫哈罗比先生来我这儿。我现在就签发给你的授权。”

托马斯回到办公室，下午剩下的时间，所有的事情发生了翻天覆地的变化。他组建了一支以他为首的六人任务小组，这六个人都是政治部最好的警探。一个被从休假中召回；另外两个正在监视一名疑犯，该疑犯在皇家军械工厂工作，被怀疑将把从工厂获得的秘密情报提供给一名东欧国家的武官；还有两个是前天帮托马斯在政治部档案中查找无名杀手的；最后一个正在轮休，当电话通知他立即向政治部总部报到时，他正在他的花房里侍弄花草。

托马斯尽可能向他们介绍了全部情况，严令他们保守秘密，又接了一连串的电话。晚上刚过六点，国税局就找到了查尔斯·哈罗德·凯斯洛普的税务回执。一名警探被派去将全部材料取回，剩下的人，除了一个被派去凯斯洛普的住址，通过所有邻居和当地商人了解他去哪里了之外，其他人都忙着打电话。凯斯洛普四年前申请护照表格上的照片在照相室被翻拍影印出来，每个探员口袋里都有了一张。

税务回执显示，目标人物过去一年失业，之前在国外待过一年。但一九六〇到一九六一财务年度的大多数时间里，他都受雇于一家公司。托马斯看到这家公司的名字想起来，那是英国最大的一家小型武器生产出口商。一个小时之内，他拿到了这家公司总经理的电话，并在他位于萨里郡股票经纪人聚居区乡下家里的房子找到了他。托马斯在电话里和他约好立刻见面。暮色才刚刚降临泰晤士河，他的警用捷豹就呼啸着冲过泰晤士河，沿着河岸奔向维吉尼亚水村。

帕特里克·蒙森看起来一点儿也不像一个经营致命武器的军火商。托马斯想，当然，他们从来都不像。托马斯从蒙森处得知，军火公司雇佣凯斯洛普将近一年。比较重要的是，一九六〇年十二月到一九六一年一月期间，他们派他去了多米尼加，想把英国陆军委托给他们销售的一批剩余的轻型机枪卖给特鲁希略的警察头头。

托马斯看着蒙森，很是厌恶。

托马斯并不介意他们后来用那批枪做了什么。哼，那些家伙，他想，但没表现出他的反感。凯斯洛普为什么那么仓促地离开多米尼加共和国呢？

蒙森似乎对这个问题有些意外。喔，当然是因为特鲁希略被杀了。几小时之内，整个政府就倒台了。你指望新政府怎么对待一个来到这个岛国向旧政权卖枪支弹药的人？他肯定得赶紧逃。

托马斯反复考虑着。这当然说得通。蒙森说，凯斯洛普后来说，将军被城外潜伏的人打死的消息传到的时候，他正坐在那个独裁者的警察首脑的办公室里，和他谈买卖呢。那个警察头头顿时脸就白了，立刻乘飞机逃往自己的私人宅邸，飞机和驾驶员都是常年待命的。几小时内，暴民就冲上大街小巷，搜索一切与旧政权有牵连的人。凯斯洛普只得贿赂了一个渔民帮他逃离那个小岛。

托马斯最后问道，那凯斯洛普为什么离开公司呢？回答是：他是被解雇的。为什么？蒙森仔细想了一会儿。最后他说：

“警司，二手武器生意竞争十分激烈，可以说是个要命的买卖。知道另外的人在卖什么，要价多少，对于想要和同样的买家做同样交易的竞争者来说非常关键。我们就这样说吧，我们对于凯斯洛普对公司的忠诚度不是完全满意。”

回城的时候，托马斯在车里仔细想着蒙森告诉他的话。凯斯洛普对于那个时候为什么要迅速离开多米尼加共和国的解释是合乎逻辑的。这非但不能证明，事实上还否定了情报处派驻加勒比人员后来报告的该姓名与刺杀有关的传闻。

另一方面，根据蒙森所说，凯斯洛普可能会两面三刀。那他是否可能在抵达多米尼加时既是小型军火公司的销售代表，同时也受雇于革命者呢？

蒙森说的有一件事让托马斯有些费解。他提到，凯斯洛普刚进公司时不太了解步枪。一个狙击手难道不该是这方面的专家吗？不过也许他是在军火公司工作期间学会的。但如果他在步枪射击上是个新手，那么反特鲁希略的游击队为什么会雇他打停将军的座车呢？那可是一条高速路，而且只能开一枪。或者他们根本就没雇他？另外，凯斯洛普自己说的话都是真的吗？

托马斯耸耸肩。什么也证明不了，什么也否定不了。他痛苦地想着——还得从头开始。

回到办公室，新的消息改变了他的想法。调查凯斯洛普住址的那个督察来报告了。他找到一个整天在家不上班的邻居。那个就住在他家隔壁的女人说，凯斯洛普先生几天前走了，似乎提起要去苏格兰旅游。他把车停在外面的街上。这个女人在车后部看到一套像钓鱼竿一类的东西。

钓鱼竿？虽然办公室里很热，但托马斯警司立刻觉得后背一阵发凉。那个探员刚说完，另外一个探员走进来。

“警司？”

“嗯？”

“我刚才想到一件事。”

“说吧。”

“您会说法语吗？”

“不会，你会吗？”

“是的，我母亲是法国人。这个法国司法警察署要找的杀手，他的代号是豺狼，对吗？”

“那怎么了？”

“哦，豺狼的法语单词是Chacal，C-H-A-C-A-L[1]。您明白了吗？”

“这也许只是个巧合，他可能把脑袋都想大了才起了这么个名字。如果是法语的话，那就是他的教名的前三个字母，加上前三个他自己……”

“上帝啊！”托马斯喊起来，重重地打了个喷嚏。伸手拿起电话。

1 Chacal是由查尔斯·凯斯洛普（Charles Calthrop）的姓名前三个字母组合而成的。

15

由于部长从外事接待活动上返回时在路上堵车，内政部的第三次例会在十点过了一会儿才开。部长刚就座，就示意会议开始。

安全局的吉布将军第一个报告。报告很短，只讲了几个要点：情报机构驻马德里办事处的特工已经找到了前纳粹杀手卡塞尔的住所。他退休了，生活安逸，住在马德里一套顶层公寓里。他和另一个前党卫军军官合伙在城里做生意做得很红火。目前可以断定他与“秘密军组织”没有关系。巴黎方面要求进一步核查时，马德里办事处已经有了此人的档案，他们的观点是，此人从未与“秘密军组织”有过牵连。

考虑到他的年纪，以及经常发作的腿部风湿病，又严重酗酒，所以，用通常的观点来看，卡塞尔不可能是豺狼。

将军说完，目光转向勒贝尔队长，他作报告时声音低沉。白天的时候，司法警察署收到了另外三个国家二十四小时前的报告，就可能的疑犯提出了建议。

美国的消息称，军火商查克・阿诺德现在哥伦比亚，正忙着为他的美国老板做一笔生意——把一批由美国陆军委托销售的剩余的AR-10型步枪卖给哥伦比亚陆军参谋长。他在波哥大期间，一直处于中情局的严密监视之下。尽管美国官方并不同意这笔买卖，但各种迹象表明他希望能心无旁骛地做成这笔生意。

这个人的档案已经连同韦特列诺的一起被电传给了巴黎。尽管这个前科萨·诺斯特拉[1]枪手的住处还没找到，但材料显示，他身高五英尺四英寸，身材十分矮胖，头发乌黑发亮，面色黝黑。鉴于他的外貌和维也纳酒店服务员描述的模样大相径庭，勒贝尔觉得他也可以被排除了。

南非当局了解到，皮埃特·史库博现在是一个英联邦西非国家一家钻石开采公司私人武装的头目。他的职责是在这家公司广大的矿区边界上巡逻，防止非法钻石开采者穿过边界。至于他是如何遏制非法开采之类的问题就不便再问了，他的老板对他的工作很满意，并证实他现在就在西非。

比利时警方查找了他们以前的雇佣杀手资料，找出了一份他们驻加勒比大使馆人员的报告。报告说，三个月前，那位前加丹加雇员已在危地马拉一次酒吧的斗殴中被杀。

勒贝尔读完了报告后抬起头，看到十四双眼睛正盯着他，其中大多数都神情阴郁，不怀好意。

“就这样，没别的了？”

罗兰上校的问题正是在座所有人想问的。

“没了，没别的了，我想。”勒贝尔说，“看来没有哪个建议能站得住脚。”

“站得住脚，”圣克莱尔尖酸地重复了一句，“这就是要我们大家来陪你一起做的‘纯粹的侦探工作’？看来没什么站得住脚？”他对布维埃和勒贝尔怒目而视。他很快意识到，整个屋子里的情绪都是站在自己这边的。

1 黑手党在美国的秘密犯罪组织的代称，一九六二年覆灭。

“先生们，看起来，”部长平静地用复数称谓把两位警长包括进来，“我们回到了起点。也就是说，从头开始，对吧？”

“是的，恐怕是这样的。”勒贝尔答道。

布维埃竭力为他辩护着：

“事实上没有任何线索，也没有任何方向，而我的同事正在搜索这个世界上最难找的人。这样的人不会宣扬他们的职业或者行踪。”

“这我们知道，亲爱的队长，”部长冷冷地反驳道，“问题是——”

他的话被敲门声打断。部长皱了皱眉，他指示过，除非是紧急情况，否则不许打扰他们。

“进来。”

部长的一个警卫出现在门口，怯生生的，一脸尴尬，踌躇不前。

“请原谅，部长先生。有电话找勒贝尔探长。伦敦来的。”这个人意识到屋内的气氛很不友好，试着为自己辩解，“对方说有急事。”

勒贝尔站了起来。

“先生们，请原谅。”

五分钟后他回来了。屋子里的气氛和他离开时一样冰冷，显然他不在的时候，关于接下来该做些什么众人一直吵得不可开交。他进来时，正好打断了圣克莱尔上校一通严厉的斥责。勒贝尔坐了下来，上校停口不语了。小个子警长手里拿着一个信封，背面写了一些东西。

“先生们，我想我们有要找的那个人的名字了。”他以这一句开始了他的发言。

三十分钟之后，会议几乎是在一种轻松愉快的气氛中结束的。

当勒贝尔讲完伦敦来的消息的内容后，围坐在桌旁的人一起舒了口气，就像火车经过长途跋涉终于抵达站台那样。每个人都明白，至少他们有事可以做了。这半个小时里，他们一致认为，只要不泄露一个字，他们就能在法国境内展开搜索，找到这个叫查尔斯·凯斯洛普的人，如果必要的话，干掉他。

他们知道，已知的有关凯斯洛普最全面的详细资料明天早上才能从伦敦电传过来。但同时，情报局可以检索他们如山的档案，找一张这个人填写的入境卡片，以及他在法国任何地方入住酒店时填写的入住登记。巴黎本地警察可以检索他们的记录，看这个人是否正藏身于巴黎辖区的任何酒店。

边境检查处可以将他的名字和外貌特征发送到法国境内各个边防检查站、各口岸、港口、机场，并指示他们，该男子一旦踏上法国领土，必须立即予以逮捕。

如果他还没到达法国，没关系。在他到之前会保持绝对的沉默，一旦他来，就可以抓住他了。

“这个讨厌的家伙，他们叫他凯斯洛普，他已经在我们的掌握之中了。”拉乌尔·圣克莱尔·德维劳本上校和他的情人一起躺在床上的时候，告诉了她。

雅克利娜使出浑身解数，终于诱出上校迟迟不到的高潮。之后他沉沉睡去，壁炉台上的钟敲了十二响，八月十四日了。

给巴黎打过电话后，托马斯警司放下电话，坐回办公室的扶手椅里。他审视着他的六个督察，他们是被他从各种任务中抽调出来重新组织在一起的。外面宁静的夏夜里，大本钟敲响了子夜的钟声。

他的简介用了半个小时。一个人被分配去调查凯斯洛普的少年时代，如果他有父母的话，他们现在住哪儿；他在哪儿上的学；如果上过军校的话，射击成绩如何；有哪些值得注意的特征，显著的标记等等。

第二个人被派去调查他的青年时代，从离开学校开始，包括服兵役期间的记录和射击表现，退役后的就业情况，一直到离开那个怀疑他有欺诈行为的军火商。

第三和第四名警探被安排追踪他的行动，从一九六一年十月，离开他已知的最后的雇主开始。他去过哪儿，见过谁，他靠什么生活，收入来源等等。由于没有警方记录，因此估计也没有他的指纹存档，托马斯需要这个人到目前为止的每一张已知和最新的照片。

最后两名督察的任务是去确定凯斯洛普现在的下落。要搜遍他的整个公寓，找寻指纹，查出他在哪儿买的车，向伦敦市政厅核查驾驶证颁发记录。如果没有，就从外省的驾照部门开始查。追踪他的汽车，牌子、车龄、颜色、登记号码。追踪他在当地的汽车泊放，看他是否计划长途驾车旅行。检查海峡渡口，到所有航空公司去检索他预订过的航班，无论目的地是哪里。

六个人都将这些指示详细地作了笔记。指示完毕，他们站起身来，相继走出办公室。最后两个人在走廊里互瞟了一眼。

“彻底清查，重新建档，”其中一个说道，“这活儿可真不好办。”

“滑稽的是，”另外一个说，“这老家伙不告诉我们他之前都干过什么，也不告诉我们他接下来要干什么。”

“有一件事我们可以肯定。采取这样的行动，一定是得到了最高指示。也许这个浑蛋正盘算着刺杀暹罗国王呢。”

叫醒地方行政长官让他签发一张搜查令花不了多少时间。凌晨时分，筋疲力尽的托马斯在办公室的扶手椅里打着盹儿；而更加疲惫不堪的克劳德·勒贝尔则在自己的办公室里呷着浓浓的黑咖啡；两个政治部的探员在凯斯洛普的公寓里，仔细地搜查着。

两个人都是专家。他们从抽屉开始，把每个抽屉里的东西全都有条不紊地放到床单上，然后用心分拣。所有的抽屉都清点完毕之后，他们就开始检查那个已经没有抽屉的书桌，看有没有暗格。检查完木头家具之后是那些包着垫子的沙发。做完这些之后，这个公寓看起来就像是一个感恩节时的火鸡饲养场。然后，一个人搜索客厅，另一个负责卧室。这之后是厨房和浴室。

家具、垫子、枕头、衣柜里的衣服和套装，这些都检查完之后，他们又从地板开始，天花板、墙壁。早上六点的时候，整个公寓被彻底查了个遍。街坊四邻大多聚集在门口，互相看了看，然后再看看凯斯洛普四门紧闭的公寓，低声嘀咕着。两名探员从公寓里走出来时，大家就都不吭声了。

一个警员拎了一只提箱，里面塞满凯斯洛普的个人证件、信件和私人物品。他走到街上，跃进等在那里的警车，驾车返回向托马斯警司作汇报。另一个警员则开始了漫长的访谈。他知道，一两个小时之内，这些邻居大多就要去上班了，所以他先从他们开始。当地的商户则可以晚些时候再说。

探员收集来的东西这会儿全摊在托马斯办公室里，摊得到处都是。托马斯花了几分钟时间翻看了一下。那个探员从这堆乱七八糟的东西里拣出一个蓝色小本。他走到窗前，借着清晨的阳光开始翻看。

“警司，来看看这个。”他的手指戳着他面前那本护照其中的一页。“看……‘多米尼加共和国，特鲁希略机场，一九六〇年十二月入境。’他去过那里。这就是我们要找的人。”

托马斯从他手上接过护照，看了一会儿，然后凝视着窗外。

“嗯，是啊，这就是我们要找的人，小伙子。但你想没想过，他的护照现在在我们手里？”

“噢，这个浑蛋……”探员想到这一点，恨恨地叹了口气。

“正如你所说的，”托马斯说，他从小所受的教育使他很少骂人，“如果他没有用这本护照旅行，那他用了谁的护照呢？给我要个电话，接巴黎。”

与此同时，豺狼已经在路上开了五十分钟了，米兰被他远远地甩在了身后。他把阿尔法车的车篷放下。从米兰到热那亚的七号高速路已经沐浴在早上的阳光里了。沿着宽阔笔直的公路，他把车开到了时速八十多英里，车速表上的指针一直在红色区域的前面一点儿晃动着。风很凉爽，浅色的头发在前额那儿迎风劲舞，双眼却被墨镜保护得很好。

地图显示，距毗邻法国边境的文蒂米利亚还有二百一十公里，大概一百三十英里。他原来估计要开两小时，现在看来可以早到了。七点刚过，从热那亚开往码头的货车弄得道路有点堵，不过，不到七点一刻，他就已经开上了通往边境小城圣雷莫的A10公路。

七点五十分，他到达仍然昏睡着的法国边防哨卡时，天已经热了起来，路上的交通也已经很拥挤了。

他在队列里等了三十分钟，然后被召唤上前，把车开上斜坡停好，等待海关检查。警官接过他的护照，仔细地看着，简短地说了声“请稍等，先生”，就消失在海关小屋里了。

几分钟后，他和一个穿便服的人一起走出来，那个人手里拿着他的护照。

“您好，先生。”

“您好。”

“这是您的护照？”

“是的。”

穿便衣的人又把护照仔细看了一下。

“您到法国来的目的是什么？”

“旅游。我还从没到过科特达祖尔呢。”

“我明白了。这车是您的？”

“不，是我租的。我在意大利有生意。碰巧在回米兰之前有一个礼拜空闲。所以我就租了一辆车，做一次小小的旅游。”

“我明白了。您有这辆车的相关证件吗？”

豺狼递上他的国际驾驶证、租车合同，以及两份保险单。穿便衣的人一一做了检查。

“您有行李吗，先生？”

“有。后备箱里，三件，还有一个手提箱。”

“请把它们拿到海关大厅来。”

他走开了。警察帮着豺狼把三个箱子和那个手提箱拿了出来，帮他一起拎到了海关。

离开米兰之前，他就把那个并不存在的法国人安德烈·马丁的旧大衣、破裤子和鞋卷成一包，塞到后备箱里了；他的证件则缝在第三个箱子的里衬里。另外两个箱子里的衣物分装进了三个箱子。那些徽章放在他身上的口袋里。

两个海关官员仔细检查了他的每只箱子。他们检查的时候，豺狼则在填游客进入法国时需填写的标准表格。箱子里没什么东西引起海关官员的注意。他们拿起装着染发剂的罐子时，有那么一瞬间以为发现了什么。豺狼事先采取了预防措施，他把须后水的瓶子倒空，把染发剂倒在了须后水的瓶子里。那个时候，须后水在法国还不流行，在市面上很少见，主要在美国销售。他看见两个海关检查员交换了一个眼神，但他们还是把瓶子又放回了手提箱里。

豺狼用眼角余光能看到窗外另一个人正在检查他那辆阿尔法车的后备箱和引擎罩。幸好他没有检查汽车底下。他把后备箱里卷着的大衣和裤子展开，厌恶地看了看。不过他大概以为，这件大衣是冬天的晚上用来盖引擎罩的，旧衣服则是为了防备万一路上要修车时穿的。他把那些衣物放回去，关上后备箱。

豺狼填好了表格，屋里的两个海关检查员合上了箱子，向穿便衣的人点点头。然后那人拿着入境卡，仔细看了下，又和护照比对了一下，然后把护照递还给豺狼。

“谢谢，先生。祝您一路顺风。”

十分钟后，这辆阿尔法就轰隆隆地驶入了芒通的东郊。豺狼在一家咖啡馆里，一边俯瞰着老港口和停泊游艇的内港，一边轻松地吃了顿早餐，然后顺着悬崖边的公路驶往摩纳哥、尼斯和戛纳。

伦敦。托马斯警司坐在他的办公室里，一边搅拌着一杯浓浓的黑咖啡，一边摸着满是胡楂的下巴。他对面，那两个被分配去调查凯斯洛普下落的探员正在等待着他的吩咐。他们三人在等另外六个人的到来。这六个人都是政治部的警员。之前的一个小时，托马斯打了一连串电话，把这六个人从他们日常的工作中暂调出来。九点刚过，当他们向各自办公室报到时，得知自己已被编进托马斯的工作小组，于是陆续来到托马斯的办公室。等所有人都到齐之后，托马斯开始向他们简要介绍情况。

“好了，我们在找一个人。我不需要告诉你们为什么我们要找他，你们知道与否也不重要。重要的是，我们要抓到他，尽快抓到他。现在我们已经知道，他此时正在国外。我们很肯定他正在用伪造的护照旅行。”

“这些，”他给他们分发了一套照片，那是凯斯洛普护照申请表格上的半身照放大之后的照片，“是他的相貌。他可能会化装，所以不是必须符合这些照片上的模样。你们要做的，就是去护照处，弄一张最近申请护照的全部人的名单，时间从五十天前开始，如果没查到就再向前查五十天。这可是个苦差事。”

他接着大致讲了一下最通常的造假护照的方法——恰巧就是豺狼用的方法。

“重要的是，”他最后说，“不要只看出生证明，要和死亡证明配在一起核对。从护照处拿到名单后，就把所有的活儿都拿到萨默塞特宫[1]去做，你们自己把名单分一下，然后和死亡证明核对。如果你们发现有哪份申请是由一个死了的人递交的，这个冒名顶替的家伙很可能就是我们要找的人。现在出发。”

八个人鱼贯而出，托马斯则给护照处打电话，然后是萨默塞特宫的出生、结婚、死亡登记处，以保证他的小组能够得到最充分的配合。

两个小时之后，他借了一把电动剃须刀，把插销插在台灯的插座里，正在刮胡子，那两个警探之中担任组长的那个高级督察打电话回来了。他说，最近一百天里，有八千零四十一份新护照的申请。他解释说，现在是夏天，正逢假日。节假日期间的出游总是比平时更多些。

托马斯挂上了电话，用手帕擤了擤鼻子。

“该死的夏天。”他说道。

1 萨默塞特宫原来是一座巨大的都铎王朝的宫殿，早在十五到十八世纪，这里就已经成为一些英国最重要的团体组织的总部，比如英国皇家美术学院、英国皇家学会、英国文物学会等。

这天早上，刚过十一点，豺狼便驾车驶入了戛纳市中心。和往常一样，他想做什么事之前总要找最好的酒店，他开着车逛了几分钟后，把车子拐进了凌霄酒店的前庭。他拿出梳子梳了梳头，迈步来到饭店大堂。

这会儿正值正午时分，客人大多都出去了，大堂里不是很忙。他那身考究的浅色套装和自信的神态，让人一看就知道是一位英国绅士。当他询问行李员哪里有电话间的时候，也没招来怀疑。盥洗室入口和电话交换台之间隔着一个柜台。豺狼走过去的时候，柜台后面的女人抬起头看着他。

“请给我接巴黎，莫里托五九〇一。”他说道。

几分钟之后，她做了个手势，让他去交换台旁边的电话间，她看着他把隔音门关上。

“喂，我是豺狼。”

“喂，我是瓦尔米。感谢上帝你来电话了，我们已经找了你两天了。”

任何人这会儿从电话间门上的玻璃格子里看进去，都能看到里面的这个英国人紧绷着脸，对着话筒眉头紧锁。十分钟的谈话，他大部分时间都没说话，一直在听，只有偶尔问起一个简短的问题时，嘴唇才会动几下。不过没人在看他，交换台的接线员正忙着看一本爱情小说呢。她再抬起头来时，这位客人正站在她面前，黑色的墨镜向下看着。她从交换台上的计时器读出电话的费用，收了他的钱。

豺狼在露台上要了一壶咖啡，从这里可以眺望波光粼粼的海面，皮肤呈棕色的泳者在海里嬉戏、尖叫。他深吸了一口烟，陷入沉思。

科瓦尔斯基招供他能想明白；他记得维也纳酒店里的那个波兰

大个子。他弄不明白的是，这个保镖站在门外，是怎么知道他的代号的，或者，怎么知道他被雇来是做什么的。也许是法国警察自己琢磨出来的吧，也许是科瓦尔斯基猜到他是做什么的，因为他也是个杀手，不过又笨又蠢。

豺狼估计了一下形势。瓦尔米已经建议他放弃计划回家了，不过他承认，并没得到罗丹的直接授权取消这次行动。已经发生的事情证实了豺狼对于“秘密军组织”保密工作疏漏的疑虑。不过他知道，有些情况他们无法泄露，这些事法国警察不可能知道。那就是他旅行用的是化名，而且有这个名字的合法护照。他还有三套假证件，包括两本外国护照以及与之相配的易容用具。

瓦尔米刚才提到的那个法国警察——勒贝尔探长，他靠什么查下去呢？一个粗略的外貌特征——高个子，亚麻色头发，外国人。八月的法国，像这样的人有成千上万。他们不可能把每个人都抓起来。

他的第二个有利条件是，法国警察要追捕的是一个拿着查尔斯·凯斯洛普护照的人。让他们抓去吧，祝他们好运。他是亚历山大·杜根，有证件的。

从现在起，随着科瓦尔斯基的死去，没人知道他是谁，在哪里，甚至连罗丹和他的同伴都不知道。他终于彻底孤身一人、独来独往了，而这正是他一直希望的方式。

当然，危险增加了，这点毫无疑问。暗杀的意图泄露了，他要攻打的便是一座戒备森严的堡垒。问题是，他的刺杀计划是否能够击败安全屏障？他权衡了一下，自信可以做到。

问题仍然存在，必须予以解答。回去还是继续？回去的话，就要和罗丹那伙恶棍就如今在他苏黎世银行账户上那二十五万美元的归属问题发生争执。如果他拒绝归还大部分的款项，他们会毫不迟疑地追踪他，折磨他，让他签字，从账户上支取那笔钱，然后杀掉他。想要逃出他们的手心就要花钱，很多钱，很可能是他所有的钱。

继续，意味着在任务完成之前，危险会越来越多。随着日期的临近，在最后那一刻会骑虎难下。

账单来了，他扫了一眼，心不禁沉了一下。上帝，看看这些人要的价钱！过这样生活的人得很富有，要有美元，美元，更多的美元。他向外望去，宝石般闪烁的大海；年轻姑娘走过沙滩时轻盈的身姿和黝黑的肤色；顺着小十字花坛缓缓爬行，发出嗞嗞声的凯迪拉克，不断轰鸣着的捷豹——车里司机的皮肤晒成了古铜色，一边开车一边瞄着路边；另外一些人则在人行道上向他们挥手，期望着可能搭上车。这就是他渴求已久的生活。自从他把鼻子压在旅行社的玻璃橱窗上，眼睁睁地看着介绍另一种生活、另一种世界的大张宣传画时起，他就这样想了。那是一个远离通勤火车、快餐盒饭的三联单、文件夹和温吞茶水的世界，是一种远离劳苦的生活。在过去的三年里，他差不多已经实现了自己的梦想，这里一点儿，那里一下。他习惯了精致的衣服、昂贵的饮食、漂亮的公寓、跑车以及优雅的女人。回去，就意味着放弃所有这一切。

豺狼付了账单，还给了一笔不菲的小费。他爬进阿尔法，离开凌霄酒店，径直向法国的心脏驶去。

勒贝尔警长坐在办公桌旁，觉得就像这辈子都没睡过一样，可能也永远不会再睡觉了。卢西恩 · 卡伦整夜未眠，忙着查阅那个不知道会在法国哪里出现的查尔斯 · 凯斯洛普的档案。这会儿他在角落里的行军床上，呼噜打得山响。黎明的时候，勒贝尔接手继续干。

现在在他前面是一堆摞得越来越高的卷宗，那是各个负责监视在法国的外国人出现和下落的部门的报告。每个都是相同的内容。从今年以来，就没有叫这个名字的人合法地通过任何边境哨所。这是可以查到的最早的时间了。也没有叫这个名字的人入住过任何法国酒店，或者是巴黎和外省的酒店，至少不是用这个名字登记入住的。他不在任何不受欢迎的名单里，也没有在任何方面引起过法国警方的注意。

每份报告送进来，勒贝尔都不厌其烦地告诉来者，要继续查找更早的记录。从那里，也许能够发现他是否有习惯的住处——朋友的房子或是一家最喜欢的酒店。他甚至很可能现在就用化名住在那里。

托马斯警司早上的电话又给了他一次打击。“从头开始”这个词又被用了一次，不过幸运的是，这次只是在卡伦和他自己之间用的。晚上例会的成员们还没有接到通知——凯斯洛普的线索被证明很可能要放弃了。而这是他今天晚上必须告诉他们的。如果他不能找到凯斯洛普的另外一个名字，他可以想象，圣克莱尔会再次嘲讽他，而其他人则会默不作声。

只有两件事能让他聊以自慰。一件是至少他们现在知道了凯斯洛普的体貌特征，还有了一张他的半身照（整个脸正对相机，从头至肩）。虽然他使用假护照的话，很可能已经在相当程度上改变了自己的外貌特征，不过这毕竟聊胜于无。另外一件是，委员会没人能想出比他现在正在做的工作——全面检查——更好的办法。

卡伦曾提出，也许英国警方在凯斯洛普出门办事的时候惊动了他，而他又没有其他护照，所以便藏了起来，取消了整个计划。

勒贝尔叹了口气。

“真是那样的话我们就太走运了，”他告诉他的助手，“不过可别指望这个。英国政治部报告说，豺狼浴室里所有的洗漱用品和剃须用具都不见了。他还对一个邻居说过，他要出去玩一圈，钓钓鱼。如果凯斯洛普把护照留下，那就是因为他不再需要它。不要指望这个人会犯太多的错，我现在已经开始对这个豺狼的脾气有些了解了。”

这个两国警方全力搜捕的人，这会儿已经决定不走从戛纳到马赛的干道公路了——那条路堵得水泄不通，实在令人痛苦。当RN7号公路从马赛向北转向巴黎后，他也不打算走它的南段。他知道这两条路到八月的时候简直就是个微缩的“人间地狱”。

由于用了杜根这个假名字，而且又有证件，他感到很安全，所以决定沿着海岸线先慢慢穿越阿尔卑斯山的沿海部分，这里由于海拔很高，会更凉爽些。然后他要穿越连绵起伏的勃艮第山区。他并不着急，预先设定的刺杀日子还没到。他知道自己会比计划时间提前一点抵达巴黎。

到戛纳后他转向正北，顺着RN85号公路穿越了风景如画的香水之城格拉斯，然后继续朝卡斯特兰驶去。在那里，奔腾的凡尔登河被上游连绵几英里高耸的大坝驯服，从萨瓦顺流而下，在卡达拉西静静地汇入迪朗斯河。

他从这里接着驶向温泉小镇迪涅。普罗旺斯平原的炽热已被他远远抛在身后，山区的空气即使在夏天也格外凉爽宜人。他停车的时候能够感到太阳依旧炙烤着小城，但车开动起来就觉得像是沐浴在习习的凉风中，还能闻到松林和农场里烧柴的味道。

驶过迪涅，他穿过了迪朗斯河，停在一家小巧雅致的旅店门口，进去吃午餐。从这里可以俯瞰迪朗斯河，再向上游一百英里的话，它就会像一条灰色黏腻的蛇，蜿蜒浅行于被阳光晒褪了色的鹅卵石之中，在卡威隆和欧根平原的河床里缓缓流淌。不过，在这里的山区，它看起来还是像条河的样子，仍是算得上一条河的——凉爽的河水，丰富的鱼类，沿河密布的植被，青草茵茵。

下午的时候，RN85号公路逐渐转向北方。穿过希斯特隆，在岔路口他继续沿着迪朗斯河的左岸溯流而上，顺着RN85号公路朝正北开去。暮色降临的时候，他来到小镇加普。他本可以向前去格勒诺布尔的，不过他想，既然不用那么着急，八月的时候，在小城镇也更容易找到空房间，所以决定还是在附近找个乡村旅馆。就在镇外，他找到一家名叫瑟夫的旅馆——三角形的墙壁在夕阳里显得格外明亮。这是以前萨瓦公爵出猎时歇息的地方，现在仍然保持着那时质朴舒适的氛围，菜色也很不错。

旅馆还有几间空房。他舒舒服服地泡了个澡，而不是像平常那样洗淋浴，然后穿上他那套鸽子灰套装和丝质衬衣，打上领带。他满面笑容地向客房女服务员提出请求，后者红着脸答应把他的格子套装洗熨好，按他叮嘱的那样，明天早上给他。

他在一间墙上镶嵌着木板的餐厅里进晚餐，临窗是布满树木的山坡，松林里传出阵阵蝉声，空气是温热的。吃到一半的时候，另外一位就餐的女士对服务员说有点凉了，让他把窗户关起来。她穿了一件无袖低胸的上衣，胸脯和肩膀都露在外面。

服务员问豺狼是否介意把他座位旁边的窗户关上，豺狼转过身，看了一眼服务员说的要求关上窗户的那位女士。她独自就餐，不到四十岁的样子，皮肤白皙，曲线玲珑，露着深深的乳沟。豺狼冲服务员点点头，让他把窗户关上，同时向身后的这位女士微微颔首致意。她也向他淡淡一笑。

晚餐相当不错。他点了一份用木柴烤制的星斑河鳟，还要了一份用茴香和麝香烹制的炭烤嫩牛肉。酒是当地产的罗纳河谷坡地葡萄酒，颜色深沉，味道醇厚，酒瓶上没有招牌，显然是家藏陈酒，是从旅馆老板酒窖里拿出来的。客人们大多都在喝这个，自然是有道理的。

豺狼喝完冰冻果汁，听到身后那位夫人低声吩咐服务员把她的咖啡送到休息室去。服务员躬身答应。他听到服务员称她为“男爵夫人”。几分钟后，豺狼也让服务员把自己的咖啡送到休息室去，自己则先过去了。

十点十五分，有电话从萨默塞特宫打来找托马斯警司。他正坐在办公室打开的窗前，俯视着街道。这会儿街上一片寂静，饭店都没了客人，司机也不到附近来了。米尔班克和史密斯广场之间的写字楼都熄了灯，巨大的身形趴在那里，冷清得很。只有政治部所在的这个无名街区和往常一样，很晚了还灯火通明。

一英里外喧嚣的滨河区，萨默塞特宫的灯也亮到深夜，这里放着成百万英国人的出生证和死亡证明。托马斯的那六个警员和两名督察还躬着腰在档案文件里忙个不停。工作人员早就下班了，只有几个人被安排留下来加班。探员们隔不了几分钟就站起来走到他们身边，同他们一起排查一沓沓被照得耀眼的文件。

电话是那个高级督察打来的，他是这一组的组长。话音中他显得很疲惫，但透露出乐观的情绪——他们有指望从查找成百上千的死亡证明的折磨中解脱了，因为他即将报告的这个健在的护照持有人实际并不存在。

“亚历山大·詹姆斯·昆汀·杜根。”托马斯刚接起电话他就报出一个名字。

“这个人怎么了？”托马斯问。

“一九二九年四月三日出生于萨姆本·费什利，圣马可教区。今年七月十四日用正式表格通过正规途径申请了一份护照。护照于次日核发，并于七月十七日邮寄到了申请表格上登记的地址。这个地址很可能是一个住宅地址。”

“为什么这个人有问题？”托马斯问，他不喜欢等待。

“因为亚历山大·詹姆斯·昆汀·杜根已于一九三一年十一月八日两岁半的时候在他家乡的一起交通事故中死亡。”

托马斯想了一会儿。

“过去一百天里还有多少核发的护照没查？”他问道。

“大概还有三百个。”电话里的声音答道。

“让别的人接着查剩下的，以备万一那堆里还有假冒的，”托马斯指示道，“让别人负责那一组，你去查一下护照寄送的这个地址，一找到就打电话向我汇报。如果那个地址有人在，就问问房子的主人。把这个假冒的杜根的全部详细情况和护照申请表上的照片带给我，我要看看凯斯洛普这家伙化了装之后的模样。”

快到十一点的时候，这个高级督察回电话了。要查问的地址是一家卖烟和报纸杂志的小铺子，在帕丁顿，就是那种有面窗户上到处贴着妓女揽活儿的地址卡片的小店。店主住在铺面楼上，他被喊起来，承认说他经常为没有固定地址的顾客收邮件，收取费用。他不记得这个叫杜根的顾客是不是经常来，可能他就来过两次，一次是来约定在他这儿收信，第二次来取走了他等的那封信。督察向这个卖报刊的出示了凯斯洛普的照片，但他没认出来。他也给他看了申请表上的杜根的照片，这个人说他觉得他记得第二个人，但不是很确定。他觉得那个人可能戴了一副墨镜。他的铺子柜台后面摆了很多色情杂志，很多来他这儿买这些的人都戴着墨镜。

“把他带来，”托马斯命令道，“你也一起回来吧。”

然后他拿起电话，让接线员接巴黎。

电话又是在晚上会议开了一半的时候打来的。勒贝尔警长刚解释完他认为凯斯洛普毫无疑问在法国没用自己的名字，除非他通过渔船偷渡到了乡村，或是在某个偏僻的边防哨所潜入法国境内。他个人不认为一个职业刺客会那样做，因为那样的话，他的护照上就没盖入境戳，那样随后在法国任何检查点，他都会因持有他本人的护照而被捕。

法国境内的酒店也没有找到用查尔斯·凯斯洛普本名入住的人。

这个观点为中央档案局局长、边境检查处负责人，以及巴黎警察局局长所证实。所以会上没有争执。

勒贝尔分析道，有两种可能，如果这个人认为自己不会被怀疑而不准备使用假护照，那这种情况下，对他伦敦寓所的突袭就该能抓住他了。勒贝尔说他并不认为是这样，因为托马斯警司的人在豺狼伦敦寓所发现衣柜和抽屉都是空的，洗漱用品和剃须用具也不见了，这都表明，这个人离开伦敦，从他的住所消失，肯定是有计划地去了什么地方。这一点也被他的邻居证实。那个邻居提供线索时说，凯斯洛普曾经说过要驾车去苏格兰旅游。不过英国和法国的警方都没有理由相信这会是真的。

第二种可能，这个凯斯洛普已经有了一份假护照，英国警方目前正在找这份假护照。这种情况下，他或者现在不在法国境内，而在别的什么地方完善他的准备工作；或者可能他已经在未被怀疑的情况下进入了法国。

基于这一点，与会的几个人开始提出质疑。

“你的意思是，他可能在这儿，在法国，甚至是在巴黎的市中心？”亚历克斯·安德烈·桑吉内蒂提醒道。

“问题是，”勒贝尔解释说，“他有他的时间表，而且只有他知道。我们已经调查了七十二个小时，仍无法知道我们接触到了这个人的时间表上的哪一点。我们能够有把握的是，这个刺客除了知道我们已警觉到存在着一项暗杀总统的阴谋之外，并不知道我们取得了什么进展。因此只要我们辨明了这个用新名字的人的真面目，并且探明了他的行踪，我们就极有希望逮住一个根本想不到自己会落网的人。”

但会议还是不能平静下来。一想到这个杀手甚至就在他们身边不到一英里的地方，而且按这个人的时间表，也许刺杀总统就在明天，每个人都非常焦虑。

“当然，也可能，”罗兰上校沉思着说，“他从罗丹那里获悉，或是从那个中间人瓦尔米处得知，他的计划原则上已经暴露，所以凯斯洛普离开他的寓所去处理他所做的准备。比如说，枪，子弹，这些现在甚至都已经被扔进苏格兰的哪个湖里了。这样他就可以干干净净地回到他本国的警察面前了。这种情况下很难起诉他。”

与会的人仔细想了想罗兰的设想，赞同的人显然越来越多。

“上校，那就请您告诉我们，”部长说道，“如果你受雇执行此项任务，即使你的真实身份仍未暴露，但已经知道计划败露，你会怎么做？”

“部长先生，这是必然的，”罗兰上校回答道，“如果我是一名有经验的刺客，我就会认识到，肯定哪里有了我的一些档案材料。计划既然暴露，那警察登门造访和搜查住处就只是时间问题了。所以我要销毁证据，没有比苏格兰某个偏僻的湖泊更好的地方了。”

围坐在桌边的人都对他报以微笑，显然他们对他的这个推测十分赞同。

“但是，这并不意味着我们可以对他放任自流。我仍然认为我们应该……继续关注这个凯斯洛普先生。”

大家的笑容都消失了。沉默持续了好几秒钟。

“我不是太明白，我的上校。”吉布将军说道。

“这很简单，”罗兰解释道，“我们的命令是找到并消灭这个人。此时，他也许已经放弃了他的计划。但他很可能并没有销毁他的装备，只是为了通过英国警方的盘查而把它们藏起来了。那之后，他可以简单地到他藏东西的地方把装备再取出来，然后做一番新的更难察觉的准备就可以了。”

“不过可以肯定的是，如果英国警方找到了他，如果他还在英国的话，他们会拘捕他的，不是吗？”有人问道。

“不一定。事实上我很怀疑。他们很可能没有证据，只是怀疑。我们的英国朋友在他们乐于称道的‘公民的自由权利’的敏感程度上可是声名卓著的。我怀疑他们可能只是找到他，查问一下，然后就因为缺乏证据让他走了。”

“上校是对的，”圣克莱尔插嘴道，“英国警方只是侥幸发现了这个人。他们让这样一个危险分子逍遥法外真是愚蠢得让人难以置信，应该授权罗兰上校让这个凯斯洛普永远不能为非作歹。”

部长注意到，在大家议论纷纷的时候，勒贝尔警长始终一言未发，毫无笑容。

“噢，队长，你怎么看？你同意罗兰上校关于这个凯斯洛普放弃计划，正在隐藏或者销毁他的准备及装备的观点吗？”

勒贝尔看了看两边那两排充满期待的面孔。

“我希望，”他轻轻说道，“上校是对的。但恐怕他错了。因为，”勒贝尔温和地解释道，“他的推测虽然有逻辑，却必须以凯斯洛普确已决定放弃其行动计划为前提条件，而且要以他真的做出了这样的决定为根据。假如他没有做出这样的决定呢？假如他并没有接到罗丹的消息，或是虽然接到却依然决定照样干下去呢？”

与会的人惊愕起来，纷纷表示不赞同，惊慌的声音响成一片，只有罗兰没出声。他默默地盯着勒贝尔。他在想的是：“勒贝尔真是思维敏捷，在座的人看来谁也没有充分认识到这一点。”他意识到，勒贝尔的想法和自己一样实际。

正在这个节骨眼上，有电话找勒贝尔。这次他离开的时间超过三十分钟。他回来后，又对全都默不作声的参加会议的人说了十分钟。

“我们现在做什么？”等勒贝尔说完，部长问道。勒贝尔像将军指挥自己的部队一样发布着命令，镇定自若，看起来一点不着急。屋里的人虽然级别都比他高，但没人质疑一个字。

“那就这样，”他总结道，“让英国警方查找航空公司售票处和各海峡渡口等地方的记录，同时我们要暗中在全国范围内秘密搜捕这个换了新面目的杜根。如果他们先找到他，在英国本土的话就将他拘捕，如果他已经离开英国就通知我们。如果我们在法国境内找到他，那就逮捕他。如果他在第三国，我们要么就等他毫无戒备地进入法国时，在边境抓获他，或者，采取其他行动。那时候，我找到他的任务就完成了。不过，那之前，先生们，如果你们同意按照我说的去做，我将不胜感激。”

他如此大胆直言，信心十足，其他人都无话可说，只能点头同意。即使是圣克莱尔·德维劳本也无言以对。

他子夜时分过后才回到家，这才给他连绵不绝的愤怒找到了一个听众。想到这个可笑、平庸的小个子警察居然是对的，而那些在这个领域里的头号专家们居然都错了，他就不禁怒火中烧。

他趴在床上，他的情妇一边给他按摩脖子，一边既同情又理解地听着他喋喋不休的牢骚。直到快天亮时他才睡熟。她这才能溜到客厅打了一个很简短的电话。

铺着吸墨纸的办公桌上，并排摆放着两份护照申请表和两张照片，台灯的光束笼罩在上面。托马斯警司低头看着这些。

“我们再来一遍，”他对坐在他身边的那个高级督察命令道，“准备好了吗？”

“好了，长官。”

“凯斯洛普：身高，五英尺十一英寸。对吗？”

“是的，长官。”

“杜根：身高，六英尺。”

“加厚鞋跟，长官。穿特制的鞋，就能让身高增加两英寸半，很多矮个子的演艺界人士出于虚荣就是这么干的。而且，在护照柜台没人看你的脚。”

“好吧，”托马斯表示同意，“加厚鞋跟的鞋。凯斯洛普：头发颜色，棕色。这并不说明什么。发色可以在浅棕色和栗棕色之间变化，从这张照片上看他好像是深棕色头发，杜根的也写着棕色，但他看来像是浅棕色。”

“是的，长官。但照片上的头发通常看起来要深一些。这取决于光线，以及照片放置的位置等等因素。同样，他可以把头发染成浅棕色变成杜根。”

“好的。我同意。凯斯洛普，眼睛颜色，棕色。杜根，眼睛颜色，灰色。”

“隐形眼镜，长官，这很容易。”

“嗯。凯斯洛普三十七岁，杜根四月生，三十四岁。”

“他得扮成三十四岁，”督察解释道，“因为真的杜根是一九二九年四月生的，那个小男孩两岁半就死了，这是变不了的。不过没人会去盘问一个护照上写着三十四岁，而实际是三十七岁的男人。护照会被相信的。”

托马斯看着两张照片。凯斯洛普看起来肌肉更发达，脸部比较丰满，体魄更强健。要变成杜根的话，他可以改变外貌特征。事实上，他很可能第一次见“秘密军组织”的头目时就易了容，从那以后，包括申请护照的时候，他都一直保持那副样子。像这样的人，为了避免被人认出来，显然是能够用另外的身份过上好多个月的。很可能就是用了这个方法，这个狡猾得令人头疼的凯斯洛普才能游离于各国警方的档案之外。如果不是加勒比酒吧里的传闻，警察永远也注意不到他。

不过从现在起，他变成杜根了，染了头发，戴了有色隐形眼镜，把身材弄得瘦削一些，加厚了鞋跟。他把杜根的体貌特征，以及护照号和照片传真给了巴黎。他看了看表，估计勒贝尔全部拿到这些得是早上两点了。

“后面的事就看他们的了。”那个督察说道。

“噢，不，小伙子，从现在起我们要做的事更多了，”托马斯恨恨地说，“早上我们要做的头一桩就是开始查找各航空公司售票处、各海峡港口、各洲际铁路售票处，所有那些地方。现在我们不仅是要找出他是谁，还要找出他身在何处。”

就在这时，萨默塞特宫又有电话来。最后一份护照申请也已经检查过了，全都没问题。

“好的，谢谢那几位为我们加班的工作人员，然后接着干。早上八点三十分，你们所有人都准时到我办公室来。”托马斯说道。

一个警员走进来，拿着报刊铺老板供词的复印件。那个人被带到当地警察局讯问过了。托马斯看了看这份宣誓过的供词，和之前他在自家楼梯上对政治部督察说的差不多。

“我们没什么事要继续拘留他了，”托马斯说，“你去告诉帕丁敦分局的人，让他回去睡觉，看他那些色情照片去吧。”

这个警员答道：“是，长官。”然后便转身离开了。

托马斯向后靠进扶手椅里，想睡一会儿。

他说话的时候，时间悄悄滑入了八月十五日。

16

沙隆尼尔男爵夫人在自己的房间门口停了下来，转身对着送她回来的这个年轻的英国人。在半明半暗的走廊里，她看不清他的脸，只能看到一个模糊的轮廓。

这个夜晚她过得很愉快。此时她尚不能确定是否要坚持在自己的房门前结束这一天。之前的一个小时里，这个问题一直在她脑子里打转。

一方面来说，尽管她以前也有过风流韵事，但她毕竟是有身份的已婚女士，现在只是在一家省际旅馆过一夜，不能随便让自己被一个完全陌生的人勾引；另一方面，她目前的年龄也正是最容易受诱惑的，她自己也十分坦率地承认这一点。

巴塞罗尼特军事学院坐落在阿尔卑斯山的高处，她在那里待了一天，出席儿子的阅兵式。她儿子最近被任命为猎人营[1]少尉，猎人营也是孩子父亲的老部队。尽管她无疑是阅兵式上最迷人的母亲，但看到儿子接过他的军官臂章，被任命为法国陆军军官后，她还是感到震惊——她彻底意识到，再过几个月她就四十岁了，是一个已

1　一八八八年十二月二十四日，为对抗意大利的山地作战部队，法国通过法案组建自己的山地作战部队——猎人营。法军猎人营是世界上最早使用贝雷帽作为军帽的部队。

经成年儿子的母亲。

虽然她看起来要比实际年龄小五岁，有时甚至感觉要小上十岁，但想到她的儿子已经二十岁了，说不定已经开始胡搞女人，再也不乖乖地从学校放假回家，在私人庄园周围的森林里打猎，她就觉得很茫然，不知道该做些什么才好。

尽管得到了军事学院那个浑身骨骼嘎嘎作响的老上校院长的大献殷勤，还有儿子的同班同学红着脸扫过的艳羡的目光，但她却忽然感到分外孤独。很多年了，她知道她的婚姻早已名存实亡——男爵忙着在比尔博凯和卡斯特尔之间追逐那些像洋娃娃一样的十几岁巴黎少女，根本无暇来庄园过夏天，甚至都没来出席儿子的授衔礼。

她从高高的阿尔卑斯山开着私家车返回，在这家山谷外的乡间旅馆留宿的这个晚上，漂亮健康的她忽然感到如此孤独。现在看来，除了学院上校的那种老掉牙的献殷勤，或是和那些大男孩难以让人满足的轻佻的调情，什么都没指望了。如果她今后再让自己献身于慈善事业，那她可就真的完了。无论如何，现在还不是时候。

不过待在巴黎实在是让她觉得尴尬难堪。整个社交圈里，一半人都在嘲笑总是追逐那些十几岁少女的阿尔弗莱德，而另一半人则在嘲笑她。

在休息室喝咖啡的时候，她对未来感到迷惑。她强烈感到，需要有人对她说，她是个女人，一个漂亮的女人，而不仅仅是男爵夫人。正在这时候，那个英国人走了过来，提议说，旅馆客厅里只有他们两个人，他能否来同她一起喝咖啡。她冷不防被他吓了一跳，惊讶得说不出拒绝的话来。

过了几秒钟，她才回过神来。起初，她后悔得想踹自己一脚，不过十分钟之后，她就不再为接受他的邀请而懊恼了。她估计，他大概在三十三岁到三十五岁之间，正是男人最好的年纪。他虽然是英国人，但说着一口流利的法语，人长得也相当英俊，又幽默。她很享受他巧妙的恭维，甚至还鼓励他那样做，所以直到将近十二点她才站起身，说自己第二天要早起。

他陪她上楼。在转角平台的窗前，他们停了下来，望着窗外熟睡中的乡野。窗外皎洁的月光下，是覆盖着林木的山坡。她瞟了他一眼，发现他的目光并没有落在窗外，而是落在她双乳之间的深谷里。月光把她前胸的皮肤照得像大理石一样雪白。

察觉到她的注视后，他笑了，凑到她的耳边轻声说："即使最文明的人也被月光变成了野人。"她转过身，走上楼梯，假装恼怒的样子，但心里却因为这个陌生人不加掩饰的倾慕而漾起一阵喜悦。

"这真是一个让人愉快的夜晚，先生。"

她的手放在门把手上，有点茫然。她想，这个男人会不会吻她？从某一方面来说，她希望他这样做。尽管话说得很平常，但她能感到她的小腹开始升起强烈的欲望。也许这只是葡萄酒的缘故，或者是喝咖啡时要的苹果白兰地，又或者是月光下的景致所致，不过她很清楚，这肯定不是她开始所想的今晚的终结。

她感到这个陌生人一言不发地用胳膊揽住了她的背，嘴唇压在了她的嘴唇上——温暖而坚决。"必须停下来。"她身体里一个声音在说。然而一秒钟之后，她就回应了这一吻，只不过是闭着嘴。酒让她的头感到眩晕，这一定是酒精的作用。她能感到搂着她的胳膊越来越紧——它们强壮有力。

她的大腿被他顶在他的小腹下，隔着自己衣服的丝质面料，她能感觉到他的阴茎骄傲地坚挺起来。有那么一瞬，她把腿向后移了一点儿，然后又放了回去。没时间清醒地做决定了，不用想也知道，整个晚上她都想要他想得厉害——从她的两腿之间，从她的小腹里。

她发觉身后的门向内被打开了，她挣脱开他的拥抱，向后退进了房间。

“来吧，野人。”

他走进屋，关上了门。

伦敦。所有的档案又都被连夜查了一遍，这次是找一个叫杜根的人。这回收获比较多。找到了一张卡片，表明亚历山大·詹姆斯·昆汀·杜根七月二十二日从布鲁塞尔搭乘布拉班特特快列车进入法国。一小时后，同样是这个边境检查站，这趟从布鲁塞尔到巴黎的列车返回时，列车上的海关人员报告，在列车行驶途中执行公务时发现，杜根这个名字再次出现在了七月三十一日从巴黎去布鲁塞尔的北极星特快列车的旅客名单里。

巴黎警察局送来一张署名杜根的酒店登记卡，上面登记的护照号码和伦敦传来的情报中那个杜根所持的护照号码一致。这张登记卡表明，杜根七月二十二日至三十日之间（包括这两天在内），一直都待在靠近马德兰广场附近的一家小酒店里。

卡伦督察一心只想立刻搜查那家酒店，但勒贝尔主张凌晨时分悄悄去那家酒店和店主聊一聊。店主很高兴他要找的那个人并不在旅馆，他还非常感激警官办事周到，没有把所有的旅客吵醒。

勒贝尔命令一名便衣警探以客人身份入住该酒店，在得到进一步指示之前一直待在那里，不许外出，以免这个杜根再次出现。店主也乐于合作。

清晨四点三十分，勒贝尔回到办公室后，对卡伦说：“七月的这次到访，是一次侦察旅行。不管他的计划是什么，他已经把一切都安排好了。”

然后，勒贝尔向后靠进椅子里，盯着天花板，陷入沉思。他为什么住酒店？为什么不像所有其他“秘密军组织”执行任务的特工那样，住到“秘密军组织”的某个同情者的家里？因为他不相信“秘密军组织”的同情者会保守秘密。他的考虑相当正确。所以说，他是一个人在干，不相信任何人，是在按他自己的方式，独立策划、安排他的行动。他使用假护照，很可能举止得当，彬彬有礼，没引起任何怀疑。酒店的主人在谈话时也印证了这个想法，“一个真正的绅士。”他说。一个真正的绅士，勒贝尔想，哼，像蛇一样危险。对警察来说，这种“真正的绅士”是最危险的。永远不会有人怀疑他们。

他看了一眼从伦敦传来的那两张照片——凯斯洛普和杜根的。凯斯洛普变成了杜根，身高、头发、眼睛、年龄，可能还有举止，都改变了。勒贝尔试着在脑子里勾勒着这个人的样子。他会是什么样子呢？自信，傲慢，从不失手？危险，狡诈，小心谨慎，从不给人可乘之机？他肯定有武器，但是什么武器呢？左腋下夹一把冲锋枪？一把迅速掷向目标胸口的尖刀？一支步枪？可他通过海关的时候能把它放在哪儿呢？拿着这样的东西他怎么接近戴高乐将军呢？总统公开露面地点的二十码之内，连女士的手包都会引起怀疑。携带长形包裹的男人无论在哪儿，一旦靠近就会被毫不客气地赶走。

我的上帝啊，爱丽舍宫的那个上校还觉得豺狼只是又一个普通杀手呢！勒贝尔知道他有一个优势：他知道这个刺客的新名字，而这个刺客并不知道他已经知道了。这是他唯一的王牌，除此之外，所有的一切都对豺狼有利。不过今天晚上的与会人员没人会发现这一点，也不会承认这一点。

如果在抓到他之前让他得到风声，知道了你所掌握的情况，然后再次更换身份，克劳德你这小子，他心想，麻烦可就大了。

“一定要制止他。”他大声说道。

卡伦抬头看着他。

“您说得对，头儿。他没有机会的。”

这几天勒贝尔很爱发脾气，这可不像他平常的样子。大概是缺乏睡眠的缘故。

窗棂外，下弦月的光芒像手指一样慢慢滑过床上凌乱的被褥，向窗边退去，照亮了从床腿到房门之间的地毯上四处散落的丝绸衣服、内衣和尼龙袜。床上的阴影里，隐约可见两个人的身体。

克莱特仰面躺着，凝视着天花板，一只手的手指慵懒地滑过自己小腹上枕着的头颅上亚麻色的头发。她回想着这一晚，半张着嘴，微笑着。

这时她知道，长久以来她是多么渴望能有这样一个夜晚。

她看了看床边的旅行小闹钟。已经是早上五点十五分了。她把手探进亚麻色头发里握紧，轻轻一拉。

“嗨。”

英国人半睡半醒，咕哝了一句。两个人都全裸着睡在乱作一团的床单上——旅馆有中央供暖设备，房间里很暖和。亚麻色头发的脑袋挣脱了她的手，滑到了她的大腿间。灼热的呼吸弄得她痒痒的。

“不，不要了。”

她迅速坐了起来，抓着他的头发抬起他的脸，直到她能看到他。他向前爬过来，把脸压在她胸前，开始亲吻她。

“我说了，‘不’。”

他抬起头，看着她。

“够了，亲爱的。再有两个小时我就得起床了，你也得回到你的房间去。现在，我的小英国佬，现在就收拾一下吧。”

他点点头，一骨碌从床上爬起来，站在地板上，四下找着他的衣服。她钻到被单底下，从膝盖周围那团衣服里找出他的来，举着递给他。他穿着停当，上衣和领带搭在胳膊上，在半明半暗中低头看着她微笑。她看到他咧嘴微笑时牙齿泛着白光。他坐在床边，右手搂着她脖子，脸离她只有几英寸远。

“睡得好吗？”

“嗯——非常好。你呢？”

他微笑着反问：“你觉得呢？”

她也笑了起来：“你叫什么？”

他想了一会儿。“亚历克斯。”他撒谎道。

“好吧，亚历克斯，真是非常好。不过你也该回你的房间了。”

他弯下腰，吻了一下她的嘴唇。

“那么，晚安，克莱特。”

一秒钟后他就消失了，关上了门。

早上七点，太阳正在升起，一个宪兵骑警来到瑟夫旅馆。他下了车，走进门厅。店主已经起床了，正在前台后面忙着给各个房间打叫早电话并烹制即将送往客房的咖啡。他跟宪警打了个招呼：

“嗨，天气不错，你一早就来了？”

“和平常一样嘛，”宪警说道，“骑车到这儿要很长时间，所以我总是最后到你这儿。”

“别说了，”店主咧嘴一笑，“附近就我们这儿的早餐咖啡最棒了。马里耶–路易斯，给先生拿杯咖啡，毫无疑问还得来一杯苹果白兰地。”

这个乡村警察高兴地咧开嘴笑着。

“这是卡片，”店主说着，把前一晚新到客人填写的白色卡片递过去，“昨天晚上只有三个新客人。”

警察接过卡片，放进腰带上的皮包里。

“真不值得跑一趟。”他笑着，坐在门厅的凳子上，等着他的咖啡和苹果白兰地，马里耶-路易斯给他端来的时候，他还跟她开了几句下流玩笑。

直到八点，他才回到峡谷地区宪兵警察局，皮包里装着酒店的登记卡。然后，警局的督察把卡片拿了去，随便翻着，放到了架子上。白天晚些时候再送到里昂地区总部去，然后再送往巴黎的中央档案局。他完全看不出这能有什么意义。

督察把卡片放到架子上的时候，克莱特·沙隆尼尔夫人结清了账单，爬到方向盘后面，向西开去。豺狼则在楼上一直睡到九点。

托马斯警司正在打瞌睡，身旁的电话铃声大作。这是连通他办公室和走廊另一头房间的内部电话。昨天他简单介绍完之后，那六个警员和两名督察就一直在那间房间里的一排电话上忙着。

他看了看表，十点了。该死，我怎么睡着了。这时他想起他已经睡了几个小时了。自从周一狄克逊找他以来，现在已是星期四上午了，他不知到底少睡了多少小时。电话又响起来。他拿起话筒：“你好。”

那个高级督察的声音从电话里透过来。

“我们的杜根朋友，周一早上从伦敦乘BEA航空公司的班机离开，票是周六订的，名字没问题，亚历山大·杜根。在机场拿票时付的现金。”

“去哪里的？巴黎？ ”

“不，警司。布鲁塞尔。”

托马斯顿时清醒过来。

“好的，听着。他可能走了但还会回来，继续监视航空公司订票处，看是不是还有用这个名字做的其他预订。尤其是有没有预订尚未离开伦敦的航班。检查之前的预订，如果他从布鲁塞尔回来，立刻告诉我。不过我怀疑他不会回来了。我想我们已经让他溜掉了。虽然他肯定是在调查开始前几个小时才离开伦敦的，但不是我们的错。对吧？”

“是的。在英国查找这个真正的凯斯洛普的行动怎么办？我们已经通知了很多地方省区的警方，这会儿他们正在抱怨苏格兰场呢。”

托马斯想了一会儿。

“取消，”他说道，“我很肯定他已经走了。”

他拿起外线电话，要求接巴黎司法警察局勒贝尔警长办公室。

卡伦督察原本打算在星期四之前离开这个疯人院似的办公室，但这个想法又破灭了。首先是早上五点十分，英国人的电话就来了。是他接的电话，但托马斯警司坚持要和勒贝尔通话。他走向角落，把行军床上正在睡觉的勒贝尔弄醒。勒贝尔看上去就像死去一个星期的人一样，不过他还是接了电话。他刚向托马斯通报了身份，卡伦就接过了听筒。由于勒贝尔和托马斯两人语言不通，必须由卡伦从中翻译。

“告诉他，”勒贝尔思索着托马斯的情报，说道，“从现在开始，由我们来处理比利时的事。告诉他，对于他的鼎力相助，我由衷感激。如果在欧洲大陆而不是在英伦三岛发现这个杀手，我会立刻通知他，那样他就可以让他的人休息了。”

电话挂上了，两个人坐回办公桌前。“给我接布鲁塞尔保安局。”勒贝尔说。

豺狼起床时，太阳已经高高挂在山顶上了，今天肯定又是个晴朗的夏日。他洗了个澡，穿好衣服，从马里耶-路易斯手里拿回熨好的那套格子套装，并向她表示感谢，她的脸又红了。

十点半，他驾车进了城，到邮局给巴黎打长途电话。二十分钟后他出来时，嘴唇紧闭。他在附近的一个五金店买了一夸脱蓝色高光油漆，半品脱听装白漆，两把刷子——一把头上装着骆驼的细毛，用来写字的那种，另一把是毛长约两英寸的软毛刷，还买了一把螺丝刀。他把这些放在汽车驾驶室操作面板上的储物盒里，回到瑟夫旅馆，让店家把他的账单给他。

账单准备好后，他上楼去收拾行装。他亲自把行李箱搬到了车上，三个箱子都放在了后备箱里，手提箱放在了副驾驶位子上。然后他又走进旅馆门厅，结清账目。前台白班的服务员后来说，他看起来行色匆匆，有些紧张，费用都是用新的一百法郎一张的现金支付的。

不过有件事他没有说，因为他没看见。他在里屋找零钱的时候，这个亚麻色头发的英国人翻过登记簿，在写着他来的那天入住旅馆客人名单的前一页上，这个英国人看到前一天的入住客人名单里有一个名字——沙隆尼尔男爵夫人，地址为沙隆尼尔高地庄园。

付完账单不一会儿，服务员就听到阿尔法轰鸣着开上了路。英国人走了。

中午前，克劳德·勒贝尔的办公室收到了更多的消息。布鲁塞尔保安局来电话说，杜根周一只在城里待了五个小时。他乘BEA从伦敦来，下午就乘意大利航空公司的航班飞往米兰。他在之前的星期六，通过电话在伦敦订的票，在柜台用现金付了票款。

勒贝尔立刻给米兰警察局打了一个电话。

他刚把电话放下，电话铃就又响起来。这次是边境检查处打来的。电话说，刚接到一份日常工作报告，就在前一天，在文蒂米利亚出入境检查站从意大利进入法国的旅客登记卡里，有亚历山大·詹姆斯·昆汀·杜根的名字。

勒贝尔跳了起来。

“将近三十个小时，”他喊道，“都一天多了！”他挂掉电话。

卡伦扬起眉毛，看着他。

“卡片，”勒贝尔不耐烦地解释道，“在文蒂米利亚和巴黎之间传递。他们现在正在分拣昨天早上全部进入法国的入境卡，他们说数量超过两万五千张。才一天，你瞧，我知道我不该大声嚷嚷。至少我们知道了一件事——他在这儿。绝对没错，就在法国境内。如果晚上开会时我说不出什么新消息的话，他们会扒了我的皮。噢，顺便说一句，给托马斯警司打电话，再次对他表示感谢。告诉他，这个豺狼在法国，从现在开始，我们来处理这件事。”

卡伦给伦敦打完电话，刚挂上话机，里昂司法警察署地区事务总部就打来电话。勒贝尔一边听着电话，一边抬起头兴奋地看着卡伦。他用手捂住话筒。

“我们找到他了。他在加普的瑟夫旅馆登记入住两天，昨晚才到。”然后他放开捂着话筒的手，对着话筒说道：

“现在听好，警长，我不用向你解释为什么我们要找这个叫杜根的男人。你只需要知道我说的事很重要。我要你做的是……”

他足足说了十分钟，刚放下电话，卡伦桌上的电话就响起来。又是边境检查处，他们报告说，杜根租用了一辆阿尔法罗密欧两座跑车进入法境，登记号是MI-61741。

“要我通知所有警局有关租车的情况吗？”卡伦问道。

“不，还不到时候。如果他现在在乡间某地驾车，很可能会碰上乡村警察。警察只知道自己在找一辆失窃跑车。而豺狼则会杀掉一切试图截住他的人。他的枪肯定在车上什么地方。重要的是，他在旅馆预订了两个晚上。我希望在他回来的时候，那个旅馆已经被军队包围了。如果可以避免，不要让任何人受伤。来吧，如果我们想赶上直升机的话，现在就出发吧。”

即使是在树荫里，正午的炎热还是让人冒汗。豺狼光着上身，尽量避免把衣服弄脏。他在车上忙活了两个小时。

离开加普后，他一直朝正西的迪镇进发。一路几乎都是下坡，道路在山间盘旋而下，像被随意丢弃的缎带。他把车速开到最大，车子急转弯时，轮胎厉声尖叫，有两次差点把对面开来的汽车司机挤入山谷。过了阿斯普雷山，他驶上RN93号公路。德罗姆的河水向东汇入罗纳河，RN93号公路便是沿着德罗姆河前行。

又开了十八英里，道路往复几次横跨河流。过了一会儿，他想，该让阿尔法离开大路了。这里有很多支路从大路通向山区和高地的村落，他随便找了一条，又开了一英里半，然后又选了一条小路，开进树林。

下午三点的时候，他将车粉刷完毕，向后退了两步。汽车现在一身亮丽的深蓝色，大部分的油漆都干了。尽管无论如何不是专业人员粉刷的，但如果只是接受例行检查的话，还是可以过关的，尤其是在傍晚的时候。两个车号牌都被拆了下来，面朝下放在草地上，背面用白漆画上了编造的法国车牌号——最后两位数字是75，那是巴黎的登记代码。豺狼知道，这是法国公路上最为普通的汽车牌号类型。

白色意大利阿尔法车的租赁证件和保险文件显然和眼前这辆蓝色的法国阿尔法车不匹配，如果他被路卡拦下来，没有证件，那他就完了。他用抹布在油箱里沾了沾，把手上沾上的油漆擦掉，脑子里想着唯一的问题：是现在就发动汽车，冒险在白天展示汽车的业余油漆粉刷呢，还是一直等到暮色降临？

他估计，一旦他的假名暴露，他进入法国的地点一定很快就会被人知道，然后就会有人查找这辆车。他比刺杀时间早来了好几天，需要找个地方藏起来，直到他准备好。这就意味着要在乡野穿行二百五十英里去克雷兹地区。最迅速的方法就是开这辆车去。这有危险，但他决定采取这种方式。就这么办，那么，越快越好，要赶在所有乡村机动巡警四处搜寻开着一辆阿尔法罗密欧跑车的亚麻色头发的英国人之前。

他把新号牌拧上，把剩下的油漆和两把刷子扔掉，重新穿上他的丝质高领衫和上衣，发动了引擎。他急速驶回RN93号公路，看了一眼表。现在是下午三点四十一分。

他看见头上高高的天上有一架直升机轰鸣着朝东飞去。离迪镇还有七英里。他很清楚这个村名不像英语那么念[1]，但这个名字的巧合还是让他心存芥蒂。他不迷信，但他开车到了镇中心时，两只眼睛都眯了起来。在主广场靠近战争纪念碑处，有个身材魁梧、穿着黑色皮革上衣的摩托车骑警站在路中央，挥手让他停到路右边。他知道，他的枪仍然稳稳地绑在车底盘上的钢筒里。他没有携带任何自动武器或是刀具。他犹豫了一秒钟，不知是该用汽车前翼板将这个警察猛撞一下，然后继续开出几英里后将车扔掉，带着四件行李，试着在没有镜子和洗脸池的情况下化装成詹森牧师呢，还是现在就停车。

这个警察帮他作了决定。阿尔法开始慢下来的时候，他根本没

---

1 迪镇的拼法为“Die”，与英文的“死”是同一个单词。

注意到豺狼。这个警察转过身，向着路的另一头张望。豺狼把车滑到路边看着他，静静地等着。

他听到从小镇远端传来警笛的尖啸。不管发生了什么，现在逃走都太迟了。一个由四辆雪铁龙和六辆黑色玛丽亚警车组成的车队开进了村子。那个交警跳到一边，挥臂敬礼。车队从停在那儿的阿尔法旁边疾驶而过，向豺狼来的方向冲去。透过装有铁丝网的车窗——法国人称之为“沙拉篮子”——他能看到成排戴着钢盔、膝盖上横放着冲锋枪的警察。

一眨眼的工夫，车队就过去了。骑警放下敬礼的胳膊，向豺狼懒洋洋地打了个手势，示意他现在可以走了。然后自己走向停在战争纪念碑旁的摩托车。蓝色阿尔法向西消失在街角的时候，他还在努力发动着摩托车的引擎。

下午四点五十分。他们抵达瑟夫旅馆。克劳德·勒贝尔在城镇另一头一英里外降落，乘警车驶达旅馆，在卡伦的陪伴下走上二楼。卡伦穿着雨衣，雨衣下面右臂上挎着一支MAT49型冲锋枪，食指放在打开的扳机上，子弹上了膛。镇上每个人都知道有事发生，只有店主还懵然不觉。旅馆已经被包围了五个小时，唯一让店主奇怪的是卖鳟鱼的鱼贩没来送他今天捕到的鲜鱼。

店主在他的办公室里忙着算账，前台服务员喊他，他才走了出来。勒贝尔听着他回答卡伦的问题。店主紧张地瞟着卡伦胳膊下夹着的那根形状古怪的玩意儿，耷拉着肩膀。

五分钟后，旅馆里布满了穿着制服的警察。他们盘问店员，搜查房间，四处走动。勒贝尔独自走了出去，来到路边，凝望着四周的群山。卡伦也走了过来。

“您认为他真的走了吗，头儿？”

勒贝尔点点头："他的确已经走了，不是吗？"

"但他订了两天啊。您觉得这个店主和他是一伙的吗？"

"不。他和店员都没说谎。他今天早上改了主意，然后离开了。现在的问题是，他到什么鬼地方去了，他是否怀疑我们知道了他是谁？"

"但他怎么可能知道呢？他不可能知道的。肯定是巧合，肯定是这样。"

"我亲爱的卢西恩，希望如此吧。"

"我们现在唯一能继续追踪的，就只有汽车牌号了。"

"是的。这是我的失误。我们本该注意汽车的。到车上去，通知里昂地区警局，让所有警局、哨卡进入戒备状态，一级戒备。白色阿尔法罗密欧车，意大利产，车牌号是MI-61741。接近时要小心，相信驾车人持有武器，高度危险。你知道该怎么做。不过还有一件事，任何人都不许向媒体透露此事。命令内容包括：疑犯很可能不知道他已被怀疑，任何人如果让他从广播里听到或者从报刊上读到这个信息，我就扒了他的皮。这里的事我会让里昂的加亚尔警长接手。然后我们回巴黎去。"

差不多六点的时候，蓝色阿尔法静静驶入瓦朗斯市。七号公路，里昂到马赛的主干道，以及从巴黎通往科特达祖尔的高速公路上汽车洪流的轰鸣声响彻罗纳河两岸。阿尔法穿过南去的大路，过了桥，驶上朝西岸圣佩雷去的RN533号公路。桥下，宽广的河水在下午的阳光下仿佛隐约在燃烧。它不理睬那些向南匆匆而去的小小的钢铁昆虫，按照自己的步伐，惬意地翻滚着，奔向等待它的地中海。

豺狼刚驶过圣佩雷，夜幕便降临在他身后的峡谷。他驾着那辆小跑车越爬越高，进入了奥弗涅省的中央高原地区。经过勒皮后，道路越来越陡，山也越来越高，所有的城镇看起来都像是一个温泉浴场。在那里，涓涓的水流从断层的岩石里喷涌而出，吸引着城市里那些患有各种湿疹和痛风的人们，也让目光敏锐，热衷于做温泉洗浴生意的农民因此发了财。

过了布里尤德，阿利河河谷被抛在了身后，夜晚的空气中能闻到高原牧场更加灼热的气息和干草味。豺狼停下车，在伊苏瓦尔加满油，然后迅速穿过多尔山的赌城和布尔道尔温泉浴场。子夜时分，他抵达多尔多涅河源头附近。多尔多涅河从奥弗涅的群山中发源，向南向西流经六道水坝，在波尔多流入大西洋。

从布尔道尔开始，他取道RN89号公路，向克雷兹的于塞勒镇开去。

“你简直是个傻瓜，警长先生，一个傻瓜。他已经在你的掌握之中，而你却让他溜掉了。”圣克莱尔说这话时半站起身子，低头盯着光滑的红木桌另一头勒贝尔的头顶。警长正仔细看着他档案袋里的文件，仿佛这个世界上根本不存在圣克莱尔这个人。

他认定，这是对付这位来自爱丽舍宫的傲慢上校的唯一方法；但圣克莱尔则不是很确定，这低着的脑袋是表示一种恰如其分的羞愧，还是傲慢的漠视。他更愿意相信是前者。他说完话，便坐回自己的位置。克劳德·勒贝尔抬起头看了看。

“如果你看一下你面前那份油印的报告，我亲爱的上校，你就会发现，我们并没有把他攥在手里，”勒贝尔温和地说，“里昂的这份报告说，一个名叫杜根的人前天晚上在加普一家旅馆登记入住。但这份报告直到今天十二点十五分才送达司法警察署。现在，我们知道，这个豺狼十一点零五分突然离开旅馆。不管是采取了什么措施，总之他已经领先于我们一个小时。

“此外，我不能接受你对这个国家警察部队效率的笼统责难。我要提醒你，总统就此事的命令是：秘密处理。因此，不可能警告所有乡村宪警注意一个叫杜根的人，因为这会让媒体开始骚动。杜根在瑟夫旅馆的登记卡是用常规方式按正常时间收缴的，并且按时送到了里昂地区总部。只有那里才知道，杜根是一个通缉犯。除非我们想在全国范围内发布通缉令，不然这种延迟是无法避免的。而那就超出我的权限范围了。

“最后一点，杜根在旅馆登记住两天。我们不知道是什么事使他在今天上午十一点的时候改变了主意，决定去别的地方。”

“很可能是因为你的警察在附近晃荡，打草惊蛇了。”圣克莱尔插嘴道。

“我已经说得很清楚了，在十二点十五分之前，那里没有部署警力。这个人离开已经七十分钟了。”勒贝尔说道。

“好了，只能说我们不走运，很不走运。”部长打断他们的对话，“不过还是有个问题，为什么不立即搜寻涉案汽车呢，队长？”

“关于这件事情，部长先生，我承认这是一个失误。我本来有理由相信这个人会待在旅馆并在那里过夜。如果他在附近驾车，被查询通缉车辆的骑警截下，他几乎一定会射杀那名毫无戒心的警察。这样一来他也会从中得到预警而逃之夭夭。”

“他也确实是这样做的。”泽维尔说道。

“确实。但我们没有证据显示他事先得到了警告。而如果一个骑警截住了他的汽车，那他就会得到预警了。其实他也许只是正好决定去别的什么地方。如果是这样，当他今晚登记入住另外的酒店时，我们就会得到相关的报告。又或者，如果他的车被发现，我们也会得到报告。”

“拦截白色阿尔法的警告是什么时候发出的？”司法警察署总监马克思·费尔内问。

“今天下午五点十五分，我在那家旅馆的院子里发布的指令，”勒贝尔回答，“七点的时候，这个指令应该可以传达到所有较大的公路巡逻部门了。主要城镇的当值警察查夜时都会得到通知。考虑到这个人的危险性，我把这辆车说成是失窃车辆，并指示一旦发现该车立即报告地区总部，单身警员不要靠近驾驶者。如果今天的会议决定改变这些命令，那我必须要求今天的会议对由此可能带来的后果负责。”

长时间的沉默。

“很遗憾，警员的生命不能妨碍保卫法国总统。”罗兰上校低声说。围坐在桌边的人纷纷表示赞同。

“完全正确，”勒贝尔赞同道，“但前提必须是单个警员能够阻止此人。可是，大多数的城镇和乡村警察，普通的警务人员和骑警都不是职业杀手，但豺狼是。如果他被截下，打死一两名警察，再次逃脱并消失，我们就得对付两件事：一是，他已得到充分预警，而且也许能够再换一个我们一无所知的新身份；二是，我们无法再封锁全国所有的报纸头条新闻。如果在这起枪击事件发生四十八小时后，豺狼到法国的真实原因仍然能够保密，那我会感到非常惊讶。媒体几天内就会知道他的目标是总统。如果在座的哪位愿意向将军解释这件事，我很愿意退出此项调查，交由他负责此事。”

没有人自告奋勇。和往常一样，将近子夜时分会议才结束。再过三十分钟就是星期五，八月十六日。

17

快到凌晨一点的时候，蓝色的阿尔法罗密欧驶入了于塞勒的车站广场。穿过广场，车站对面还有一家咖啡馆开着，一些乘晚班车的旅客等在那里，呷着咖啡。咖啡店露台上的桌椅都已收拾齐整，准备打烊。豺狼用梳子梳了梳头，穿过露台上的桌椅，来到吧台前。他又冷又饿，自从二十八个小时之前的晚餐后，他除了早餐吃过一个抹了黄油的面包卷之外，水米未进，还以每小时超过六十英里的速度在寒气逼人的山里开着这辆阿尔法驶过无数山路弯道。现在他浑身僵直，大腿和手臂生疼。

他在柜台处要了两大块涂着黄油的长面包片、四个煮鸡蛋和一大杯加奶咖啡。服务员正在准备黄油面包，并从滤壶里析出咖啡，豺狼四下看了看，想找个电话间但没有找到，只有柜台的一端放着一部电话。

“你这里有本地的电话簿吗？”他问吧台服务员。服务员正忙着，没有答话，冲着柜台后架子上一堆电话簿示意了一下。

“你自己拿吧。”他说。

他在地址簿上找到了“沙隆尼尔男爵”，地址是沙隆尼尔高地庄园。这个豺狼早知道了，只是他的路线图上没有标出那个村子。但电话号码显示该处属于伊格尔顿区，找起来很容易。他顺着RN89

从于塞勒又开出三十公里，然后停下来吃鸡蛋和三明治。

快凌晨两点的时候，他驶过一块路碑，上面写着“伊格尔顿，六公里”。他决定把车弃至路边的森林里。这里林木茂密，很可能是以前当地贵族的产业，他们在这里骑着马，带着猎犬猎捕野猪。也许现在也还是他们的产业，因为克雷兹有很多地方的历史悠久得可以追溯到路易十四时代。

又开了几百米，他找到了一条深入森林的小路，入口处吊着一块木牌，上面写着“私人猎区”。他把木牌取了下来，把车开进树林，然后把木牌放回原处。

然后，他又继续向里开了半英里，车头灯照着那些盘根错节的树木，如幽灵发怒一般向入侵者伸出枝杈。最后，他停下车，熄灭车头灯，从驾驶室面板上的储物盒里拿出钳子和手电。

他在车底下忙了一个小时，后背都被森林里地上的露水洇湿了。最后，他把装着狙击步枪的钢套筒从车的隐藏处弄了下来——它们在那儿已经放了六十个小时。他把套筒、旧衣服和军大衣一起放进衣箱里，最后又围着车子看了看，确保没有在里面落下什么能提供线索的东西——让发现车的人知道谁曾经是这辆车的司机，然后把车开进了附近一丛野生杜鹃花里。

接下来的一个小时，他用钳子从附近的杜鹃花丛中剪下一些枝条，精心地插在被车子碾倒的花枝旁，使这个树丛恢复了原貌。接着，他又用一个树枝把阿尔法开过的车辙印细心地扫平，直到完全看不见为止。

他用领带一头拴着一只箱子的提手，另一头拴着另一只箱子，把领带像铁路行李员的带子那样搭在肩上，一只箱子搭在胸口，另一只搭在背后。这样他就能用空着的两个手拎着剩下的两件行李了，然后向公路走去。

他走得很慢。每隔几百码就停下来，放下箱子，拿着从树上钳下的树枝，顺着车开过的印记走回去，把阿尔法通过时在苔藓和嫩枝上留下的浅浅的印记都除去。他低头经过木牌后，又用了一个小时才走完从森林入口到公路的这半英里，回到公路边。

他的格子套装沾得到处是泥，圆领衫也因为油污贴到了背上，浑身肌肉都疼得要命，似乎要一直疼下去似的。他把箱子排成一排，坐下来等着。东边的天空在周围夜色的包围下，渐渐泛白。他安慰自己，乡下的公共汽车一般都发得很早。

事实上他很走运。五点五十分的时候，一辆满载着干草的农场卡车经过这里，朝市集开去。

“车坏了？”卡车司机慢了下来，大喊着问他。

“不是。我是周末出来露营的，正在回家。昨晚我到了于塞勒，想再往前去图勒。我有个叔叔在那儿，他能帮我找辆车去波尔多。可是这会儿我才走到这儿。”他自嘲地冲司机咧嘴一笑，后者冲他大笑起来，耸耸肩。

“你疯了。走了一晚上走到这儿。天黑没人从这里经过的。上车吧，我带你去伊格尔顿，你到那儿再想法子。”

六点四十五分的时候，他们开进小镇。豺狼谢过农夫，在车站后面下了车，朝一家咖啡馆走去。

“镇上有出租车吗？”他喝着咖啡问服务员。

服务员给了他一个号码，他给出租车公司打了个电话。出租车公司告诉他，要过半个小时车才能到。等车的时候，他在咖啡馆的卫生间用凉水把脸和手洗了，换上一套干净衣服。因为喝咖啡和抽烟的缘故，他觉得嘴里发苦，于是又刷了刷牙。

七点半出租车到了，是一辆又破又旧的雷诺车。

“你认识沙隆尼尔高地那个村吗？”他问司机。

“当然。”

“有多远？”

“十八公里。”对方跷起大拇指朝山上指了指，“在山上。”

“带我去那儿，”豺狼说道，他把行李搭在车顶的架子上，只随身带了一只箱子进车。

他在村镇广场邮局边的咖啡馆前下了车。他觉得不需要让附近城镇的出租车司机知道他要去那座庄园。出租车开走后，他拎着行李走进咖啡馆。广场这会儿已经热起来了。两头公牛拉着一辆干草车站在外面，安静地反刍；黑色的大苍蝇围着公牛温和的眼睛飞来飞去。

阴暗的咖啡馆里却很凉爽。他进去后，只听见里面一阵响动，喝咖啡的人都在移动座位，转过身来看他。一位年长的农妇丢下一群农夫，走到吧台后面。她穿一身黑衣，木制的拖鞋走过铺着地砖的地面，嗒嗒作响。

“要点什么，先生？”她的声音低沉而沙哑。

豺狼放下行李，靠在吧台上。他发现当地人都在喝红葡萄酒。

“请给我一杯红酒，夫人。”

“到庄园还有多远，夫人？”她倒酒的时候，他问道。她瞪着那双黑色大理石一样的眼睛，狡黠地看着他。

“两公里，先生。”

他疲惫地叹了口气：“那个傻瓜告诉我，这里没有庄园。所以他把我放在了广场。”

“他是从伊格尔顿来的？”她问道。豺狼点点头。

“伊格尔顿的人都是傻瓜。”她说道。

“我得去庄园。”他说道。

围坐在一起的农夫纷纷转过头看着他。没人主动建议他该如何到那儿。他抽出一张崭新的一百法郎钞票。

“这酒多少钱，夫人？”

她死死盯住钞票。豺狼身后那些穿蓝棉布衣裤的人也开始有了动静。

“我找不开。”老妇人说道。

他叹了口气。

“如果有人有车的话，他应该可以找得开。”他说道。

有人站起来，走到他身后。

“村里有辆车的，先生。”一个声音响起来。

豺狼转过身，假装吃惊的样子。

“是你的吗，朋友？”

“不是，先生，但我认识这个有车的人。他也许可以开车送你去那儿。”

豺狼点点头，仿佛在权衡这个主意的好处。

“那我该怎么谢你呢？”

这个农夫对那老妇人点点头，后者又给他倒了一大杯烈性红葡萄酒。

“还有你的朋友是吧？天很热啊，真渴。”

那个满脸胡楂的人笑了起来，又冲老妇点了点头，她给围在大桌旁边的人拿了两满瓶酒。“波诺伊特，去把车开来。”农夫命令道。人群之中一个人将他的葡萄酒一饮而尽，走了出去。

豺狼一路颠簸着走完通往庄园的最后两公里，想着，奥弗涅农民的好处就是他们的嘴非常紧——至少对外人是这样。

克莱特男爵夫人坐在床边，呷着咖啡，又在看那封信。第一次看信时那种愤怒已经不复存在了，取而代之的是一种乏味的厌倦。

她在想，她的余生到底能做什么。前天下午，她从加普开心地驾车回到家，迎接她的是老欧内斯廷和花匠路易森。欧内斯廷在阿尔弗莱德先生的父亲在世时就是庄园的女仆；路易森以前是个农夫的孩子，在欧内斯廷还是低级女佣时娶了她。

这对夫妇现在是这座庄园实际的管理者。庄园中，有三分之二的屋子都是门窗紧闭，积了厚厚的灰尘。

克莱特知道，她是这座空庄园的女主人。这里的花园再也不会有小孩玩耍，院子里也再不会有男主人骑马。

她回头看着她的朋友考虑再三才寄给她的一张从巴黎浮夸的社交杂志上剪下的图片。画面上，她的丈夫正冲着镁光灯傻笑，镜头照着他的眼睛正越过一个年轻女孩的肩膀，盯着她高耸的胸脯。这个女人原本是个酒吧女郎，后来在夜总会跳舞。杂志引用她的话说，她希望“有一天能够和这位她非常要好的朋友结婚”。

看着照片上日渐衰老的男爵布满皱纹的脸和瘦骨嶙峋的脖子，她隐约有些疑惑，曾经的那个抵抗组织年轻英俊的上尉到底怎么了。一九四二年她爱上了他，一年后她怀了他的孩子，他们结婚了。

当时她只是个十几岁的小姑娘，是为抵抗运动传送情报的一个通讯员。她和他是在山里相遇的。那时他已经三十几岁了，外号飞马，是一个消瘦的鹰钩鼻子的指挥官。他们俩可说是一见钟情。他们在抵抗运动一名牧师的地窖教堂里秘密举行了结婚仪式，她在父亲家里生下了她的儿子。

战后，他的所有土地和财产都还了回来。盟军横扫法国的时候，他的父亲死于心脏病，而他则从草莽之中一跃成为男爵。他带着妻儿回到庄园时，得到了家乡农人的欢迎。不久他就厌倦了这份产业。巴黎的诱惑、夜总会的灯光，以及想弥补在殖民地沙漠和草木丛中失去的青壮年岁月的心情，这股冲动强烈得无法抑制。

今年他五十七岁，看起来却像是七十岁。

男爵夫人把那张剪页和信都扔在地上，跳下床，站在镶在远端墙上的全身镜前，解开束着睡衣前襟的衣带。她像穿高跟鞋一样踮起脚尖，绷紧腿上的肌肉。

还不坏，她想。原本可能要糟糕得多。丰满的身材，成熟的妇人的身体。臀部比较大，但万幸腰的比例还保持着，这是因为她每天都要在山上骑好几个小时的马，并且步行很远。她用两手托住胸部，掂着它们的分量。太大了，以真正的美丽来说，太沉，不过还是足以让男人在床上兴奋。

好吧，阿尔弗莱德，你我都能玩那种游戏。她摇摇头，散开齐肩的黑发，想起一天前的那个人。她真希望自己现在还在加普。也许他们能一起度假，编个化名一起驾车游玩，就像私奔的情侣。她何必那么匆忙地回家呢？

院子里开来一辆破车，叮当作响。她慵懒地拉上衣服，走到房子正面的窗前。一辆货车从村里开过来，停在门口，后门开着。两个男人正在后面从货车尾部搬什么东西下来。刚好在门庭处修剪草坪的路易森走了过去，帮着卸东西。

一个男人从货车后面走到前面，往裤子口袋里塞了几张钞票，爬上驾驶座。离合器发出一阵噪声。有人来给庄园送东西？她没买东西啊。货车开走后，她吃了一惊。砾石地上放着三个箱子和一个手提箱，旁边站着一个男人。她认出了阳光里那亚麻色头发的光泽，立刻笑逐颜开。

“你这个野兽。你这个漂亮的原始动物。你跟踪我。”

她急忙跑进浴室更衣。

当她来到楼梯平台上时，就听见楼下大厅里的说话声。欧内斯廷正在问那位先生有何贵干。

“男爵夫人是住在这里吗？”

欧内斯廷连忙迈开她那两条老腿，奋力奔上楼梯：“有位先生找您，夫人。”

内政部星期五的晚间会议比平常开得短。唯一要通报的事就是没什么事要通报。在过去的二十四小时里，为了避免引起不必要的怀疑，被通缉的汽车特征被以常规方式通知全法国，但没有任何发现。同样，司法警察署的每个地区总部都命令其下属地方城镇及乡村宪警机构，将所有旅馆登记卡最迟于当日早上八点前送达地区总部。地区总部则立即从成千上万张卡片里查找名字为杜根的卡片，但也没有发现。因此，豺狼昨天晚上没有住旅馆，至少，没有用杜根的名字登记入住。

“我们必须接受这两个前提之一，”勒贝尔向这帮坐在一起一言不发的人解释道，“一种情况是，他仍然认为他没有被怀疑，换句话说，他离开瑟夫旅馆的行为并非事先考虑的行动，只是一个巧合；这种情况下，他没有理由不公开使用他的阿尔法罗密欧车，并且公开用杜根的名字登记入住酒店。这样的话，他肯定迟早会被发现。而第二种情况是，他决定把车扔在什么地方，放弃使用它，只依靠自己。这种情况下，又有两种可能。

“他也许没有其他可靠的假身份了，因此他由于无法在酒店住宿而不可能走得太远，或者他正试图穿越某个边境哨所逃出法国。又或者，他有另外的身份，而且已经换用了那个身份。这种情况下，他对我们来说仍然是高度危险的。”

“是什么让你认为他可能有另外的身份呢？”罗兰上校问道。

“我们必须这样假设，”勒贝尔说，“显然‘秘密军组织’花了一大笔钱雇他来进行此次刺杀，这个人一定是世界上最棒的职业刺客之一。这就意味着，他是有经验的。他努力不引起官方的怀疑，不进入所有警察的官方档案。他做到这一点的唯一途径就是化名易容进行刺杀。换句话说，他也是个易容的行家。

“通过两张照片的比较我们得知，这个凯斯洛普能够通过在鞋跟中做手脚来增加身高，减少体重瘦身，用隐形眼镜改变眼睛颜色，染发改变头发颜色，最终变成了杜根。如果他能变一次，我们就不得不假定他能再变一次。”

“但是没有理由假定他会怀疑自己在接近总统之前暴露身份，”圣克莱尔反对道，“他为什么要这样费尽心机地提前准备一个或者几个假身份呢？”

“因为，”勒贝尔说道，“他显然已经费尽心机地准备了。如果他没有这样做的话，我们现在就已经捉到他了。”

“我在从英国警方传来的凯斯洛普的档案里发现，战后他曾在伞兵部队服役。也许他现在正在利用自己的这段经历在深山老林里藏着，过着茹毛饮血的生活呢。”马克思·费尔内说道。

“也许是的。”勒贝尔表示同意。

“如果是这种情况，那么他就已不再是一个潜在的危险了。”

勒贝尔考虑了一会儿。

“就这个人而言，在把他逮捕入狱之前，我都不敢这么说。”

“或是死去之前。”罗兰说道。

“他要是机灵点儿，就会努力在他还活着的时候逃离法国。”圣克莱尔说道。

会议说到这儿就结束了。

“我真希望我能那样指望，”回到办公室后，勒贝尔对卡伦说，“但就我目前所知，他活着，活得好好的，自由自在，而且随身携带着武器。我们一直在找他和那辆车。他有三件行李，带着这些他不可能徒步走太远。要找到那辆车，我们就从这里着手吧。”

他们要抓的这个人这会儿正在克雷兹心脏地区的一座庄园里，就躺在新换的亚麻布床单上。他刚刚洗了澡，通体舒泰，吃了一顿颇具乡村风味的馅饼和罐烧兔肉，喝了些烈性红酒、黑咖啡和白兰地。他望着天花板上镀金的花纹，盘算着在他执行巴黎任务之前的这些日子。他想，一周后他就得走；那时候离开可能会有点儿难。但是还是能做到的。他得想出一个离开的理由。

门开了，男爵夫人走了进来。她的头发垂在肩上，穿着一件睡衣，领口系着缎带，但前襟却是敞开的。她走动时衣襟微微扬起，可以隐约看出除了午餐时穿的袜子和宫廷高跟鞋外，里面什么也没穿。她关上门，走到床边。豺狼用一个胳膊肘支起身子。

她默默地俯视着他。豺狼抬手解开她颈部系着睡衣的丝带，伸手扯落她肩上镶着蕾丝的睡衣。睡衣无声无息地落在了地板上。

接连三天，勒贝尔的追踪毫无结果。每晚的例会上，越来越多的人倾向于认为豺狼已经夹着尾巴秘密逃离法国了。到十九日晚上开会时，只有他一个人仍然坚持认为这个杀手还藏在法国的什么地方，只是暂时偃旗息鼓，静静等待着。

“他能等什么呢？”这天晚上，圣克莱尔叫道，“如果他还在这里的话，他唯一能等的，就是一个冲出边境的机会。他一现形我们就能抓到他。如果你那个关于他和‘秘密军组织’以及他们的同情者完全没有联系的假设是正确的，那么他在法国根本没有朋友，无处可逃，也没人收留他。”

会议桌周围响起一片低声的赞同，大多数与会者都开始确信他们的看法：警方已经失败了。布维埃原来认为寻找这个杀手纯粹是侦探的工作，这个观点也错了。

勒贝尔不断地摇着头。他很累，精疲力竭，这是由于他缺乏睡眠，由于紧张忧虑，还由于他必须保护自己和同事免受这些与会者不断的攻击——他们的攻击并不是出于经验，而是因为他们要保护自己的政治地位。他完全明白，如果他错了，他就完了。围坐在桌边的人中，有些人也清楚这一点。但如果他是对的呢？如果豺狼仍在盯着总统；如果他溜过防护网，靠近了他的猎物，那么这些围桌而坐的人肯定会竭力找一个替罪羊。这个替罪羊就是他。不管怎么说，他漫长的警察生涯即将终结了。除非……他能找到这个人，阻止他。只有到了那个时候，他们才只得承认他是对的。但他没有证据，只有一个他难以言表的古怪信念——他在追踪的这个人也同样是一个专业人士。这个人会执着地完成自己的任务，无论那是什么。

自从这件事情落在他肩上之后，八天来，虽然极不情愿，但他对这个沉默的、不可预知的枪手，的确日益钦佩。这个人似乎把每件事都计划得十分周详，甚至包括意外事件的计划。如果他在这些政客面前承认他的这种感情，那他的职业生涯就全毁了。只有他旁边这个把脑袋缩在肩膀里、盯着桌子的大个子布维埃能给他少许安慰。至少他也是个警探。

“我不知道他在等什么，”勒贝尔答道，“但他肯定在等什么，或者是在等待某个特定的日子。先生们，我不相信这是我们最后一次听到豺狼的消息。同样，我无法解释我为什么会有这样的感觉。”

“感觉！”圣克莱尔嘲笑道，“某个特定的日子！说真的，队长，看来你是罗曼蒂克的惊险小说看太多了。这不是小说，我亲爱的先生，这是事实。这个人走了，事情就是这样。”他坐回原位，自信地微笑着。

“我希望您是对的，”勒贝尔平静地说，“如果真是这样，部长先生，我必须向您提出，我希望退出调查，回去办我的刑事案件。”

部长看着他，犹豫不决。

“你认为调查还值得继续吗，队长？”他问道，“你认为真正的危险依然存在？”

“关于第二个问题，先生，我不知道。前一个问题的话，我相信我们应该继续观察，直到我们能够完全肯定。”

“很好。那么先生们，我希望警长继续他的调查，我们也继续每天晚上开会听他汇报，散会。”

八月二十日上午，猎场看守人马肯格·凯利特正在克雷兹的伊格尔顿和于塞勒之间他雇主的产业里捕杀害鸟。当时他正在追踪一只受伤的斑鸠。那只斑鸠跌跌撞撞地飞进一丛野杜鹃花丛。他在花丛中找到了那只斑鸠，它恰好落在一辆显然被遗弃的敞篷跑车的驾驶座上，正使劲扑腾呢。

起先他拧断斑鸠的脖子时以为，这肯定是一对情侣停的车——他们来森林野餐，无视他钉在半英里外入口处树枝上的警告。但随后他注意到，有些用来掩盖汽车的灌木枝条不是长在地里的，而是插在土里的。进一步检查发现，它们是从周围的灌木丛中剪下来的，白色的切口都被泥土弄污了。

从车座上的鸟粪来看，这辆车至少已经在这里放了好几天了。他扛着枪，带着斑鸠穿过树林，回到自己的小屋。那天早上，他后来去村里买捕兔器的时候，向当地的乡村警察提起了这辆车。

快到中午的时候，乡村警察才在家里用手摇电话向于塞勒警所报告：在附近的树林里，发现一辆被遗弃的汽车。是白色的吗？

对方问他。他查了下自己的记事簿。不，是蓝色的。是意大利产的吗？不，是法国牌照，品牌不详。好的，于塞勒的声音说道，下午会派一辆拖车去。由于还有很多事要做，到处都缺人手，所以当地警方最好带人到现场去，好指引拖车的工人。现在他们正集中精力查找一辆白色的意大利跑车，巴黎的长官们等着要呢。这个乡村警察保证说，拖车到的时候他一定准备好，等在那儿。

直到过了下午四点，这辆轿车才被拖到于塞勒的汽车扣押场，快五点的时候一个机动车维修人员才开始检查车辆以确定其身份。这个维修员注意到，汽车的油漆粉刷实在是糟糕得很。

他拿了一把螺丝刀，在前翼子板上刮了刮。在蓝色下面，现出了一道白纹。他觉得很奇怪，开始检查车牌号，发现车牌似乎是反着装上的。几分钟后，汽车牌照正面朝上地躺在了院子里，露出的白字是：MI-61741。这个警察连忙冲过院子，奔向办公室。

克劳德·勒贝尔得到消息的时候已经快六点了。电话是奥弗涅首府地区司法警察署的瓦伦丁局长打来的。瓦伦丁才开口，勒贝尔就从椅子上跳了起来。

“好的，听着，这很重要。我不能解释为什么这很重要。是的。我知道这很不合规矩，但必须这样。我知道你是一位局长，我亲爱的兄弟，但如果你想确认我在这件事情上的权限，我可以把你的电话直接转给司法警察署的总监。

“我要求你，现在就带队去于塞勒。选最好的人，越多越好。从汽车发现的地点开始盘查。在地图上把事发地点标注出来，以那里为轴心，展开地毯式搜查。要问到每一间农舍，每一个常在那条路上开车的农夫，每个乡村店铺和咖啡馆，每家旅馆和伐木窝棚。

“你要找的是一个高个子、亚麻色头发的男人，英国人，但能说一口流利的法语。他带了三个箱子和一个手提箱，有很多现金，穿着讲究，但很可能看起来很疲惫。”

“你的人必须要问：他在哪儿，去哪儿了，他买了些什么。噢，还有一件事，要不惜一切代价把媒体排除在外。你什么意思，他们做不到？嗯，地方特约记者当然会询问发生了什么。好的，告诉他们，有辆车翻了，可靠消息表明其中一位乘客可能精神错乱，正在到处乱转。是的，好的，一次营救任务。随便，只要能打消他们的怀疑就行。告诉他们，没发生那些国家大报会付钱的故事，这个假期每天起码会发生五百起交通事故，这种事不值得他们花时间采访。对，低调处理。最后一件，如果你找到这个人藏身的地方，不要惊动他。先包围他，把他困在那儿。我会第一时间赶来的。”

勒贝尔放下电话，转身面对卡伦。

“去见部长。让他把晚上的会议提前到八点进行。我知道这是晚餐时间，不过会议肯定不会太长的。然后给沙托里打电话，再调直升机来。连夜飞往于塞勒，最好能告诉我们会在哪里降落，这样我们就能找辆车在那儿接我。这里由你负责。”

日落之前，从奥弗涅首府和于塞勒来的警车已经在靠近汽车发现地点的小村落的乡村广场上搭建起了他们的临时总部。瓦伦丁通过一辆无线电通讯车向该地区其他村落的警车发布指令。他决定以发现汽车的地点为圆心，在半径五英里的地区内连夜搜查。天黑的时候，人们更有可能待在家里；另一方面，天黑的时候，他的人在崎岖的山谷和山峦里更容易迷路，或者找不到逃亡者可能藏身的伐木工人的小屋。

还有一件事他不能在电话里向巴黎报告，而且他也不敢当面向勒贝尔报告。这是在午夜时有几个警察告诉他的。关于一队警察在离发现汽车地点约两英里处的一间农舍里进行查询的经过。

当时，农夫穿着睡衣站在门口，显然拒绝邀请警探们进屋。手里的煤油灯在警探们的脸上投下闪烁不定的光影。

“说吧加斯顿，你经常从那条路开车去市场的，周五早上有没有从那条路去伊格尔顿？”

“可能去过。”

“噢，去过还是没去过？”

“不记得了。”

“你看到路上有个男人吗？”

“我只管自己的事。”

“我们没问你这个。你看见一个男人没有？”

“我什么人都没看见，什么都没看见。”

“一个高个子、亚麻色头发的男人，体格很健壮，像个运动员。带着三个箱子和一个手提箱。”

“我什么都没看见。我没看见，你明白吗？”

这样的对话持续了二十分钟。最后他们只好离开了，其中一个探员将这件事一丝不苟地记到了他的记事簿上。几只拴在锁链上的狗将锁链拉至尽头，冲着他们狂吼，并向他们的腿上猛扑，他们只好退到另一边，踩进一堆肥料里。那个农夫一直看着他们退回公路，坐上车颠簸着开走了，然后才用力关上门，踢开一只好奇的山羊，爬上床坐在妻子旁边。

“是那天搭你车的那个人，对吧？”她问道，“他们想把他怎么样？”

“不知道，”加斯顿说道，“不过永远不会有人说我加斯顿向他们出卖过什么人。”他咳了一声，向炭火的余烬里吐了一口痰，“臭警察。”

他把灯芯挑掉，吹熄了灯，又把妻子往里推了推。“祝你好运，兄弟，无论你在哪儿。”

勒贝尔看着与会的人，放下报告。

“先生们，会议一结束，我就要飞往于塞勒，亲自主持搜捕工作。”

会议室里沉默了将近一分钟。

“你怎么看，队长，从这件事上可以推论出什么？”

“两件事，部长先生。首先，我们知道他一定买了油漆，如果他从星期四晚上到星期五早晨开车从加普驶往于塞勒，那他应该是在途中把这辆汽车改装的，他是在加普镇买的油漆。现在查询工作正在进行，假定查询出就是这种情况，那么我认为一定是他得到了警告，有人打电话通知他，或者他打电话得到了消息。有可能就在法国，也有可能在伦敦，一定有人给他通风报信，告诉他，他用的那个假名暴露了。因此他就能判断出，我们在中午之前就能追踪到他和他的车。所以他跑了，而且跑得很快。”

他觉得会议室里安静得十分压抑，精美的天花板几乎要裂开了。

“你是否以为，”有人像从一百万英里以外的地方发来了疑问，“这间屋里有人泄密？”

“我不能那么说，先生。还有接线员、电报员、必须向其传达命令的中低层官员。他们其中的一个可能是‘秘密军组织’的秘密特工。不过有件事现在看来非常清楚了。他已经得知刺杀法国总统的大致计划已暴露，仍然决定不顾一切地干下去。他也知道他的假身份亚历山大·杜根已经暴露。他肯定有一个单线联系人。我怀疑这个人可能是那个瓦尔米，就是向罗马传消息时被边境检查处截听到的那个。”

“该死，”边境检查处的头头低声咒骂道，“我们本该在邮局抓到这家伙的。”

“我们能推断出的第二件事是什么，队长？”部长问道。

“第二件事是，当他知道假扮杜根败露，并没有准备离开法国。恰恰相反，他直奔法国的中心而来。换句话说，他仍然紧盯着我们的国家元首。他简直是在挑战我们所有的人。”

部长站起身来，收拢他的文件。

“我们不耽搁你了，队长先生。找到他。今晚就找到他。如果有必要的话，干掉他。这是我以总统的名义发布的命令。”

说完，他走出会议室。

“傲慢无礼的猪，他怎么敢，居然说我们这些法国最高层的官员错了。我当然得在我的下一份报告里提及此事。”

雅克利娜解开套裙肩部的细带，让那件透明的衣服滑落下来。然后她捧住情人的脑袋，拉向自己的胸前。

“告诉我吧，究竟是怎么回事。”她轻声呢喃道。

18

和之前的十四天一样，八月二十一日早上，阳光灿烂，晴空万里，夏日炎炎。站在沙隆尼尔山庄的窗边向外望去，是一片连绵起伏生满灌木丛的山峦，看起来宁静祥和，丝毫没有警察盘查的喧闹迹象。十八公里外的伊格尔顿，直到现在调查还在继续。

豺狼披着一件长睡袍，站在男爵书房的窗前，和往常一样给巴黎打电话。经过一夜疯狂，他的情人仍然在楼上酣睡。

电话接通了，他照例以“我是豺狼”开始。

“我是瓦尔米，”电话那头的嘶哑声音说道，“事情又有进展了。他们找到了那辆汽车……”

他又听了两分钟，中间只插问了一句。最后说了声“谢谢”，便挂断了电话，伸手从口袋里摸出香烟和打火机。他意识到，无论怎样，他刚才听到的话都将改变他的计划。他本想在庄园再多待两天，但是现在他必须走了，而且越快越好。关于刚才的电话，还有另一件事让他担心，本来不该有这桩事的。

打电话的时候他没想起这件事，但吸烟的时候，他又想起来了。他吸完烟，从开着的窗户里把烟头扔到下面的砾石地上。他拿起话筒的时候，听到线路里发出“咔嗒”一声轻响。过去的三天里，从来没发生过这种事。卧室里有一部分机，不过他离开的时候，克莱特肯定已经睡熟了。肯定……他转过身，光着脚，悄无声息地快步迈上楼梯，冲进卧室。

电话已经重新放在了话机上。衣柜被打开了，三个箱子放在地板上，全都打开了。他的钥匙串和钥匙放在旁边。男爵夫人正跪在一堆东西中间，睁大了眼睛看着。她的周围放着一套细长的钢制套筒，塞在一头的麻布塞子已经被启开了。一个套筒里露出瞄准镜的一头，另外一个里面露出一截消音器。她手里拿着一样东西，他进来的时候，她正十分惊恐地盯着它。那是枪筒和枪后膛。

有那么几秒钟，两个人谁都没说话。豺狼首先镇定下来。

“你偷听我打电话？”

“我……好奇你每天早上都这样打电话。”

“我以为你睡着了。”

“没有。你一下床我就醒了。这……东西，是支枪，一支刺客的枪。”

这半是问题，半是陈述，仿佛希望他能解释，这只不过是些别的东西，无害的东西。豺狼俯视着她，她第一次注意到，那双眼睛里灰色的斑点伸展开来，遮住了所有表情，死气沉沉、居高临下地盯着她。

她慢慢站起来，枪管“当”的一声掉在其他部件里。

“你想杀他，”她小声说道，“你是他们的人，‘秘密军组织’。你想用这个去杀戴高乐。”

豺狼没有回答，等于给了她答案。她冲向房门。豺狼轻而易举地抓住了她，把她猛地推回床上，然后迅速跟进三步。男爵夫人从凌乱的床单上弹起时，张嘴想喊，被豺狼反手一击，切在了她脖颈侧面的颈动脉上，还没等她喊出来就把她打哑了。然后豺狼左手抓住她的头发，把她的脸向下压向床沿，右掌缘向下猛击在她的脖颈后部。她在世间的最后一眼看到的是地毯上的花纹。

豺狼走到门边，听了听，没听到楼下有声音。欧内斯廷肯定在房子后面的厨房准备早餐的面包卷和咖啡，路易森应该快要去集市了。幸运的是，这两个人都有些耳背。

他把步枪的部件重新放进套筒里。把套筒和安德烈・马丁的脏衣服和军大衣放进第三个箱子里，拍了拍衬里以确保证件无碍，然后锁上箱子。第二个装着装扮丹麦佩尔・詹森牧师衣物的箱子打开了但没有被翻动。

他花了五分钟，在和卧室相通的浴室里洗漱、剃须完毕，然后把牧师的护照立在浴室架子的最上面，又花了十分钟，用剪子把他长长的亚麻色头发剪短到只留下两英寸，而后小心地向上梳起。接下来又刷上足够的染发剂，染成那种中年男子的铁灰色。染发水可以使头发湿润，这让他得以将头发梳成詹森牧师护照上的样子。最后，他戴上一副蓝色的隐形眼镜。

他把染发的所有痕迹都清除干净，又把洗脸池里的配剂冲掉，收好剃须用具，回到卧室。他没去理会地板上的那具赤裸的尸体。

他穿上在哥本哈根买的马甲、短裤、袜子和衬衣，在脖子上套好黑围领，外面系上牧师佩带的那种领圈。最后穿上黑色套装和老式便鞋。他把金丝边眼镜放进上衣口袋，把洗漱用具重新放进手提箱内，丹麦版有关法国教堂的书也一并放了进去。接着，他兜里的护照换成了丹麦人的，又放进一卷钞票。

剩下来的英式衣服被放回之前放它们的衣箱，最后也锁好了。

他做完这一切，已经将近八点了。欧内斯廷很快就要上来送早餐咖啡了。男爵夫人原本不想让这对仆人知道他们俩的风流韵事的。因为这两个人对男爵一向忠心耿耿，从男爵的孩提时代起就一直照顾他，后来还做了这座房子的主管。

豺狼从窗户里看到路易森沿着宽阔的道路骑车驶向庄园的大门，自行车后面吊着他的购物袋。这时，豺狼听到欧内斯廷在敲门。他没有出声。欧内斯廷又敲了一下。

“您的咖啡来了，夫人，”她尖声说道，声音透门而入。豺狼拿定主意，以半睡半醒的语调用法语应了一句。

“放那儿吧。我们弄好自己来取。”

门外的欧内斯廷嘴张成了一个标准的“O”形。家丑啊！她怎么能这样……还是在主人的卧室里。她连忙下楼找路易森，但他已经出门了，只好自己在厨房唠叨个不停，感叹现代人的堕落，跟老男爵在世时的日子大不相同了。正因如此，她没听到四件行李用床单拴住，从卧室窗户吊下来，“啪”的一声轻轻坠入房子正面花圃里的声音。

她还没听见卧室门从里面锁上的声音，也没听见女主人软绵绵的尸体被放在床上摆放成自然的睡觉姿势，被褥一直盖到下巴底下的声音；更没听见那个灰头发的男人爬上窗台，把卧室窗户关上的声音，以及他跃下草坪，落地时发出的“砰”的一声。

不过她倒是听到了夫人的雷诺车轰鸣着发动起来，还透过炊具储藏室的窗户，看到那辆车从马厩改造成的车库里开上停车道，朝着前院，消失在车道的尽头。

“夫人这是要做什么呀？ ”她上楼的时候咕哝着。

卧室房门前的咖啡原封未动，还温热着。欧内斯廷又敲了几次，推了推门，但没打开。那位先生的卧室门也锁着，没人搭理她。欧内斯廷觉得肯定出了什么事儿。想当年不受欢迎的鲍希夫妇来做客时，就向男爵提过一些关于夫人的不三不四的传闻，而自从那回以后，还没有发生过这种事呢。

她决定找路易森商量。他这时应该在集市，在当地咖啡馆找个人就能把他喊回来。她不知道怎么用电话，但她觉得，只要拿起话筒，就会有人答话，并且去把你要找的人喊来讲话。不过这当然都是胡扯。她拿起话筒，举了十分钟，也没有一个人对她讲话。她没注意到，插入书房壁脚板处的电话线已经断了，切口平整光滑。

早饭时间刚过，克劳德·勒贝尔就乘直升机回到巴黎。正如事后他对卡伦说的，尽管那些该死的农民给他制造了不少障碍，但瓦伦丁的工作效率可算得上一流。早餐的时候，他追踪到豺狼在伊格尔顿的一家咖啡馆用的早餐，还在那儿等约好的出租车司机来。与此同时，他在伊格尔顿方圆二十英里范围内设置了路卡，中午时分应该都能就位。

基于瓦伦丁出色的表现，勒贝尔很赏识他的能力，于是暗示他找到豺狼的重要性。瓦伦丁同意在伊格尔顿布下一个包围圈，用他自己的话来说，是“比耗子的屁眼还要细密”的罗网。

从沙隆尼尔庄园出来，这辆小雷诺车就开足马力穿行于山间，向南朝着图勒前进。豺狼估计，如果警察从昨天晚上开始调查，以找到阿尔法汽车的地点为圆心，不断扩大搜索圈，那么拂晓时分他们一定就该到达伊格尔顿了。咖啡馆的服务员会向他们提供情况，出租车司机也会向他们提供情况；除非他特别走运，否则警察下午时候应该会查到庄园。

但即便如此，他们也只会去找一个亚麻色头发的英国人。他小心翼翼，没让任何人见到过灰头发的牧师形象。但事态还是很紧急。他开着这辆小汽车在山间小路上疾驶，终于在伊格尔顿西南十八公里处开上了RN8号公路，离图勒还有二十公里。他看了一下表：九点四十分。

当他在一截直路的转弯处消失的时候，一支小型车队从伊格尔顿呼啸而下。车队由一辆警车和两辆封闭式厢式车组成。车队在直路的中央停下，六个警察开始设置钢制路卡。

“他出去了，你这是什么意思？”瓦伦丁对着伊格尔顿的出租车司机哭哭啼啼的妻子吼道，“他去哪儿了？”

“我不知道，先生，我不知道。每天早上，早班火车从于塞勒开来的时候，他都在火车站广场等着。如果没有客人，他就回到这里的汽车修理间，做点修理的活计。如果他不回来，那就是说他拉到生意了。”

瓦伦丁四下看了看，心里很不痛快。对这个女人再喊也没什么用。这个人开着出租车，还兼做一点汽车修理工作。

“这个星期五的早上他有没有送过什么人？”他耐着性子问道。

“有的，先生。因为没客人，他从车站回来了。然后接到咖啡馆的电话，有人要叫出租车。他刚把一个轮子卸下来，生怕客人会离开搭乘其他出租车。所以他把轮子装回去的二十分钟里一直骂骂咧咧的。然后他走了，拉到了活儿，但他没说送他去了哪里，”她吸了吸鼻子，“他不跟我说太多的。”她又补充解释了一句。

瓦伦丁拍了拍她的肩膀。

“好的，夫人。别着急。我们等他回来，”他转身对一个警士说道，“叫一个人去主火车站，另一个去广场咖啡馆。你知道这辆出租的牌号对吧。他一露面我就要见他——快去！”

他离开汽修间，大步走向自己的汽车。

“去警局。”他说道。他已经把搜捕总部换到了伊格尔顿警察局，这里可是有年头没见过这阵仗了。

豺狼把装着他的英式衣物的箱子和亚历山大·杜根的护照一起扔进了距图勒六英里的一个深谷里。它已经圆满完成了自己的使命。箱子翻过桥的护墙，坠了下去，一头扎进谷底浓密的灌木丛，消失了。

豺狼开着车在图勒转了一圈，找到了火车站，然后把车毫不引人注意地停在了三条街之外的地方，然后拎着他的两个箱子和手提箱，走了半英里，来到铁路订票处。

“我想买一张去巴黎的单程车票，二等车厢，谢谢。”他对售票员说道，“多少钱？”他透过金丝边眼镜看着坐在小隔间里卖票的售票员。

“九十七新法郎，先生。”

“请问下一班火车是几点？”

“十一点五十分。您大概还要等一个小时。月台那边有一家饭店。去巴黎的火车停靠一号站台。很高兴为您效劳。”

豺狼拿起行李，走向检票口。检过了票，他又拎起行李，继续向前走。一个身穿蓝色制服的人拦住了他的去路。

“请出示您的证件。”

这个共和国卫队士兵很年轻，他极力做出比他实际年龄更老成的样子。他的肩上挎着一支冲锋枪。豺狼再次放下行李，掏出他的丹麦护照。这个共和国卫队士兵翻看了一下，一个字都看不明白。

“你是丹麦人？”

“抱歉，你说什么？”

“你，丹麦人。”他用手拍拍护照的封面。

豺狼看着他，高兴地点点头。

“丹麦人……对，对。”

共和国卫队士兵把护照递回给他，向站台点了一下头，没有再问什么，又向前走去，拦下了从检票口出来的另一位旅客。

差不多一点的时候，路易森才回来，他喝了一两杯红酒。他的老婆心烦意乱，把她头痛的事一股脑儿倒给了他。路易森认真想了想。

“我得爬到窗户那边看看。”

他光是找梯子就找了半天。这种东西要用的时候总是找不到。不过最后总算找到了。他把梯子架在了男爵夫人卧室的窗户下面，靠在砖墙上。路易森晃晃悠悠地爬到梯顶。五分钟后又下来了。

“男爵夫人在睡觉。”他说道。

“但她从来没睡过这么晚。”欧内斯廷不同意。

“哦，可她今天就是睡到这么晚了，”路易森回答道，“别去打扰她。”

去巴黎的火车有些晚点。火车到图勒站的时间刚好是下午一点。在上车的旅客之中，有一位灰发牧师。他坐在包厢的角落里。除他之外，包厢里只坐了两名中年妇女。豺狼取出一副金丝边眼镜，又从他的手提箱里拿出讲教堂和礼拜堂的那本大部头书，看了起来。他已经知道，正点到达巴黎的时间是当晚八点十分。

夏尔·布勒站在路边自己那辆动弹不了的出租车旁。他看了一眼表，骂了一句。已经一点半了，正值午饭时间，而他却陷在了从小镇拉莫兹到伊格尔顿之间唯一的一条路上，车轴坏了。他不停地骂着。他可以丢下车，试着走到下一个村庄，搭公共汽车到伊格尔顿，然后晚上再找一辆维修车回来。但是，单只这一项就要花掉他一个星期的收入。而且这辆车的车门没有锁，他的财产都绑在这辆破出租车上。最好还是别离开，以免那些村里的小孩来偷东西。最好耐心点儿，等一辆卡车来，把他拖回伊格尔顿。他没带午餐，不过储物盒里还有一瓶红酒。嗯，差不多也快喝完了。在出租车底下爬来爬去干活实在渴得很。他爬进车后座等着。这时正是天气最热的时候，不等到傍晚凉快一点，是不会有卡车来的。农民们这时也都在午睡，他也舒舒服服地睡一觉吧。

“你说他还没回来是什么意思？这个浑蛋去哪儿了？”瓦伦丁局长冲着电话吼道。他坐在伊格尔顿警察局里，给等在出租车司机家里的警员打电话。对方的声音含含糊糊，似乎有些抱歉。瓦伦丁掼掉电话。整个早上，包括午餐时间，设置路卡的警车不断用无线电报告着任务达成。但在伊格尔顿周围二十英里半径范围内，甚至和那个高个子亚麻色头发的英国人有一点点相像的人都没有找到。夏日炎炎，昏昏欲睡的市镇这会儿很安静，人们都午睡去了，仿佛于塞勒和奥弗涅省首府来的二百名警察根本不曾来过。

一直等到下午四点，欧内斯廷站了起来。

“你必须再上去把夫人叫醒，”她催促着路易森，“任何人这样睡一天都不正常。”

老路易森不愿意这样，但又想不出什么更好的方法，他知道，一旦欧内斯廷打定主意，争执是没有用的。他骂骂咧咧地，脏话说个不停。他又把梯子搭到了墙上，这一回他爬得比之前稳当。他爬上窗户，钻进房间。欧内斯廷在下面看着。

过了几分钟，老头的脑袋从窗户里伸出来。

“欧内斯廷，”他嘶声喊道，“夫人看样子死了。”

他正准备再从梯子上爬下来，欧内斯廷厉声让他从里面把卧室的门打开。两个人站在一起，从被褥边看着男爵夫人的眼睛无神地盯着离她的脸几英寸远的枕头。

欧内斯廷回过神儿来。

“路易森。”

“嗯，我亲爱的。”

“快去村里请马提厄医生来。现在就去，快。”

几分钟后，路易森尽力迈动着双腿，从停车道跑了出去。马提厄医生在沙隆尼尔镇行医已经有四十个年头了。路易森找到他时，他正在自家花园的杏树底下睡觉。老医生当即同意过去。时间已经过了下午四点半，他的汽车哐啷哐啷地开进庄园的庭院，又过了十五分钟，老医生在床边坐直身子，转过来对站在门口的这对老仆人说：

“夫人死了。她的脖子断了，”他声音颤抖着说道，“我们必须找警察来。”

宪兵盖洛做事有条不紊。他深知执法人员工作的严肃性，也知道抓住事实的重要性。欧内斯廷、路易森和马提厄医生围坐在厨房的桌边。盖洛一边给他们做笔录，一边舔着他的铅笔。

“这毫无疑问，”当医生在供词上签字之后，他说道，“是凶杀案。第一嫌疑人显然是那个住在这里的亚麻色头发的英国人。他现在已经驾驶着夫人的汽车逃逸。我要向总部报告。”

说完，他就骑车下山去了。

克劳德·勒贝尔六点三十分从巴黎给瓦伦丁局长打电话。

“那么，瓦伦丁，有消息吗？”

“还没有，”瓦伦丁回答，“从晌午开始，我们在这一地区出行的每条路上都设置了路卡。除非他扔掉汽车后跑出了这个包围圈，否则他肯定是在这圈子里的什么地方。那个非常该死的出租车司机，就是那个星期五早上开车送那个人出伊格尔顿的司机到现在还没露面……稍等，又有一份报告来。”

通话暂停了一会儿，勒贝尔能听到瓦伦丁在和另外一个人商谈，那个人语速很快。瓦伦丁的声音又回来了。

“见鬼，这里是怎么了？发生了一桩命案。”

“在哪儿？”勒贝尔急忙问道。

“在附近的一个庄园。一个乡村警察的报告才刚送到。”

“死者是谁？”

“庄园的主人。一个女人。稍等……是沙隆尼尔男爵夫人。”

卡伦看到勒贝尔的脸色发白。

“瓦伦丁，听我说。这就是他。他现在已经从庄园逃脱了吗？”

伊格尔顿的警察们也在开会。

“是的，”瓦伦丁说道，“他今天早上开着男爵夫人的汽车逃跑了。一辆小型雷诺车。花匠发现的尸体，不过是今天下午才发现的。他以为男爵夫人睡着了。后来他翻窗进去才发现她已经死了。”

“你有凶手和汽车的特征描述吗？”勒贝尔问道。

“是的。”

“那就发布全面警报。现在不再需要秘密进行了。现在我们是要破获一起凶杀案。我会在全国范围内发布警告，但你要尽快在案发地点找出他的踪迹。试着找出他逃跑的大致方向。”

“好的，我会的。现在我们可以真正开始了。”

勒贝尔挂上电话。

“亲爱的上帝，我年纪大了，反应也慢了，这个沙隆尼尔男爵夫人的名字就在瑟夫旅馆豺狼入住当晚的客人名单上。”

汽车是七点三十分被当值警察在图勒一条后街上发现的。他回到图勒警察局时是七点四十五分。七点五十五分，图勒方面联系到了瓦伦丁。八点零五分，奥弗涅局长给勒贝尔打了电话。

“发现地点距离火车站五百米。”他告诉勒贝尔。

“你有那里的火车时刻表吗？”

“有的，我这里肯定有一份。”

“从图勒到巴黎的早班火车是几点的，什么时候抵达巴黎奥斯特列茨火车站？快，看在上帝的分上你快一点。”

伊格尔顿电话那头在小声说着什么。

“一天只有两班，”瓦伦丁说道，“早班火车十一点五十分出发，正点到达巴黎的时间是……有了，八点十分。”

勒贝尔扔下电话，让它挂在那儿，转身往办公室外跑，同时喊着卡伦跟上他。

八点十分，特快列车准时抵达巴黎奥斯特列茨火车站，火车喷着蒸汽，庄严地开进站。列车还没停稳，闪亮车身上的车门就被打开，乘客纷纷下车到了站台上。有几个人被等候的亲属接走，其他人则朝一排拱顶走去，那里从大厅直通向出租车停靠站。这些人中，有一个高个子、灰头发，穿着圆领衫的人。他是排在最前面等出租车的人之一。这会儿，他正把他的三件行李搬到一辆奔驰车的后座上。

司机按下里程表，离开入口，下坡驶向街道。车站前广场有个半圆形停车道，一个口进，一个口出。这辆出租车从斜坡上下来就正对出口。没轮到的乘客们乱哄哄的，还在试图吸引出租车司机的注意。忽然警笛大作，盖过了这片嘈杂声，司机和乘客都听得真切。这辆出租车开到路口，进入车流之前停了一下。三辆警车和两辆黑色玛丽亚风驰电掣地冲进入口，在朝向车站大厅的主拱廊前停了下来。

“嘿，他们今晚很忙啊，这些浑蛋，”出租车司机说道，“去哪儿，牧师先生？”

牧师给了他一个位于奥古斯汀码头的小酒店的地址。

九点，克劳德·勒贝尔回到他的办公室，看到有留言让他给在图勒警察局的瓦伦丁局长打电话。电话接了五分钟才通。瓦伦丁一边说，勒贝尔一边做着记录。

“你把车上的指纹弄下来了吗？”勒贝尔问道。

“当然，还有庄园房间里的。有几百个，全都吻合。”

“尽快送到这里来。”

“好的，我会的。你要我把那个图勒火车站的共和国卫队警察也一并送到你那儿吗？”

“不，谢谢，除了他已经说过的那些，他对我们也讲不出更多了，不过还是要谢谢你，瓦伦丁。你可以让你的小伙子们休息了。他现在在我们的地头，让我们来对付他吧。”

“你确信就是那个丹麦牧师？”瓦伦丁问，“也许只是一个巧合。”

“不会，”勒贝尔说道，“肯定是他。他已经把一个箱子扔掉了，你可能在沙隆尼尔庄园和图勒之间的什么地方找到那个箱子，可能在河里或者山谷里。但另外的三个箱子非常吻合。肯定就是他。”

他挂上了电话。

“这回是牧师，”他痛苦地对卡伦说，“一个丹麦牧师。姓名不详，共和国卫队的警察想不起护照上的名字。人为因素，总是人为因素。出租车司机在马路边睡着了；花匠太紧张，不敢去查看他多睡了六个小时的主人；警察不记得护照上的名字。我可以告诉你一件事，卢西恩，这是我的最后一个案子。我太老了，衰老而且迟钝。你去备好车，行吗？晚上的‘烧烤’时间又要到了。”

内政部的会议紧张而压抑。与会的人听了四十分钟，案情脉络逐渐清晰起来：森林搜索、伊格尔顿、那个没有出现的关键的出租车司机、庄园的谋杀案、在图勒登上去巴黎火车的高个子灰头发的丹麦人。

“不管怎么说，”勒贝尔说完，圣克莱尔冷冷地说道，“这刺客现在已经到了巴黎，有了新名字和新面孔。你看来又一次失败了，我亲爱的队长。”

“让我们等几天再互相指责吧，”部长打断道，“今天晚上在巴黎的丹麦人有多少？”

“可能好几百，部长先生。”

“能搞清楚吗？”

“只有等到早上，等酒店登记卡送到巴黎警察局。”勒贝尔说道。

“我来安排今晚检查所有的酒店，十二点、凌晨两点、四点各一次，”巴黎警察局局长提议，“他填表格时肯定以‘牧师’开头，不然酒店的服务员会怀疑的。”

屋子里的人都高兴起来。

“如果他在圆领上围个围巾，或者直接把圆领拿掉，登记时只写‘某某先生’该怎么办？”勒贝尔说道。有几个人狠狠瞪了他一眼。

“先生们，现在这个时候，还有一件事要做，”部长说道，

“我要再和总统谈一次，在找到这个人并干掉他之前，请总统取消一切公开活动。同时，明天一早的头一件事情就是逐个清查今天晚上在巴黎登记入住的丹麦籍人士的登记卡。队长，还有巴黎警察局局长先生，你们能做到吗？”

勒贝尔和帕蓬点点头。

“那么会议到此结束吧，先生们。”

“有一件事我一直耿耿于怀，”勒贝尔后来在办公室里对卡伦说，“他们总认为是豺狼运气好，而我们很愚蠢。好吧，他是运气好，但他也是极其狡猾的。我们很不走运，我们也犯了错误，哦，是我犯了错误。但一定有另外的原因。两次，我们只差几个小时就抓到他了。一次他开了一辆重新刷了漆的汽车，用化名逃离了加普。现在他又逃离了庄园，还杀了他的情妇，离阿尔法罗密欧被找到只有几小时。每次都是在早上，在我向内政部会议做报告说我们已经掌握了他，预计十二个小时之内就能拘捕他之后。卢西恩，我亲爱的伙计，我想我得使用一下我无限的权力了，我要搞一次小小的窃听活动。”

他靠在窗棂上，向外望去，目光穿过缓缓流淌的塞纳河。顺流而下是拉丁区，那里灯火通明，笑声荡漾在波光粼粼的水面上。

三百码外，另一个人也靠在他的窗台上。在夏季的夜晚，巴黎圣母院的塔尖被聚光灯照得雪亮。这个人望着在它左边的司法警察署大楼的巨大身影，沉思着。他穿着黑色的裤子，一双便鞋，圆高领的丝质线衫下面，是白色的衬衫和黑色围领。他抽着一支加长的英国过滤嘴香烟，面容很年轻，头上是一头乱蓬蓬的铁灰色头发。

两人的目光跨过塞纳河，向前看着。他们彼此并不认识。就在这时，此起彼伏的教堂钟声将时间引入了八月二十二日。

第三部

绝杀

19

克劳德·勒贝尔这个晚上过得很糟糕。夜里一点三十分，他刚要睡着，卡伦把他摇醒。

“头儿，很抱歉打扰您，但我忽然有个想法。这个家伙，那个豺狼，他拿的是丹麦护照，对吧？”

“继续说。”

“好的，他一定是从哪里搞来的。要么是伪造的，要么就是偷的。但他因为持有这本护照而改变了头发的颜色，据此推断，这本护照应该是偷来的。”

“有道理。说下去。”

“那好，除了他七月那次到巴黎的侦察之旅，他一直住在伦敦。所以他很可能是从这两个城市中的一个偷来的护照。那么那个丢失护照的丹麦人会做什么呢？他一定会去他的领事馆。”

勒贝尔挣扎着从行军床上爬起来。

“我亲爱的卢西恩，有时候我觉得你真是前程远大。先给我接托马斯警司的家，然后是丹麦驻巴黎总领事。按这个先后顺序来。”

他又花了一个小时打电话，说服那两个人从床上爬起来，回到他们各自的办公室。勒贝尔再回到自己的行军床上时已经差不多是凌晨三点了。四点的时候，巴黎警察局一个电话又把他吵醒：夜里十二点和两点时，从巴黎各酒店收拢来的丹麦籍人士的酒店登记卡共有九百八十张，已经开始按“很可能”“可能”和“其他”三类进行分拣。

边境检查处的工程师打来电话的时候是早上六点。勒贝尔一直都没有睡，他正在喝咖啡。午夜的时候勒贝尔才向他们下达指令，现在他们就有了收获。勒贝尔乘车穿过清早的街道向边境检查处的总部驶去，卡伦在他旁边。在一间地下通讯分析室，他们听了一段录音。

录音的开头是“咔嗒”一声，很响，然后是一阵“呼呼”的呼吸声，好像有人拨了七个号码。然后是电话拨号的长音。接着又是一声“咔嗒”，有人接电话了。

一个嘶哑的声音说道：“喂？”

有个女人的声音说道：“我是雅克利娜。”

这个男人的声音回答：“我是瓦尔米。”

女人说得很快：“他们知道他是一个丹麦牧师。他们晚上在查所有巴黎酒店里的丹麦籍人士入住的登记卡，晚上十二点、两点、四点各收一次卡片。然后一个一个地排查。”

停了一会儿，那个男人的声音说道：“谢谢。”他挂断电话，女人也收了线。

勒贝尔盯着仍然在缓缓转动的带子。

“你知道她拨的号码吗？”勒贝尔问这个工程师。

“知道。我们能从拨号盘归零的延时长度测算出号码。号码是莫里托五九〇一。”

“有地址吗？”

这个人递给他一张字条，勒贝尔扫了一眼。

“来吧，卢西恩。我们去探望一下瓦尔米先生。”

“那个姑娘怎么办？”

“哦，她会为此付出代价的。”

七点，中学教师正在煤气炉上煮早餐，有人敲门。他皱了一下眉，关了火，穿过起居室，打开门。面前出现四个男人。虽然他们没有表露身份，但他知道他们是谁。两个穿制服的看起来好像随时会向他扑过来，但那个相貌温和的矮个男子向他们做了个手势，让他们待在原地。

“我们监听了电话，”小个子男人平静地说，“你是瓦尔米。”

中学教师面无表情。他向后退去，让他们进了屋。

“我可以穿上衣服吗？”他问道。

“当然可以。”

他连睡衣都没有脱，只用了几分钟便套好裤子和衬衣。两个穿制服的人站在他左右。穿便服的年轻人站在门口。年纪大一点的那个人在房间里四下转了转，翻了翻堆着的书和纸。

“要花很久才能把这些东西清出来，卢西恩。”他说道。

门口的那个人瓮声瓮气地说：“感谢上帝，幸好不是我们的部门。”

“你好了吗？”小个子问中学教师。

“好了。”

“带他下楼上车。”

其他四个人离开了，警长没走。他翻看着那些纸。显然中学教师之前整晚都在忙着弄这个。但这些都是被批阅过的普通的学校试卷。显然这个人在家里办公。他整天都待在房间里守着电话，以备豺狼打来。七点十分，电话响了。勒贝尔看了几秒钟，然后伸出手，把电话拿了起来。

“喂？”

电话那头的声音很平稳，没有起伏。

“我是豺狼。”

勒贝尔感到怒火中烧。

“我是瓦尔米。”他说道。

电话那头停了一下。勒贝尔不知道该说什么。

“有新消息吗？”那头的声音问道。

“没有。他们在克雷兹跟丢了。”

他的额头上全是汗。让这个人在他现在待的地方多待几小时很关键。“咔嗒”一声，电话再没了声息。勒贝尔挂上电话，下楼冲向等在路边的汽车。

“回办公室。”他冲司机喊道。

在毗邻塞纳河岸的这家小酒店前厅的电话间里，豺狼向玻璃外面看着，有些疑惑。没有消息？肯定不会没有的。这个勒贝尔警长不是白痴。他们一定已经追踪到了那个伊格尔顿的出租车司机，从那里再找到沙隆尼尔庄园。他们一定发现了庄园里的尸体，还有失踪的雷诺车。他们肯定在图勒找到了雷诺车，询问了车站的工作人员。他们肯定已经……

他迈步走出电话间，穿过前厅。

“请稍等，”他对服务员说，“我五分钟后就下来结账。”

七点三十分，勒贝尔刚进办公室，托马斯警司的电话就到了。

“很抱歉这么久，”英国警探说道，“把丹麦领事馆人员弄醒，再让他们回办公室花了不少工夫。你想得没错。七月十四日，一名丹麦牧师报告丢失了护照。他怀疑是在伦敦西区的一家酒店客房里丢失的，不过他没有证据。为了让酒店的经理放心，他没有抱怨。这个牧师的名字叫佩尔·詹森，哥本哈根人。体貌特征为：六英尺高，蓝眼睛，灰头发。”

“就是这个，谢谢你，警司。”勒贝尔放下电话。“给我接巴黎警察局。”他对卡伦说道。

八点三十分，四辆黑色的玛利亚来到大奥古斯汀码头的一家酒店外。警察把三十七号房间翻了个底朝天，就像被龙卷风扫过了一样。

“我很抱歉，警长先生，”店主人对指挥这次突袭的头发凌乱的探长说，“一小时前，佩尔·詹森已经退房了。”

豺狼叫了一辆从街上路过的出租车，回到他前天晚上刚刚抵达的奥斯特列茨火车站。对他的搜捕肯定已经转移到其他地方了。他把装着枪、军大衣和那个虚构的法国人安德烈·马丁衣物的箱子存在了行李寄存处，只留下了装着美国学生马蒂·舒尔勃格衣服和证件的那只箱子和装着化装物品的手提箱。

他拎着行李，身上还穿着那身黑色套装，但把领圈用高圆领线衫遮住了。火车站旁边的拐角处有一家破旧的小旅馆，他要了一间房。这个服务员懒得按要求核对旅客的护照，让他自己填写了登记卡。所以连这张登记卡填的不是护照上佩尔·詹森的名字，他都不知道。

一进屋，豺狼就在脸和头发上忙开了。他用溶剂洗掉了头发上染的灰色，露出了本来的亚麻色。然后又染成了马蒂·舒尔勃格的栗色。蓝色隐形眼镜没有摘，金丝边眼镜则换成了那副高级的宽边美国眼镜。黑色便鞋、袜子、衬衫、围领和牧师服都被卷起来塞进了箱子，一起放进去的还有哥本哈根詹森牧师的护照。然后，他穿上了美国纽约州锡拉丘兹来的美国大学生的跑鞋、袜子、牛仔裤、T恤和风衣。

晌午的时候，他已经弄好准备走了，美国护照放在胸前的口袋里，另外一个兜里放了一沓法国法郎。装着詹森牧师所有“遗物”的箱子被放进了衣柜，钥匙被冲进了马桶。他顺着防火梯爬下去，悄无声息地离开了这家旅馆。几分钟后，他把手提箱存在奥斯特列茨火车站的行李寄存处，把第二次存箱子的存单塞进裤子后面的口袋里，和第一次存箱子的存单放到了一起，然后离开。他搭了辆出租车来到左岸，在圣米歇尔大街和于歇特大街的拐角下了车，然后消失在聚居于巴黎拉丁区的学生和年轻人的海洋里。

豺狼坐在一家烟雾腾腾的小饭店里，吃着一份廉价的午餐，他开始想今天晚上该去哪儿。他毫不怀疑勒贝尔这会儿已经拆穿了佩尔・詹森牧师的把戏，而现在这个马蒂・舒尔勃格的身份他也顶多只能用二十四个小时。

“那个该死的勒贝尔。”他一边恨恨地想着，一边冲着女服务员微笑着说，“谢了，宝贝。”

上午十点，勒贝尔回到办公室给伦敦的托马斯打电话。他的请求让托马斯低声哼了几声，不过他还是十分有礼貌地回答说他会尽力。挂上了电话，托马斯立刻喊来了上周参与调查的那个高级督察。

“好吧，请坐。”他说，“法国佬又回来了。看来他们又把那个家伙弄丢了。现在他在巴黎市中心，他们怀疑他可能准备了另外的假身份。我们两个现在就去给伦敦的各个领事打电话，要他们将从七月一日起至今，外国游客丢失或被窃的护照开具一张清单。不用管黑人和亚洲人，只要白种人。我要知道每位当事人的身高。凡是在五英尺八英寸以上的都是怀疑对象。开始干吧。”

巴黎内政部的每日例会被提前到了下午两点。

勒贝尔依然用他一贯的和缓语气做了报告，而与会者的反应却极其冷淡。

“该死的家伙，”部长中间插嘴道，“他真是走了狗屎运了！”

“不，部长先生，不是运气。至少不全是。他不断得到我们每一阶段的进展情报。这就是为什么他匆忙离开加普，为什么在沙隆尼尔庄园杀死了那个女人，然后在罗网收拢前离开的原因。我每天晚上都向与会的各位报告我的进展。我们有三次只差几个小时就抓到他了。今天早上，由于逮捕了瓦尔米而我又不能在电话里装扮成瓦尔米，所以导致他从藏身处逃走并又换成了其他身份。但前面两次，他是在我向会议做完汇报之后的凌晨得到消息的。”

桌子周围一片静寂，空气仿佛凝固了一般。

“我好像记得，队长，之前你就这样暗示过，”部长冷冷地说，“我希望你能说得更具体一些。”

作为回答，勒贝尔拿出一个小型便携式录音机放到了桌上，按下了“播放”键。在会议室的死寂中，磁带放出的电话录音听来像金属摩擦一样刺耳。放完之后，整个屋里的人都盯着桌上的这台机器。圣克莱尔上校面色灰白，双手轻轻哆嗦着把他的文件收到一起，放进他的文件夹。

“那是谁的声音？”部长最后问道。

勒贝尔仍然没出声。圣克莱尔慢慢站起身来，屋子里的目光都转向他。

“我很遗憾地告诉您，部长先生……这个声音是……我的一个朋友。她现在和我住在一起……请原谅。”

他离开会议室返回爱丽舍宫去写辞呈。屋子里的人都目不斜视，默不作声。

“很好，队长，”部长的声音很平静，“你可以继续了。”

勒贝尔接着汇报，说到了他请求伦敦的托马斯追查过去五十天里报失的护照。

“我希望，”他最后说，“今天晚上就能拿到一份简短的名单，符合我们已经知道的豺狼的体貌特征的人很可能至多只有两个。一旦获悉结果，我需要这些到伦敦旅游的人的所在国提供那些人的照片，我们可以肯定，豺狼现在看起来一定更像他的新身份，而不是凯斯洛普或者杜根或者詹森。幸运的话，我明天中午就能拿到这些照片。”

“从我这方面，”部长说，“我可以向各位报告关于我和戴高乐总统的谈话。他明白无误地拒绝了为躲避刺客而改变未来任何一项日程安排。坦率地说，这也是意料之中的事。不过，我还是让总统做出了一个让步。这就是，至少现在关于禁止公开的禁令解除了。豺狼现在是一名普通的杀人犯。他在沙隆尼尔男爵夫人的房间里谋杀了她，入室盗窃她的珠宝。据信他已经逃至巴黎，躲了起来。对吧，先生们？

“这是今天下午的报纸，至少是晚报要报道的内容。队长，只要你一确定豺狼的新身份，或者是两三个可能的、他目前正在假扮的身份，你被授权将这些人名公布给媒体。这样，那些早报就能用新标题报道事件的最新情况了。

“那些在伦敦不走运，丢失了护照的游客照片明天早上一到，你就可以把它向晚报、电台、电视台公布，作为追捕谋杀犯事件的信息更新。

“除此以外，我们一旦拿到名字，巴黎所有的警察和共和国卫队都要上街，拦住每个人，查看他们的护照。”

巴黎警察局局长、共和国卫队负责人和司法警察署的头儿都忙着在记录。部长接着说道：“中央档案局要协助边境检查处去检查所有已知的‘秘密军组织’的同情者。明白吗？”

边境检查处和中央档案局的头头都使劲点着头。

“司法警察署的所有探员，手上不论有什么事，都停下来，全力缉凶。”

司法警察署的马克思·费尔内点点头。

“至于爱丽舍宫方面，显然我需要一份从现在起，总统近期全部活动的完整清单。为了保护他，甚至不必就额外采取的预防措施向他汇报。这一次，为了保护他，即使他雷霆震怒也在所不惜。另外，当然，我要求总统警卫队空前加强对总统的保护。迪克雷队长，可以吗？”

作为戴高乐私人保镖的让·迪克雷点了点头。

“至于刑警大队，”部长盯着布维埃队长，“显然有很多黑社会眼线。我希望把每个人都动员起来，盯着这个人，向那些人提供豺狼的名字和体貌特征。好吗？”

莫里斯·布维埃生硬地点点头，心里很是焦虑。通缉凶手的事他见过，但这一次规模空前。不要说体貌特征，只要勒贝尔一给名字和护照号，从安全部门到黑社会就得有将近十万人在街道、酒店、酒吧和饭店寻找这个人。

“我有没有漏掉什么其他情报渠道？”部长问道。

罗兰上校很快地看了眼吉布将军，然后是布维埃队长。他咳嗽了一下。

“哪里都少不了科西嘉工会。”

吉布将军盯着自己的指甲。布维埃对罗兰怒目而视。其他人大多表情尴尬。科西嘉工会是科西嘉人的兄弟会，从过去到现在一直都是法国最大的犯罪集团组织。他们已经控制了马赛和大多数的南部沿海地区。有些专家认为他们比黑手党更危险，历史也更悠久。他们不像黑手党那样张扬，闹得家喻户晓，所以也没有像黑手党那样不得不在二十世纪初叶移居到美国。

戴高乐派和科西嘉工会曾经两度合作，两次都大有帮助，但也让他们很难堪。因为工会总要求回报，通常都是要求警方对他们的犯罪勾当睁一只眼闭一只眼。一九四四年八月，工会曾帮助盟军攻占法国南部，并从那以后拥有了马赛和土伦。后来，他们又于一九六一年四月辅助打击了阿尔及利亚殖民势力和“秘密军组织”，并据此把他们的触角大大伸入了北方和巴黎。

作为警察，莫里斯·布维埃痛恨这些人渣，但他知道罗兰的行动分局十分倚重科西嘉人。

“你觉得他们能帮上忙吗？”部长问道。

“如果豺狼真的像他们说的那样厉害，”罗兰上校回答道，“那么我认为，在巴黎如果有人能找到他的话，那就是工会的人。”

“他们在巴黎有多少人？”部长怀疑地问道。

“大概八万人。分布于警察、海关、共和国卫队、情报局，当然还有黑社会组织。而且他们是有组织的。”

“你自己看吧。”部长说道。

没有人再提议了。

“好，那就这样了。勒贝尔队长，现在我们想要从你那得到的就是一个名字、一些体貌特征和一张照片。得到这些之后，这个豺狼只有六小时的自由了。”

“事实上，我们还有三天。”勒贝尔凝视着窗外，说道。他的听众都惊呆了。

“你是怎么知道的？”马克思·费尔内问道。

勒贝尔迅速地眨了眨眼。

“我必须道歉。我之前没有看出这一点来实在是很愚蠢。这一个星期以来，我一直确信豺狼有一个计划，他自己选了个日子刺杀总统。当他离开加普，为什么没有立刻扮成詹森牧师呢？为什么没有立刻开到瓦朗斯跳上来巴黎的特快列车呢？为什么他到法国之后整整一周都在那儿打发时间？”

“嗯，为什么呢？”有人问道。

“因为他挑好了日子，”勒贝尔说，“他知道该在什么时间发动攻击。迪克雷队长，今天总统有离开爱丽舍宫外出的活动安排吗，或者明天，或者是星期六？”

迪克雷摇摇头。

“那星期天呢，八月二十五日？”勒贝尔问道。

桌子周围的人都不约而同地叹了一口气，就像风拂过玉米地一样。

“当然，”部长轻声说，“解放日。而且要命的是，在座的诸位，大多数人那天都要和他在一起。一九四四年，巴黎解放日。”

“完全正确。”勒贝尔说道，“我们的豺狼有点像心理学家。他知道一年之中有那么一天，戴高乐将军哪里都不去，就在巴黎。那么，这一天就是他的大日子，也是这个刺客等待的日子。”

“既然如此，”部长兴奋地说，“我们就已经抓到他了。现在他的情报来源已经断了，巴黎哪一个角落他都无法躲藏。我想，在巴黎是不会有人收容他并把他保护起来的；即使是强迫他们，他们也不会干。我们抓到他了。勒贝尔队长，给我们那个人的名字。”

克劳德·勒贝尔站起来走向大门。其他人也都站起来准备离开去吃午餐。

“噢，还有一件事，”部长叫住勒贝尔，“你怎么知道要窃听圣克莱尔上校私人公寓的电话？”

勒贝尔在门口转过身，耸了耸肩。

“我不知道，”他说，“所以昨天晚上我窃听了你们所有人的电话。日安，先生。”

下午五点，豺狼坐在音乐厅广场旁边的一家咖啡馆，喝着啤酒。和其他所有人一样，他脸上也戴着一副黑色的墨镜，挡太阳。他看到两个男人从街上走过，忽然有了主意。他付清酒钱，起身离开。他顺着街道走了一百码，看到了他要找的东西——一家女性化妆品店。他走了进去，买了些东西。

六点，各家晚报都换了它们的头条新闻。最新的版本上，报纸顶部印着整行令人惊叹的标题:《杀死男爵夫人的凶犯逃至巴黎》。标题下面有一张沙隆尼尔男爵夫人的照片，那是五年前她在参加巴黎一个社交晚宴时拍的。一家图片社从档案里找到这张照片，所有报纸都用了同一张照片。六点三十分，罗兰上校胳膊下面夹了一张《法兰西晚报》，走进华盛顿街的一家小咖啡馆。皮肤黝黑，下颌突出的酒吧侍者仔细地看了他一眼，朝大厅后面的另一个人点点头。

第二个人走过来和罗兰打招呼。

“罗兰上校？”

行动分局的头头点点头。

“请随我来。”

他在前面带路，穿过咖啡馆的后门，上二楼来到一间小起居室——这很可能是店主的私人住所。他敲了敲门，里面有个声音说道：“进来。”

门在罗兰上校的身后关上了，一个男人从扶手椅里站起来，罗兰握住他伸出的手。

“罗兰上校？很高兴见到你。我是科西嘉工会的卡普。据说你要找一个人……”

八点，托马斯警司来电话了，声音听上去很疲惫。他今天过得可真不容易，有些领事很愿意配合，其他的却很不愿意帮忙，颇费了一番周折。

他说，在过去的五十天里，除了女人、黑人、亚洲人和矮个子，有八个外国男性游客在伦敦丢失了护照。他给这些人列了一个单子，有姓名、护照号和体貌特征，一目了然。

“现在我们来排除那些不可能的人吧，”他向勒贝尔建议，“豺狼化名杜根不在伦敦期间，有三个人丢失了护照。我们也向航空公司订票处核实了从七月一日以来的情况。看来七月十八日，他乘坐晚上的航班飞往哥本哈根。根据BEA公司的记录，他在布鲁塞尔的BEA柜台用现金买了票，然后八月六日晚上飞回英格兰。”

“是的，我们也查过，”勒贝尔说道，“我们发现，他不在伦敦的那个星期来了巴黎，时间是从七月二十二日到七月三十一日。”

“好的，”托马斯说道，声音从伦敦的电话线里传来，有些噪声，“他不在伦敦期间有三份护照丢失。我们可以把这三个排除了，对吧？”

“没错。”勒贝尔说道。

“剩下的五个人里，一个太高了，足足有六英尺六英寸。用你们的算法，已经超过两米了。而且，他是个意大利人，这就是说他的护照扉页上是用米和厘米来标注身高的。差异太大，法国海关官员会立刻发现的。除非豺狼踩着高跷。”

“我同意，这个人肯定是个巨人，他可以排除了。另外四个人是什么情况？”勒贝尔问道。

“好的。一个太胖了，有二百四十磅，或者说有一百多公斤。这个要是豺狼的话，那他都胖得走不动路了。”

“他也可以排除了，”勒贝尔说道，“还有谁？”

“另外一个太老了。他身高合适，但是已经七十多岁了。除非那种真正的戏剧化装高手在他脸上操持，否则他不可能扮得那么老。”

“这个也不算，”勒贝尔说道，“最后两个怎么样？”

“一个是挪威人，另一个是美国人，”托马斯说道，“两个人都符合标准。高个子，宽肩膀，二十到五十岁之间。这个挪威人有两件事使他不太可能是你要找的人。第一，他的头发是亚麻色的。我不认为这个豺狼在杜根暴露后会变回他自己头发的颜色，对吧？那样他就会更像杜根了。另外一件是，这个挪威人向领事报告时说，他和女友划船时不慎落水，护照就是这时才从口袋里滑落的。他发誓说他落水之前，护照还在他胸前的口袋里，等他爬上岸十五分钟后就发现护照不见了。另一个美国人则对伦敦机场的警察发誓说，他在机场大楼的候机大厅向别处张望的时候，装有他护照的手提箱就不见了。你怎么看？”

“请发给我，”勒贝尔说道，“有关这个美国人马蒂·舒尔勃格的所有详细情况。我要向华盛顿护照办公室要他的照片。再次感谢你，谢谢你的所有努力。”

当晚，内政部又开了第二次会，是目前为止最短的一个。会议前一个小时，国家安全机构的每个部门都收到了马蒂·舒尔勃格详细材料的油印件，此人是被通缉的杀人犯。第二天早上有望能得到他的照片，恰好来得及刊登在上午十点钟街上出售的报纸上。

部长站了起来。

“先生们，我们头一次开会的时候，都同意布维埃队长的建议——甄别杀手豺狼的身份从本质上来说，是一项纯粹的侦探工作。可是通过后来发生的事情，我不再同意这个论断。在过去的十天里，我们很幸运，有勒贝尔队长为此事操劳。尽管刺客换了三次身份，从凯斯洛普到杜根，从杜根到詹森，又从詹森到舒尔勃格，尽管这间屋子里不断有情报泄露出去，他仍然成功地甄别出了刺客的身份，并且在这个城市里追踪到了这个人。我们欠他一份感谢。”

部长朝勒贝尔低头致意，后者看起来有些窘迫。

“不过，从现在开始，这项任务就要转移到我们身上了。我们有了刺客的名字、体貌特征、护照号码和国籍。几个小时之内，我们还会有他的照片。我很有信心，在你们各自部队的努力下，几个小时之内，我们就能抓获他。巴黎的每一个警察，每一个共和国卫队的警察，每一个警探，都已经收到了这个人的简要情况。明天早上之前，或者，最迟到明天中午，这个人就再也无处藏身了。

“现在，让我们再次祝贺你，勒贝尔队长，并且从你的肩膀上把这次调查的压力和重担卸下。在即将到来的几个小时里，你将不必再为此事操劳了。你的任务完成了，干得漂亮。谢谢你。”

勒贝尔耐心地听他说完，之后飞快地眨了几下眼，从座位上站起来，向这群最有权势的人点点头。他们指挥着成千上万的士兵，控制着数百万的法郎，而此时，他们向他报以微笑。勒贝尔转身离开会议室。

十天来，克劳德 · 勒贝尔队长第一次回家睡觉。当他把钥匙插进锁孔里转动的时候，他听到了妻子厉声的责难。子夜的钟声响起，八月二十三日来了。

20

子夜前一个小时，豺狼走进一家酒吧。里面很黑，有好几秒钟他几乎无法看出屋子的轮廓。左手的墙边有一溜长长的吧台，后面闪烁着成排的镜子和酒瓶。门转回去合上时，服务员带着毫不掩饰的兴趣盯着他。

这家酒吧既长又窄，右侧墙边摆放着一排小桌子。屋子的远端，房间宽了起来，辟出一个单独的区域，里面散布着几张可以坐四到六人的大桌子。吧台边有一排独脚圆凳。大多数的椅子和凳子都被晚上来的常客占据着。

离门最近的一桌谈话停了下来，顾客们都在仔细打量他。轻轻的“嘘”声传遍整个房间，其他更远处的人发现同伴的目光，也转过头来打量着门边这个有着运动员体格的高个子。有些人低声交谈着，间或有一两声轻笑。豺狼看到远端有个吧台的独腿圆凳空着，就从右边的桌子和左边的吧台之间走了过去，转身坐下。他听到背后有人飞快地小声议论着。

“哇，看这里！这肌肉，亲爱的，我都想入非非了。”

酒吧服务员从吧台另一头走过来站在他面前，仔细打量着他，同时，咧开涂着口红的嘴唇，卖弄风骚地冲他笑着。

“您好，先生。”身后又是一通“咯咯”的笑声，大多有点不怀好意。

“请给我一杯苏格兰威士忌。”

酒吧服务员踏着华尔兹舞步般轻快的步子高兴地走开了。是个男人，男子汉，真正的男人。噢，这下今晚可该热闹了。他能看见远处走廊那边的小疯子们都在摩拳擦掌了。他们大多在等自己的老主顾，不过有些没有约会的都想碰碰运气。这个新来的大男孩，他想，绝对要引起一场骚动了。

豺狼旁边的客人转过身来对着他，盯着他的目光里毫不掩饰对他的兴趣。他的头发是那种金子般的金黄色，一缕缕小心地挂在前额上，像古希腊神殿上的年轻神像。不过这种形似也就到此为止了。他的眼睛涂着睫毛膏，嘴唇像精致易碎的红珊瑚，脸颊上扑了厚厚的粉。不过这样的装扮还是掩盖不了衰老带来的皱纹，睫毛膏也遮不住那双充满欲望的眼睛。

“不请我喝一杯吗？”说话的声音像女人一样嗲声嗲气。

豺狼慢慢摇摇头。那个令人恶心的家伙耸耸肩，转回身冲着自己的同伴，继续轻声说着话，时不时假装吃惊地尖叫一声。豺狼脱掉风衣，伸手去拿酒吧服务员递来的酒，肩膀下面和背上的肌肉在T恤衫下高低起伏。

酒吧服务员很高兴。他不是同性恋？不对啊，他不可能不是，否则来这儿干什么。来这里的都是想找个伴儿的，可是他为什么要拒绝可怜的科琳，不请“她”喝一杯呢。难道他是……太妙了！一个英俊的年轻男子在找一个老鸟带他回家。今晚一定很有趣。

快到十二点了，嫖客们准备回家了。他们斜倚着沙发，在人堆里搜索着，不时把服务员招来，低声说上几句。服务员就回到吧台，向其中一个“姑娘”示意。

“皮埃尔先生想和你说句话，亲爱的。去试试，打扮漂亮点儿去试试，看在上帝的分上，别再像上次那样哭哭啼啼的了。”

刚过十二点，豺狼在酒吧里更加引人注目了。酒吧后方有两个男人足足看了他几分钟。他们分坐两桌，不时相互恶毒地看一眼。两个人都已年近四十，其中一个有点胖，一对小眼睛埋在厚厚的眼睑里，脖子后面的肥肉堆在领子外面。他相貌粗俗，活像一头猪。另一个则身材苗条，十分优雅，几缕头发精心地贴在头上。他的衣服很漂亮，剪裁考究。裤子很瘦，上衣袖口处微微露出一点蕾丝。喉头还系了一条丝质印花手帕。豺狼想，这个人大概是搞艺术的，时装设计师或是发型师一类。

那个胖子冲酒吧服务员招招手，低声耳语了几句，把一张大额钞票塞进了他的紧身裤里。服务员穿过酒吧，返了回来。

“那位先生问您是否愿意和他一起喝一杯香槟。”服务员狡黠地看着他，小声说道。

豺狼放下威士忌。

“你告诉那位先生，”他说得很清楚，吧台周围的男同性恋们都能听见，“他对我没有吸引力。”

不少人吓得倒吸了口冷气，有几个弹簧刀一样身材纤细的年轻男子从酒吧的独腿圆凳上溜了下来，靠近他，以免漏掉一个字。服务员吓得眼睛睁得圆圆的。

“他只想请您喝一杯香槟，亲爱的。我们认识他的，他很有钱。您很走运。”

作为回答，豺狼从凳子上下来，拿着他那杯威士忌，信步走向另一个老鸟。

“我能坐在这儿吗？”他问道，“有人在纠缠我。”

那个附庸风雅的人差点兴奋得晕过去。几分钟后，那个胖子仍对他所受的侮辱愤愤不平。他离开了酒吧，而他的竞争者，则把他那又老又瘦的手懒洋洋地放在桌上这个年轻美国人的手上。他告诉这个新朋友，有些人的举止绝对是非常粗鄙恶劣的。

凌晨一点过后，豺狼和他的“护花使者”离开酒吧。这之前的几分钟，这个叫朱尔斯·伯纳德的同性恋问豺狼住在哪里。豺狼表现得很不好意思，说自己没有地方去，身无分文，是个时运不济的学生。而伯纳德则简直无法相信自己的好运气。他告诉这位年轻的朋友，他碰巧有一套漂亮的公寓，装饰精美，而且非常安静。他一个人住，没人会来打扰他。因为过去与他同住一个街区的邻居对他非常粗鲁，所以他从来不和他们打交道。如果年轻的马丁愿意在巴黎逗留期间和他住在一起，他会非常高兴。这回豺狼表现出的则是极度的感激。他接受了伯纳德的邀请。离开酒吧之前，豺狼溜进洗手间，几分钟后他再出来时，眼睛上涂了厚厚的睫毛膏，脸上扑了粉，还抹了口红。伯纳德看起来有些不快，不过他们在酒吧里的时候他还是在极力掩饰着。

来到外面的人行道上时，他反对道：“我不喜欢你用那些东西。那让你看起来像那些肮脏的男妓一样。你是一个很漂亮的小伙子。你不需要那些东西。”

“对不起，朱尔斯，我以为这样会让你高兴。我们回去就把它洗掉。”

伯纳德的不快略微减轻了一些。他把豺狼领到自己的汽车前，答应在载他的新朋友回家之前，先去奥斯特列茨火车站去取他的行李。在第一个十字路口，一个警察走到路中央，挥旗让他们停下。警察向司机旁边的窗户低下头来时，豺狼弄亮了车里的灯。警察瞅了他一分钟，然后退了回去，一脸厌恶。

“走吧。”他再不想啰唆了，命令道。汽车开走后，他喃喃地骂了句：“他妈的同性恋。”

到达火车站之前他们又被拦停下来一次。警察要他们出示证件。豺狼浪声浪气地笑着。

“你就只要那个吗？”他狡黠地问道。

“滚。”警察说着，退了回去。

“别那样惹他们，”伯纳德小声反对道，“你那样做我们会被抓起来的。”

豺狼从行李寄存处取回两只箱子，收费的服务员连看都懒得看他一眼。他把箱子搬进伯纳德的车后座。

在去伯纳德的公寓路上，车子又一次被拦了下来。这次是两个共和国卫队的士兵，一个中士，另一个是列兵。列兵在离伯纳德住处几百米处一条街的街口挥旗让他们停下，走到乘客门边，向里看着豺狼的脸，一下子跳了回去。

“噢，我的上帝。你们两个要去哪儿？”他吼道。

豺狼噘起嘴。

“你觉得是去哪儿，宝贝儿？”

这个共和国卫队的士兵恶心得脸都扭曲了。

“你真让我恶心，快滚。”

“你应该让他们出示证件。”中士对这个列兵说。此时，伯纳德的汽车尾灯已经消失在街的尽头了。

“噢，算了吧，中士，”列兵辩解道，“我们要找的是一个跟男爵夫人上了床又把她杀死的家伙，不是一对满嘴放屁的娘娘腔。”

伯纳德和豺狼到公寓里时已经是凌晨两点了。豺狼坚持要在客厅的单人沙发上过夜，伯纳德心里反对，但克制着没有说出来。不过他还是从卧室门缝里偷看了这个年轻的美国人脱衣服。显然，要把这个有着钢铁般肌肉的纽约学生弄到手，需要一场煞费苦心但又令人兴奋的追求。

伯纳德的厨房设施完备、精良，但装饰得很女人气。豺狼夜里查看了一下冰箱，觉得里面的食物足够一个人吃三天，不过两个人就不够了。早上的时候，伯纳德想出去买鲜牛奶，但豺狼没让他去，坚持说他更喜欢在咖啡里加听装牛奶。所以他们一早上都在聊天，没出门。中午的时候，豺狼坚持要看新闻。

头一条新闻，是关于缉拿四十八小时前谋杀沙隆尼尔男爵夫人的凶手。朱尔斯·伯纳德吓得尖叫起来。

“噢天啊，我可受不了暴力。”他说道。

接下来，屏幕上出现了一张脸：一个英俊的年轻面孔，栗色的头发，宽边眼镜。解说员说，这就是那个杀手，一个美国学生，名叫马蒂·舒尔勃格。任何人看到此人，或者知道……

伯纳德坐在沙发上，转过身来抬头看着。他最后想的是，那个解说员错了，他说舒尔勃格的眼睛是蓝色的，但从紧紧掐住他喉咙的铁钳般的手指后面俯视着他的那双眼睛是灰色的。

几分钟后，豺狼把五官扭曲、头发凌乱、舌头外伸的朱尔斯·伯纳德关在了客厅的衣柜门里，然后从客厅书架上拿了本杂志，坐了下来，等待剩下的两天。

在这两天里，巴黎展开了一场前所未有的搜查。从最漂亮、最昂贵的酒店到最低级的妓院，所有的酒店、旅馆都被彻查，旅客的名单也被核对过了，每个普通公寓、供流浪汉投宿的廉价客栈、青年旅社都遭到搜查。酒吧、餐馆、夜总会、大饭店、咖啡馆里，也经常有便衣警察的身影，他们向侍者、酒吧服务员和保镖出示通缉犯的照片。每个已知的“秘密军组织”的同情者的住宅和公寓都被翻了个底朝天。有超过七十名年轻人由于和这个杀人犯有一点相像而被拘捕讯问，之后被释放时，警方表示了常规的歉意。其实这只是由于他们都是外国人，而对外国人总是比对本国人要有礼貌些。

在成百上千条街道上，出租车、公共汽车被拦下来，检查所有乘客的证件。巴黎所有较大的马路都设置了路卡，在一到两英里的间距内，会遇见好几次夜间巡逻的军警。

在黑社会方面，科西嘉人也没闲着。他们悄悄地混入皮条客、暗娼、妓女、诈骗犯、扒手、流氓、入室窃贼和骗人钱物的人中，警告这些人：任何人知情不报都会招致工会的震怒，将承受一切可能的惩罚。

有十万受雇于这个国家的人，在各个部门，从警长到士兵和宪兵，都在四处查找。估计有五万黑社会人士以及边缘行业里的人，也都在到处核查路人的相貌。那些做旅游行业营生的人无论白天还是黑夜，都被告知要睁大双眼。学生常去的咖啡馆、酒吧、聊天室、社团组织，都有年轻的探员渗透进去。专门从事安置外国交换学生在法国家庭居住的机构都被造访，并受到警告。

克劳德·勒贝尔警长穿着一件羊毛开衫和补丁裤子，整个星期六的下午都在他的花园里不慌不忙地折腾着。八月二十四日晚上他接到电话，让他到部长的私人办公室报到。六点钟，一辆汽车来接他。

当他看见部长时，吃了一惊。这个负责整个法国国内安全事务、充满活力的领导人看起来既疲惫又紧张。短短两天内他似乎苍老了许多，眼睛周围全是缺乏睡眠导致的皱纹。他的办公桌对面有一把扶手椅，他示意勒贝尔坐下，自己则坐在转椅里。平时他喜欢在窗前欣赏波伏广场的景致，有事的时候才转回办公桌旁。这一次，他没有看窗外。

“我们找不到他，”他开门见山地说，“他消失了，就这样从地球上消失了。我们相信，‘秘密军组织’的人也一样不知道他在哪儿。黑社会的人也没见到或是听到过他。科西嘉工会认为他不可能在城里。”

他停了一下，叹了口气，注视着桌子对面这个小个子探长。勒贝尔眨了眨眼，没说话。

“对于你在过去两周里追踪的那个人，他到底是个什么样的人，我想我们从来都没真正有过概念。你怎么看？”

“他在这里，就在某个地方。”勒贝尔说道，“明天早上是怎么安排的？”

部长看起来似乎十分苦恼。

“总统什么都不改，也不允许他的行程安排有任何变动。今天早上我和他谈过。他很不高兴。所以明天仍和已经公布的计划一样。十点，他将重新点燃凯旋门下的长明火。十一点，在巴黎圣母院做弥撒。十二点三十分，在阵亡烈士纪念堂做哀思祈祷。然后回到爱丽舍宫吃午餐，再就是午睡。下午只有一项纪念仪式——向十名被公认在抵抗运动中功勋卓著的老兵授予解放勋章。

“下午四点，在蒙帕纳斯车站前面的广场。他自己选的地方。如你所知，建新站的工作已经开始了。重建地点离原来的位置有五百米。现在车站大楼伫立的地方按计划要改成写字楼区和商贸区。如果按照计划实施建设，那这个解放日就是最后一个在火车站正面保持不变的情况下庆祝的解放日了。”

“群众维持秩序的工作是怎么安排的？”勒贝尔问道。

“噢，我们都在忙这个。每个纪念仪式时群众都比上一次离得更远。仪式开始前几小时，会放置钢制的路障，在路障里的地区从地下到房顶都要彻查，包括下水管道。要搜查每套住宅和公寓。每项仪式开始前以及仪式进行时，附近各屋顶都有持枪警卫监视对面的屋顶和窗户。除了官员和参加纪念仪式的人，任何人不得穿越路障。

“这次我们安排得更周到。即使是巴黎圣母院的屋檐内外都会布置警察，包括房顶和尖塔。所有参加弥撒的教士、祭司和合唱团的歌童都要经过检查，看是否有人藏匿武器。即使是警察和共和国卫队士兵也需要佩带明天早上天亮时才颁发的特别徽章，以免他试图假扮安全人员。

“在过去的二十四小时里，总统届时要乘坐的雪铁龙汽车已被换上了防弹玻璃。顺便说一句，这件事不能泄露一个字；就连总统也不知情。不然的话，他会暴跳如雷的。和往常一样，还是马罗克斯给他开车，已经告诉过他要比平常开得快些，以免我们的朋友试图向车辆射击。迪克雷还征集了一批身材极其高大的军官和官员，想把他们安排在将军周围，但不让他知道。

“除了这些，任何人进入总统两百米范围内就要被搜身——无一例外。这必然会使外交使团大乱，媒体也会威胁抗议。所有外交和媒体人员的通行证都会在明天天亮之后突然更换，以免豺狼化装成其中一个混进来。显然，任何人携带包裹或是长形物品，一经发现将被立刻赶走。好了，你觉得怎么样？”

勒贝尔想了一会儿，像个小学生试图向老师为自己辩解一样，手在膝盖之间绞着。事实上，他觉得在第五共和国里，警察的权力已经太大了。而他穷其一生，抓捕罪犯的时候，也只是把眼睛睁得比别人稍微大一点而已。

“我想，”他最后说，“他这种人绝不会拿自己的生命冒险。他是个雇佣杀手，为钱才杀人。他想要逃脱，去花他的钱。七月的最后八天里，他到这里进行侦察旅行期间，一定已经提前设计出计划。如果他对于逃生的途径没有预先考虑好，或者没有把握的话，他早就回去了。

“所以，他一定成竹在胸。他之前就知道，一年当中的这一天，解放日，戴高乐将军的骄傲将使他无视其个人危险，不允许自己待在家里。他可能也已经知道了我们将要采取的安全预防措施，尤其是在他的身份暴露之后，安全保卫措施将像您所说的那样严密，部长先生。但他还是没有回去。”

勒贝尔站了起来，不顾仪态，在屋子里来回踱步。

“他不回去。他也不想回去。为什么？因为他觉得他可以做到，然后逃脱。这样的话，他一定是想到了什么别人没有想到的主意。可能是一个遥控的炸弹，或者是一支步枪。不过炸弹容易被发现，而且它会把所有东西都炸毁。所以一定是一支枪。这就是他为什么要驾车进入法国。枪在车里，可能焊在底盘上或者内部的条格上。”

“但是，他绝没有可能带着枪靠近戴高乐！”部长喊着，“没人能够接近他，除了少数人，而这些人都被搜过身了。他怎么能带着枪进入路障围着的区域内呢？”

勒贝尔停下来，看着部长，耸了耸肩。

“我不知道。但是他认为他可以，过去的这几天，不管他遇到什么样的周折，可他都侥幸没有失败。尽管他在世界上最优秀的两国警察面前暴露了，并被一直追踪着，但是他还是到了巴黎，带着一支枪藏了起来，也许还有另一副面孔和身份证。有一件事可以肯定，部长先生，不管他在哪儿，他明天肯定要露面。他一出来就一定会被发现他的本来面目。而这归根结底就是一句话——老侦探的箴言：把眼睛睁大。

“关于安全预防措施，部长，我没有更好的建议了。目前的安排都很完美，事实上也无懈可击。所以我是不是可以在每个仪式的时候到处转转，看看是否可以找到他？这是唯一可做的事了。”

部长失望了。他本来希望能从这个探长这里找到一些灵光一闪的发现。十四天前，布维埃说他是法国最优秀的警探。而这个人现在建议说要睁大眼睛。部长站了起来。

“当然，”他冷冷地说，“就那么做吧，警长先生。”

当晚晚些时候，豺狼在朱尔斯·伯纳德的卧室里做准备工作。床上是法国老兵安德烈·马丁的一双破旧黑皮鞋，灰色羊毛袜，裤子和衬衫，佩有一根战争绶带的长军大衣，黑色贝雷帽。他把在布鲁塞尔做的假证件放在最上面的口袋里，这样，穿着这身打扮的人就有了他的新身份。

在这些东西旁边，还有他在伦敦买的轻质网状带子；五个看起来像铝质的管子，里面装着他那支枪的枪托、后膛、枪管、消音器和瞄准镜。在这些旁边放着一块黑橡胶块，上面嵌了五粒达姆弹。

他从橡胶块里拿出两粒子弹，用厨房工具箱里找来的钳子小心地撬掉子弹的弹头，把里面的火药倒出来，收好。那些已经没用的弹壳被他扔进了烟灰缸。他还剩下三粒子弹，足够了。

他已经有两天没刮胡子了，下巴上满是淡黄色的胡楂。这次他会用他在巴黎买的剃须刀片，而且会剃得很糟糕。浴室架子上放着须后水的瓶子——实际上里面放的是灰色的染发剂，扮詹森牧师的时候他曾经用过——以及酒精溶剂。他已经把马蒂·舒尔勃格的栗色头发洗掉了，并且坐在浴室的镜子前面，把自己的亚麻色头发剪得越来越短，直到剩下的发楂能像一把不齐整的刷子那样立起来。

他最后检查了一下，看明天的准备是否就绪，然后给自己做了一个煎蛋饼。在睡觉之前，他还坐在电视机前看了很多节目。

一九六三年，八月二十五日，星期天，天气酷热，是当夏气温最高的一天。一年零三天之前，中校让-马里耶·巴斯蒂安-蒂里和他的手下曾经在小克拉马尔附近谋刺戴高乐总统。尽管一九六二年那个晚上的计划没有实现，但他们的行动开启了一连串事件。实际上，只有今天在这个城市里酷热的星期日下午的这次行动，才是最后一切的终结。

当整个巴黎在庆祝从德国法西斯统治下赢得解放十九周年纪念日的时候，差不多有七万五千名士兵穿着蓝色斜纹哔叽制服，汗流浃背地维持秩序。由于媒体专栏狂热地向公众事先宣传，参加解放日当天庆典的人实在是人山人海。然而，当国家元首高视阔步地走过森严的士兵和警察方阵，主持庆祝仪式时，大多数来的人是看不到他的。

一大群官员和公务员尽管很高兴被邀请参加庆祝仪式，但都没有注意到他们自己的一个共同的特点——全是高个子。他们每个人站在总统周围都像是一个“人盾”。除了用这些人把戴高乐将军控制在公众视线之外，总统的周围还围着四个贴身保镖。

幸运的是，将军是近视眼，在公众面前又拒绝戴眼镜，所以他没注意到，在每个胳膊肘后面，在他的每一个侧面，都是罗杰·特西尔、保罗·克米提、雷蒙德·沙希亚和亨利·德茹代尔的巨大身影。

媒体把他们称为“猩猩”，而很多人认为这只是出于对他们外形的尊重。事实上，更实际的原因是他们走路的模样。他们每个人都是精通各种格斗的高手，胸部和肩膀肌肉发达。由于肌肉紧绷，背部的肌肉迫使胳膊从身体两侧伸出，两只手微微外张着摆动。另外，他们每人在左腋下都背着他们最喜欢的自动武器，更是强化了这种猩猩模样的姿态。他们走路时双手半张，时刻准备从肩部的皮套里抽出枪，向着刚刚露出苗头的“麻烦”开火。

不过今天没有麻烦。在凯旋门的庆祝仪式几乎进行得和计划中的一模一样。但是在广场周围的房顶上，有好几百人携带双筒望远镜和步枪，蜷在烟囱后面，监视着，守卫着。直到总统的车队最终驶入香榭丽舍大道，朝着巴黎圣母院开去，他们才全都松了一口气，开始从那上面爬下来。

在大教堂，情况也是一样。巴黎红衣大主教主持仪式，两边簇拥着主教和教士。他们所有人在穿上法衣的时候都已被检查过。在管风琴的楼厢里，两名警察挎着步枪埋伏在那里，监视着下面聚集的人群。这一点，即使是红衣主教也被蒙在鼓里。朝拜者里有众多穿着便衣的警察，他们不下跪，更不闭眼，不过他们和其他人一样也在拼命地祈祷，那是古老的警察的祷词："亲爱的主啊，请不要在我当班时出事。"

外面有些观众，尽管站在离教堂门二百米开外，但由于他们把手伸进了上衣，就被立刻赶走了。一个人是在腋窝挠痒，另一个则只是想掏出一包烟。

仍然是平静无事。房顶上的自动步枪也没有声音，也没有闷然轰响的炸弹声。警察们甚至互相扫视一下，以确保他们的同事都佩戴了必配的徽章。这些徽章都是当天早上才颁发的，所以豺狼不可能复制一个并用来装扮成一名警察。有一名共和国卫队的警察把自己的徽章弄丢了，当即就在被发现的地点被逮捕了，然后被送到了附近等候的一辆厢式车里。他的卡宾枪被拿走了，直到晚上才被释放。即使这样，还是叫来了二十个认识他本人的同事为他担保，向警察证实他就是他供述的那个人。

在纪念堂，气氛更是通了电一样，尽管总统似乎已有所察觉，但他并没有表现出来。在这个郊区工人居住地，安保人员估计，只要总统真的进入存放骨灰的纪念堂里面，那他就安全了。但当将军的车子行进到狭窄的街道，靠近监狱的时候，会在拐角处放慢速度，此刻，刺客可能会有所行动。

但事实上，那时候，豺狼正在别的地方。

皮埃尔·瓦尔雷觉得烦透了。他又热又渴，军装都贴在了背上，卡宾枪的带子勒在湿漉漉的衣服上，有点刺痛。现在正是午餐时间，他知道自己又要错过了。他开始后悔，真不该加入共和国卫队。

本来一切都很不错。他在鲁昂工作的那个工厂由于员工过剩而解雇了他。劳动介绍所的办事员指着墙上贴的一则广告，上面是一名穿着军装的共和国卫队士兵光彩照人的形象。仿佛在告诉世人，他的工作让生活既有未来，又有前景，还很有趣。画上的军装看起来就像是由巴黎世家[1]制作的。所以瓦尔雷就报了名。

没人说过军营生活就像监狱——这里正好过去也曾经是座监狱。也没人说过有操练、夜间演习、令人浑身发痒的哔叽军装，还有在刺骨的寒冷里或是在灼热的太阳下，在街角一站就是好几个小时，抓捕那些永远都不会落网的疑犯。人们总是证件齐全，他们的任务无可避免地只是些繁琐而又无伤大雅的小事。这足以让人想借酒消愁。

好不容易来到巴黎了，这是他第一次离开鲁昂。他本来想，终于可以看看这座不夜城了。但现在全都没了指望，在巴比克特中士负责的班组里不会有指望的，只是更多同样的琐事罢了。“看到那个阻挡行人的路障了吗，瓦尔雷。好，就站在它旁边。看着它，看着它别让人挪动，除非他们有特许，否则别让任何人通过，明白了吗？你的工作责任重大，我的小伙子。”

责任重大，真见鬼！为了巴黎这个解放日，上头可真是有点疯

1　法国历史悠久的高档时装品牌。

狂啊，从其他省份调了几千人来补充巴黎的部队。昨天夜里，他的营房里来了来自十个不同城市的人，巴黎人都在传，可能有人想闹事，要么为什么要搞得这么夸张呢。谣言，总是有谣言。最后什么事都没有。

瓦尔雷转过身，向后看着雷恩大街。他守着的路障是横跨街道的一段，从这边建筑里伸出，又没入另一边的建筑里，在六月十八日广场向北二百五十米。从这里到火车站的正门还要再向北走一百米。火车站的前广场就是庆典仪式要进行的地方。他能远远地看见有些人在前广场上，标出那些老兵、各级军官和共和国卫队该站的位置。还要三个小时。上帝，真是没完没了。

在路障附近，第一批公众开始聚拢。他们有些人还真是有耐心啊，他想。在这样炎热的天气里，等上几个小时，就为了看一眼三百米外的那一群脑袋，只知道戴高乐在那一群人中间的某处。

在路障处四处散落着一两百人的时候，他看到了一个老人。这个老人正一瘸一拐地穿过街道，看上去似乎再走半英里就要倒下了。他头上黑色的贝雷帽浸透了汗水，长军大衣在膝盖下面来回摇摆；他的胸口还挂着一排勋章，叮当作响。路障边的人群里有几个向他投去充满同情的目光。

这些老家伙总是留着他们的勋章，瓦尔雷想，好像他们这辈子就只有这点玩意儿了。好吧，也许这真的是他们某些人唯一剩下的东西吧。像这个老头，连一条腿都牺牲掉了。瓦尔雷看着这个老人一瘸一拐走下马路，心想：他年轻的时候一定去过很多地方——在他的双腿都健全的时候。现在他看起来像是一只被打垮的老海鸥，就像这个共和国卫队士兵以前在家乡海滩所看到的那样。

天啊，难道你的余生都要这样一条腿瘸着，靠一支铝制拐杖支撑着自己吗，太惨了。老头跌跌撞撞地来到他面前。

“我可以过去吗？”他畏缩地问道。

“来吧，让我看看您的证件。”这个老退伍兵在他的衬衫里面摸索着，那衣服再洗一次就完蛋了。他拿出两张卡片，瓦尔雷接过来看着。安德烈·马丁，法国公民，年龄五十三岁，生于阿尔萨斯的科尔马，住在巴黎。另外一张卡属于同一个人。卡片上端横着写着一排字：伤残军人。

嗯，你的确是残了，老伙计，瓦尔雷想。

他仔细看了看两张卡上的照片。是同一个人，不过是不同时间照的。他抬头看着老人。

“把您的贝雷帽摘了。”

老人摘掉帽子，捏在手里。瓦尔雷比较了一下自己眼前这张脸和照片上的脸。是一样的。面前的人一脸病容。他自己剃的胡子，有好几处弄破了，用小块卫生纸贴上了，斑斑的血迹仍然可以看到。脸色灰白，一层的汗，油腻腻的。前额的头发乱蓬蓬地竖着，指向哪个方向的都有，由于被贝雷帽压着，更是乱作一团。瓦尔雷把卡片递回给他。

“你要去那边做什么？”

“我住在那儿，”老头说，“我退休了，靠退休金过活，我有一个小阁楼。”

瓦尔雷一把抓回卡片。身份证上的地址是巴黎六区，雷恩大街一五四号。这个共和国卫队士兵看着前面的房子。门上的数字是一三二。差不多，一五四肯定要顺着这个方向再往前走一点。没有命令说禁止一位老人回家啊。

“好吧，过去吧。但不要乱跑。再过几小时总统就要来了。”

老人笑了，收起证件时用一条腿和拐杖撑着差点摔倒，瓦尔雷赶紧伸出手把他扶稳。

“我知道，我的一个老伙伴今天要领奖章。我自己是两年前得的。”他拍了拍胸前的解放勋章，“不过那次只是陆军部长授的。”

瓦尔雷瞟了一眼勋章。那就是解放勋章啊。为这该死的小玩意儿丢了一条腿。他想起了他的权力，便漫不经心地点了点头。老人一瘸一拐地顺着路走了。瓦尔雷转身去拦阻其他想要溜过路障的人。“行啦，行啦，别再挤了，退到路障后面去！”

他朝那个老兵最后看了一眼，只看到那件军大衣，一闪就消失在街道远端靠近广场的一个门洞里了。

贝特夫人觉得有个黑影扑向她，吃惊地抬起头来看。今天的日子真不好过，警察查看了所有房间，她不知道，要是那些房客在的话会说些什么。幸运的是，除了三户人家，其他人都出门庆祝八月的节日去了。

警察走后，她总算可以回到自己通常的位置上，在门洞里安静地做点毛线活。两小时后，庆祝仪式将在离她一百码之外的火车站前广场举行，但她一点儿也不感兴趣。

“对不起，夫人，我在想……也许一杯水。我在等庆祝仪式，可天真是太热了。”

她看到一个老头的脸和身体轮廓。他穿着军大衣，就像她死去很久的丈夫曾经穿过的那样。大衣翻领下面左胸的位置，一排勋章在那里摇晃着。他重重地倚在拐杖上，只有一条腿从大衣下面伸出来。他的脸看起来很憔悴，全是汗。贝特夫人把她的毛线活卷起来，塞进了围裙的口袋里。

“哦，我可怜的先生。你就是这样走过来的？这么热的天，庆祝仪式还要两个小时才开始呢。你来早了，进来，进来吧。”

她连忙起身朝大厅后面那扇镶着玻璃的房门走去，准备倒一杯水。这个老兵一拐一拐地跟着她。

她拧开厨房龙头接水的时候，没有听见外面门厅里大门关上的声音。她几乎没有感觉到一只男人的左手从后面悄悄抓住了她的下巴。也完全没有想到，有人猛击了一下她头部右侧耳朵后面，乳突骨下方突起的关节。眼前正在流水的龙头和正在接水的玻璃杯图像一下炸成碎片，红红黑黑的。她毫无生气的身体无声无息地瘫软在了地上。

豺狼解开大衣，伸手摸到腰际，解开了把右腿绑着吊在屁股下面的绳子。他把腿伸直，伸缩了一下被箍住的膝关节，疼得脸一阵抽搐。在这条腿承重之前，他花了好几分钟，让血液慢慢流回小腿和踝关节。

五分钟后，贝特夫人被捆了起来，手脚都用洗涤槽下面的晾衣绳捆好，嘴上贴了一大块胶布。豺狼把她放进炊具储藏室，关上了门。

他在起居室里找了一下，在桌子的抽屉里找到了这栋公寓的钥匙。他重新扣好了大衣纽扣，拿起拐杖——这和十二天前，他一瘸一拐穿过布鲁塞尔机场和米兰机场时候用的拐杖是同一根，然后他向外看了看。大厅里空无一人。他离开起居室，锁上房门，大步迈上楼梯。

他上到六楼，选定了贝朗瑞小姐的公寓，敲了敲门。没有声音。他等了一会儿，又敲了敲门。这套公寓和隔壁夏里埃夫妇的公寓里都没有声音。豺狼拿出钥匙串，挑出标有贝朗瑞名字的那一把，进入房间，然后关上门，锁好。

他走向窗户，向外望去。马路对面房子的楼顶上，穿蓝制服的人开始进入各自的位置。豺狼来的时间刚刚好。他伸直手臂，打开窗户的锁，把两扇窗页轻轻地朝内拉，直到窗户靠在了卧室房间的墙上。然后他向后退了几步。一束方形的阳光穿过窗户，落在地毯上。房间的其他部分映衬着这束阳光，显得更暗了。

如果他站在那束方形的阳光以外，对面的监视者们什么都看不到。

他走到窗户旁边，躲在收起的窗帘的阴影里向外看。他发现他可以向下从侧面看到一百三十米外的车站前广场。他从窗户向后退了八英尺，把卧室的桌子搬了来，除去了上面的桌布和一罐塑料花，从扶手椅上拿了一对垫子来放上。垫子可以做射击的依托。

他脱掉大衣，卷起袖子。把拐杖拆成几节。着地的一头用金属圈箍着的黑橡胶塞也被旋了下来，露出了剩下三发子弹闪亮的击发底火。吃了另外两粒子弹里的火药而引起的恶心和出汗反应，这会儿慢慢消失了。

拐杖接下的一部分也被拧开，从里面滑出了消音器。他从第二部分里拿出了瞄准镜。从拐杖最粗的部分，就是在上部的两个支架，最后合并成为一个主支撑支架的部分，露出了枪后膛和步枪的枪筒。从结合部上面的Y形结构里，他拿出了两个钢棍，这两个装在一起就会变成步枪的架式枪托。最后是拐杖包着垫子支在腋下的部分，这部分里单独藏着步枪的扳机，用填充物包着，其他什么都没有放。除此以外，把腋部的支撑与枪托组装到一起，就成了一个带肩托的支架。

他小心翼翼地组装着这支他非常喜爱的步枪。他把枪筒稍微向前倾斜，靠在上面一个垫子的顶上。然后眯起眼睛从瞄准镜里看了一下。窗外，沐浴在阳光下的广场，以及下面五十英尺范围内的事物都跃入瞄准镜的中心。那个仍然在为即将到来的庆祝仪式标注站立位置的人的脑袋从瞄准镜的十字瞄线处掠过。豺狼用枪瞄了一下这个目标。瞄准镜里，这个脑袋显得又大又清楚，几乎和他在阿登山森林的林间空地上看到的那个蜜瓜一样大。

最后，他满意了，把三粒子弹在桌子边上排成一排，像士兵列队一样。他用拇指和食指拉开步枪的枪栓，往弹膛里装进第一粒子弹。一粒就够了，但他还是留了两个备用。他把枪栓又向前推，直到顶住了子弹的底火，然后轻轻拧了一下，固定住。最后，他把枪平放在垫子上，摸出香烟和火柴。

他大口大口地吸着他的第一支烟，向后靠去。他还要等待一小时四十五分钟。

21

克劳德警长感觉自己就像一辈子都没喝过水一样。他的嘴巴发干，舌头贴在上颚上，仿佛焊上去了一样。不仅仅是因为炎热让他有这样的感觉。这么多年来，他第一次真的害怕了。要出事，他很肯定，下午有事要发生，而他仍然找不到线索，比如说怎么做，或者是什么时间。

早上的时候，他也在凯旋门，然后是巴黎圣母院。什么都没发生。今天拂晓，在内政部召开了最后一次会议，他已经听出，气氛从紧张和愤怒变成了某种几乎是愉快的心情。中午时候，他和委员会的其中几位成员一起吃的午餐。只剩唯一一个仪式要举行了，地点是六月十八日广场，他确信，那里已经彻底搜查完毕，并被密不透风地封锁起来。

“他走了。”罗兰说。戴高乐将军在爱丽舍宫就餐的时候，组员们在离爱丽舍宫不远的一家简朴的饭店一起用餐。这句话突然从罗兰口中冒了出来。“他走了，滚蛋了。不过也是一个非常明智的决定。总有一天，他还会在某个地方再露面，届时我们的小伙子会抓住他的。”

现在，勒贝尔心烦意乱地顺着蒙帕纳斯大道二百米外的人群来回寻觅。离广场这么远，没人能看见那里在发生什么。他问了每个在路障处的警察和共和国卫队士兵，得到的回答都是一样的——十二点设置路障后，没人通过。

主路被封锁了，支路被封锁了，小巷被封锁了，屋顶被监视、守卫着。车站里在前广场周围像蜂巢一样分布着的办公室和阁楼都爬满了保安人员。他们爬上了巨大的机车库房房顶，居高临下。所有的站台都静悄悄的，所有下午本来要到达的火车都被转去了圣拉扎尔车站。

视线内的每栋楼从地下室到阁楼，全都彻底搜查过。大多数的公寓都是空的，住户都外出去海边或山区度假了。

一句话，六月十八日广场地区被封得无隙可乘。就像瓦伦丁说的，“比老鼠的屁眼还细密”。想到奥弗涅省警察局局长的那句话，勒贝尔笑了。可他突然笑不出来了。瓦伦丁并没能阻止豺狼！

他穿过蒙帕纳斯大道旁边的街道，出示他的警官证抄了近道，来到了雷恩大街。这里的情况也一样——离广场二百米，道路被封锁，大群的人拥挤在路障后面，街道上除了巡逻的共和国卫队士兵，空空如也。他又开始四下询问那些在这里警戒的人。

看见什么可疑的人吗？没有，长官。有人过去吗，任何人？没有，长官。他听到车站前广场上，共和国卫队军乐队正在给他们的乐器校音。他看了看表。将军随时都可能到。看到有人过去吗，任何人？没有，长官。这条路没有。好的，继续警戒。

他听到广场里有人在喊口令，蒙帕纳斯大道的那头，一个车队开进了六月十八日广场。他看到车队拐进了车站的大门，警察都站直敬礼。所有的眼睛都顺着街道看向那些漆黑锃亮的豪华轿车。他身后几码处路障外的人群想挤过来。他抬头看了下屋顶。好小伙子们。屋顶的守卫们没有去看他们下面的情形，一直都趴在护墙上，来回扫视着马路对面的屋顶和窗户，不放过窗户里任何一个微小的动静。

他到了雷恩大街的西侧。一个年轻的共和国士兵站在最后一个设置在雷恩路一三二号拦阻人群的路障旁，两脚钉在地上，纹丝不动。勒贝尔向他晃了一下证件，士兵站得更直了。

“有人从这儿过去吗？”

“没有，长官。”

“你在这儿多久了？”

“中午十二点，街道封闭的时候就在这儿了，长官。”

“没人从这里过去吗？”

“没有，长官，噢……只有个老瘸子，他住那边。”

“什么样的瘸子？”

“一个老家伙，长官，病得很重的样子。他有身份证，还有伤残军人证。地址写的是雷恩大街一五四号。嗯，我不得不让他过去，长官。他看起来病得厉害，真的病得很厉害。要不这么热的天，他哪能还穿着军大衣呢。那可真是疯了，肯定的。”

“军大衣？”

“是的，长官。长军大衣。以前老军人穿的那种。不过这样的天穿实在是太热了。”

“他怎么了？”

“噢，我看他是太热了，对吧，长官？”

“你说他在战时受了伤。怎么个情况？”

“一条腿。他只有一条腿。他一拐一拐走过来的，拄了个拐杖。”

远处的广场上，小号吹响了乐队的领奏音。“来吧，祖国的孩子们，光荣的日子已经到来……”人群里有些人跟着一起唱起了这熟悉的《马赛曲》。

“拐杖？”勒贝尔的声音很小，好像在很远的地方传来的样子，那个共和国卫队士兵热切地望着他。

“是的，长官，一支拐杖。就是那种一条腿的人经常用的那种。一个铝制的拐杖——”

勒贝尔猛地跳起来，冲下街道，同时回头冲着那个共和国卫队战士大喊，让他跟上。

黑色轿车里的乘客正步入空阔的广场。轿车首尾相连，停在车站正面的墙边。正对着轿车，顺着将广场和车站前广场分开的栏杆，站着被这个国家的元首召集来，即将被授予勋章的那十名老兵。车站前广场的东边是军官和外交官，一大群人都穿着灰色套装，中间间或有人佩戴着红色的荣誉勋章。

共和国卫队军乐队站在西侧，他们脑袋上插着红色的羽毛，头盔锃亮。乐手们站在老兵们前面几步远的地方。

车站正面一辆汽车的周围，聚集着一群身着礼服的军官和爱丽舍宫工作人员。乐队开始演奏《马赛曲》。

“前进，前进，向着胜利……”嘣——吧——嘣。国歌的最后几个节奏结束，全场鸦雀无声。共和国卫队司令官的声音在车站广场上回荡。“向将军敬礼——肩——枪。”戴着雪白手套的手啪地握向枪托和弹夹，脚后跟磕在了一起。三个动作整齐划一。车边的人群两下分开，跟在后面。最中间出现了一个高个子，向着那排老兵走去。离那儿还有五十米，跟着的人群停了下来。夏尔·戴高乐一个人继续向前走着，后面只跟着两个人。一个是退伍军人部长，他等一下要将那些老兵介绍给总统；还有一个是一名托着盘子的军官，盘子上铺着天鹅绒布，上面整齐地摆放着十个勋章和十条彩色绶带。

“是这里吗？”

勒贝尔停下来，喘着气，冲一个门洞示意了一下。

“我想是的，长官。是的。就是这儿。倒数第二个。他就是进的这一个。”

小个子探长冲进门厅。他们的举动让栏杆处的那些高官们直皱眉。瓦尔雷不想站在街上，便跟着勒贝尔走了进去。好吧，如果我要上军事法庭的话，我就说这个小个子自称是刑警大队副大队长，我正在试图阻止他。

他走到门厅的时候，这个小个子正在摇门房的门。

“门房在哪儿？”他喊道。

“我不知道，长官。”

他还没来得及争辩，这个小个子就用胳膊肘撞碎了门上的毛玻璃，伸手进去打开了门。

“跟我来。”他大喊一声，冲了进去。

我跟你进来真是太正确了，瓦尔雷想，瞧你干的这些蠢事。

他看到小个子探长在炊具储藏室的门口。瓦尔雷从他的肩膀上看过去，发现地板上躺着一个神智昏迷被捆着的门房。

“天啊。”瓦尔雷突然意识到，这个小个子不是在开玩笑。他真的是刑警大队副大队长，自己和他正在追捕罪犯！这就是他一直梦寐以求的重大时刻，但此时此刻，他却想回到军营里安稳地待着。

“顶楼。”勒贝尔队长喊道，冲上楼梯，速度快到令瓦尔雷惊讶不已。瓦尔雷步履沉重地跟着他，取下挎着的卡宾枪，跑了上去。

法国总统在那排老兵的第一个人面前停了一下，稍稍倾下身子听退伍军人部长介绍这个人是谁，以及他十九年前的英勇事迹。部长说完，他向这个老兵俯下头，然后转向托着盘子的军官，拿起勋章。军乐队以轻快的手法演奏起军乐。高个子将军把勋章别在了面前这个老兵高高挺起的胸口上，然后退后一步，向他敬礼。

一百三十米外的六楼上，豺狼稳稳地端着枪，从瞄准镜里向下看着。他能很清楚地看见目标的五官：隐在法国平顶军帽下的眉毛，凝视着那个老兵的双眼以及高耸的鼻子。他看到举在军帽边上敬礼的手放了下来，瞄准镜的十字线正对着露出的那个太阳穴。轻轻地，柔柔地，他扣下了扳机。

刹那之后，他盯着车站前广场，几乎不能相信自己的眼睛。在子弹射出枪膛之前，这位法国总统忽然毫无预兆地低下头，在刺客难以置信的注目下，庄严地在他面前的那个老兵脸颊上印下深深的一吻。因为他个子太高，所以不得不向前弯下身子来做这一传统的吻礼。这种礼节在法国和一些其他国家很寻常，但对我们这位受挫的盎格鲁·撒克逊人则不是。

这一吻导致那粒子弹从正在移动的脑袋后部一英寸处飞了过去。总统是不是听到了子弹从消音器里飞出的呼啸声——这种声音只是在子弹飞行路线很窄的范围内才能听到——就不得而知了。他没做出任何举动表明他听到了。部长和那个军官什么也没听到，就更不要说那些五十米外的人了。

弹头射入前广场上被太阳晒软了的柏油，在一英寸深的沥青里爆裂开来，什么危害也没造成。军乐继续演奏着。总统又吻了老兵另一侧的脸颊一下，站直身子，安详地走向下一个老兵。

豺狼站在枪后骂着。他觉得心脏都气得要跳出来在地上打滚了。这座楼朝前的一面有两扇门。勒贝尔正来回看着，那个共和国卫队士兵也跟了上来，卡宾枪贴在臀部，枪口冲前。勒贝尔正在两扇门前犹豫着，忽然听到其中一扇后面传来“扑”的一声，声音很轻，但勒贝尔听得很清晰，他立刻用手指指着那个门锁。

“打掉它！”他命令道，向后退了一步。共和国卫队士兵两脚站定，开枪扫射。木头和金属的碎片，还有打出后撞扁了头的弹头四处乱飞。门顺着合页，摇摇晃晃地向里打开。瓦尔雷首先冲进了屋子，勒贝尔跟在他后面。

瓦尔雷能辨出那一簇灰色的头发，但仅此而已。这个人有两条腿，军大衣已经脱了，端着枪的前臂是生在一个身体强壮的年轻人身上的。枪手没给他任何机会，从桌子后面的座位上站起来，毫不迟滞地转过身，半蹲着，开火。刚才那通扫射还在瓦尔雷耳朵里嗡嗡作响的时候，那粒子弹就无声无息地射入了瓦尔雷的胸膛。子弹打在胸骨上，爆裂开来。他感觉身体里面被撕裂了，然后是突如其来的剧痛，再然后，连疼痛也消失了。光线暗淡下来，仿佛夏天变成了冬天。一块地毯冲到脸上，啪地打在他脸颊上。其实是他的腮帮子贴在了地毯上。大腿和腹部的感觉迅速消失，然后是胸部和脖颈。他记得的最后一件事就是嘴里很咸，就像以前他在海里游完泳后嘴里的那种味道；他仿佛看到一个老海鸥用一条腿站在杆子上。然后，一切都陷入黑暗之中。

克劳德·勒贝尔站在他的尸体旁，盯着杀手的眼睛。这会儿他的心脏已经没事了，仿佛已不再跳动了。

“豺狼。”勒贝尔说道。另外那个人只说了一声：“勒贝尔。”他在枪上摸索着，拉开枪膛。勒贝尔看到闪亮的弹壳跌落到了地板上。这个人从桌上抓起什么东西，塞进枪膛。他那双灰色的眼睛仍旧盯着勒贝尔。

他想干掉我，勒贝尔感觉有点不太真实。他要开枪了。他要开枪杀我。

他努力低下眼睛看着地板。共和国卫队的那个男孩躺在一边，他的卡宾枪从手上滑下来，躺在勒贝尔的脚边。勒贝尔想都没想就跪了下来，抓起那支MAT49，一只手把枪抬起来，另外一只手扣向扳机。他摸到扳机的时候，听到豺狼刚把枪膛合上。他扣动了扳机。

子弹的怒射声充斥了整间小屋，广场那边都听到了。后来询问的媒体被告知，是一辆摩托车汽缸的消音器出了问题，有个浑蛋在庆典高潮时在几条街外把引擎踩着了。半梭子九毫米的子弹打中了豺狼的胸口，把他打得飞了起来，然后尸体像一堆烂肉，重重地摔在了靠近沙发的角落。他倒下的时候，拉倒了落地灯。下面的广场上，军乐队奏响了《我的军队，我的祖国》。

当晚六点，伦敦的托马斯警司接到从巴黎来的一个电话。他把手下那个高级督察喊了来。

“他们抓到他了，”他说，“在巴黎。没问题，但你最好还是去那个人的公寓把东西清理一下。”

八点钟的时候，这个督察正在最后一次清理凯斯洛普的东西。门开着，他听见有人走进来。他转过身。一个男人怒气冲冲地瞪着他。这个人身材魁梧，强壮有力。

“你在这儿干什么？”督察问。

“该由我问你这个问题的。你这该死的家伙到底在搞什么？”

“好吧，够了。”督察说，“你叫什么名字？”

“凯斯洛普，”新来的人说道，“查尔斯·凯斯洛普。这是我的公寓。现在说吧，你在这儿搞什么？”

这个督察真希望他身上带着枪。

“好吧，”他轻声说道，小心翼翼地，“我想你最好跟我到苏格兰场小坐一会儿。”

“太他妈对了，”凯斯洛普说道，“你的确得好好向我解释一下。”

不过事实上是这个凯斯洛普做了一番解释。他被拘留了二十四小时，直到分别向巴黎三个部门确认了豺狼已死，而且苏格兰桑德兰郡最北部的五家小旅馆的店主证明，这个凯斯洛普之前三个星期确实一直住在他们的旅馆里，沉湎于爬山和钓鱼，然后才被释放。

凯斯洛普终于走出苏格兰场的大门，自由了。“如果这个豺狼不是凯斯洛普，”托马斯问他的督察，“那这该死的到底是谁呢？”

“这当然毫无疑问，”第二天，都市警察局警务处长对助理警务处长狄克逊和警司托马斯说道，“女王陛下根本从来没有承认这个豺狼是英国人。目前为止，只能说，有那么一段时间，某个英国公民涉嫌此案。现在已经澄清了。我们也知道，这个豺狼他……呃，在法国活动期间，由于持有一本冒领的英国护照而被误认为英国人。但他也曾经用两本偷来的护照和一套伪造的法国证件冒充过丹麦人、美国人和法国人。所以就我们来看，我们的调查认为，这个杀手在法国期间持有一本姓名为杜根的假护照，根据这个名字，我们追踪到……呃，这个地方，加普。整个事情就是这样。先生们，这个案子结了。”

次日，一个男人的尸体被葬在了巴黎一座郊区公墓里，墓穴上没有任何标志。死亡证明上表明，这具尸体是一名不知名的外国游客，一九六三年八月二十五日在巴黎市外机动车道上的一起交通事故中死亡。下葬的那天除了一名牧师、一名警察、一名登记员、两名掘墓人外，再没别人了。除了一个人外，在场的人对于放入墓穴的普通棺椁都无动于衷。埋葬完毕，这个人转过身，顺着墓地里的小路离开，没有透露姓名。那是个小个子，独自一人，回家去见他的妻儿了。

豺狼的日子就这样结束了。

图书在版编目（CIP）数据

间谍先生．豺狼的日子 /（英）弗·福赛斯著；姜焜译．-- 上海：上海文艺出版社，2019.1
（读客外国小说文库）
ISBN 978-7-5321-6799-9

Ⅰ．①间… Ⅱ．①弗… ②姜… Ⅲ．①长篇小说－英国－现代 Ⅳ．① I561.45

中国版本图书馆 CIP 数据核字（2018）第 261277 号

Title: The Day of the Jackal
Author: Frederick Forsyth

著作权合同登记号 图字：09-2018-711

责任编辑：崔　莉
特约编辑：顾珍奇　　杨芳州
封面设计：陈艳丽　　辛国栋

间谍先生. 豺狼的日子
（英）弗·福赛斯　著
姜　焜　译
上海文艺出版社出版、发行
地址：上海市闵行区号景路159弄A座2楼
电子信箱：cslcm@publicl.sta.net.cn
新華書店经销　三河市龙大印装有限公司印刷
开本 890毫米×1270毫米　1/32　12.25印张　字数 290千字
2019年1月第1版　2025年1月第7次印刷
ISBN 978-7-5321-6799-9/I.5426
定价：52.00元